Cielos de la Tierra

Para Tim y Judith,
esta fábula en tres
voces que ojalá sepa
acercárseles en algún
punto o con alguna,

Carmen Boullosa

cuando celebrábamos al
querido García Ponce

Xalapa 97.

Carmen Boullosa

Cielos de la Tierra

ALFAGUARA

CIELOS DE LA TIERRA
© 1997, Carmen Boullosa

De esta edición:
© D.R. 1997, Aguilar, Altea, Taurus, Alfaguara, S.A. de C.V.
Av. Universidad 767, Col. del Valle
México, 03100, D.F. Teléfono 688 8966

- Ediciones Santillana S.A.
  Carrera 13 N° 63-39, Piso 12. Bogotá.
- Santillana S.A.
  Juan Bravo 38. 28006, Madrid.
- Santillana S.A., Avda. San Felipe 731. Lima.
- Editorial Santillana S.A.
  4ª, entre 5ª y 6ª, transversal. Caracas 106. Caracas.
- Editorial Santillana Inc.
  P.O. Box 5462 Hato Rey, Puerto Rico, 00919.
- Santillana Publishing Company Inc.
  901 W. Walnut St., Compton, Ca. 90220-5109. USA.
- Ediciones Santillana S.A.(ROU)
  Boulevar España 2418, Bajo. Montevideo.
- Aguilar, Altea, Taurus, Alfaguara, S.A.
  Beazley 3860, 1437. Buenos Aires.
- Aguilar Chilena de Ediciones Ltda.
  Pedro de Valdivia 942. Santiago.
- Santillana de Costa Rica, S.A.
  Av. 10 (entre calles 35 y 37)
  Los Yoses, San José, C.R.

Primera edición en Alfaguara: marzo de 1997
Este libro fue escrito con el apoyo del KünstlerProgramm,
Berlín, DAAD y el Sistema Nacional de Creadores de México.

ISBN: 968-19-0330-7

Diseño:
Proyecto de Enric Satué
© Foto cubierta: Lourdes Almeida
Impreso en México

*A las dos Estheres, Teté Boullosa
(1932-1969), mi mamá, y a mi abuela,
Esther de la Fuente de Velásquez (1901-
1993). A las dos que son y serán mi
fortaleza.*

*A mi abuela paterna, Lupe Cortina
Vértiz (1899-1977).*

A Ana Luisa Liguori.

Querido lector:

Esta novela no es una novela de autor, sino de autores. En sus páginas hay tres personajes que confiesan confesar, y habemos dos que confesamos haberla escrito. Si alguna autoridad tengo ante este libro, diré que la verdadera autoría no pertenece a ninguno de los que he dicho, sino al pulsar de una violencia destructiva que percibí en el aire, en mi ciudad y en otros sitios, una atmósfera palpitante, si cabe así describirla.

Hay violencias que rompen con caminos viciados que no conducían a nada, y topan con las Bellas Durmientes después de siglos. Son violencias nobles y heroicas, principescas y besuconas. No es así la naturaleza madre de este libro, desgraciadamente. Esta violencia es de las que rompen sin encontrar, arrancan sin dejar nada a cambio, y tumban. La tomé del aire, porque no supe cómo rehuirla. De ella, y con ella, avancé en la forma irregular y múltiple de *Cielos de la Tierra*. Cada línea sabe atrás de sí a la destrucción.

Tóma tú, lector, a este libro, y dale la calidez que no supe encontrarle en el camino. Que nazca en ti, y que sea tuya.

Afectuosamente,
CARMEN BOULLOSA

Indias del mundo, cielos
de la tierra

Bernardo de Balbuena

Me pregunto cómo has hecho
para vencer el cotidiano uso
del tiempo y de la muerte

Álvaro Mutis

Nota del autor:

Este libro está formado por tres diferentes relatos. Por razones que desconozco, me fue dado a mí para que yo intentara hacer de él una novela. Pero ella no es una, ni es tres, sino dos sobrepuestas: la que ocurre en el futuro de Lear, y la del pasado que perteneció a don Hernando de Rivas. El relato de Estela la condenó a un papel lateral, el de traductora al español del texto del indio que en Tlatelolco, en el siglo XVI, redactara en latín sus memorias.

Tal vez si Estela hubiera sabido representarse en las siguientes páginas, el libro, sin dejar de ser tres novelas, habría conseguido volverse una. La tradición ha permitido, en otras ocasiones, volverse uno a quien también sea tres. Pero el dos está condenado a la separación. A cambio, los dioses le han dado al número dos el tesoro del diálogo. Estas dos novelas, separadas, emprenden al final del libro un diálogo que excluye al autor, y que permitiría a Estela revelarse, un diálogo que se da en otro lugar, en uno que no existe en estas páginas.

La novela es diálogo y unidad. Este texto no es en cambio sino el anuncio de los cielos de la tierra. El cielo baja a la tierra en la literatura. El hombre, guerrero por naturaleza, convierte en el fragor de un infierno bélico cuanto percibe. ¿Qué ángel, ajeno a los humanos sentidos, lo dotó del universo de la lengua? Para el hombre todo es evocación de la guerra que anhela.

La guerra intercontinental se ha desatado. Si no llegan las potencias a un arreglo expedito, si no se solucionan las pugnas internas de los territorios en que hubo naciones, pocos meses quedarán al hombre y tal vez a la naturaleza.

Juan Nepomuceno Rodríguez Álvarez

Ekfloros keston de Learo

Ahora mi nombre es Lear. Una casualidad me despojó del anterior. Los miembros de mi comunidad se llaman el uno al otro echando mano de una cifra. Yo no puedo pensarme sin ligar un nombre a mi persona. Bauticé también a todos los de L'Atlàntide: Italia, Evelina, Salomé, Ulises, Jeremías...

Porque no sé quién fue mi padre ni quién mi madre, porque fui gestada en un engendrador y pasé los años de crecimiento en La Conformación (la primera etapa en La Cuna, la segunda en El Receptor de Imágenes), porque aunque *polvo eres, Lear, en polvo no te convertirás,* no puedo echar mano de gran parte de las interpretaciones que en el tiempo de la Historia usaron los hombres para desentrañar lo que soy. De cualquier manera, he encadenado un pensamiento con las cenizas de los otros tiempos vetadas para mí. En él digo que si ejerzo la arqueología, si soy la única que practica este oficio en mi comunidad, y también la única entre los vivos que piensa en la mamá y el papá que no tiene, es porque con mis estudios vuelvo a nuestros padres, los reconstruyo. Con mi trabajo, urgo en nuestros orígenes, en el tiempo de la Historia. Ah, pero aquí empezaría un problema serio. Porque nadie en L'Atlàntide querrá reconocer en los hombres de la Historia a nuestros padres, ni fincar en ellos nuestros orígenes.

Escribo deslizando el instrumento de nuestra escritura para guardar estas palabras en la Central de Estudios. Ella tiene memoria. No echo mano de papiro o papel, pluma de ave, manguillo, lápiz, pluma, máquina de escribir, ordenador, o del cincel y la piedra. Uso la herramienta de mi comunidad. Creo que, aunque por el momento la memoria se menosprecie, la Central de Estudios es una institución a prueba de veleidades; por eso trabajo en ella, dejo en ella guardado lo que recupero, con la esperanza de que algún día cobre cuerpo. Mis pensamientos se deslizan sin que huella corpórea alguna acompañe el ritmo, el sonido, la forma de estas palabras. No será el libro lo que hoy las reciba, no como lo fue en el tiempo del Tiempo, en el tiempo de la Historia. El paso de las hojas, la tinta, el hilo o el pegamento uniéndolas, no las acompañarán; formarían su más fiel cuerpo. Por el momento, van a dar, desnudas de materia, sin que las toque la luz o las manifieste en alguna superficie la tinta o el calor, a la Central de Estudios Avanzados, aunque su materia retroceda, avance hacia atrás, corra camino opuesto al que recorrió la aguja del reloj, llevando la contra al orden del trabajo y a la rutina, siguiéndole el paso al juego. Mientras me inclino hacia el pasado, los demás habitantes de L'Atlàntide se empinan hacia un presente perpetuo y se utilizan para reconstruir lo que los hombres de la Historia se empeñaron en destruir, la sublime Naturaleza. Yo sí recuerdo al hombre de la Historia, y dialogo con él. A él es a quien le explico:

Vivimos suspendidos en la atmósfera de la Tierra, alejados de la superficie, evitando las radiaciones, las ruinas, la destrucción, las tolvaneras y nubes tóxicas de las tormentas. Me gustaría pensar que por razones estéticas decidimos fundar aquí y de esta manera L'Atlàntide, porque la belleza es la dueña de esta colonia. Nuestras habitaciones son transparentes, para mi capricho porque hemos aprendido a apreciar la belleza que encierran la luz y la oscuridad, las nubes, la luna y las estrellas, y para nuestro consenso porque, ante la abundancia de los desechos que invaden la superficie de la Tierra, hemos decidido no agregar nada visible al cementerio de las cosas.

Nosotros somos los señores de los aires. Hemos controlado al aire mucho más de lo que el hombre de la Historia gobernó la materia. Él supo otorgar relativa inteligencia a un trozo de plástico. Nosotros hemos podido hacer vivienda y auxiliar para la sobrevivencia a los componentes de la atmósfera. Nuestras viviendas de aire son, aire que evita el paso del aire, sin que jamás entre en ellas frío o calor, atemperando y atenuando la fuerza de los vientos, aire sólido, materia invisible e incorpórea. Nuestros vestidos de aire son, porque de aire nos recubrimos cuando dejamos los muros lúcidos de L'Atlàntide. Nuestras herramientas son también de aire. Todo es de aire aquí. Y es de aire la Central que guarda lo que aquí escribo, o, si prefieren decirlo así, es de materia transparente. No como fue el vidrio, porque el vidrio, que era gel, era sólido. La nuestra es materia de aire y como el aire es incorpórea, aunque, como el aire, también pueda empujarnos, sostenernos, elevarnos, cegarnos, etcétera. En nuestra fábula, el aire vence al sol, el aire quita al hombre el gabán, lo desnuda, lo gobierna. El mismo elemento, domesticado por nosotros, salvaje corre inmundo por la superficie de la Tierra. Trombas, huracanes, ciclones, tornados cargados de polvo y de desechos, sueltan su ira incontenible sobre el planeta vacío, tan densos que muchas veces la luz del sol no toca ni agua ni tierra. Allí también venció el viento al sol. Ésta es la Era del Aire. La Tierra viste mangas de viento, luciendo un vestido en garras al que no le queda falda, peto, medias o sombrero. Su vestido roto está adornado con la basura que el tiempo juguetón le ha adherido.

Es nuestra casa el Paraíso Terrenal (como el del primer hombre y su primera mujer en la leyenda que retoma la Biblia), un paraíso sin vegetación, suspendido en el medio del cielo.

Vivimos en esta enorme esfera achatada y transparente, sin paredes ni pisos visibles, sin argamasa ni cemento, piedra o ladrillo, en un lugar que es lo contrario de una casa, un castillo o una cueva. Y no tenemos cosas, no usamos, no hacemos cosas. Solamente nos acompaña el agua.

Sí es cierto que mis estudios son hacia el pasado, y es por ser fiel al pasado que escribo, pero no es verdad que me desconecten del presente, no me vuelven recolectora de superfluas o dañinas materias. Tampoco me hacen no desear el futuro. De ser verdad, como se piensa ahora en L'Atlàntide, que sólo debemos atender al presente y al futuro, que es una necesidad imperiosa olvidar el pasado porque fue únicamente lección de errores, porque en él se edificó la destrucción de la Naturaleza, si fuera cierto, como se dice, que sólo hay que poner el entendimiento en el presente y el futuro, si fuera esto verdad y se practicara rigurosamente, como lo piden, al borrar el pasado, Tiempo, o lo que conocemos como tal, se disolvería. Flotaríamos en una masa amorfa donde Tiempo no tendría cabida. La reforma que proponen a nuestra conciencia, al pedir el olvido total, implicaría su pérdida. Supongamos que no perdiéramos la conciencia, pero entonces, ¿cuál futuro podría recibirnos, si al irse de nosotros nuestra conciencia se llevaría consigo el peldaño de la imaginación? ¿Tenemos otro escalón diferente para entrar al futuro? Para imaginar es imprescindible recordar, escuchar la voz de la memoria. Esto es lo que a mí me parece.

Hemos vencido a la enfermedad y a la vejez, y hace ya mucho que ninguno de los nuestros conoce la muerte. Pero la memoria debe conservar el carácter

que tuvo entre los antiguos, entre nuestros predece-
sores, entre los hombres de la Historia, los que habitaron la superficie de la Tierra. Si olvidáramos todo,
perderíamos el hilo del sentido, ya ni las nubes tendrían cómo parecernos bellas, ni la luz del sol tendría
arma alguna para conmovernos, ni el juego de las
sombras en invierno, ni la prodigiosa flor. Pero el
cabello, tornándose en pelambre, no podría volver a
brotarnos sobre las orejas, no habría cómo emular a
las bestias, porque no podría acogernos Naturaleza.

Esta opinión, que espeto con tono de predicador suplicante, no la comparte nadie en L'Atlàntide.
Dicen que ya rompimos todo lazo con el tiempo de
los hombres, pero, ¿no fue en su honor, en el honor
de los que son el blanco de nuestro olvido, que bau-
tizamos a la colonia así? Decir L'Atlàntide es una in-
vocación al tiempo de la Historia. Es cierto que ya
nadie menciona de dónde proviene nuestro nombre.
Nadie se acuerda del continente sumergido en el mar,
ni de su huerto de naranjas de oro, ni del oricalco,
aquel mineral rojo que La Atlántida, al desaparecer,
arrastró consigo. Nadie habla tampoco de quiénes
soñaron con La Atlántida, de quién la describió, de
quién aseguró haberla visto. Quieren enterrar la memoria de los que nos precedieron, explicando que
todos sus actos y conocimientos orillaron a la destrucción, y que los sobrevivientes debemos rehuirla.
Pero todas nuestras acciones tienden a entablar un
diálogo con la civilización que existió en el tiempo
de la Historia. No les importa que la palabra L'Atlàntide
guarde su acento catalán pero confunda su termina-
ción con la francesa. No les importa que todas las
palabras vayan perdiendo poco a poco el eco que
ilumina su sentido, porque están ocupados inventan-
do un código de comunicación que las evite. Yo les
digo que cualquier código aludirá al pasado, a la
Historia, con la desventaja de que un código nuevo

será manco, incapaz desde su origen, limitando el cerco de nuestra imaginación y el número de nuestras imaginaciones. El lenguaje fue manco también, lo acepto ("la palabra ya, en sí, es un engaño, una trampa que encubre, disfraza y sepulta el edificio de nuestros sueños y verdades, todos señalados por el signo de lo incomunicable", escribió mi poeta), pero tenía el poder de invocar la memoria de los tiempos y las imaginaciones, y lo que fue, por la ley arbitraria de la realidad, imposible.

Volviendo al lazo con los hombres de la Historia, ¿no fue para no olvidarlos que dejamos sus desechos sobre la Tierra? Fuera de los jardines reconstruidos, no hemos limpiado la superficie de su basura y sus escombros, conservando un monumento a su torpeza y tontería. ¿Vamos a quedarnos con sus errores y a deshacernos de su mayor tesoro? Olvidaremos entonces cuál es el signo del arsenal de desechos y escombros, e imaginaremos que no fue nunca otra cosa la Tierra.

Ahora a la comunidad sólo le interesa el olvido y la imposición de un código de comunicación que anule el uso del lenguaje. Vendrán mejores momentos. Un día se comprenderá que recordar es sobrevivir. La lengua ocupará el lugar que le es propio, los memoriosos llenarán el alma de L'Atlàntide, se escuchará de nuevo la Risa y temeremos la oscuridad. Entonces, mis "informes" etéreos se convertirán en libros. Y yo ya no cambiaré de nombre. No me llamaré hoy Lear, ni mañana (cuando mi condición del ciego que no distingue al lobo del cordero sea insostenible), me llamaré Clelia o el Príncipe.

Ahora escribo aunque nadie pueda leerme, a menos que alguien quiera emprender el viaje hacia el tiempo de la Historia —cuando los humanos se guarecían en viviendas opacas y cimentadas en el suelo, rodeados de mayor o menor número de cosas— y aprenda esta lengua. Ocurrirá cuando L'Atlàntide se rinda ante el poder de Némesis.

Obedezco al pasado porque recuerdo. Y al obedecerlo no ciego mis ojos. Recordar a los hombres de la Historia no es cantarles loas, no es enaltecernos, ni siquiera es lamentar su fin. Recordarlos es escribir para ellos, aunque no puedan escucharme porque se han destruido. No por recordar voy a ser cierva o esclava. Recuerdo para zarandear la imaginación y limpiar el clavo de la fantasía.

Practico las artes arqueológicas para recuperar libros y manuscritos. No me interesa ya rescatar otros objetos. Las obras de arte que merecían un espacio sobre la Tierra permanecen intactas bajo una burbuja que sí toca la superficie, a la que nombramos Das Menschen Museum, el Museo del Hombre. Creo que nadie la visita. De vez en vez, cuando recuerdo el tiempo en que ardió la atmósfera, voy para provocarme algo parecido a la emoción que llamaron melancolía. Pero hace ya siglos que no he vuelto a rescatar nada que no sea un libro y de las cosas no busco más memoria, basta y sobra su triste huella cadavérica ensuciando los fondos de los mares y los lagos, el agua de los ríos y la superficie de la Tierra, danzando macabro baile en los ciclones cargados de ellas.

¿Y por qué sí los libros? Porque los libros vencen la muerte de una manera muy distinta a como lo hemos conseguido los sobrevivientes. Desde el momento en que los libros fueron escritos, empezaron a parlotear con el pasado y con el futuro. Los libros siempre han sido memoria hacia otros tiempos, los que ya fueron, los que serán, los que no pudieron ser o no podrán ser o pudieron haber sido, mientras L'Atlàntide sobrevive decidida a asirse a un instante aislado, flotando en el agua estancada que impide la llegada de la muerte.

Hago estos apuntes antes de empezar la paleografía y anotación de mi último hallazgo, un manuscrito que encontré en la Biblioteca de El Colegio de México. No es que me interese especialmente México. No "creo en ti", como gritó en mala hora un vate engominado. No, yo no creo en ti. ¿Para qué lanzar diatribas abstractas por un sitio, arrancándolo como si hiciera sentido ser un trozo aparte de la Tierra? Te amo, México, como dijo el divino, "no cual mito, sino por tu verdad de pan bendito/ como a niña que asoma por la reja/ con la blusa corrida hasta la oreja/ y la falda bajada hasta el huesito". No es la primera vez que obtengo el material de mi trabajo de ese lugar. He buscado en muchos otros sitios. Descuento Sevilla, con quien tengo una historia que me he prometido no anotar aquí (apenas comienzo a narrarla, ya no hay manera de hacerme detener). Encontré textos que me son entrañables en la Biblioteca Británica, en las bibliotecas nacionales de Madrid, Bogotá, París, México, en la John Carter Brown, si no hago mención al mundo árabe, a la Rusia y la China, la India o el Tibet. En relación con la Biblioteca del Congreso de Washington, mi trabajo es, por una parte, prescindible, porque legaron todo su material en micro-películas adentro de una cápsula cerrada que sobrevivió intacta a los estallidos encadenados. Yo no trabajo con MPS. No es mi rama de estudio, soy arqueóloga, las MPS con objetos intactos. Yo trabajo con polvo, son partículas diminutas, con la memoria escondida de la materia, valiéndome de los imantadores de partículas que no describiré por ser invisibles como aquello con que inician su rescate, y porque éste no es el lugar donde se explica la ciencia, el conocimiento de mi colonia. Nuestra ciencia no es transmisible en palabras.

Los responsables de las MPS se dejaron arrastrar por el convencimiento de que toda enseñanza del pasado es destructiva, y ya nadie las maneja. El único recuerdo que L'Atlàntide quiere conservar es que el pasado condujo al hombre de la Historia a su desaparición y a la destrucción de la Naturaleza. Por fortuna, antes de que se impusiera esta creencia, de las MPS tradujeron a nuestro código de lectura una biblioteca básica universal de dos mil volúmenes. Según ellos, dejaron la elección de estos dos mil títulos a los hombres de la Historia, pero por más imbéciles que hayan sido, no es razonable culparlos de los bárbaros criterios de selección. Encabezan la lista la Biblia y el Corán, los siguen quince enciclopedias consideradas fundamentales, y una veintena de libros científicos, entre los que están *Principia Mathematica* de Newton, *Esbozo de una teoría de los colores*, de Goethe y los papeles sobre el comportamiento del agua que escribió Leonardo da Vinci, en los que asegura que la superficie de la Luna es toda de agua, como el centro de la Tierra. Después vienen los clásicos. Quevedo no se encuentra, ni los *Diálogos* de Platón, ni *La Ilíada* ni *La Odisea*. En cambio, *Lo que el viento se llevó*, *La cabaña del Tío Tom*, una atrocidad que se llama *Juan Sebastián Gaviota* y unos trescientos horrores similares están ahí, pero ni Faulkner, ni Rubén Darío. Hay dos novelas frívolas y sentimentales de Clauren y nada de Chejov, y encontramos en ella hasta la última línea escrita por Madame de Stäel, pero ni una palabra de Chateaubriand, de Voltaire, o de Rousseau. Después de haber dicho esto, podría no agregar nada más, pero no quiero omitir otros ejemplos: de *Las mil y una noches* no se salvó sino algún cuento incorporado a caprichosas antologías (*Los cien mejores cuentos eróticos*, es una de ellas; otra *Adulterio y misoginia en la literatura*), en versiones francamente pavorosas. La selección no tiene pies ni cabeza, es vil y llana tontería, ¿qué decir en su contra? Habla por sí misma. Además, por qué he de hablar mal de ella, si fue a su contacto que yo empecé a dedicarme a la arqueología de la manera en que hasta hoy la ejerzo. Alguna traducción anotada de Juvenal me guió de la mano a Quevedo, Bocaccio me llevó a Homero, o caminé de la mano de menos sólidos tutores, como cuando un escritorzuelo deleznable me llevó a Octavio Paz.

He reconstruido un número incontable de textos, transcribiéndolos aquí a la Central de Estudios Avanzados. También he aprendido a apreciar la belleza de los libros, a distinguir entre una edición y otra, y la hechura sin par de algunos volúmenes. Pero aunque como objetos cuenten, los libros no son cosas. Los atlántidos no queremos trato alguno con las cosas. La relación del hombre con la materia trabajada por él, alterada por él, devino sólo en una sucesión de equívocos. Todas las mañanas, cuando dejo L'Atlàntide y bajo por el Punto Calpe (es el nombre de la escalinata de aire sólido que une L'Atlàntide y la Tierra), pongo mis ojos en la montaña artificial que hicimos los atlántidos (macabro monumento al amor que los hombres tuvieron por las cosas), cuando acabábamos de fundar nuestra colonia. Esa montaña artificial está hecha de fragmentos de cosas de plástico, pañales desechables, bolsas, empaques, aparatos eléctricos o electrónicos, muebles, ropas, etcétera. Muy rara vez bajo por otro camino, así que prácticamente a diario tengo el recordatorio frente a mí. Si éste no me bastara para despreciar el amor por las cosas, tómese en cuenta que al tocar la superficie mis ojos no pueden admirar la rama de un árbol, una flor, siquiera una hoja, porque en los lugares donde los escombros me esconden tesoros no queda nada de eso. Existen los jardines que los sobrevivientes hemos cultivado con las semillas o la memoria de los despojos que cosechamos de la destrucción. No los visito casi. Esto es algo que L'Atlàntide tampoco puede comprender. Dicen que es sólo necedad innecesaria batir mis pies entre ruinas cuando hemos conseguido alzar de la yerma tierra paraísos "donde parece no haber llegado la mano del hombre", recintos artificiales que imitan lo que un día fue Naturaleza. ¿Han creado un jardín donde pasean evas y adanes inmaculados, sin haber aún pecado, porque no han reconstruido a su serpiente?

Ya. No más por las ramas, que por las ramas voy aunque los jardines evite. Al manuscrito. Venía yo de la Biblioteca Central de la ciudad de Bogotá, donde reconstruí un hermoso herbolario del Fondo Mutis, al que llegué por equivocación, pero que será uno de esos logros de los que siempre podré enorgullecerme. Llegué al hermoso manuscrito confundida por el nombre "Fondo Mutis", porque andaba detrás de más material del otro Mutis, su pariente y mi poeta, persiguiendo versos como:

"Cada poema un pájaro que huye
del sitio señalado por la plaga.
Cada poema un traje de la muerte
por calles y playas inundadas
en la acera letal de los vencidos.
Cada poema un paso hacia la muerte,
una falsa moneda de rescate,
un tiro al blanco en medio de la noche,
horadando los puentes sobre el río,
cuyas dormidas aguas viajan
de la vieja ciudad hacia los campos
donde el día prepara sus hogueras."

Así, confundiendo un Mutis por otro, di con el hermosísimo herbolario ilustrado a mano, sin que en realidad tuvieran que ver con mi poeta. Pero el azar sabe su gobierno, y me parece que los herbolarios tienen con el Mutis que me incumbe más parentesco que el de los dos autores. El científico era también un poeta. Los dos persiguen el mismo misterio. Y no es eso lo que buscan los atlántidos al recrear los jardines. Para ellos los jardines son un fin. No saben que en la vegetación hubo la huella de un dios, por llamarlo de algún modo, y que esa huella despertaba un misterio innombrable. Los atlántidos creen que los jardines son su propiedad, pero los jardines son *su ajenidad*, pertenecen a otro, al desconocido enigma. Y a éste jamás se aproximarán sin las palabras. Su necia intención de terminar con toda manifestación de la memoria, nos alejará cada día más del corazón que debieran tener sus jardines para ser verdaderamente ciertos.

Dije que venía de la Biblioteca Nacional de Colombia, en Bogotá, de haber reconstruido y enviado el Herbolario Mutis al buen gobierno para solicitar su ingreso al Menschen Museum, cuando decidí continuar en México la búsqueda de los versos del otro Mutis, mi poeta, porque en un ejemplar de un periódico bogotano al que por casualidad di cuerpo (estaba adherido al lomo del herbolario), encontré la afirmación de que al Mutis mío se le leía mucho en México. ¿Por qué no buscar ahí otros libros suyos? Yo creía, hasta entonces, que en México no se leía, punto. La proporción de libros por kilómetro destruido (ya lo había estudiado) es francamente ridícula. No que no haya habido libros. Hacinados en bodegas, repetían por miles los mismos títulos, absurdos los más. Pensé entonces que mi apreciación acerca de los hábitos de lectura mexicanos era injusta, que probablemente la gente acostumbraba leerlo todo en bibliotecas y, ¿por qué no?, acudir a las bodegas para leer al abrigo de su acogedor silencio. Si vivían como vivían y eran tan desastrosas las condiciones de su convivencia, ¿por qué no iban a leer en bodegas semioscuras, húmedas, de aire irrespirable, de pie, incómodos, lastimándose los ojos y los pulmones? Pudo haber sido posible que leyeran en las bodegas, y tiene más lógica que saberlas con los libros apiñados, pudriéndose inútilmente, sin objeto de ser. Si no, ¿para qué habrían impreso tanto libro? Además, a mí me parecerá incómodo leer en una húmeda y maloliente bodega, pero a ellos tal vez no. Mejor estar ahí que expuestos en sus inhóspitas calles, o en ruidosos cuartos, hacinados (como en las bodegas los libros, en desorden, incómodos) y oyendo la estruendosa televisión. O no ponderaban más comodidad que el silencio, como nosotros. Así que sólo por mi Mutis llegué a la Biblioteca de México y por haber ahí husmeado traduciré un manuscrito de tema mexicano, pero, lo repito, no porque tenga yo un interés especial en México. ¿Qué no dijo mi poeta, Mutis, en *La muerte del capitán Cook:*

"Cuando le preguntaron cómo era Grecia, habló de una larga fila de casas de salud levantadas a orillas de un mar cuyas aguas emponzoñadas llegaban hasta las angostas playas de agudos guijarros, en olas lentas como el aceite.

"Cuando le preguntaron cómo era Francia, recordó un breve pasillo entre dos oficinas públicas en donde unos guardias tiñosos registrababan a una mujer que sonreía avergonzada, mientras del patio subía un chapoteo de cables en el agua.

"Cuando le preguntaron cómo era Roma, descubrió una fresca cicatriz en la ingle que dijo ser de una herida recibida al intentar romper los cristales de un tranvía abandonado en las afueras y en el cual unas mujeres embalsamaban a sus muertos.

"Cuando le preguntaron si había visto el desierto, explicó con detalle las costumbres eróticas y el calendario migratorio de los insectos que anidan en las porosidades de los mármoles comidos por el salitre de las radas y gastadas por el manoseo de los comerciantes del litoral"?

Repito que no es para mí la fantasía de que existieron las naciones. Así que di con este manuscrito en la Biblioteca de El Colegio de México, al sudeste de la ciudad de México, en el Pedregal de San Ángel, región que la erupción del volcán Xitle cubrió en el año seiscientos antes de Cristo, y en la que se desarrollaron fauna y flora propios, e incluso alguna especie endémica. La ciudad terminó por devorar al Pedregal de San Ángel, pero todavía en 1972 alguien vio un puma en el Ajusco, y otro correr un lince en el Iztaccíhuatl. Porque esa ciudad se lo comió todo, hasta su propia belleza. Mi poeta escribió una vez:

"Al llegar a México en octubre de 1956, la generosa hospitalidad del pintor Fernando Botero y de su esposa de entonces, Gloria Zea, me permitió vivir mis primeros meses de exilio en su cálida compañía. Viviamos en Kansas 7, depto. 2, en la colonia Nápoles. Mis primeras imágenes de la ciudad siguen siendo para mí inolvidables, y hoy las recuerdo con una nostalgia incurable.

"Salíamos, Fernando y yo, a pasear en las tardes cuando la luz no le permitía pintar más. Bajábamos por Insurgentes, generosamente arbolado, y llegábamos hasta Reforma donde tomábamos, bien al bosque, bien al Caballito. A esa hora, el cielo, de una opalina claridad, despedía una luz tenuemente violeta como jamás he vuelto a ver en parte alguna del mundo. Reforma conservaba un buen número de casas estilo francés, fin de siglo, que daban al Paseo un aire señorial y apacible. Todo envuelto en esa luz incomparable, en esa pureza del aire que hacía que los árboles, las casas, las personas se destacaran con una precisión y una fuerza milagrosas.

"Aquí hay que quedarse a vivir, Álvaro, me decía Botero, embelesado ante la belleza de la ciudad rodeada de colinas verdes y custodiada por la blancura intensa de los volcanes.

"Seguí el consejo de Botero, y aquí estoy. De la ciudad que me deslumbró y hechizó, hasta que hice de ella mi segunda patria, nada queda. Peor aún, hemos logrado convertirla en un dantesco hacinamiento de horrores arquitectónicos y en una pesadilla de gases letales que nos están matando en un vértigo suicida.

"¿Qué hemos hecho para merecer este castigo? Cada cual que responda como quiera. De mí puedo decir que siento que no supe serle fiel, no supe perpetuar en alguna forma la imagen deliciosa reveladora de la que recuerdo aún como la más bella ciudad de América.

"Olvidos y desaprensiones como esa suelen pagarse al precio más alto concebible: con la vida."

Volviendo a donde estábamos: en el Pedregal de San Ángel hubo coyotes, mapaches, cacomixtles, talcoyotes, liebres y conejos, y artrópodos y mariposas y un sinnúmero de aves (halcones, águilas, colibrís). En 1902, el novelista mexicano Federico Gamboa escribió en *Santa*:

"Inexplorado todavía en más de lo que se supone su mitad, volcánico todo, inmenso, salpicado de grupos de arbustos, de monolitos colosales, de piedras en declive tan lisas que ni las cabras se detienen en ellas, posee arroyos clarísimos, de ignorados orígenes, que serpean y se ocultan y reaparecen a distancia, o sin ruido se despeñan en oquedades y abras que la yerba disimula criminalmente; cavernas y grutas profundas, negras, llenas de zarzas, de misterio, de hojas disformes, heráldicas casi, por su forma; simas muy hondas, hondísimas, en cuyas paredes laterales se adhieren y retuercen cactus fantásticos y cuyos fatídicos interiores, cuando a ellos se arroja una piedra que jamás toca el fondo, verdegueante y florido, tienden el vuelo pájaros siniestros, corpulentos...

"Por dondequiera matorrales que desgarran la ropa; amenazas de que una víbora nos asalte o una tarántula se nos prenda; y lo que es más lejos, algo peor: los gatos monteses, los tigres y la muerte... Por donde quiera leyendas erráticas, historias de aparecidos y almas en pena que salen a recorrer estos dominios, en cuanto la luz se mete. Por donde quiera, lugares encantadores, nombres populares: Nido de Gavilanes, La Fuente de los Amores, La Calavera, El Venado..."

Si los atlántidos pudieran husmear en mis archivos, verían que yo también encuentro en mi búsqueda jardines por los que paseo.

El manuscrito se conforma de dos unidades, no sucesivas sino intermitentes. Una de ellas fue escrita por don Hernando de Rivas, exalumno del Colegio de Santa Cruz de Santiago Tlatelolco, pero su versión no llegó a mis manos en su idioma original, que fue el latín, sino en la traducción que hace de ella la autora de la segunda unidad del manuscrito, Estela Díaz. Estela se presentará a sí misma en las siguientes páginas. Sólo quiero aclarar que hubiera preferido paleografiar un texto más literario que el suyo. Porque este manuscrito no es invención, o no mayor que la que no pudieron evitar sus dos autores. Llegó a mis manos, y de mis manos lo traslado a este lugar. No voy a juzgar nada del manuscrito aquí, si "Aparte de la geometría, sólo hay un modo de razonar: el de los hechos."

Procedo a dar lectura al manuscrito. Para empezar, transcribo los dos epígrafes que Estela invocó para abrir su escrito:

Doy gracias a Dios porque no tenemos ni escuelas ni imprentas, y ojalá que no las tengamos en estos cien años, en vista de que las letras han engendrado rebeldía y herejía y sectas en el mundo, la imprenta ha divulgado éstas y también calumnias contra el mejor gobierno. Dios nos libre de ambas.

Lo firma Sir William Berkeley, gobernador de Virgina. Objeto sobremanera que le haya echado mano, porque sus líneas no pueden tener relación alguna con el texto que ella traduce, si fue escrito en años posteriores adentro del flujo incambiable del tiempo de la Historia, pero lo transcribo para que algo del eco de la burla llegue a algún oído atlántido, así sea el mío.

Con el segundo epígrafe no tengo en cambio objeción ninguna:

Sea México común patria y posada;
de España erario, centro del gran mundo;
Sicilia en sus cosechas, y en yocundo
Verano temple su región templada.
Sea Venecia en planta; en levantada
arquitectura Grecia; sea segundo
Corintio en joyas; en saber profundo,
París, y Roma en religión sagrada.
Sea otro nuevo Cairo en la grandeza;
curiosa China, en trato; en medicina,
Alejandría; en fueros, Zaragoza.

Imite a muchas en mortal belleza;
y sea sola, inmortal y peregrina
Esmirna, que en Balbuena a Homero
goza.

Lo firma don Lorenzo Ugarte de los Ríos, Alguacil Mayor de la Inquisición de la Nueva España. Se adivina, me parece, un humor negro en esta elección.

Después de los epígrafes, en la siguiente hoja del manuscrito comienza una especie de texto confesional de Estela, a la que seguirán las palabras de Hernando de Rivas. Dividiré el manuscrito en cestos, respetando el orden que Estela inició; a cada voz le haré su cesto separado, y lo cerraré cuando toque el turno a la siguiente, sea Estela, sea Hernando, sea yo.

Cada cesto llevará una frase en esperanto para abrirlo y la equivalente para cerrarlo, como acostumbro; mi "ábrete Sésamo" de la Central de Estudios.

Hechas estas aclaraciones, comienzo la lectura y transcripción del texto de Estela que precede al de Hernando de Rivas y paso de inmediato al del indio, desde la colonia de sobrevivientes L'Atlàntide, en este luminoso año sin nombre o número, más de cien años después de la desaparición de la vida natural terrestre, quién sabe cuántos más, si hace 213 exactos nos prohibimos contarlos, y digo las palabras con que cierro lo que aquí he escrito,

Slosos keston de Learo

Ekfloros keston de Estelino

A manera de prefacio de la traducción del manuscrito del siglo XVI que llegó a mis manos, firmado por «Hernando de Rivas, exalumno del Real Colegio de Santa Cruz de Tlatelolco», incluiré algunas palabras mías para explicar mi relación con éste. Quiero decir por qué demonios me importó tanto lo que por casualidad vino a dar a mí, y por qué me dispuse a reescribirlo. Lo hago para mí, para nadie más. Me importa sobremanera. A su modo es mío, pertenece a mi propia historia, está en mi génesis, en mi nacimiento. Es mi hoy también, como mi ayer. ¿Cómo lo explico? Me importa porque... Me temo que antes de empezar a traducir, voy a tener que contar ciertas cosas. Armaré una breve sucesión de imágenes como un preámbulo a la explicación que trato de hacer de la importancia que tiene para mí el manuscrito de Hernando. Tendrá un poco de videoclip, de lenguaje inconexo de imágenes, al que, en la televisión y el mal cine, nos hemos ido acostumbrando, imbecilizándonos.

El rollo comienza con una escena que sí se llevó a cabo en mi infancia, sólo que ahora la veo como espectadora, como si yo no fuera parte de ella. Las protagonistas son la abuela y la nieta. Primero voy a describir el lugar de la escena, porque no ocurrirá en un cuarto cualquiera, no en la cocina o en la sala de una casa, sino en un laboratorio de materias primas para la industria farmacéutica que es propiedad de la abuela. Al laboratorio, de proporciones domésticas, un negocio casero, se entra por un ancho pasillo oscuro. A los dos lados hay tambores de cartón, conteniendo yerbas secas y polvos, y latas brillantes de alcohol, materias primas para elaborar las que saldrán de ahí. El cuerpo central del laboratorio tiene al fondo una estantería de madera del piso al techo, con grandes garrafones de vidrio, conteniendo sustancias líquidas trasparentes, traslúcidas o de colores pardos. (Por cierto, el olor del lugar era indescriptible, no era desagradable, pero era un intenso remedo de frescura que podía llegar a hastiar. No a mí, yo amaba estar con mi abuela, pasar con ella cuanto tiempo fuera posible, haciendo lo que ella hiciera: filtrar las sustancias, rellenar tamales o hacer chocolate a mano —sólo para consumo familiar, en su cocina—, o contar los puntos del ganchillo. Esto no se verá en esta escena, pero recordar el laboratorio me lo evocó. Aquí lo tengo, pegadito a mi nariz. No, ningún lugar huele como olía ése, un poco a valeriana, otro a yerba fresca y a alcohol.)

Frente a la pared llena de garrafones (su biblioteca de líquidos), al pie de las altas ventanas que asoman al patio en que yacen los costales con yerbas frescas, están los tambores metálicos desde los que se filtra gota a gota lo que reciben garrafones abiertos, muertos siempre de sed, porque las gotas caen lenta, muy lentamente.

En el centro del laboratorio hay una gran mesa de estructura de fierro y tablero de una sola pieza de granito. A su pie, una báscula y una bomba manual para hacer vacío en los garrafones.

La abuela y la nieta conversan, mientras la primera retira un papel filtro del embudo sobre el que gotea la llave de uno de los tambores metálicos, y lo cambia por otro nuevo. Antes, juntas, como lo hacen todos los meses, la abuela y la nieta han doblado los grandes pliegos de papel filtro blanco, cortándolos con cuchillo en cuadros no muy grandes que después pliegan como abanicos. Estos abanicos son lo que la abuela acomoda en los embudos, para que, amoldándose a éstos, filtren las sustancias que gotean de las llaves de los tambores metálicos hacia garrafones como los de la estantería. Cuando se llenan, les pega una etiqueta con el nombre del extracto que contengan.

Etiquetas, pluma, papel filtro y el engañoso cristal de los garrafones en que se esconden los secretos fabricados en el laboratorio de la abuela (*Velásquez Canseco*, los dos apellidos de mi abuelo, muerto hacía casi veinte años), las facturas y la vieja máquina de escribir con que ella las escribiera, marcaron mi vida, igual que la atracción por los repugnantes misterios de las sustancias que así se obtenían y que se hacían usando todo tipo de hierbas (algunas llegaban llenas de caracoles o babosos con los que los nietos jugábamos y a los que la abuela combatía hábilmente para que no treparan por sus rosales), manzanilla o alfalfa, y también semillas, almendras y avellanas.

En nuestra escena, en la sucesión de imágenes que íbamos a narrar, la abuela y la nieta conversan en el laboratorio, mientras la abuela manipula garrafones y filtros. Algo saca a colación una crema para las manos, que acaba de salir al mercado. Es de tapa azul con letras blancas, se llama *Nivea*. Viene en lata, como la que usa desde tiempo inmemorial la abuela, que se llama *Teatrical*.

—No hay que usar la *Nivea* —dice la abuela a la nieta, sentenciando—. Nunca.

—Deja las manos suavecitas, abue.

—Suavecitas las dejará, pero tiene glicerina y la glicerina oscurece la piel. Se te van a poner morenas las manos.

¿Las oscurece? ¿Morenas? No entendí nada de lo que me estaba diciendo. "Las oscurece, las oscurece", me repetí adentro de mí, "las oscurece"... El término no me decía nada. Cuando, muchos años atrás, en realidad sí tuvimos esa plática, los niños estábamos en vacaciones escolares. Hacía dos días que habíamos llegado de pasar tres semanas en Acapulco, tostados y negros como la noche. ¿Qué más daba que se nos oscurecieran las manos, si teníamos "oscurecido" todo menos las nalgas y una tira en el pecho, dos trechos ridículamente blancos, sólo visibles bajo el chorro de la ducha?

De niña no me atreví a replicar nada ante el tono severo de su sentencia, que la abuela no usaba por cualquier motivo. Tampoco me expliqué a mí misma que su comentario, injustificable en cualquier caso, era un resabio de su infancia. La abuela nació y vivió cerca de Comalcalco, Tabasco, y muchos de sus parientes vivían en Chiapas. A los parientes chiapanecos no los conozco, pero desde muy niña probé las cosas que enviaban del rancho de uno de ellos en Pichucalco. Me acuerdo bien del queso de Chiapas, buenísimo revuelto con la sopa de fideos, porque comido solo tenía un sabor demasiado agrio, para mi gusto, aunque mi abuela se lo preparaba en quesadillas hechas muy a su manera, poniéndolas en el comal a fuego bajo, como tostadillas, duritas y crujientes. Un día de éstos me pongo valiente y me las hago así, a ver qué tal saben, porque ahora se puede comprar el queso de Chiapas casi en cualquier sitio, antes llegaba a la ciudad de México casi como de contrabando. Entonces no lo había en los estanquillos ni en los supermercados, y muy de vez en vez se le encontraba en algún mercado, como al queso bola holandés (así llamaban al Gouda añejo en mi infancia), que la abuela conseguía también, porque se lo enviaban los primos de Chetumal. Digamos que a los defeños, Chiapas nos quedaba tan lejos como Holanda. Pero aunque ahora se consiga fácilmente el queso chiapaneco, no lo compro nunca. Lo dejo guardado en mi memoria, como reliquia intocable de mi infancia, como si fuera parte de la abuela y por lo tanto inaccesible. Creo que la única vez que me he atrevido a comprar algunas de las cosas con que ella festejaba con cualquier pretexto en su cocina, fue hace unos meses en Villahermosa. Compré en el mercado pejelagarto ahumado, ostiones en escabeche (guardados en frascos de vidrio con forma de diamante), lo que llaman mameyes (no lo son, la fruta es redonda y dura, como pelota, de cáscara áspera y enorme hueso rugoso, y la carne, dura, firme, tiene el sabor más delicioso jamás habido sobre la tierra, no se puede comparar con ninguno, tiene una pizca de durazno, una pizca de mango, un poquitín de piñón y otra pizquita sabe a pera). Compré nanches frescos, e icacos en dulce, negros y empalagosos, que se come uno sólo para llegar a la almendra guardada adentro del hueso, una almendra rosada y redonda, hueca y crujientita, sabrosísima, con un sabor también insólito. En Cumaná, en Venezuela (me contó una amiga que fue ahí a un Congreso), hacen una especie de turrón de icaco, semilla y carne mezclados. Lo supo de oídas, porque no lo encontró, no era temporada.

También me traje de Villahermosa un par de kilos de chinines (son primos lejanos del aguacate, grandotes, de carne blanca, fibrosa y un poco dulzona), y tres docenas de cangrejos vivos, amarrados con cordeles de hojas de plátano, empacados en una caja de cartón que cargué de su lacito y eché a mis pies en el avión. Los cangrejos apestan siempre mucho, tanto que su olor es, sin exagerar, un hedor insoportable. La azafata se la pasó buscando qué demonios era lo que olía tan mal, qué mamá inconsciente cargaba un pañal sucio guardado en la bolsa y no sospechó de mí, bañadita e hipócrita, con cara de nomatounamosca. Para mejorar mi aspecto inocente, en lo que respecta al pañal apestoso, no me quité los lentes para leer en todo el trayecto, ni despegué los ojos del libro, y cada que la azafata pasaba, alzando un segundo la vista de mi lectura, le sonreía con gesto cómplice, abanicándome la mano frente a la nariz, para que comprendiera que también a mí me era molesto el crimen de algún inconsciente, aunque el inconsciente fuera yo misma. Llegando a casa, eché a los cangrejos en la tina del baño, con un poco de agua, a la que antes dejé reposar para que se evaporara el cloro, y el siguiente fin de semana invité a algunos amigos a compartir las maravillas. Hicimos un comilón inolvidable, aunque para mí tristísimo, porque nada me sabía igual sin la abuela. Lo que sí fue idéntico fue el sonido de los cangrejos arañando la tamalera metálica para intentar escapar, mientras los cocía al vapor.

Porque los cangrejos se guisan con crueldad. Primero, la que se ejerce contra los animales, echándolos vivos a la olla, después la que se infringirá quien los vaya a cocinar, porque tendrá que sacar la carne de las patas delgadas para rellenar con ella la "cabeza" del animal, y para hacerlo tendrá que sufrir. Esta carne, la pegadita a la concha de las patas delgadas del cangrejo, es más sípida que la de las manos gordas, las muelas, como se les dice. Las muelas se comen aparte, sin guisar, sólo cocidas con sal. Si el cangrejo está fresco, las muelas cocidas son deliciosamente perfumadas. No les hace falta ningún condimento. No se les debe echar ninguna yerba, y menos exprimirles gotas de limón a la hora de comerlas. El limón sobre la mano del cangrejo fresco es un crimen gastronómico.

Antes de rellenar la cabeza se guisa la carne que se sacó de las patas delgadas con cebolla, ajo, alcaparras, yerbas de olor, pimienta y el jugo donde se han lavado las cabezas después de sacarles las tripas. ¿Y la crueldad? La que se tiene con los cangrejos quedó clarita: se les guisa vivos. El que los cocine, para sacar la carne de las patas delgadas, tendrá que sufrir, echando mano del rodillo y la paciencia. Las patas delgadas se van triturando y con paciencia se quitarán de la carne los pedazos de concha hasta dejar limpia la pulpa. El sufrimiento vendrá por vía del olfato, huele espantosamente mientras se hace el laboriosísimo procedimiento, muy fuerte, y hay que soportar la peste durante horas. Pero el guiso terminado es exquisito. Parecería que el hedor del cangrejo vivo, que renace mientras se le machaca, se queda en los caparazones.

Volviendo a lo de la anunciada sucesión de imágenes, la abuela (en bata blanca, el uniforme de trabajo que usaba en su laboratorio) y la nieta (en pantalones y camisa) conversan, repitiendo fielmente una escena de mi infancia. De pronto, entre la abuela y la nieta cae una enorme lata azul con blancas letras (*Crema Nivea*), que cobrando la forma de una franja azul, las divide, salpicándolas con goterones de ese color. Del lado de la abuela, las salpicaduras azules se vuelven blancas; del lado de la nieta, oscuras, "morenas". Del lado de la abuela, las blancas salpicaduras cobran forma de sombrillas bajo las que pasean mujeres de piel blanca, vestidas de largo en sedas, brocados, encajes y bordados. Algunas llevan velo sobre las caras, y las más blancos guantes, para proteger la piel. Mientras más blancas, las mujeres se ven más deslumbrantemente hermosas.

Así de súbito como cayó la enorme lata azul, el enfoque se abre, dejando ver las casas al borde de las altas aceras, levantadas casi medio metro arriba del nivel de la calle. Los niños corretean por aquí y por allá, los varones pasean con sombrero. Otras mujeres, ya mayores, vestidas de riguroso luto, en sus mecedoras, al lado de las puertas de sus casas, bordando o tejiendo a ganchillo mientras cae la tarde, observan de cuando en cuando a los paseantes, saludan a las jóvenes e inclinan la cabeza cuando pasa alguno de los varones, y conversan entre sí, pausadas, sin prisas. Por la acera en la que caminan los hombres y las mujeres descritos, no va un solo indio, pero sí caminan muchos de ellos sobre el lodo de la calle, porque sólo hay pavimento en las aceras, mientras que la calle no es de asfalto o piedra, sino de lodo "moreno", como quienes lo pisan. Tampoco es india ninguna de las mujeres de las mecedoras.

De pronto, se suelta una lluvia abundante, una tempestad tropical. Decir que llueve a cántaros no es exagerar o usar una frase hecha, sino definir con precisión. Las calles se inundan con la lluvia. Las señoras, sus mecedoras y los niños entran apresurados a sus casas. Los indios levantan en hombros a los blancos paseantes para que no se mojen los pies, para que no los embarren con el agua lodosa que corre como un río por las calles. Sin dejar de correr, porque corriendo van bajo su carga y la lluvia, los indios se transforman en mulas, y conforme el torrente de agua se vuelve más abundante, en animales mejor hechos que las mulas para llevar la carga, animales enormes, casi monstruosos, que se convierten (cuando el agua que corre por las calles es ya un río desbocado y moreno) en unas máquinas funcionales que transportan a las blancas y sonrientes y elegantes y hermosas paseantes, que no pierden la compostura, ni los sombreritos con sus velos, ni sus guantes, ni sus blancas polainas de paño blanco, como los blancos no pierden los sombreros ni enseñan arruga alguna en sus trajes de lino y sus corbatas de algodón liso.

El enfoque se abre más, y la pantalla vuelve a quedar dividida en dos, la abuela de un lado, la nieta del otro, como estaban al inicio, en su conversación. Del lado de la nieta, las morenas salpicaduras de la crema van cobrando forma de tostados bañantes, semidesnudos en la playa, bailando alrededor de una hoguera. Son rubios, algunos, otros de cabello castaño, otros de cabello blanco o negro. Hombres y mujeres llevan el cabello largo, y los que traen camisas pueden pasar por hombre o por mujer, libres de cualquier distinción sexual, porque los cuerpos son casi andróginos, quemados por el sol, curtidos por el viento, endurecidos por el ejercicio. Las olas estallan en la orilla de la playa, su espuma es como la oscuridad, negra. De pronto, salidos quién sabe de dónde, se incorporan a la danza hombres y mujeres "salvajes", desnudos, las pieles pintadas con franjas de colores brillantes, plumas adheridas a los brazos, la cabeza, los tobillos. Del lado de la abuela, los blancos siguen al lomo de los indios-máquina, bajo una lluvia inclemente, sobre el río tempestuoso en que se ha convertido la calle, sonriendo como si todo fuera paz y placer sobre la faz de la tierra.

Las imágenes contiguas cambian abruptamente. El lado de la abuela anuncia, con letras enormes, *Crema Teatrical*, sobreponiéndolas a un rostro femenino, hermoso y sonrosado, sobrepuesto a su vez a la luz tenue del sol naciente cayendo en el volcán, la mujer blanca, el Iztaccíhuatl. El lado de la nieta anuncia con las mismas letras *Nivea*, sobre el fuego azul de la hoguera, cada vez más azul, hasta volverse el liso y brillante de la tapa.

Aquí acaba la sucesión de imágenes. Tal vez no hacía falta para explicar que detrás del comentario de la abuela, que no había yo recordado en décadas, venía encerrada una convicción ominosa, arrastrada sin tomar conciencia.

Creo que cuando espetó su opinión sobre el efecto de la glicerina en la piel, las negras sustancias líquidas que habían pasado por el papel del filtro formaron remolinos de enojo adentro de los garrafones que habitaban en el laboratorio. Creo que recordaron quiénes habían escogido las yerbas de que eran extractos, quiénes las habían reconocido en el campo, las habían cargado, las habían guardado en costales, quiénes las habían vuelto a cargar para llevarlas al mercado, y quiénes, adentro del mercado, las habían llevado al coche de la abuela. En fidelidad a los indios, adentro de los garrafones, las sustancias se habían meneado enojadas. Y sé que la abuela, si hubiera visto su enojo, se habría avergonzado de su comentario: la luz oscura proveniente de los extractos de los garrafones la habrían iluminado, le habrían abierto los ojos, diciéndole, explicándole, que aquel orden era perversión pura, desorden del alma colectiva, una de las sogas al cuello de nuestras tierras.

En su laboratorio de materia prima farmacéutica, mi abuela habitaba un futuro que de niña no pudo siquiera atreverse a desear. Alguna que otra vez me había contado cómo recibió una paliza de su padre por contravenir la ley impuesta a una niña: por ser mujer no podría "ni saltar la cuerda, ni perseguir la pelota". Una mañana, en un patio interior de la finca del bisabuelo, creyéndose sola, no resistió la tentación de intentar saltar la cuerda, y en ésas estaba cuando su mala suerte hizo que el abuelo pasara por ahí, y con la cuerda misma, "por faltarse al respeto", la azotó en lo que le llevaron los criados el fuete para seguir golpeándola. La encerró en su habitación por una semana, de la que no pudo salir, ni para tomar sus alimentos, ni para vaciar la bacinica. Comió y bebió encerrada, derramando lágrimas amargas, conviviendo con su propia mierda, mientras comía el castigo infringido por la ajena.

Los indios vivían cerca de la finca. Los varones pastoreaban el ganado de los blancos y las mujeres cosechaban el café de las tierras de los blancos, pero no vivían en la finca. El abundante servicio doméstico era únicamente de mestizos.

De paso cuento que mi bisabuela recogía niños recién nacidos. Primero recibió uno bajo el arco del patio de la entrada, tirado en el piso, abandonado así nomás donde pudieron habérselo comido las nauyacas. Porque ahí cerca había nauyacas enormes, que se comían a los polluelos de gallinas y guajolotes y devoraban a los recién nacidos de las mujeres que recolectaban café, cuando los dejaban descuidados en las hamacas. Las nauyacas, silenciosas, subían por las ramas a los árboles, seguían la cuerda de la hamaca y sin decir ni pío se los tragaban de un bocado, sin que hubiera quién se diera cuenta. Esto me lo contó mi abuela, y en cambio nunca le oí narrar la historia de un hombre que venciera estas horrendas serpientes y rescatara a los niños que guardaban sus funestos senos. Si el dragón tuvo a su San Jorge, a la nauyaca de Tabasco no la alcanzó nunca el contrincante que la venciera.

Como se sabía que mi bisabuela aceptaba niños, con los años llegó a recibir ocho (u ocho sobrevivieron, no estoy segura), de modo que a los cinco hermanos "naturales" de la abuela debían sumarse estos más, criados con nodrizas que la bisabuela hacía venir desde Comalcalco o desde Pichucalco. Tengo una duda sobre los adoptados, ¿aceptaban indios, mestizos y mulatos, o eran todos blancos? Creo que mi duda es imbécil, que todos debieron haber sido blancos. Pero no lo sé, nunca pregunté a mi abuela. La hubiera ofendido mi pregunta, porque ella jamás habría aceptado cualquier acusación de racismo. Eso del racismo era algo muy feo, pero los chinos eran sucios y rateros, los negros haraganes malolientes y los indios no eran gente de razón, así de claro. En cuanto al racismo... ése era un pecado horrendo de los alemanes. Digamos que si los indios no trabajaban en la casa de la finca, era porque olían muy feo y eran sucios, y mentían, pero no porque fueran indios. Eso no lo habría aceptado.

Cuando mi abuela era niña y vivía en la finca cerca de Comalcalco con sus papás, sus doce hermanos y la legión de criados, llegó la Revolución. No sé qué fue la peor de las desgracias que la venerada y zarandeada revolufia acarreó para ellos, si que mataran al abuelo en un zipizape entre alzados y federales, o que perdieran sus tierras. Por cierto, cuenta la leyenda familiar que ya herido el abuelo buscaron un doctor, y que al que encontraron se negó a salvarle la vida para no meterse en problemas. ¿Y saben quién era el doctor? Pues el padre de Pellicer, nuestro poeta.

Cuando sacaron de su finca a la bisabuela, dejándola sin nada, ¿qué podía hacer con tanto niño? Se lo habían quitado todo, el ganado, las ropas, los muebles, las tierras sembradas, y los criados se habían sumado a los alzados. Con las moneditas que consiguió esconderse, porque todo lo demás se lo llevaron, encargó a los ocho hijos que no eran suyos con alguna buena mujer, a la que luego los federales mataron. A palos, como se dice vulgarmente. La bisabuela había prometido que luego le enviaría otras moneditas para que alimentara a tantos chicos, pero no se supo más de los muchachos. Quién sabe dónde fueron a parar los otros hermanos de mi abuela, los recibidos por la generosidad de su mamá y perdidos en el huracán revolucionario.

La madrina de mi abuela, viéndolos en desgracia, se ofreció a cuidar a mi abuela, que tenía once años, pero apenas la tuvo bajo su dominio, en Villahermosa, la trató como a una criada. Nunca le pregunté qué hacía exactamente, pero trapear seguro, porque nada odiaba ella más que la pura posibilidad de trapear. Un día le dije que yo no sabía trapear, a lo que me contestó "¡Bendito sea Dios! ¿Para qué quieres saber tú trapear? Ni mis hijas ni mis nietas nacieron para trapear. Ni yo, pero con lo que nos pasó..." Se quedó sumida en sus pensamientos, en silencio, y yo no me atreví a preguntarle más. Su silencio me hizo verla con la jerga en la mano, tallando el piso.

Apenas pudo, ya mayorcita, porque no quería ser carga, o no podía escaparse, la abuela regresó, el corazón chiquitito, con su mamá. Cosía, y con eso le ayudaba para el gasto. Cosía ajeno.

Los hermanos varones empezaron a hacerse de dinero, según la versión familiar porque eran trabajadores, organizados y emprendedores. No dudo que lo fueran (debieron serlo, claro), pero en honor a la verdad hay que agregar que también supieron echar mano de las ventajas que les daba su raza: todos eran blancos como un jazmín, los más tenían los ojos claros, y se les conocía como de "buena familia".

La abuela se casó con el abuelo, médico militar, que iba de paso por Tabasco. Y en Tabasco se quedó. Había sido un héroe de niño. La historia me la sé, pero me parece tan inverosímil... En Perote, el papá del abuelo, que era militar, cuando el ejército federal recuperó el fuerte, había sido tomado preso, junto con el muchacho. El chamaco saltó por la ventana de la cárcel, fue a avisar a Xalapa que su papá estaba preso en Perote, y las tropas contrarias a Díaz llegaron justo a tiempo para recuperar el fuerte antes de que volaran la vía, y de paso salvar la vida del bisabuelo. No sé si es verdad, aunque oí la historia mil veces. El caso es que después de la Revolución se regresó a vivir a Oaxaca, de donde era la familia de la mamá (tenían criaderos de cochinilla, entre otras cosas, los Canseco), y en una de ésas, ya siendo médico (recibido de tal en la capital, en la Escuela Médico Militar), lo comisionaron para Tabasco. Ahí conoció a mi abuela, se casaron, se quedaron en Villahermosa, se hicieron amigos de Garrido Canabal, trabajaron con él cuando subió a gobernador del Estado (mi abuelo erradicó el paludismo de Tabasco, fue el ministro de Salud de Garrido Canabal, por ahí hay una escuela que lleva su nombre, haciéndole justicia a su dedicación), salieron cuando él salió, y se enfilaron para la ciudad de México. Lo de la escuela lo supe hace muy poco. Me lo contó el hermano de mamá. Y me contó también que cuando inauguraron la escuela, al poco tiempo de muerto mi abuelo, e invitaron a mi abuela, ella se negó a ir, porque "ésos del gobierno son una punta bien armada de ladrones", pero bien a bien no me parece que haya sido por ello, sino porque la relación de mi abuela con mi abuelo era muy difícil, incluso en la memoria. Ella no parecía tener muchas ganas de enaltecerlo. No que lo quisiera borrar del todo, no. Recuerdo su foto en el despacho que siguió siendo siempre de él aunque fuera ella quien lo usara, hasta que quitamos la casa cuando ella murió.

La relación de la abuela con el abuelo era difícil y dicen que en su tiempo bastante amarga, pero no una relación de desamor. Durante años fui la preferida de la abuela (dejé de serlo cuando cometí el error de crecer, error del que jamás dejaré de arrepentirme, pero para el que no hay ni hubo remedio), y nunca se cansó en mis buenos tiempos de repetirme que yo era el vivo retrato del abuelo. Ya no lo fui cuando dejé de ser su predilecta, aunque no cambió mucho mi aspecto. Sigo teniendo la misma cara de lémur que tuve cuando niña, la cara un poco india de mi abuelo Canseco.

Mi abuelo murió muy joven, así de pronto, sin que supieran qué tenía, con todo y que la abuela se cansó de buscar a los mejores médicos para que lo atendieran. El último intento para salvarlo fue viajar con él a un hospital en San Antonio, Texas, a que lo revisaran, pero no le encontraron nada. No estaba enfermo de nada específico, tenía solamente vecina a la muerte. Lo mismo pasó con mi mamá, murió tan pronto y tan joven como el abuelo, aunque no fue a dar a San Antonio, sino al Hospital Español, porque creo que nadie se dio cuenta de que se nos estaba muriendo. Ojalá que no me toque este destino, el de morir joven. Pero ésa es otra historia, la del miedo de pelarme a la edad de mi mamá o la de mi abuelo, y de cualquier manera yo ya soy mayor que los dos (soy más vieja de lo que nunca fue mi mamá), no estaría de más que diera por desechado ese estúpido e inútil miedo.

Cuando el abuelo Enrique vivía, la abuela también trabajaba con él en el laboratorio, era un negocio de los dos. Ella era muy entrona, muy vigorosa. Trabajaba tanto que hasta que enviudó se vino a dar cuenta de que vivía en la ciudad, sin víboras, ni selva, ni revolucionarios, ni los peores federales, ni las madrinas brujas, y que aunque fuera mujer y estuviera sola saltaba a la cuerda de su trabajo y perseguía la pelota de sus pedidos y sus pagos. No le iba mal.

Una generación duró solamente su laboratorio de materia prima farmacéutica, una generación su química casera. El tiempo dio a correr demasiado rápido. Los extractos naturales fueron suplidos en el mercado por sustancias químicas. Ella era cómplice intelectual de lo que terminó con el esplendor de su laboratorio. Me acuerdo cuántas veces me dijo que yo no sabía lo horrendo que era vivir sin agua corriente, sin luz eléctrica, sin calles, en el medio de la selva. Y que eso ya había pasado. No pensaba mi abuela, al comentarlo, en los indios que todavía viven ahí, así y peor porque ni a finca llegan. Y qué digo finca, ni a un trechito de tierra cultivable, y ni soñar con derecho a la educación, a comida, a salud... Condenados a la miseria, vagan en lo que resta del bosque tropical, donde hace cientos de años fueron a refugiarse, como cuentan las crónicas de la Conquista, para rehuir el maltrato a que los sometían los invasores. Los años han demostrado que ni así consiguieron rehuirlo. A los ojos de mi abuela, la naturaleza era inclemente, peligrosa y detestable. Nada como un patio con piso de cemento y bien limpio. Nunca pensó que el hombre pudiera ser capaz de vencer la selva destruyéndola, y que al acabar con los bosques tropicales pusiera en riesgo el resto de la vida en el planeta. Pero no estamos hablando de esto.

He querido explicar, al evocar estos pasados, de una manera indirecta, por qué me importó tanto el manuscrito que aquí traduciré. Es cierto que vivo en la ciudad de México, que comparto la fantasía de un posrevolucionario país mestizo, pero es verdad también que tengo muy cerca a mi abuela, y que ella habitó un pasado diferente, un pasado que es colectivo y que, además, tiene bastante de presente.

Y eso que no he dicho ni pío de mi otra abuela. Los apellidos se le repetían como un juego de espejos, de tanto acostumbrar a casarse entre ellos, para proteger la "calidad" de su familia. Cada dos o tres generaciones, alguna de las mujeres se matrimoniaba con un extranjero "de buena familia", para atraer sangre nueva, asegurándose así de que no fuera a tener ni pizca de india. Mi abuela fue de ésas, se casó con un gallego. Cada que algún pariente se iba a casar, preguntaba primero por el apellido del consorte, y si no era uno de los poquísimos "bien vistos", contestaba "Malo, malo. Otra que se casa con nadie. ¿Dónde vamos a ir a dar?" Se casarían con nadie, según mi abuela, pero no recuerdo a alguna prima que se hubiera matrimoniado con un indio o con cualquiera que no perteneciera al grupo de blanquitos del país. Todos los maridos de las primas se ven "decentísimos", y no me contradeciría mi abuela. Una estuvo casada con el que fue secretario de Hacienda el pasado sexenio, otro con la hermana del actual secretario de Comercio, otra con el anterior de Hacienda, otra con el director de un banco, las otras si no con el dueño de esto, entonces con el dueño de lo otro, etcétera. Y hay un par casadas con extranjeros. Por esto yo no me caso y no me caso. A menos que pida mi mano Toledo, el pintor, no me caso. Toledo, además de tener la virtud de ser indio, tiene el don de la belleza, inteligencia, obra, conciencia, generosidad e imaginación. Pero lástima, siempre está casado. Por el momento, para bien llevarles la contra a todos, tengo a mi Hernando, indio, cura y muerto, no encontré un galán más conveniente. Como se ve, siempre fue distante mi relación con esta segunda abuela, segunda sólo en el orden de los afectos, porque era mayor de edad que la primera. Nació el último año del siglo pasado. Es mi segunda abuela, como yo siempre fui para ella una nieta de segunda. Mi padre se había casado ciego de amor con una vulgar tabasqueña, un pésimo partido. Yo no tenía los ojos claros, y por más que hacía mi mamá (no cantaba mal las rancheras), lavándome con manzanilla el cabello para que no perdiera su tono rubio, antes de los nueve años ya lo tenía yo castaño. Además, apenas salí de la infancia se me pusieron las cejas oscurísimas, sospechosamente negras. Con mis cejas me consagré como una nieta de segunda. Por lo mismo, cada que me veía, me recomendaba con quién debía casarme. Creía que mi descendencia era mejorable, no me daba del todo por perdida.

Cuando una tía vio a mi papá caminando en el centro de esta ciudad al lado de mi mamá, y él se la presentó como "mi novia", corrió a contarle al abuelo que mi papá se había comprometido con una "fea". Lo de fea, quede muy claro, se refería a "de fea clase social", porque la verdad es que mi mamá no era ni especialmente fea, ni notoriamente bonita. Con los años se le notó más una virtud: tenía una piel extraordinaria.

La misma noche en que la tía descubrió la relación de los dos muchachos, el abuelo puso a papá un hasta aquí: o dejas de ver a la fea, o te largas de esta casa, porque hemos puesto en ti muchas expectativas, debes hacer un buen matrimonio, y antes de esto no distraerte para terminar muy brillante tu carrera... Los dejó plantados con sus expectativas, y se largó para ser fiel a su amor.

Tres eran las objeciones del abuelo a mi mamá, a quien no conocía: la primera, que era fea, la segunda, que era tabasqueña y "los tabasqueños son gente muy mala", y la tercera, que mi papá no había terminado la carrera. Muchos años después, siete para ser precisos, la joven pareja se encontró en la calle al abuelo, y mi papá corrió a besar la mano de su padre. El viejo le dijo que quería verlo, que fuera a su casa, pero sin mi mamá, por lo que mi papá, sin averiguatas ni discusiones (era, como su papá, iracundo), se separó hecho un basilisco de su lado. Para que se vea que eran necios. Yo puedo imaginar sin hacer ningún esfuerzo los ojos del abuelo mirándole a mi mamá la ausencia de "clase", confirmando que su prohibición no había sido un equívoco. Porque mi papá era guapísimo, y no dudo que en algún momento el corazón de mi abuelo haya albergado una pregunta: ¿y si toda la historia se concretaba a que la tía, tal vez secretamente enamorada de él, acusaba de fea a la otra para ganarlo para sí a la fuerza?

A la mañana siguiente, mi mamá le escribió al abuelo. En la carta le explicaba que mi papá ya había terminado la carrera, que ya había hasta estudiado un curso de postgrado fuera de México, que tenía un buen trabajo. Agregaba que aceptaba ser fea, y que lo tenía tan presente que ni siquiera lo disimulaba "con afeites". Que ella no era quién para defender si los tabasqueños eran gente mala o buena, porque había dejado esas tierras a los dos años y la conocía muy pobremente. Y que aceptara a mi papá de vuelta, sin prohibirle a ella pisar su casa (él no podría aceptar esa prohibición, porque "los dos eran una sola carne"), aunque le prometía que no la pisaría. El abuelo, que aunque necio no era un monstruo, los invitó a los dos, con todo y su hija. La hija soy yo, se entiende.

Me acuerdo perfecto de esta primera visita. Yo tenía cinco años. Nos dieron de comer unas horrendas zanahorias cocidas, revolcadas en pan molido, ni frías ni calientes, ni aguadas ni duras, verdaderamente repulsivas. Llamaron tanto mi atención que no puedo recordar el resto del menú, sólo que no hubo postre y que sirvieron el agua de limón sin pizca de azúcar. ¡Qué diferencia con la casa de mi otra abuela! Cada comida era una fiesta, y sus postres eran verdaderamente de antología. No sé cuál era mi predilecto, tal vez la copa nevada, una especie de natilla (hecha sin una sola cucharada de harina, a punta de fuego lento, huevo, azúcar y tiempo, batiéndolo siempre con cuchara de palo para que no se pegue y se queme al fondo de la cazuela, porque si no cambia todo el sabor ahumándolo) que se servía en copas, sobre la que se ponía clara a punto de turrón pasada en cucharadas en agua hirviendo, para que se solidificara, sin pizca de azúcar y decorada con canela. La canela era molida en casa, porque a la que venden embotellada en el súper, decía mi abuela, "quién sabe qué puerqueces le echan, que no sabe a nada".

Volviendo a nuestro tema, ahora contaré cómo fue que el manuscrito cayó en mis manos, pero para hacerlo tengo que contar dos cosas más de mi vida. Una es que sé latín, bien, no un barniz solamente, puedo conversar en latín, escribir y leer, por supuesto. Sé que esto es un poco extraño ahora en México y en una mujer, pero es que de niña dije a mi papá que de grande quería ser sacerdote, y me explicó que eso no podía ser porque yo era mujer, a lo que contesté, "No hay problema, entonces de grande quiero ser hombre". Se rió y me dijo que eso no iba a pasar, y que lo primero que había que hacer, por si cambiaba la ley de la Iglesia, era aprender latín. ¿Saben qué interpreté entonces? Ignorando el verdadero significado de su risa, deduje que yo de grande sí iba a ser hombre. Y lo deseé, sin duda, porque me imaginé mil veces como un cura bigotón dando misa, adorado por los feligreses. Me vi obispo. Di misa en Catedral. No quise nada más de un hombre. Sólo su sotana, que es, hasta cierto punto, la representación de su "pureza". Su virginización. De niña desee tener las faldas de un cura.

Volviendo a mi papá, y no a mi equívoca interpretación, que sé da para algunas sesiones en psicoterapia o unas cuantas más en psicoanálisis (aunque creo que nunca lo hablé con ninguno de mis cuatro terapeutas), él me consiguió lecciones con un diácono amigo que quién sabe por qué motivo (aunque lo sospecho carnal) nunca podía ordenarse de cura; la verdad es que creo que sólo usó mis lecciones de latín como un pretexto para ayudarlo, porque ese amigo suyo era un muerto de hambre. El amigo diácono lo tomó tan a pecho como yo, él por el cariño a mi padre y por los pocos pesos que ganaba en cada clase, yo por la ilusión de algún día consagrar la hostia y vestirme de dorado frente a un altar. No era mala ilusión: revestir el cuerpo con oropeles trabajados por manos castas, y producir con las propias el misterio de lo sagrado; tomar de las ajenas la apariencia (los otros son quienes nos donan el privilegio de la belleza), y producir con las propias lo que no puede verse, lo que es misterio, lo que el acto erótico, si tiene suerte, invoca, emula y, en muy pocas ocasiones, consigue. Aunque la verdad sea dicha, dejo aquí estas palabras sin mucho convencimiento. La pura idea de ir a misa hoy me da ascos. Ya me viera yo de cura, que anglicana podría serlo una mujer, pero la verdad es que ni loca.

Cuando este manuscrito llegó a mis manos, proveniente de una silla, porque de una silla vino, rompiendo el muro del tiempo, pude leerlo, porque fui una alumna aplicada de latín, y porque tomé dos años paleografía de textos coloniales.

El manuscrito está en bastante mal estado. Algunos pasajes son ilegibles por las manchas en el papel, otros, o ya han desaparecido del todo, o se me van quedando en las manos al intentar leerlos. Sé que debí llevarlo de inmediato con un restaurador, pero no me dio la gana. Era mío, lo decidí desde que pensé trabajar con él, y a mi modo remedié las ausencias.

Lo otro que quiero contar es cómo llegó a mis manos. Siendo, como lo es, un manuscrito del siglo XVI, sería lógico que lo hubiera encontrado en los Archivos del Fondo Franciscano que custodia en el Museo el Instituto de Antropología (para el que yo trabajo, soy investigadora en él hace diecisiete años, ahora mi tema es la mujer india e hispana en el siglo XVI), pero no fue así.

Resulta que mis papás (esto es lo segundo y último que tengo que contar de mí misma), me llevaron a vivir un año a un pueblo indio, asumiendo el papel de una «familia misionera». Nos fuimos los tres, mi mamá embarazada por segunda vez de un niño que, otra vez, no nació vivo (fui la única sobreviviente), a catequizar a un pueblo indio. Eso de catequizar, quiero que quede claro, fue bastante relativo. Yo tenía siete años, y mi labor catequizadora consistía en pasar las filminas. *Pin*, sonaba de cuando en cuando el disco de *Mambo, el niño mártir*, y yo giraba una perilla que hacía correr la tira de celuloide, cambiando de una proyección a la siguiente, tan fácil como darle cuerda al reloj. Fray Jacobo de Testera (o Tastera), el inventor del catecismo audiovisual, jamás imaginó a qué sutilezas de la tecnología moderna iba a arribar su método, de modo que una niña ignorante podía catequizar con sólo girar una perilla, sin auxilio de un indio traductor o de una voz humana, ni siquiera la de ella.

Siempre hubo en la casa jóvenes que venían a pasar con nosotros unas semanas, y alguna o alguno de ellos se encargaba de acomodar la pantalla sobre la que se proyectaban los dibujos ilustrativos de vidas de santos, otro de poner el tocadiscos y las bocinas, y yo de girar la filmina cada que sonaba *pin*, una campanita, indicando a media narración dónde había que cambiar de ilustración. Papá manejaba la camioneta Jeep que más de una una vez se quedó atascada en un arroyuelo desbordado. Con toda claridad recuerdo la noche en que nos quedamos a dormir a medio camino, sumidos en la más completa oscuridad, hundidos en el riachuelo nada calmado que rugía a nuestros pies, o bajo nuestras llantas, rodeados por la tupida maleza. No hubo cómo sacar a la Jeep del atascón y el lodo en la oscuridad. Apenas amaneció, acomodaron piedras y tablones y nos sacaron de ahí, mientras yo continuaba mis dulces sueños. Porque esa noche dormí de día. En la noche no había luna, y en la oscuridad no pegué los ojos, tuve pavor del ruido de la selva y del rugir del arroyo: creí que el caudal crecería y terminaría por arrastrarnos, creí que los animales salvajes vendrían a devorarnos, que hombres violentos bajarían del cerro a despojarnos de todo. Imaginé mil desenlaces horrendos. Me esperé a los primeros rayos de la aurora para quedar dormida del todo, y entonces los que habían visto con sus hijos un par de historias de santos, ilustradas con las iluminaciones que se proyectaran en la pantalla, y habían oído las palabras del cura y tal vez habían recibido alguna vacuna o la medicina que los librara de algún mal inmediato (penicilina, por ejemplo, o un jarabe para la tos, las dos se administraban indiscriminadamente), con rapidez y sentido común nos sacaron del atolladero.

Otra de mis responsabilidades, como miembro de familia misionera, era despiojar indios. Los niños bajaban de comunidades inaccesibles al punto que hubiéramos escogido para pasar las filminas, repartir despensas y administrar vacunas, y, sin preguntarles su opinión, los rapábamos y les aplicábamos con una bomba manual flit mata piojos, un D.D.T., seguramente dañino en todos sentidos para la salud, pero que acababa de una vez por todas con cualquier piojo vivo o en estado latente. Eso sí, cuando sobre mis largas trenzas se vino a vivir un piojo con sus amigos, a mí no me raparon la cabeza, sino que me llevaron a México, mi abuela me hizo cita en un salón de belleza, y me administraron un líquido que olía a rayos, pero que ni dañó mi pelo ni me dejó liendres o bichos vivos. Ahora que me acuerdo, nunca usamos ningún tipo de mascarilla para aplicar el flit, así que si me muero pronto de alguna forma de cáncer, podré pensar que se lo debo al bichicida. También jugábamos a los mártires a nuestra manera.

En aquel entonces, la carretera no llegaba al lugar escogido por mis papás para su labor catolizadora, nada más un camino de lodo o terracería, intransitable durante la temporada de lluvias, convertido en río de lodo o, cuando lo peor, en río nada más, donde era imposible identificar el paso de un camino y mucho menos recorrerlo. No se hablaba español, en todos lados se oía el otomí, hasta en la iglesia, porque el heroico padre de la parroquia daba la homilía en *lengua*. Había sacado las bancas de la iglesia, y les hablaba en otomí, cuando el Vaticano dictaba las cerradas consignas de la misa en latín. Era un hombre peleador y honesto, entregado a su causa. Se me quema la lengua al decirlo: los años (y mi educación) me han vuelto quemacuras. Pero él era un hombre excepcional, y, en honor a la verdad, lo es. Ahora es arzobispo, el arzobispo del Istmo de Tehuantepec. Meto la mano al fuego por él, lo admiro, lo respeto.

Parece que ese lugar se ha aproximado a la ciudad de Mexico, se acortó la distancia que los separa desde que se llega por carretera. Ya no hay necesidad de llegar primero a Tampico y después hacer el camino, de por lo menos ocho horas, en la intransitable brecha, o abordar, también en Tampico (todos los caminos salen de Tampico), aquella avionetita minúscula que no sé cómo conseguían mis papás y que aterrizaba en sembradíos, espantando a las pocas vacas que por ahí deambulaban, porque ni soñar con algo remotamente parecido a un aeropuerto. El rancho donde estaba la tierra pelona en la que aterrizábamos, y que no era siempre la misma (dependía del barbecho) tenía unos montículos que, según decía el dueño, un ingeniero, eran pirámides cubiertas de tierra. Pero, agregaba, "no lo diré a nadie, que si lo revelo me quedo sin rancho. Me lo decomisan para excavar, y no me dan un peso a cambio. Y luego decomisan y ni excavan. ¡Gobierno ratero!". Así que, si ahí había pirámides, no me cabe duda de que apenas pudo el ingeniero las pasó a desaparecer. Si le alcanzó dinero, una mansión se ha de haber construido, echando mano de las piedras de las pirámides. Y si tuvo "sensibilidad", dejó los tallados prehispánicos aparentes, como hizo el arquitecto Parra con las casas que construyó con desechos de edificios coloniales. Al proteger su rancho del "gobierno ratero", si, como conjeturo, destruyó las pirámides, el ingeniero reprodujo un comportamiento habitual en nuestro país: ante el temor de la depredación es mejor de una vez por todas autodepredarse. ¡Sabio comportamiento!

Este extraordinario, profundo, exquisito concepto del "gobierno ratero" ha aparecido un par de veces. Cuando yo era niña, en mis alrededores no votaba nadie, o nadie se tomaba el voto en serio. Todos se lamentaban de que no hubiera democracia, y aunque lo más lógico habría sido que a mi alrededor hubiera panistas (súmese al que despiojé indios, el que pegué calcomanías azules y blancas con la leyenda "Cristianismo

sí, comunismo no"), no había tales, que yo recuerde.
Más de una vez, oí el diálogo siguiente:

—Tú, ¿por quién votaste?

—Yo, por Cantinflas.

También en esto han cambiado las cosas en
México. Me acuerdo perfecto de que mi mamá contaba cómo su papá, mi abuelo, se opuso al robo de urnas
durante las elecciones de 1946, pero en mi infancia
parecía ser cosa de otros tiempos. La historia de las
urnas y el abuelo ocurrió en 1946, cuando Ezequiel
Padilla se postuló candidato a la presidencia. Mi abuelo
lo conoció a través del doctor Demetrio Mayoral, de-
cano de la Escuela Médico Militar, compañero de mi
abuelo en la escuela del padre Carlitos en Oaxaca, así
que se conocían desde tiempo inmemorial, y se pro-
fesaban enorme cariño, tanto que cuando mi abuelo
murió, el doctor Mayoral fue el primero que se apareció por la casa, cargando un enorme ramo de gladiolas.
Con sus propias manos acomodó las gladiolas en flo-
reros, enjugándose las lágrimas.

Cuando mis papás se casaron, el doctor Mayoral y su mujer, Celia, fueron padrinos de velación.
Como el abuelo ya había muerto, el doctor Mayoral
hizo entrar a mi mamá de su brazo a la iglesia, él fue
quien la entregó. Me cuenta mi tío Gustavo que cuando mi mamá le llamó para pedirle que fuera su padri-
no, el doctor Mayoral le dijo "pero cómo he de ir
vestido, no tengo grandes elegancias, dime cómo ir",
a lo que ella le contestó "venga como quiera, doctor,
no me importa su traje, quiero que usted supla a mi
papá". El doctor llegó con la etiqueta que usaba la gente
vieja, esos pantalones con rayas verticales, y un saco
negro cruzado. Era una gente muy decente, a la antigua usanza, y al mismo tiempo un tipo muy cariñoso
con la familia de su amigo.

Este doctor Mayoral hizo que mi abuelo cono-
ciera a Ezequiel Padilla, que había sido fiscal en el

proceso a José de León Toral, entre otras cosas, cuando fue secretario de Relaciones Exteriores. Fue en carácter de este último que asistió a la Conferencia Internacional de San Francisco, de donde salió la ONU.

En las elecciones del 46 no faltaron irregularidades, no había nada parecido a un padrón electoral. El caso es que mi abuelo llegó a una casilla de visita, cuando el entonces diputado, Fernando Amilpa, un matón de don Fidel, apareció a llevarse las urnas. El abuelo perdió toda calma, y como no en balde vivió en la Revolución, lo encañona, le pone la pistola en la espalda, y le dice: "O deja eso, hijo de la fregada, o se muere. Luego me matarán a mí, pero usted se me va a ir por delante." Él y los compinches dejaron las urnas y se fueron. Quien ganó esas elecciones fue Miguel Alemán. También me acuerdo de la historia que más se contaba de Miguel Alemán cuando era niña: se decía que había mandado secar la laguna de Texcoco para encontrar el tesoro de Moctezuma. No apareció ningún tesoro, pero a la larga él lo obtuvo igual, porque su familia fue quien fraccionó y vendió las tierras del lago e hicieron con ellas una enorme fortuna, una de las varias de la familia Alemán.

Regreso al pueblo indio de mi infancia, al que fuimos de familia misionera. No diré su nombre, porque el lugar ya no se parece en nada a sí mismo, ya no es un pueblo indio sino un conglomerado de gente apiñada en desorden, imitando en lo peor el modo de vida occidental, guardada la obligatoria distancia que impone la pobreza. Ha cambiado tanto en las últimas dos décadas, que se podría decir que ese lugar ha desaparecido, que se ha vuelto niebla, y que en su lugar ha nacido con su mismo nombre un pueblo espurio.

Los domingos bajaba gente de todos los poblados próximos a vender y a comprar mercancías, y la recatada plaza de la semana se convertía en un enorme y activo mercado. La casa en que vivíamos también era grande. Quedaba justo frente al monte, al lado de las tres o cuatro familias que sí tenían dinero, que sí hablaban español, que no eran indias, y que temían, como ya dije, al gobierno ratero.

Cuando sueño nuestra estancia ahí, quiero decir, cuando ese lugar entra al mundo de mis sueños, el pueblo lodoso aparece transformado en una polvosa villa romana, donde los católicos y los paganos pelean violentamente por conquistar las almas y los templos. He soñado tantos pasajes, tanto ha ocurrido en mi villa imaginaria, que ya no tiene nada en común con la experiencia original de mi infancia. El mundo inventado por mis sueños provee el material necesario para la saga que ha emprendido, utilizando la materia que se produce al dormir, el fluido, imposible de atrapar, que generan los sueños. Algún día ellos dialogaron con mi niñez, pero el diálogo se acabó hace mucho. Ahora la saga respeta solamente su propio orden. El protagonista es San Adrián, o Adrián a secas, no creo que en este caso se le deba nombrar con el "San", porque aparece como un muchacho saludable y rico, lejos de su beatificación. Adrián es un joven general del ejército que pertenece a una rancia familia de la comarca, fiel desde tiempos inmemoriales a los dioses, que a su vez son fieles a la naturaleza exuberante que bordea la villa, al río y sus rápidos, a las barrancas explotando de verdor, al monte, sus árboles y sus cuevas, en una de las cuales (coincide aquí la villa romana de Adrián con la leyenda popular del pueblo de indios en que vivimos aquel año) vive una serpiente enorme, con una corona fastuosa en su cabeza, rodeada de sus súbditos, serpientes como ella, pero de menor tamaño, resguardando un arca con oro y esmeraldas de los antiguos reyes. La coincidencia es en ambos casos imaginaria, por supuesto que nunca vi la cueva en la villa de indios, pero tampoco la he visto jamás en los sueños, aunque de vez en cuando se haga referencia a ella. Adrián, infiel a las fidelidades familiares, "siente" el llamado del Dios único, y combate en su nombre contra las tradiciones, provocando con su "iluminación" una pugna intestina que termina por arrasar al pueblo.

La saga lleva años transcurriendo en mis sueños. De pronto, pasan semanas sin que sueñe a mi Adrián, pero siempre regresa, y siempre con nuevas aventuras, por así llamar a las cosas que le ocurren. No las repite nunca, y, ya que sueños son, y en su territorio eso está permitido, suelen desmentirse entre sí, a veces, incluso, alguna aventura se lleva la contra a sí misma. Lo que siempre permanece idéntico es la figura de Adrián. En el último pasaje, o capítulo (si así puedo llamar a un sueño), dos águilas sobrevolaban la casa de la familia de Adrián, dando círculos. El pueblo se apiñaba para verlas, porque eran enormes. Yo soy niña, visto una toga blanca, larga hasta rozar el piso, y estoy enamorada de Adrián, un hombre joven, que no tiene mujer, que todavía vive con sus papás. En estos sueños siempre soy otra, siempre hago distintos papeles, y juego tantos en la saga nocturna de Adrián, que, a veces, al empezar a correr una aventura, no me reconozco, no sé qué papel me ha asignado la noche. Siempre soy mujer, y siempre una que, o está enamorada de él, o podría enamorarse de él sin mancillar la prohibición del incesto o el tabú de la edad, pero nunca he sido correspondida. Cuando mucho, soy su amante espiritual. A la mayor aproximación corporal que hemos llegado ha sido a un beso casto en la mejilla, o a un abrazo fraterno. Y digo que a veces no me encuentro, no sé quién soy, porque hay sueños en que varias mujeres aman a Adrián, y yo no puedo reconocerme en una de ellas, soy varias, o soy por un momento ésta y al siguiente aquélla. Mi identidad es la de estar enamorada de mi Adrián.

En este capítulo, quién sabe por qué, yo vivo en su casa, así que me toca ver la llegada de las águilas desde muy corta distancia. Adrián duerme. Es muy temprano, en la casa sólo los viejos y los niños estamos despiertos, pero el alboroto de los espectadores de las águilas (éstos sí de todas edades) lo levanta. "Adrián —le digo, apenas verlo—, ¿qué son estas águilas?". Mis palabras provocan en ellas unos chillidos espantosos, y que precipiten su bajada. Como si fueran helicópteros, alzan polvo con su aterrizaje. Al pie de la escalera de la casa, se posan, se silencian, y, lentamente, ante nuestros ojos, se convierten en piedra. Después, pasó lo que pasa en todos esos sueños.

A veces me pregunto de dónde proviene el polvo de la villa de mis sueños, si la rodea la misma naturaleza exuberante que bordeara en mis tiempos aquel pueblo indio a quien esta villa romana debe su gestación. Me lo pregunto, porque el polvo parece un sinsentido, pero no encuentro una respuesta. Tal vez lo que anuncian mis sueños, la llegada del Dios único que no permite la permanencia de los antiguos dioses, vuelve árida el área del pueblo. Me han contado que el polvo es ahora real, porque dicen que hace años que no llueve, tantos que hasta los árboles se han secado. Un desastre ecológico ha empeorado a extremos inimaginables su pobreza. Alguien me contó hace poco que pasó cerca del pueblo, por la nueva carretera, y que había una hilera, de kilómetros de extensión, de gente mendigando en la cuneta, con una mano extendida hacia los coches. Quién sabe para qué extendida (la mano de cada uno de estos cientos de mendigos) si ahí se pasa volando, porque la nueva carretera es magnífica. Por supuesto que no para nadie a socorrerlos, que hasta miedo da la hilera de menesterosos, de pie de puro milagro. Tal vez sólo estiran la mano para irle tocando el frío lomo a la muerte, y hacerla un ápice menos áspera a su arribo.

Todos esos sueños terminan con lo mismo: apenas San Adrián triunfa, apenas hace valer a su dios único en todo el pueblo, llega la destrucción. El modo en que ocurre varía: he visto guerras, he presenciado incendios, y también su plena desaparición frente a mis ojos sin que la provoque motivo alguno, las cosas saliendo del área del sueño disparadas, vertiginosas, fugándose presurosas de la vista. Todo se va, proyectándose hacia afuera, hacia la nada, se van las casas, los muebles, las personas y el cielo. Y no queda nada.

Pero vuelvo al tema, ¿de dónde salió el manuscrito de Hernando? Resulta que una compañera del año escolar que cursé en el pueblo de indios al que fuimos a principios de los sesentas como familia misionera, que sabía que yo leía latín mejor que el español, porque me cansé de presumirlo con el misal y un breviario y una Vulgata que me había regalado mi papá en algún cumpleaños, vino a buscarme al Instituto, después de preguntar por mi paradero a las relaciones de mi familia en su pueblo (las relaciones: nanas, cocineras, choferes, mujeres que hacen la limpieza, etcétera, típicas relaciones de igual a igual que engendra pródigo México: "¿Quién anda ahí?", pregunta una voz de mujer. "Nadie, señora, soy yo", contesta la trabajadora doméstica). No habíamos sido amigas muy próximas, y creo que en ese Colegio nadie lo era de nadie. Las monjas que se hacían cargo de la educación de estas niñas generaban un ambiente hostil, nada propicio para fecundar amistades, ni para aprender una suma o una resta, por cierto. O tal vez la culpa no era de las monjas, sino del uniforme. Llevábamos *jumper* guinda, de tela basta y gruesa, y camisa blanca con manga al codo. Vestidas así verdaderamente nos ahogábamos con los calorones de La Huasteca. Me acuerdo que cuando el calor era ya totalmente insoportable, las niñas nos alzábamos las faldas para abanicarnos con ellas, y las monjas nos regañaban, pero a pesar de los gritotes que pegaban, volvíamos a la carga. Era absurdo el atuendo para el calor húmedo de ese lugar. Y ya que estaba en recuerdos de la escuela, no puedo dejar de sacar a cuento las cebollas que nos comíamos a la salida, no sé si antes o después de irnos a mojar las piernas al río, arremangándonos las faldas. Pasábamos a la tiendita, y por un quinto nos servían en un triangulito de papel de estraza un gajo de cebolla en escabeche y le ponían una pizca de sal. Era deliciosa. No sabía igual que las que he hecho a lo largo de la vida, y he intentado de distintas maneras. Una vez hasta me compré una vitrolera para hacer cebollas en escabeche con chiles verdes grandes y zanahorias, como la de aquel lugar. Creo que la clave del sabor está en el vinagre, pero a saber. El caso es que por más que lo he intentado, no he conseguido reproducir el sabor de aquellas cebollas míticas.

También me acuerdo de los tamales de fiesta. Eran tan grandes que si yo me hubiera acostado a su lado, habrían sido de mayor dimensión que la mía. De sabor no estaban nada mal, mientras que el pan dulce, en cambio, era atroz. El peor era color rosa mexicano, unas especies de bolitas azucaradas que no podían gustarle ni a un niño. Hubieran empalagado hasta a una piedra.

Esta compañera, después de localizarme (su llamada me asombró, por supuesto, me avergonzó también, porque primero ni supe quién era ella cuando me dijo su nombre), me trajo un manuscrito antiquísimo y en bastante mal estado, con la explicación de que lo habían encontrado en una silla que conservaban desde tiempos inmemoriales como si fuera de oro en la vieja casona de su familia.

Un buen día, por más que le hicieron para prolongarle su vida, siguiendo la convicción heredada por generaciones de que así debían hacerlo, clavándole una cuñita aquí y otra allá, acomodándole la pata con un clavo, echándole otro poco de cola en las junturas, la silla se hizo pedazos. En un falso del asiento tenía guardado este manuscrito en latín. Mi antigua compañera quería que lo viera, lo leyera, y le dijera de qué trataba, cosa que hice días después, a grandes rasgos, explicándole que estaba muy maltratado, que me gustaría paleografiarlo y traducirlo, que si quería podríamos intentar venderlo a alguna biblioteca en no pocos pesos, etcétera. No contestó ni que sí ni que no, mareándome con esa gimnasia verbal india tan elegante ("¿Cómo te fue en la fiesta?" "Un poco bien, señora" "¿Estuvo divertida?" "Pues algo"), y tardó mucho en volver a llamarme. Después nunca volvió. Un día me llamó para decirme que lo habían pensado dos veces, y que para ellos eso no tenía ningún interés, que habían creído que el manuscrito les explicaría dónde estaban aquellos tesoros en los que de generación a generación habían conservado la fe, y que como no era así, no querían saber nada de él, que lo guardara para mí, que lo recibiera como un regalo de su familia a la mía, a la que tanto (dijo, sabrá la cachiporra por qué), tanto y tanto más le debían. Le repetí que podrían venderlo, pero eso no le pareció factible, y despidiéndose muy amable pero muy rápidamente, mientras yo le prometía que intentaría encontrar a alguien interesado en él y que ya le diría cuánto pagarían, colgó el teléfono.

Aquí tengo el manuscrito. Considero que de algún modo es mío. Si no es de mi propiedad, es mi *fiancé*: me comprometí con él. Porque mi abuela usaba crema *Teatrical* y me prohibía la *Nivea*. Porque mi otra abuela repetía en su genealógica vergüenza cinco veces el mismo apellido de cada veinte nombrados. Porque soy mexicana y vivo como vivimos los mexicanos, respetuosa de un juego de castas azaroso e inflexible, a pesar de nuestra mencionadísima Revolución y de Benito Juárez y de la demagogia alabando nuestros ancestros indios. Y porque, creo, nuestra historia habría sido distinta si el Colegio de la Santa Cruz de Santiago Tlatelolco no hubiera corrido la triste suerte que tuvo. El manuscrito me importa, me concierne como un asunto personal, tal vez también porque mis papás fueron a infestar con el dios único a un pueblo que conservaba hasta entonces, todavía, algún resquicio sano, y me siento corresponsable de este pecado... O porque mi abuela y sus parientes de Comalcalco, Pichucalco, Tuxtla y anexas juzgaron normal hasta hace poco que los indios los llevaran en andas para no llenarse de lodo los zapatos, y porque su familia (de los dos lados cometimos el mismo pecado, si se me ve medio imbécil, motivo tengo, y si rara soy será por lacras incestuosas) siempre se casó entre sí con tal de no contagiarse con sangre india, y porque mi otra abuela, rubia y desordenada, pronta a la charla, al chisme y a la risa, jugadora como su hermano y muy bonita hasta vieja, aseguró su clase casándose con un gallego guapo, educado, pero muy tacaño. La de la tacañería es otra historia, y no viene aquí.

Aunque sean tan rudimentarias mis herramientas para paleografiar el manuscrito, porque he hecho tan profunda mi liga con él, no quiero cederlo. He tomado mi trabajo como un asunto muy personal y como un asunto *inútil*, como un juego. La inutilidad es lo único con que quiero etiquetarlo, me importa tantísimo que no quiero que sirva para nadie más. Uso en él mi año sabático, en la Biblioteca de El Colegio de México, que es mi predilecta, porque desde la ventana veo árboles y al jardinero con su escoba de varas barriendo, porque los libros están en orden, porque hay material más que suficiente para mi trabajo, y porque en la cafetería venden muy buen café. No voy a la de los investigadores, sino a la de los estudiantes, pero el café no ha resentido el embate contra la gente que parece consigna en cuanto servicio público haya en la ciudad, aunque, eso sí, los teléfonos de la entrada no sirven. No me hacen falta, y con que no ataquen el café, y decidan reservar el verdadero para los privilegiados, y asestarnos un nescafeinazo, yo continuaré viniendo con placer al Colegio.

Como considero este trabajo un juego, hay que respetar su carácter lúdico, así que debe ser inútil, no se lo mostraré a nadie. Este juego tiene reglas, y una de ellas es ocultarlo, pero no destruyéndolo, sino guardándolo donde posiblemente sobreviva. Le pedí al carpintero que me está arreglando los libreros en casa (ya no me caben los libros) una tapa con las medidas que le llevé, y ya la tengo, en tres piezas, comodísima para moverla sin que llame la atención. Me hizo también unas cuñas para sostenerla. Con ella voy a cubrir, de abajo a arriba, una de las mesas de lectura individuales de la biblioteca, para que aprisione ahí la traducción, apenas la termine. Le haré a la mesa un doble fondo, y en él pondré el texto de Hernando en mi versión, más estas líneas.

Como he dicho, el manuscrito original está en bastante mal estado. Hasta donde voy, que es poco, he intentado reconstruir lo ilegible. Lo que no me permitiré será escribir una línea que no me interese, que no me sea importante, aunque el costo de hacerlo sea saltarme pasajes manuscritos con el puño tambaleante de mi indio. Cuando sospecho que los fragmentos incomprensibles aluden a tiempos anteriores a la llegada de los hispanos, he recurrido a las fuentes, más que a Sahagún (tan de sobra conocido), a documentos recopilados por Icazbalceta. Cuando son fragmentos de vida colonial, lo mismo, me he valido de Torquemada, Motolinía, Mendieta, los *Documentos para la historia de México* de Mariano Cuevas, el *Códice Mendieta*, el *franciscano*, y por supuesto que también Icazbalceta, que aquí me fue incluso más útil que en el otro caso, y una que otra cosilla entre las que he ido pepenando en los estantes de esta querida biblioteca. Me he ido tomando, incluso, la libertad de acompletar también las partes que aluden a su propia persona, echando mano de lo que mi imaginación me regale, y así he de seguirlo haciendo. ¿Por qué no? Es *mi* lectura, exageradamente personal, de un manuscrito que *me* pertenece, que me habla *a mí* desde el siglo XVI, que me explica *mi* presente. Nadie más que yo le hincará el diente, por el momento, a menos que, o un error que no calculo, o el paso del tiempo, lleven a su descubrimiento en el entierro de la mesa. Provino de una silla, irá a una mesa, porque las sillas de la biblioteca no son de madera, y porque he observado que éstas no tienen ninguna larga vida, a cada rato se están rompiendo. Cuando arreglen o cambien las mesas, este manuscrito aparecerá. Nadie sabrá si es mío el nombre con que firmo. En el que pueden confiar es en el del narrador. He encontrado su nombre en la lista de los alumnos del Colegio de Santa Cruz Tlatelolco. Su historia es la que importa. A fin de cuentas, esto no ha sido una introducción, sino una justificación personal de por qué he emprendido la traducción. En este sentido, es para cualquier lector prescindible. No he pensado en ti, lector, cuando la he escrito. Lo he hecho para mí, para mí solamente, para la mesa, para la madera inerte que será la tumba hasta que llegue el orden del tiempo y lo entregue a la luz. Entonces, lo que habrá de hacerse es tirar las páginas que de mi propia invención he escrito, y escuchar la confesión que empieza en la siguiente hoja.

(Último paréntesis: tengo que anotar aquí una cita de José Emilio Pacheco:

"México se soñaba moderno y modernizante y quería verse ya entrando en el impensable Siglo veintiuno sin haber resuelto aún los problemas del Siglo dieciséis... El Chac Mool sigue viviendo en el sótano de la casa de Filiberto y de la nuestra. Para él nosotros somos los fantasmas.)"

Estela Ruiz. Mexicana. 40 años.

Slosos keston de Estelino

Ekfloros keston de Hernando

A riesgo de escribir disparates, pues soy persona sin lumbre de fe, contaré aquí la historia que creo preciso anotar para que no la desvanezca el olvido o el caos, que temible se predice en los gestos y en el poder sin riendas de la vileza y la envidia. Mi recuento corre el riesgo de hacerse, como las falsas memorias, inverosímil, o más que ellas, pues para conseguir parecer ciertas bailan cualquier farsa encantadora, y yo no haré valer bailes ni embustes.

Fray Andrés de Olmos convenció al visorrey Mendoza de que en su propio palacio había hallado los huesos del pie de un gigante, los osezuelos de los dedos del pie, y del falso hallazgo fingieron deducir que en estas tierras otros días habitaron gigantes. Hay quien dice recordar que presentaron al viejo virrey Velasco enormes huesos y muelas, y otros hablan de uno que bien vivo con su enormidad paseaba en la procesión de Corpus Christi. Aquí no hablaré de gigantes ni de ninguna otra clase de fantásticos engaños. *No le preguntamos si había visto monstruos, pues los monstruos han dejado de ser noticia. Nunca hay escasez de horribles creaturas.* Diré lo que mis ojos vieron y mis oídos consideraron cierto. Pondré en palabras aquello de que fui testigo o que me fue dicho por quien presenciara los hechos.

No habrá más engendros que los reales, ni más disparates que los balbucidos por mi propia torpeza.

No invocaré la nube seductora de la mentira ni la luz de ninguna fe. Usaré lo que ocurrió, echaré mano de lo que me sirva para hacer el recuento.

No regaré por estas tierras la semilla tostada y estéril de la maravilla. Tampoco me preguntaré, bobalicón, abierta la boca y cerrado a piedra y lodo el seso, la razón y causa de las "extrañas propiedades"de estas tierras, ni sobre las cualidades de los hijos de iberos aquí nacidos, que si son de distinta calidad de ingenio, que si es verdad que viven menos que los nacidos en Europa, que por qué encanecen pronto...

Yo voy a contarles una historia, lo más detallado que mi vieja memoria me permita, y evitaré hasta donde pueda las preguntas.

No temo ofender a nadie con mis recuentos, no podrán. Pasarán varias veces cien años antes de que cualquiera ponga los ojos donde escribo, en latín porque es la lengua en que sé hacerlo con menor torpeza y porque sé es lengua que, como ha resistido el paso del tiempo, vivirá en el futuro. Ocultaré mis escritos, los legaré a otros tiempos. Si ya bastantes horas regalo a la memoria de lo que aquí contaré al proveerlo de un cuerpo en forma de palabras, no veo el bien de arriesgarme a enojar con la verdad y hacer menos los muy pocos días que me restan para ver el cielo. Pues la verdad inocente, dicha sin sombra de malicia, podría irritar a cualquiera. Los ánimos se prestan. Puedo enumerar más de un ejemplo de cómo encalabrian en estas tierras las palabras de lo escrito. Enumeraré sólo uno, porque llevó a tres, fray Pérez Ramírez, González de Eslava y Francisco de Terrazas, con un solo golpe al castigo del encierro, por la irritación del virrey Enríquez de Almanza.

Resulta que un pasquín empezó a circular esos días, y como no hacía muchos, en los festejos por la nueva investidura del inquisidor Moya de Contreras, el 5 de diciembre de 574, día preciso de la Consagración Obispal, fray Pérez Ramírez había presentado una breve comedia pastoril, *Desposorio*, y el día 8, en segunda ceremonia, ahora para imponer al nuevo obispo el palio arzobispal, se representó el Tercer Coloquio de Fernán González de Eslava, y como en los entreactos se insertaron dos entremeses en los que creyó verse ofendido el virrey, uno porque dio por hecho lo aludía el barbudo que en él aparecía, otro (de nombre *El Alcabalero*), porque teniendo problemas para hacer valer la nueva ley que imponía el cobro de la alcabala, consideró su representación grosera e inoportuna ("Todos los demás entremeses los perdonara, mas éste no me hizo buen estómago, aunque ninguno aprobara, que no es farsa una consagración y tomar el palio"), resulta que, como decía, bastó que el virrey sumara festejos más pasquín, para que con dos elementos diera por producto tres víctimas. Dos me quedan claras, Pérez de Ramírez y González de Eslava, pero, ¿Francisco de Terrazas? ¿Me falla la memoria y lo hicieron parecer autor de uno de los dos entremeses? ¿La vejez tócame ya hasta los recuerdos? No lo puedo creer, si puedo confiar a mi memoria cualquier capricho, así sea entonar los versos de González de Eslava puestos en boca de la Nueva España: *Por ser amor quien lo inflama / frío no lo mortifica, / que el amor lo fortifica / y en virtud de lo que ama / se renueva y vivifica.*[1] Sin duda fue la ignorancia la que llevó prisionero, aunque por muy pocas horas, al hijo de conquistador, Francisco de Terrazas, atribuyéndole la autoría de la obra que había irritado al virrey. Pero él no sólo es hombre de calidad y señor de pueblos, sino que no podía ser autor de *El Alcabalero*, que fue escrita en otras tierras por Lope de Rueda.

---

[1] En español en el manuscrito. Nota de Estela.

El pasquín, o, según lo llamaron, "libelo infamatorio", apareció el sábado 18 en la puerta de la Catedral, y los alcaldes del crimen lo encontraron en desacato y grande ofensa de la Majestad del Rey don Felipe y de su Real Justicia.

Presos los tres dichos, escribió González de Eslava una carta al arzobispo, de la que se hicieron varias copias, una de las cuales llegó a mis manos, diciendo más o menos así:

"el día 20 de diciembre,[2] viviendo yo quieta y pacíficamente, el señor doctor Horozco, alcalde de corte, fue a mi casa, con alguaciles y otras gentes, y me descerrajó el aposento donde duermo y un arca donde tomó todos los papeles y obras que tenía escritas y este mismo día fue el fiscal de Vuestra Ilustrísima Señoría a la dicha mi posada con dos alguaciles de corte, y con sus porquerones y negros y otras gentes me prendieron, con gran alboroto y escándalo, y me metieron en la cárcel arzobispal. El día siguiente, vino Antequera, portero de la Sala del Crimen, y otras personas con él, y me llevaron por la calle y plaza que va de la cárcel arzobispal a la Casa Real, y como era día de fiesta de Santo Tomás apóstol, había mucha gente, y se escandalizaron y espantaron y fueron movidos a grandísima compasión por estar satisfechos de mi inocencia, porque los más de los que me veían me habían tratado y conversado los diez y seis años que llevo de estar por esta tierra, y así me metieron en el aposento donde suele darse tormento a los que cometen cosas feas y atroces y allí vide el burro de madera con que atormentan a los malhechores, de lo cual sabe Dios la angustia y tribulación que sentí. Los dichos señores me preguntaron si yo había puesto o mandado poner un libelo contra Don Martín Enríquez, Visorrey de su Majestad en esta Nueva España. Yo

---

[2] A partir de aquí, en español en el original. Nota de Estela.

respondí que no era mi profesión hacer maldad tan enorme ni caso tan abominable y feo. Yo señor, estuve preso diez y siete días".[3]

En lo que a mí toca, yo no quiero dejar de ver la luz del sol un día siquiera. Sin propósito ofensivo, la verdad a secas (que es lo que quiero yo anotar) iría como flecha contra los pechos de varios altivos, sin que la fijara yo con acero a la puerta de Catedral, porque no haría falta empuñar un arma o tensar un arco para que en en sus propios pechos se encajara. Pronto, la muerte vendrá por mí, y aunque estuviere ávido de vivir de cara a una pared, y no ver más el cielo, faltaría poco para que Natura diera a mi necio apetito satisfacción y hartazgo. Ya no veré, cuando la muerte llegue, cosa alguna iluminada por el sol. No quiero apresurar este desenlace tonto pero ineludible. Vivo estoy, abiertos tengo los ojos, quiero que el sol toque lo más mi vieja nuca, antes de que nos despidamos el uno del otro para siempre. Escribo esto mientras visito mis memorias, sentado en el patio del Colegio de la Santa Cruz, al lado del convento de San Francisco, en el pueblo vecino a la ciudad de Tenochtitlan-México que lleva por nombre Tlatelolco, y que cualquiera diría forma parte de la ciudad primera, pues juntas están sus viviendas, y casi destruido el murete que en otro tiempo las dividiera.

Hace ya un año que mis piernas se dieron por vencidas, y que las cargo sin que ellas obedezcan a su deber de piernas. Cuelgan de mi tronco incomodándolo, a ratos fastidiándome con dolores que son su manera de recordar que debieran serme útiles y llevarme andando de aquí para allá. Su remordimiento por no cumplir, aunque de mala manera (como lo hicieron en recientes años, lentas, pesadas e inseguras, trastabillando), con su minúscula aunque im-

[3] Aquí termina y regresa al latín. Nota de Estela.

prescindible, para mí, labor de piernas, son las punzadas con que me atormentan. ¡Ah, piernas!, debieran fingir en silencio su muerte. Bastante pena me traen cuando cada mañana los muchachos cargan conmigo de mi celda hasta aquí, y cada atardecer de aquí hasta a mi celda, a veces meado, como un perro imbécil, sobre mí mismo. Soy el perro sin piernas que tumbado al sol recuerda. A mi lado reposan mis patas. A ratos se acuerdan de mí y se levantan para darme coces, enojadas porque las troncharon. Pero este perro que hoy me ven no se ha desembarazado por propia cuenta, a hachazos, de sus propias piernas. Soy un perro y no sé manejar el hacha. Un ser cruel vino a cortármelas, lentamente, rompiendo con parsimonia cada cuerda de sus ligamentos, y me sigue observando, socarrón, con el hacha blandida, mientras piensa en qué me cortará después.

El ser cruel es Tiempo. El hacha son los años de vida. Las piernas del perro son mis piernas; aquí están junto a mí, colgando inertes. El perro soy yo. Tomo el sol, lo siento en la piel, lo bendigo. El astro luminoso casi vence el frío, pero no puede del todo desvanecerlo, porque en nada lo ayuda la sangre del perro, que camina muy lentamente sin considerar se hiela el pobre cuerpo.

Porque ya no lleva prisas mi sangre. Sabe que todo ha de desembocar en la muerte.

Aquí estoy, atado, con la cuerda de mi vejez, a la silla que tallaron ex profeso[4] para mí los un día alumnos de fray Pedro de Gante en su escuela de San José, sita al lado de la capilla del mismo nombre, contigua a la iglesia y monasterio de San Francisco de la ciudad de México. Ya no queda ninguno con la habilidad viva de bordar los ornamentos, no costosos, mas curiosos y vistosos, que los hizo célebres por la pri-

---

[4] Así en el original. Nota de Estela.

morosa manera en que venían bordados, y que aprendieron del maestro fray Daniel, italiano de nación, un querubín de pureza, que había tomado el hábito en la provincia de Santiago, y que trajo más de cincuenta años vestida a las carnes una cota de hierro. ¡Ah, fray Daniel!, al caminar bordaba el piso en zig-zag. Ya nadie borda igual, y no digo sobre el piso, que ése es paso que muy fácil se aprende. Los alumnos nietos de la escuela de Gante, que aprendieron a practicar el bordado en la tela de los alumnos del fino y delicado fray Daniel, no tienen la maestría de sus maestros. El mal se ha infiltrado en lo más bueno, hiriéndolo. La última vez que escuché al coro de la Iglesia de San Francisco, lastimaron mis tímpanos sus errores espantosos. No leen ya la música, parecería, y no tienen aprendida la ley de la memoria en sus oídos. El mismo coro fue en mis tiempos asombro de tirios y troyanos. Emulaba a perfección el aletear de los ángeles y el brillo de las escaleras que dan acceso al cielo. Todo esto (sus educadas voces, templadas a la luz del alma y las estrellas), todo eso (los aparejos con que vestían los altares, bordados en el oro de la sabiduría con el hilo y la aguja), todo eso (y no hablo de las lecciones de latín, del trivio y el cuatrivio que ya no se dictan), todo eso, como mis piernas, se ha muerto. Algo resta, siguen practicando las artes, pero son *como urracas o cuervos.*

Mentiría si dijera que el aire mismo se ha contaminado con el peso del mal o del odio. Mentiría, aunque poco me falta para atreverme a hacerlo. Siento al aire enfermo, martirizado por tanto yerro. Sucio con la húmeda arena de la vileza y el error. Pero no la percibo cuando toca mi rostro, y el viento trae a mí intactos el aletear de las cigarras y las risas de los niños, sin enfermarlos del mal de la envidia.

Atado aquí estoy. En la silla de los alumnos de Gante, en los folios encuadernados por los alumnos de este Colegio, escribo. Bajo el asiento del trono del sin piernas, los alumnos hicieron un compartimento oculto en el que guardo a diario el libro en que escribo. Cuando yo muera, si alguien quiere verlo tendrá que esperar a que el tiempo destruya la recia madera de esta silla, extraída de los bosques cerrados que cubren los escarpados montes, ahí donde algunos de los indios se han escondido para escapar a las rudezas de los españoles, donde no se puede vivir en orden ni concierto, donde no cabe la ley humana, tan densas son las plantas, y tantas las alimañas salvajes que entre ellas moran.

¿Cuánto habrá de esperar ése que en mis folios quiera poner los ojos? ¿Cien años? ¿Doscientos? ¿Trescientos? Los árboles de esos bosques, según cuentan los que guardan tratos con ellos, no se mueren nunca, y su madera pesada es indestructible como ellos. Ocultos, los folios esperarán a que el tiempo corra. No entrará luz del sol, no entrará aire o agua. No habrá quien pueda leerlos, hasta que un tiempo más noble se anuncie, y haya alguien dispuesto a escuchar mi historia. Empezaré por el comienzo de ella.

No retrocedo a la era de Anáhuac, pues ya he dicho que contaré lo que yo pude ver con mis ojos, y yo no pude haber visto esos tiempos. No iré a cuando[5]

si el hijo del principal era tahúr y vendía lo que el padre tenía, o vendía alguna tierra, moría por ello secretamente ahogado.

Si alguno hurtaba una canoa, pagaba tantas mantas como ella valiera, y si no las tenía era hecho esclavo.

---

[5] Cambio de hoja y, a partir de aquí, escrito en español en el original. Nota de Estela.

Era ley que sacrificasen, abriéndolo por los pechos, al que hacía hechicerías para que viniese algún mal sobre alguna ciudad.

Ahorcaban al que mataba con bebedizos, a los salteadores de caminos y a los que ponían sueño a los de la casa para entrar más seguro a robar.

Si alguno tomaba esclava pequeña, que no fuere de edad para hombre, y ella moría, era hecho esclavo, de otra manera pagaba con bienes la cura.

El que hurtaba en el tianguis, moría apedreado.

Si el padre pecaba con la hija, morían ahogados, echada una soga al pescuezo.

En algunas partes, castigaban al que se hubiese echado con su mujer después de haberle hecho traición.

Ahorcaban al puto o somético, y al varón que tomaban en hábito de mujer.

Apedreaban a la que había cometido adulterio a su marido, juntamente con el que con ella había pecado.

Tenía pena de muerte el que en la guerra quitaba la presa a otro.

Hacían pedazos y perdían todos sus bienes y hacían esclavos a todos sus parientes a los que fueran traidores en la guerra, avisando a los enemigos lo que se concertaba o platicaba contra ellos.

Hacían esclavo al que era ladrón, si no había gastado lo hurtado, y si lo había gastado moría por ello, si era cosa de valor.

Era ley, y con rigor guardada, que si alguien vendía un niño perdido por esclavo, se hiciese esclavo al que lo vendía y a su hacienda partían en dos partes, la una daban al niño, la otra al que lo hubiere comprado. Y si los que lo habían vendido eran más de uno, a todos los hacían esclavos.

Tenían pena de muerte los jueces que senten-
ciaban a alguno injustamente, a los que hacían alguna
relación falsa al señor superior en algún pleito.

Trasquilaban, maltrataban, punzaban las orejas y los muslos y brazos los padres a sus hijos e hijas
siendo mozos, cuando salían viciosos, y desobedientes y traviesos. Si eran hijos de señores u hombres
ricos, a los siete años entraban a los templos a servicio de los ídolos, donde barrían, hacían fuego, encen-
dían inciensos, y cuando eran negligentes o traviesos
o desobedientes, les ataban las manos y los pies y con
unas puyas les punzaban los muslos, los brazos y los
pechos y los echaban a rodar por las gradas abajo de
los templos pequeños.[6]

Si enumero en castellano algunas leyes de los
nahuas antiguos, sólo es para dejar claro que no me
importa queden claro y *porque alguien espiaba por
arriba de mi hombro*. Por fortuna no siento falta en
el oír y sin tal defecto escuché sus pasos acercarse:
un estudiante, picado de la curiosidad al verme escribiendo aquí (en el medio del patio del Colegio Imperial de la Santa Cruz de Tlatelolco, sobre esta mala
tabla que acomodan los muchachos entre los brazos
de la silla, en el libro en blanco que encuadernaron
para mí en el taller, hecho con los retazos del papel
que ha sobrado en la imprenta de aquí), paciente se
puso a leer, y siguió con sus ojos lo que escribo con
letra clara, ya no tan hermosa como un día la tuve,
pero imitando aún la letra cancelaresca, como dicta
Vicentino en aquel volumen de *Il modo et regola de
scrivere littera corsiva over Cancellarescha*, que desapareció sin decirnos adiós de nuestra biblioteca,

[6] Termina el texto en español en el original. N. de E.

como tantos otros volúmenes, y del que Miguel nos hizo aprender, cuando éramos los muchachos estudiantes de este Colegio.

Quien espiaba por arriba de mi hombro creerá que he enfermado de necedad y se burlará de mí pensando que si ni en toda su vida y rodeado de escribanos e informantes Sahagún pudo conformar su Calpino, yo, viejo, sin piernas, inválido de todo menos de mi entendimiento, enfermo he de estar de mi cabeza al ponerme con mi puño y letra a anotar prácticas necias, mientras tomo el sol para guardar el poco calor que resta a mi cuerpo.

Pero como ya se fue el fisgón, fastidiado de ver tanta ley como leyes pude anotar mientras espiaba, según las escuché decir por los viejos que Sahagún y Olmos hicieron traer para informantes, leyes que nunca pudieron regirme, si ni soy de su tiempo, ni mi madre fue adúltera, ni mi padre traidor o amigo del hurto o falso juez, dejo de enumerarlas. Más leyes de éstas conozco, y consejas y sabidurías de los antiguos que podré usar de escudo en caso necesario, pero no creo necesitar volver a echar mano de ellas, pues ninguna atención llama mi persona sin gracia, que el viejo no la tiene de propio, sino repugna, y más el viejo paralítico y pobre, y dos veces pobre por vivir como los de la orden mendicante, lo que ha sido mi humilde destino.

Retomo mi pulso, sin someterlo a la simulación que engañe a estudiantes inocentes. Quiero contar de principio a fin la historia, y para ella debo decir dónde, cuándo y cómo nací, añadiendo una pizca de mis primeros años, para explicar de qué manera fui llevado a formar parte de la historia que quiero contar. Avanzaré desde mi nacimiento, lo más rápidamente que me sea dado hacerlo, y no me detendré hasta llegar al fin. Es verdad que a ratos se me nubla la vista y no veo sino negro, como si yo fuera huésped ya del

De Profundis. Pero si nublada queda mi vista, no así mi imaginación ni mi entendimiento. Por ejemplo, cuando saco a cuento el De Profundis, son varias las cosas que comprendo e imagino. Una es que el De Profundis no será morada para mí, pues enterrados ahí, en el cuarto viejo del convento de San Francisco, sólo hay frailes y bienhechores, hasta la misma Da. Beatriz de Andrada, en sepultura señalada, y su marido Francisco de Velasco (ella porque con sus monedas pagó la construcción del De Profundis o cuarto viejo, y él para acompañarla); se da por entendido que de seguro Hernando no dormirá entre tan célebres personas, si es sólo un indio. El De Profundis no será donde yo estaré hasta que llegue el fin de los tiempos y vea a un ángel descender del cielo con la llave del abismo y una grande cadena en su mano, prenda al dragón, aquella serpiente antigua que es el pecado, y la ate por mil años. Cuando se rasgue el cielo y llegue la hora de los justos, ¿despertaré?, ¿habrá sido en vano que yo no haya nacido un guerrero y que, muerto en gloriosa batalla, me transformara en colibrí aleteando? ¿Seré por siempre sólo hueso y polvo?, ¿me echaré a andar para pagar mis faltas con tormentos? Cuando pase la hora de la venganza ("Porque estos son días de venganza, para que se cumplan todas las cosas que están escritas", escribió San Lucas), cuando los mares cubran la tierra y las tierras el mar, y los muertos justos y los injustos despierten, ¿me echaré *a sentar*, repitiéndome en mi triste silla? Suponiendo que así fuera, mejor conviene no avanzar hacia donde conjeturas y temores roen los sesos, dejando a los entendimientos yermos, después de supuesta y muy larga expedición a otra infructuosa Cíbola. Si aquí me iba a conducir el final inevitable, retrocedo adonde me sepultaban sin bombo alguno. Antes de correr ahí, ya dicho lo que comprendo, paso a decir en un tris lo que imagino. Como no será casa para los huesos y el polvo en que me convertirá la muerte el tal De Profundis, cada que se me nubla la vista, juego a pasear por sus tinieblas, ensayando un final que no será mío. Porque aunque ahora negro vea, mis huesos plebeyos estarán en el camposanto del pueblo, enterrados donde se cuela un rastro de luz. El sol pega impío en sus laderas desnudas, donde iré a dar sin que me acompañe a la última morada bombo alguno. La luz del sol tampoco siente respeto por los huesos de los macehuales, y ya la imagino saltando entre ellos, mofándose como un ángel luciferino de su reposo obligado, festejando el falso triunfo de las tinieblas.

No empezaron así mis días. Nací varón el 14 de octubre de 526 años, en Tezcoco, hace setenta y uno. Hubo gran fiesta, gloriosa música, excelente y abundante comida. Para el festejo, llamaron de México, que son cinco leguas, a muchas personas honradas. Por presentes, trajeron con ellas muchas joyas y también mucho vino, que fue la joya con que más todos se alegraron. No hubo incienso ni hubo mirra, debo apegarme a los hechos que cuento. Pero hubo oro, hubo piedras preciosas, hubo por regalos ropas, ajuar de casa y hasta dos caballos por presentes.

Tras la misa, se fueron todos al palacio del señor principal, y después de comer hicieron gran baile, concurrido, como así era costumbre en aquel tiempo, por mil o dos mil indios. Todos ellos bailaron el 14 de octubre de 526 años, día de mi nacimiento, hasta las vísperas. Indios y blancos y algunos negros, todos un poco ebrios, las barrigas llenas de manjares, festejaban el bendito día en que mi madre dio a luz al hoy día perro, pobre, y sin piernas.

Pasará una generación para que se olvide la grandeza de esta fiesta, pero ni una hora hubo de pasar (tengo que decirlo, aunque mucho no me favorezca), para que se olvidase mi nacimiento. Solos quedamos mi madre y yo, acostados en una mísera estera, mientras todos los demás, principales y gente común, gozaban la celebración del primer matrimonio de indios en la Nueva España.

La verdad no me favorece, pero aunque no lo haga, verdad es, y aquí debo contarla. El festejo no era para nosotros, pero como con nosotros estuvo, como mío lo cuento. Diremos que fue mío, y que a mí el honor a la verdad me lo ha quitado. Por otra parte, puedo adjudicárnoslo sin ningún remordimiento, sin quitar celebración a un acto meritorio de ella, que aquel matrimonio de indios no era el primero celebrado en estas tierras. Oí decir que hubo otro antes, y que pasó sin fiesta.

El día dicho, se desposó don Hernando Pimentel, hermano del rey Cacama de Tezcoco, y de paso otros siete compañeros suyos, criados todos en la casa de Dios, y para esto vinieron desde México, entre otros muchos, como ya dije, los conquistadores Alonso de Ávila y Pedro Sánchez Farfán, éste mayordomo del Cabildo, el otro el primer contador de Nueva España, los dos compañeros de Cortés en la toma de Tenochtitlan, que en ese entonces hacía siete años.

Muy solemnemente, con las bendiciones, se velaron arras y anillos. Hubo padrinos, y tras el baile, dichas las vísperas, estando el tálamo bien aderezado, delante de los novios, los señores principales y los parientes ofrecieron ajuar de casa y atavíos para sus personas, y hasta el Marqués del Valle, que entonces iba dejando estas tierras para llevar presentes al Emperador, envió a un criado a ofrecer un exceso de regalos.

Para mí, nada. Para mamá, nada tampoco. Nada especial para ninguno de los dos el día célebre de mi recibido con bombos y platillos nacimiento. El tercero de nuestra historia, mi papá, nadaba con las piernas hacia el sol, tratando de desandar lo que la nave en que zarpó escondido había avanzado seis días. Nadie sabe si alcanzó la costa, si una serpiente se lo comió, o un lagarto terminó con su vida a coletazos, o si los enormes peces, como hicieron con Jeremías, tuvieron por bien tragarlo. De haber, por algún milagro, alcanzado la orilla, no hubiera podido decir "Yo soy Temilotzin, uno de los hombres principales de Tlatelolco", porque al arrojarse al mar él solo había sellado toda salida a bien para su persona.

Su final empezó también con una fiesta, pues resulta que la gente de Acallan invitó a Quauhtemoc, soberano de Tlatelolco, a Couanacoch, el de Tezcoco, a Tetlepanquetza el de Tlacopan y a los también nobles Eca y Temilo, ambos de Tlatelolco, y el segundo mi padre. Fueron a su encuentro con abanicos de plumas de quetzal decorados con oro, y con ellos formaron un dosel y juntaron mantas reales y sandalias ricas y joyas provistas de pendientes de oro y collares y brazaletes de jade, y joyas de esmeraldas labradas maravillosamente. Apenas entraron a Acallan, se les dio atole y pinole y después de comer se repartieron obsequios.

Al son del teponachtli, arrojando pelotas de plumas de quetzal, bailaban y cantaban, mientras el falso señor de Tenochtitlan, aquel enano de pantorrillas gordas que habían escogido los españoles, celoso escuchaba desde el campamento de Malintzin y Cortés, enojado porque no lo habían invitado al convite. Llamó a Malintzin y le dijo: "¿ves cómo celebran la revisión de tropas tus falsos amigos? Se han puesto ya de acuerdo para atacarnos por la mañana. Sólo me lamento porque asesinarán a la señora Malintzin y al Capitán Cortés. Es absolutamente verdad, los hemos oído consultarse en la noche".

El sol se puso en Acallan, los señores comieron otra vez y después de la comida salieron. En Uaymollen, sin saber que habían sido acusados de conspiración por el falso señor mentiroso, el Cozte Mexi, se entregaron sin resistencia a los soldados que los esperaban en una emboscada, porque no les pasó por sus cabezas lo que iba a ocurrir. Los soldados, apenas los vieron en sus manos, los insultaron y golpearon, haciendo en sus cuerpos cosas que no tengo por qué contar. Después los subieron al árbol de Pochote y los castigaron con gran crueldad, hasta ahorcar a Quauhtemoc, a Couanecoch y a Tetlepinquetza. Ni siquiera los sometieron a un interrogatorio.

Los otros dos señores invitados a la fiesta, Eca y Temilo, se habían quedado a dormir en Acallan, y sus hombres los despertaron para hacerles saber que habían matado al soberano y a los nobles amigos. Ayudados y aconsejados por sus hombres, viendo que la luz del día estaba ya por salir y que huir sin ser vistos era casi imposible, subieron a un barco de Castilla, entraron a la caballeriza, levantaron unas tablas dentro de ella, se metieron debajo, con agua y pan de maíz por provisiones, y se las cerraron nuevamente encima de los dos, para esconderlos donde jamás se les ocurriría buscar a los españoles. Pero por mala fortuna, antes de que cayera la siguiente noche y la oscuridad pudiera proteger su huida, la nave se echó a la mar.

Cuando llevaban navegando cinco días, vencido el primer mareo, a punta de más mareo, muertos de hambre y de sed, que el agua hacía mucho se había acabado, Temilo perdió todo orden en su espíritu, y enloquecido empezó a dar voces. Por más que Eca lo trataba de silenciar, Temilo gritaba, aullaba y lloraba diciendo: "¿qué va a ser de nosotros? Dejé a mi mujer por dar a luz mi primer hijo, porque tuve prohibido residir más en mi pueblo. La envié a vivir con su parienta a la villa de Tezcoco. ¿Qué trato le darán? ¿Será para ellos como para mí y para sus padres una princesa? ¿Le darán trato de esclava? ¿Qué trato le darán? Y nosotros, ¿vamos donde hay cielo sobre la tierra? ¿Cómo será la villa de estos hombres terribles?"

Un caballo que viajaba con ellos escondía los aullidos relinchando, hasta que siendo más los aullidos que los relinchos, los descubrieron, los sacaron de su encierro, les dieron agua y comida, y apenas supieron sus nombres, más cuidados recibieron, en consideración a sus dignidades, y le avisaron de inmediato al Marqués: "aquí vienen escondidos Ecatzin, el que conquistó la bandera y Temilotzin Tlacatécatl".

Malitzin se les acercó para atemorizarlos: "Dice el Señor que ahora nos vamos hacia allá, a Castilla, a visitar al gran soberano. Allá quizás serán despedazados o arrastrados. Los tratarán de horrenda manera. ¿Pues cuántos soldados del soberano han matado?"

¿Cuántos habían matado? Ninguno de los dos supo responderle, pero sus corazones se llenaron de terror.

Cuando Cortés los llamó, les dio trato de grandes señores, y los invitó a sentarse a su lado:

—Ahora sois grandes soberanos. Sentaos.[7]

Temilo había perdido todo sosiego. Demasiadas cosas habían ocurrido en sólo una semana. Sin razón aparente, Cortés había mandado asesinar a traición a Quauhtemoc, él y Eca se habían escondido en una nave que había zarpado antes de lo previsto, cinco días se habían fingido tabla entre las tablas, bebiendo un sorbito de agua cada que la sed quemaba, mientras en sus corazones se preguntaban cómo sería la tierra donde los perros nacían enormes caballos, y si allí habría cielo y estrellas, cuáles serían sus costumbres sucias, cómo serían sus edificios, de qué manera serían sus casas y sus templos y sus caminos, cómo los árboles y las plantas, y Temilo imaginó cosas monstruosas y seres crueles de dos cabezas y corceles blancos con alas emplumadas. Creyó también ver a tres mujeres horrendas compartiendo un

---

[7] Esta frase, en español en el original. N. de E.

solo ojo, a un hombre gigantesco sacudiendo con su tridente como a una tela al mar; vio mujeres desnudas, su piel blanca, los cabellos rubios, apareciendo sobre la superficie del agua, nacida de ostras enormes, y caminando en el mar vio dragones y serpientes inmensas echando bocanadas de humo y fuego y vio espantos y demonios esperando a la nave en el camino, hasta que el miedo al viaje fue mayor que el miedo a ser descubierto y a la muerte. Nada puede extrañar que su situación lo impeliera a aullar traicionando su encierro, como nadie dirá que fue por ser cobarde que, frente al Marqués y a la Malitzin, frente a los hombres de mar y a los principales que acompañaban a Cortés, a voces, Temilo le dijera a Eca, sin dejar de llorar:

—¡Oh soberano Eca! ¿A dónde nos vamos? ¿Dónde nos hallaremos? ¡Vámonos a nuestra casa!

Eca le contestó:

—¿No estamos presos, Temilo? ¿A dónde podríamos ir, si el barco tiene ya cinco días de navegar?

Y sin que Cortés ni sus hombres, desprevenidos, pudieran hacer algo, Temilo corrió hacia la popa del barco, aullando como un animal herido, y se arrojó al agua.

Ese mismo día nací yo, entre la música y la fiesta que no eran para mí, mientras mi padre, Temilo, uno de los señores principales de Tlatelolco, pataleando sus piernas contra el sol, huía del barco y se iba, de tener suerte, directo hacia su muerte.

Eca visitó a la Sacra, Cesárea, Católica Majestad Carlos V, le rindió honores, y regresó a Nueva España en el navío en que viajaba fray Bernardino de Sahagún. Llegando a estas tierras, tres años fue gobernador de Tlatelolco bajo los españoles.

Ésta es la primera historia que escuché decir de mi padre. Pero hubo una segunda en la que no tengo fe ninguna, pero que he de contar. Según ésta, después de que mi padre se tiró del barco, fue rescatado con una cuerda, a la que se asió para subir, un poco a la fuerza, pues lo obligó a hacerlo uno de los hombres de Cortés, que lo amarró en el agua a ella. Llegó a Castilla, visitó a Carlos V, quien lo favoreció con su generosidad, por la que vivió allá largos años, aprendió a leer y a escribir, y ya muy viejo fue quien redactó con su puño y letra el "Memorial de la casa de Moctezuma sobre la pretensión de la grandeza de España al señor rey Felipe II", que me fue entregada por quien me contó esta segunda trama de la historia de mi padre, en la que ya dije que no creo, pues si es verdad que él leía y escribía, ¿por qué jamás nos escribió ni a mi madre ni a mí?, ¿por qué no usó las letras para acercarnos a su persona, o para protegernos en estas tierras crueles, o para hacer llegar a nosotros algún cobijo?

Cito de cualquier manera la carta dicha:

"El conde don Diego Luis de Moctezuma, hijo de don Pedro de Moctezuma, y nieto del Emperador de México, IX y último Moctezuma, dice: que obedeciendo a la Real Orden de V.M. ha venido de México, y viéndose hoy a los reales pies de V.M., espera que no estorbe ya la separada distancia a las generosas influencias de su real presencia; pues sólo la relación de nieto y legítimo heredero de tan célebre monarca, aun cuando le hubiesen quitado de la Corona o violencia o derechos de otros príncipes, si en tal frangente se refugiase a España y se valiera del real amparo de V.M., fuera estilada benignidad de tan augusto ánimo el conservarle algún lustre espectivo a su perdido solio, de que da V.M. cada día magníficos ejemplares, enriqueciendo con rentas y honrando con altos puestos a muchos que, caídos de menor cumbre, logran de su caída considerables medras, sin más méritos que del recurso el favor de V.M., y le experimentan pronto, por más que insten los empeños de la Corona y del real palacio.

"Resplandecen dignamente los descubridores y conquistadores de la Nueva España con grandezas y Estados, logrando sus descendientes incesantes mercedes con que adelantan el esplendor de sus casas. No debe, pues, el suplicante, verse en presencia de V.M. y de su Corte con menos lucimiento, teniendo aún tan fresca en sus venas la sangre real de aquel emperador, y siendo tan reciente aquel incomparable servicio..."[8]

Muy generosa sería la Corona con mi padre, pero no lo fueron tanto sus maestros, que lo que se dice escribir de manera elegante no es lo que aparenta, si es que acaso fue su puño el autor de lo que aquí he transcrito. No repito que lo dudo, que no lo creo, porque ya lo he dicho, y porque, al decir que no lo digo, lo afirmo de cualquier manera.

Slosos keston de Hernando

---

[8] En español en el original. N. de E.

Ekfloros keston de Learo

Cuando estaba por dejar mi habitación de L'Atlàntide para bajar a continuar mi transcripción en donde la había dejado el día anterior, me pasó algo tan enojoso que con sólo volver a ver las líneas de Hernando que me recibieron momentos después, siento como que me sucede de nuevo. El párrafo en que Hernando diserta sobre la posibilidad de comprender las estrellas, y la diferencia que media "entre leerlas y entenderlas" ha quedado teñido de un sentimiento que le es completamente ajeno. Voy a hacer dos cosas para quitarme el malestar. Una es saltarme el párrafo dicho, y la otra es anotar aquí cómo fue esto enojoso que digo, para quitarme el mal sabor de la boca.

¿Y qué me pasó? Todo empezó con algo nada inusual. Rosete vino a buscarme para invitarme a participar en la brigada "Salvemos a la hoja de plátano" que tiene por objeto precisamente lo que anuncia, salvar, recuperar, hacer de nuevo corpórea a la hoja del plátano. Hasta hoy, las matas de plátano de nuestros jardines son una especie de tubos amarillosos de cuyo extremo superior pende la penca verde, una caricatura platanosa de aquellas maravillas de arbóreos.

No es que viniera Rosete especialmente por mí. De vez en cuando, si se necesita ayuda para algún proyecto, tratan de reclutar a alguien dispuesto, informando con pocas palabras en qué consiste el trabajo a hacer. Rosete es nuestro correo vivo, y a él le toca ir y venir con los mensajes. Delgadito, pálido, tiene el aspecto de un tierno angelito, pero su alma está llena de complicados dobleces, sus rugosos rincones de anfractuosos abismos. Él vive donde no cabe ni el sí ni el no, donde nada es completamente redondo ni completamente cuadrado. Es un conversador maestro (o lo era), pero es incapaz de ser útil en ningún proyecto, su razonamiento no puede conducir a nada firme, su pensamiento no puede trazar algo ni siquiera remotamente parecido a la línea recta, así que cuando decidimos prohibir la conversación en L'Atlàntide, Rosete fue el más afectado por la medida. Yo no me opuse a sacar la conversación del interior de nuestra colonia, no porque creyera, como los más, que conversar engendra incomodidades y asperezas, mientras que la vista de los otros sólo produce placeres, sino porque me seducía mejorar las condiciones del silencio. Sí creo, como toda L'Atlàntide, que el silencio es hermoso, que es el mejor compañero del reposo y del trabajo. Rosete tampoco se opuso, por cierto. Creo que es otra característica de su persona. Al ser incapaz de articular un sí o un no rotundo, no sabe tampoco oponerse a algo con resistencia. Así que, restringida la conversación, él se quedó desprovisto de lo más importante, y antes de que externara una queja, antes de que él pensara en él mismo, se nos ocurrió que podría hacer las veces de correo, cosa muy útil, porque no conversaríamos en L'Atlàntide, y de alguna manera tendríamos que hacernos llegar mensajes con mayor contenido que las fórmulas que transmite la Central de Estudios. Y sí, Rosete va y viene trayendo y llevando mensajes. A través de él, oímos decir a otro. Además de tener una memoria espléndida, sabe imitar la gesticulación y la manera de hablar, sin parodiar, sin hacer caricatura. Más que correo, Rosete es un espejo en carne, un espejo móvil que va y viene.

Antes de darme el mensaje, Rosete me contó (en francés, en esa lengua se conversó en L'Atlàntide) que están considerando eliminar este tipo de correo:

—Ècoute! Ya no se van a usar las palabras para mandarnos mensajes. Es parte de la Reforma del lenguaje. Y como no va a haber palabras, no tiene sentido que venga yo a sorrajarte un número sin poner la cara de quién, pues cómo, explícame...

Puso una expresión tan triste al decírmelo, una que era de él mismo y de nadie más, que sentí yo también tristeza por él. No pensé en ese instante en la aberración que representa quitar de cuajo las palabras para comunicarnos hasta lo más elemental, sino en lo que lo afectaba a él directamente.

—¿Y qué vas a hacer?— le pregunté, más que para informarme de esto, para hacerme su cómplice y consolarlo.

—¿Qué voy a hacer? Hacer, lo que se dice *hacer* no es problema, y a los gustos de uno no siempre hay que satisfacerlos, ¿o sí? ¿Tú qué crees?... Mira, estoy aprendiendo unos quicks en los que he estado trabajando, y ya que los termine, de vez en cuando pasaré a representarlos. No son malas ideas. Hay uno especialmente que no va mal. Estaba un día en una peña el 16 pensando...

—Espera, espera, no me lo cuentes ahora.

—No era el momento de presenciar uno de sus quicks. Empezaba a cobrar conciencia de lo que él me había contado, y la cabeza me daba vueltas pensando, pensando, pero sin querer herirlo, parándolo de tajo, le dije:

—No lo quiero ver a la mitad, quiero verlo cuando esté ya acabado, para disfrutarlo más. ¿Estarán de acuerdo con tus quicks?

—No les he enseñado ninguno, porque todavía no tengo ninguno completo, pero en términos generales no creo que les disguste la idea.

—¿No llevan palabras tus quicks?

—Algunas, sí, cuando hace falta...

— ¿Y crees que después de la Reforma del lenguaje vas a poder usar las palabras en tus quicks?

—Ah, será otra cosa. Yo voy a usar a las palabras, pero... —hizo una pausa, y agregó, en tono defensivo— Yo también estoy en desacuerdo con el uso de palabras. ¿Ves lo que pasa? No nos estamos entendiendo.

—Claro que sí nos estamos entendiendo. Yo vi tu expresión triste y...

—Mi cara sí estaba triste, pero no entiendes mis palabras. Hubiera bastado con que me vieras y no tendríamos que discutir ...

—Cómo crees, Rosete, yo no hubiera podido saber qué te estaba poniendo triste, no seas absurdo.

—¿Absurdo? ¿No ves que las palabras nos llevan una y otra vez a malentendidos? Mi cara te lo había dicho ya todo.

—Cálmate, Rosete. No te dejes engañar por esa consigna que ...

Sentimos la alarma contra el palabrerío palpitar en nuestros pies. Sin darnos cuenta, Rosete y yo nos habíamos puesto a conversar. Ya lo dije, no se debe conversar adentro de L'Atlàntide. Pero ahí estábamos otra vez Rosete y yo, platicando, irresponsables. Qué vergüenza. Sentida la alarma, nos callamos. De inmediato la Central nos trasmitió, a cada uno, en silencio, la retahíla de recomendaciones pertinentes: N41, N42, N43, 087 y Y1.

Las traduzco a la lengua castellana: N41 quiere decir "estás contaminando el aire con necios ruidos". Ésta se aplica a quien haga ruidos de cualquier índole. N42, "la proximidad verbal engendra sensaciones desagradables y malos sentimientos". N43, "con las palabras se edifican errores". La 087 es "ten cuidado en ofender el espacio de los que te rodean", y la

Y1 "sobrepasa en diez el número de recomendaciones provocadas por la misma infracción".

¿Qué podíamos hacer para bajar el tono reprobatorio de la Y1? Sin dejar pasar un momento, Rosete me puso su mano delgada y tibia en el cuello, jugueteó con mi cabello, mirándome a los ojos, sonreímos, y nos dimos a practicar las artes amatorias. Nos extendimos en ellas como si nos hubiéramos reunido en mi habitación expresamente a esto, y como si hubiéramos acariciado la idea de yacer juntos. Pasamos en besos, caricias, mimos y la oscuridad de la inombrable cópula toda la mañana. Salidos del túnel del beso y la penetración, no tardé en darme cuenta de que una nube triste ensombrecía el rostro de Rosete, y quise preguntarle con los ojos a qué se debía.

Grosero me contestó retirando abruptamente de mis ojos su vista. Giró la cabeza a un lado, como si hablara a otro, y me dijo:

—¿Quieres participar en la brigada "Salvemos a la hoja de plátano?"—cambió su tono natural de voz, sin imitar a nadie específico, volviéndolo exageradamente frío y severo. No volvió la cara hacia mí, y dirigía su mirada hacia quién sabe qué remoto punto. Me desconcertó. Más aún, diré que me sentí ultrajada, si lo traduzco a términos humanos. ¿No hacía un instante que él me besaba, que yo lo besaba en todo el cuerpo, que éramos cómplices del tesoro carnal, que él había dejado de ser quien es y yo quien soy, exasperados en la prolongación de la cópula? ¿No había entrado él a mi cuerpo y yo al de él, como quien desesperado va huyendo del fuego, del agua hirviendo y del cuchillo blandido? ¿No habíamos sido, humildes, yo más su piel que la mía, él más la mía que la de él, abandonándonos de nuestras conciencias, persiguiendo la ajena en una caza imposible, exasperados? Porque habíamos empezado a practicar el amor carnal para borrar la reprobación de la Central a nuestro comportamiento, pero auténticamente habíamos hecho el amor, y yo había sido de Rosete, y él mío, y ahora, al terminar, él me regalaba con el muro y la distancia. Sentí un deseo imperioso de distanciarme a mi vez, y no encontré nada más a mano para espetarle que unos versos de mi poeta, no en voz alta, en silencio, porque un ápice de cordura me hizo recordar que me acababan de llamar la atención:

"Esta noche ha vuelto la lluvia sobre los cafetales.
Sobre las hojas del plátano,
sobre las altas ramas de los cámbulos,
ha vuelto a llover esta noche un agua persistente
                              y vastísima
que crece las acequias y comienza a henchir los ríos
que gimen con su nocturna carga de lodos vegetales."

Rosete recibió el poema, poniéndose primero más y más pálido, y cambiando al final el tono de su piel por un rojo intenso. Pero ni así me miró a los ojos. Le tomé la cara con la mano y la giré hacia mí. Bajó los párpados.

—¿Qué te pasa, Rosete? —le pregunté en voz alta.

Repitió, trastabillando, la pregunta:

—¿Quieres participar en la brigada "Salvemos a la hoja de plátano? ¿Sí, o no?

—¡No! Yo ya tengo mi plátano —esto también sin sonido— tengo mi plátano, mi hoja, y hasta un ruiseñor—. Me largué a recitar el poema de Quevedo:

"Flor con voz, volante flor,
silbo alado, voz pintada,
lira de pluma animada
y ramillete cantor;
dí, átomo volador,
florido acento de pluma,
bella organizada suma

de lo hermoso y lo süave,
¿cómo cabe en sola un ave
cuanto el contrapunto suma?"

En lugar de largarme a espetarle otro poema, debí demorarme explicándole las evocaciones de los versos que instantes antes le había recetado y continuar con lo siguiente del poema, "La lluvia sobre el zinc de los tejados", pero el hecho de que no me diera la cara, de que me retirara los ojos, me hizo sentir tan mal que no tuve paciencia. Pero sí, debí detenerme en cada uno de los secretos del poema. Debí mostrarle cómo él entraña la mata del plátano y la vegetación que fue su vecina, enseñarle cómo contiene su tallo fibroso, que es hoja también, y la flor con su punta morada, e incluso su fruto, de carne sorprendentemente blanca y tierna, de piel fibrosa vistosamente amarilla. Debí hacerle, no sólo comprender el poema, sino también percibir su sonido de río corriendo entre los árboles tupidos de la selva y su olor perfumado, y tocar su frescor de rocío en la madrugada; debí compartir con él la sensación del poema. ¿Qué más plátanos, qué más cafetales, que más cámbulo, qué más ríos, qué más ruiseñores quieren?

Pero no lo hice. Recitándole mis poemas, sólo irrité a Rosete. A sus ojos, los versos no tendrán más sentido que el infame de ser creación de los hombres de la Historia. Debí explicárselos, porque mi irritación no conduce a nada, sólo me hace distanciarme de Rosete. Y no quiero, no tengo por qué distanciarme de él. Claro que él empezó, al mirarme de esa manera, él me provocó, pero yo debí (ya pasado el primer impulso de contestar a su agresión), debí ser amable con él, ganármelo para mi causa. Rosete no es nada sin palabras. Es absurdo no compartir con él sus tesoros.

Santo remedio. Al anotar esta historia aquí, la sensación desgradable se esfumó. Ya no estoy molesta, ya no me siento incómoda. Sigo con mi Hernando.

Slosos keston de Learo

Ekfloros keston de Hernando

De mis primeros años, no puedo cantar los armónicos arrullos. Rorro, a la meme, riquirranes, no puedo, tintón, dame dame, dulce bien, no porque no los hubiera para mí, que mamá siempre estuvo presta para darme mimos, sino porque su bisbiseo queda enterrado por la cruel melodía que se apoderó entonces de estas tierras. Violación de asilo, cruces enlutadas por las calles, tormentos, lenguas zumbando en desmedido, ahorcamientos y descuartizamientos de mano de la justicia, lluvias de piedras sobre respetables y sus mujeres y sus hijos, pues en cuanto salió Cortés se desencadenaron peleas a muerte sobre los beneficios reales y los imaginarios de estas tierras, y los indios bailamos al son de la violencia sembrada por sus pugnas.

No me mimó el destino, que si bien me trajo enmedio de pomposa fiesta, después me acomodó entre el destrozadero de virtudes. El veedor, el factor, el que perdió arbitrariamente su encomienda, el tesorero, el licenciado Suazo de quitada jurisdicción militar y civil (sólo porque les estorbaba, y con el falso de que por no acatar una cédula que ni existió, prendiéndolo de noche con una cadena y embarcándolo a Medellín), todos ellos (y me guardo aquí de hablar de los indios, que esa historia para otra ocasión dejo, si me sobra vida), representando una comedia de horrores.

Cuando regresó Cortés, con el título de Marqués del Valle, despachado para la Nueva España como Capitán General, dotado de la merced de un señorío de veintitrés mil vasallos, casado con la señora doña Juana de Zúñiga, sobrina del duque de Béjar, acompañado de una comitiva numerosísima, de gran Señor, los de mala memoria no se apaciguaron nomás verlo, sino que despacharon orden para que el alcalde echase a Cortés de Veracruz, y dieron un pregón para que cuantos habían ido a verlo se volvieran a los pueblos donde residían, so pena de muerte, y prohibieron a los indios que los abastecieran de comida. Así que los pleitos siguieron por mucho, y yo, en mis primeros años, viviendo ahí, padeciendo el espectáculo de sus atrocidades, que, aunque mis años fueran tiernos, fui regalado por el Creador desde mis primeros días con el don de la vista.

Nula lección, provecho o beneficio se podría sacar de presenciar lo ya dicho, más interminables atrocidades en las que no tiene sentido volver a gastar tinta y a desgastar mi ya viejo puño. Pero aunque nulos sean provecho y beneficio, yo obtuve para mí una joya, espurgándola entre los destrozos, las infamias y los caballos sin freno de la codicia. Supe sacar prenda de donde nada bueno se podía extraer, de donde todos debían entregar y someter buena parte de su honra, si no de su espíritu, para salir airosos. Sobran de esto ejemplos; daré el de Rodrigo de Paz, que ni con dar su anillo por señal de alianza incondicional, evitó que lo torturaran para que les dijera dónde había escondido Cortés sus tesoros.

Porque lo torturaron con agua, cordel y fuego, hasta perder los dedos de los pies, y lo llevaron a ahorcar, paseándolo antes sobre un asno por la plaza pública, donde estuvo de pie y desnudo, con un paño sucio tocado en la cabeza todo un día, cuando hacía dos semanas que andaba con cinco alabarderos y veinte de a caballo. Y eso que no cuento lo que Rodrigo de Paz tuvo que hacer padecer a su alma para conseguir los alabarderos y los de a caballo, que de por sí son para ella paño sucio tocado en la cabeza, paseo a lomo de un asno, y engañosa tortura con agua, cordel y fuego para su espíritu. Y peores excoriaciones, desgarraduras, machucaduras y herimientos que los infringidos a él, cometió él de seguro para hacerse de tan rápida manera rico. Dos citas de Juvenal vienen aquí a cuento:

"Atrévete a algo digno de la minúscula Giano y de la cárcel si quieres ser algo. La probidad es alabada y tirita. A los crímenes se deben los jardines, las casas de campo, las mesas, la plata antigua y el cabrón en relieve de las copas".

"¿Y cuándo fue mayor la cantidad de vicios? ¿Cuándo se abrió más el seno de la avaricia? ¿Cuándo los juegos de azar tuvieron tal vigor?... ¿Es acaso simple locura perder cien mil sestercios y negar una túnica al esclavo que tirita?".

De no ser alquimista, mago o malicioso brujo, nada bueno podía obtenerse del matadero de virtudes y relleno de pudriciones en que se habían vuelto estas tierras, pero yo, sin ser Merlín o Titlacahuan, el nigromante que engañó a Quetzalcóatl, me hice de una joya, robándola para mí. Y si es verdad que el robo jamás es acto bueno, también es cierto que el mío malo no fue, porque aunque la tomé sin que fuera mía y sin pedir permiso, nadie pudo sentir su pérdida. Porque aunque la robé, a nadie se la quité. Y si es verdad también que las cosas no son joyas buenas porque cuando no mera vanidad satisfacen avaricia y concupiscencia, es cierto también que mi joya no era del todo réproba e impía, porque ni despertaba la ambición, ni era prenda para la mezquindad y la codicia. La mía era joya buena, aunque fruta cosechada de donde nada bueno podía sacarse. Nada bueno, y para complicar las cosas, vino a dar la corte del conquistador aquí.

Porque cuando Cortés estaba en Tlaxcala, en su camino a México, después de haber pasado hambre él y los suyos por la prohibición hecha a los indios de que les acercaran comidas (tanta hambre, según cuentan, que los de la comitiva murieron, entre ellas doña Catalina Pizarro, madre de Cortés), recibió el Marqués del Valle la orden de la reina que rezaba así:[9]

"por cabsas complideras a nuestro servicio y a la ejecución de la nuestra justicia, habemos acordado de mandar proveer de nuevo presidente e oidores para la Audiencia Real desa Nueva España, y en tanto que llegan podría traer algún inconveniente vuestra entrada y de la Marquesa, vuestra mujer, en México; por tanto yo os mando que entretanto y a razón, como dicho es, por el dicho nuestro presidente y algunos oidores que de nuevo habemos mandado proveer lleguen a esa tierra, vos ni la marqueza, vuestra mujer, no entreis en la Ciudad de México, ni os llegueis a ella con diez leguas alrededor, so pena de la nuestra merced, e de diez mil castellanos para la nuestra cámara e fisco."[10]

La orden había sido enviada el 22 de marzo de 530, y fue recibida el 9 de agosto de 530. Cortés la besó, puso sobre la cabeza y obedeció, yéndose de ahí a Tezcoco. Así que vino a dar a la villa donde había soltado a los bergantines con que asaltó por agua Tenochtitlan, misma en la que yo había aprendido ya a dar mis primeros pasos y donde vivía en feliz y exclusiva convivencia con mamá, no descubierto aún el juego con los amigos.

La corte de don Hernán era mayor que la que estaba en México, y al aposentarse en Tezcoco toda la villa se alteró por ella. Pero no fue de la Corte misma de donde yo robé la joya dicha, aunque a ellos oro, gemas, buenos vestidos y excelentes caballos les sobraran, sino de donde me adelanto ahora mismo a

---

[9] A partir de aquí, en español en el original. N. de E.
[10] Termina el texto en español. Continúa la redacción en latín. N. de E.

contar. Un día, paseando de la mano de mamá, de regreso de alguna diligencia que no guarda mi memoria, topamos con los hombres de armas de la Audiencia que con gran ruido y revuelo tomaban preso a un señor principal de tierras vecinas. El señor principal gritaba en claro español y a todo lo que daba su voz "yo no fui", y luego "no lo volveré a hacer", y luego "suéltenme, suéltenme, déjenme libre, por lo más santísimo, por la Caridad de Dios, me esperan mis hijos y mi pueblo", jaloneando con todas sus fuerzas para zafarse, llorando a mares.

Yo dejé de apretar la mano de mamá. El miedo que el señor principal sentía, se me había contagiado. Quería correr, pero no podía moverme: mis ojos necesitaban ver al hombre tomado preso. Vestido con ropas finas, el blanco de sus telas blanquísimo, al intentar zafarse de sus captores no perdía del todo su elegancia. Su fina persona contrastaba en todo con la grosería de los hombres de armas. Si éstos eran hombres, él era un cisne y alas su hermoso vestido. Si él era un hombre, perros eran los que lo agarraban cautivo, sabuesos agitados, apestosos, sucios de lodo, gruñendo amenazantes mientras retenían en sus belfos babosos a una presa blanca, llorando, y que aún en el difícil trance seguía luciendo fino y elegante.

Un soldado jaló con su manaza el blanco vestido de su víctima, sujetándolo por el frente con el puño cerrado. Después, clavó un puñal en la tela que la manaza estiraba, de punta y canto lento como si lo encajara en un bulto sólido y duro, hasta que vimos salir por abajo de la manta de algodón su filosa punta. El señor principal parecía ensartado por sus ropas al puñal. No contento con tamaño atrevimiento, el soldado estiró de un golpe el brazo, hiriendo en el vientre a su cautivo. Sin detener su movimiento, tiró con un jalón el puñal hacia sí, desgarrando la tela del vestido, y dejando desnudo un rasguño, sangrando. El tiempo que el arma tardó en entrar y salir de la tela, y en lastimar el cuerpo del señor principal, se hizo un grandísimo silencio. El señor principal había quedado inmóvil, como estatua prendida al clavado puñal, y ni un quejido sonó en su boca cuando el filo le lastimó el vientre. Lo que sonó primero, fue la voz del soldado dueño del arma:

—Así está bien, sin gritos, indio imbécil, que nos aturdes.

Se lo llevaron, silencioso, vencido, de nuevo llorando. Quienes lo acompañaban no supieron qué hacer, los vi corriendo, en varias direcciones, dispersándose como las hormigas de un hormiguero destruido. Ahí mismo, nos enteramos de que el señor principal había venido a Tezcoco a saludar a Cortés, que por este motivo lo habían tomado preso, para irritar al Conquistador buscándole una trifulca, que ya estaban los hombres de armas de la Audiencia en las afueras de Tezcoco, apertrechados como para hacerle guerra.

A este señor principal nunca volvimos a verlo, o porque él no quisiera regresar adonde evocaría horrendo recuerdo, o porque los crueles oidores le robaron la vida. Dios sabrá. Pero de lo que sí puedo dar noticia, es del robo de la joya que de ahí yo me birlé. Si no hubiera habido pleito entre veedor y factor, por una parte, y de la otra tesorero y contador, y de todos contra Zumárraga y Cortés, no la habría yo tenido. El robo fue el del puñal. El puñal fue mi joya. De ahí en adelante, no dejé de verlo con los ojos fijos de mi imaginación. Aquella arma pasó a formar parte principal de mi persona desde ese día. No porque la poseyera, sino porque yo la había calcado, hurtándola para que formara parte de lo más mío. Me armé con ella de cien maneras, fui un héroe, un guerrero, un triunfador en mil justos pleitos; defendí con el puñal, en mis incansables aventuras privadas, a mi mamá o a mí, y no diré que a los míos porque los míos sólo éramos entonces ella y yo.

En lugar de haberme llevado algo noble del noble indio, hurté un objeto del soldado deleznable. En lugar de haberle robado su elegancia envidiable, o su temor, que no era ciego o bobo, robé una cosa de la escena. Y no la cosa mejor. Blanca no era el arma, sino el lienzo, fino no era el arma sino el lino, y fuerte no la daga, su pánico justo, y sus gritos. Incluso sus lágrimas me parecerían mejor prenda, si algo iba yo a hurtar para mi uso. Sin restarle nada a la calidad mísera de mi espíritu, una cosa puedo decir en su defensa. Corregí el destino del arma, porque en mi imaginación jamás fue blandida contra un ser desprotegido o de buen corazón.

Dicho un poco lo mal que estaban entonces los asuntos en Nueva España, y confiado en que ustedes tendrán de ello mil otras noticias, será fácil imaginar que no tenía yo que hacer esfuerzo alguno para escoger malévolos contrincantes frente a los que podía yo blandir mi puñal. Apertrechado con mi arma brillante, filosa, valiente, me vi, como si fuera yo un hombre en el tamaño, peleando en mi infantil imaginería. Mi arma, que mía era (aunque el puñal del bruto nunca mío fuera), no me dejaba nunca en la vigilia. Me bastaba entrecerrar un poco los ojos para estarla usando contra éste o contra aquél, y salir siempre victorioso, porque mi joya privada era una defensora infalible. La traía yo conmigo, enfundada en lo más inmediato de la memoria. Era mi compañera y no me dejaba nunca. Había ocasiones en que aparecía a salvarme hasta en mis sueños, junto a mi puño, sujeta a mis dedos, fiel como una tercera pierna mía (esto, de las de mi juventud, que ahora las dos que tengo no suman ni una). Mi arma no estaba en un espacio aislado, guardada al resguardo porque mi joya fuera, sino en todos sitios.

Fue por los días en que vi al señor principal ser detenido impunemente por los soldados de los enemigos de Cortés (proveyéndome de mi más leal compañía, mi joya, mi tesoro, el puñal que ellos jamás imaginaron pasaría a ser de un niño indio) cuando probé por vez primera el queso de tierra. Hasta hoy asocio su sabor con el arresto del señor; la violencia y la elegancia, la súplica y la impiedad se entremezclan en su verde suculento. El sabor del limo del lago (de esto se hace el exquisito queso de tierra) tiene para mí resonancias del puñal cortando la tela y la premura de la sangre sacada al vientre. Como es placer del cuerpo, llamada a la gula, dejé de comerlo ha muchos años. Con todo y que no paga alcabala, porque sin ser maíz, ni pan cocido, ni moneda acuñada, ni libro, ni halcón u otra ave de caza, ni cosa que se da en casamiento, ni bien de los difuntos que se parte entre los herederos, el queso de tierra está exceptuado del pago del impuesto como todo lo de indios que se venda, con todo y que no paga alcabala, decía, reservado está para quienes tengan el bolso lleno de monedas, que es alimento que se tiene en mucho, así que hace años que no he vuelto a probarlo. Pero su recuerdo no lo pierdo. El arresto infame del señor principal leal a Cortés me lo dejó también fijado a la memoria, de una manera extraña, como si defender, en mi imaginación, con mi puñal, me trajera al paladar el placer de su gusto.

Después Cortés salió de Tezcoco.

Él ya se fue, hasta de mi recuerdo, y yo aún nada he dicho de la que esos años fue mi villa. Tezcoco está frente a Tenochtitlan-México, cuatro o cinco leguas de traviesa hacia oriente, la laguna salada enmedio. Fue la segunda cosa principal de esta tierra, y el señor de ella era el segundo señor. Sujetaba debajo de sí quince provincias hasta la de Tuzpan, que está en la costa del mar del Norte. Está en un llano descubierto que se hace entre la laguna y la serranía y montaña grande de Tláloc. No hay un río caudaloso y principal adentro de la ciudad, pero sí múltiples arroyos que corren hacia el lago, y que en secas casi desaparecen. Cuando niño, todavía vi en buen estado los caños y acequias que hicieron los dos Nezahualcóyotl para regar sus huertas y jardines, y bebí,

como nuestros abuelos, agua de los pozos. Estos señores hicieron muchas labores con el agua, acequias, pozos, caños, con tanto conocimiento del manejo del agua
que a un río, nacido de las fuentes de Teotihuacan (que
ahora tiene en encomienda don Antonio de Bazán, Alguacil Mayor de la Santa Inquisición de la Nueva España), lo sacaron de su cauce para que fuera a dar a unas
casas de placer como a un cuarto de legua de la ciudad.
Pero ahora las obras de los dos Nezahualcóyotl están todas
rotas y el agua corre en desorden por diferentes vías.

Por ser muy rica e importante, hubo en Texcoco muy grandes edificios, muy gentiles casas, y su templo principal más alto era que el Templo Mayor de
Tenochtitlan.

El palacio del rey Nezahualpilli era muy cosa
de ver, era magnífico, se podía aposentar en él un ejército. Ahí Ixtlilxóchitl, aliado de los españoles y primer
señor bajo su mando en Tezcoco, dio vivienda a los
tres religiosos franciscanos que se acercaron a nuestra
villa a aprender la lengua mexicana, tres flamencos,
fray Juan de Tecto, confesor del Emperador, fray Juan
de Ayora y fray Pedro de Gante. Ahora, según dicen,
esa casa está desolada. La huerta cercada tenía más de
mil cedros muy grandes y muy hermosos. Había además muchos jardines y un estanque grandísimo, al que
se podía llegar con barcas por debajo de la tierra.

Era tan grande Tezcoco que se extendía más
de una legua de ancho por seis de largo. Una villa
grandísima. Era muy hermosa. No ignoraba el lago,
pero se guarecía de él tras unos enormes carrizales y
árboles sembrados altísimos.

El primer hombre de Tezcoco,[11] según cuenta
fray Andrés de Olmos que le mostraron en unas pin-
turas, nació porque dicen que, estando el sol a la hora
de las nueve, echó una flecha en el dicho término e

---

[11] A partir de aquí, en español en el original. Nota de Estela.

hizo un hoyo, del cual salió un hombre, que fue el primero, no teniendo más cuerpo que de los sobacos arriba, y que después salió de allí la mujer entera, y preguntados cómo había engendrado aquel hombre, pues él no tenía cuerpo entero, dijeron un desatino y suciedad que no es para aquí, y que aquel hombre se decía Aculmaitl, y que de aquí tomó nombre el pueblo que se dice Aculma, porque *aculli* quiere decir hombro, y *maitl* mano o brazo, como cosa que no tenía más que hombros y brazos, o que casi todo era hombros y brazos, porque, como dije, aquel hombre primero no tenía más que de los sobacos arriba, según esta ficción y mentira.

Regreso a mi latín confiable. Otro espiaba sobre mi hombro, como si yo fuera el hombre que de puros hombros fue hecho, lo que no le impidió hacer de manera sucia e inombrable a la mujer su compañera. Por mí, que me espíen, yo no soltaré mi libro, que, por otra parte, tan poca curiosidad les da, pues convencidos están de mi insensata manía de anotar aquí las maneras de los antiguos, como les he hecho saber de viva voz cuando se dignan escucharme. Porque les he dicho: "escribo porque quiero dejar anotadas las insensateces de quienes no conocieron la luz de Dios" y ni me escuchan, que de esto se ha oído mucho por aquí, y en estos días se le ve como empresa insensata e inútil. No fue así en nuestros mejores tiempos.

Desperdicio seré, o puro hombro como el primer hombre de Tezcoco, pero de mí saldrá el recuerdo de la luz que un día brilló en el Colegio, cuando en verdad lo fue, y no, como es ahora, refugio de un pobre hombre inútil, sin piernas, viejo, mal ala bajo la que mal enseñan a leer las *aes* y las *oes,* y a repetir el Credo y el Padrenuestro sin comprenderlos.

Slosos keston de Hernando

Ekfloros keston de Learo

Aunque las dimensiones de nuestra colonia no son extensas, aunque no hay muros para hacernos invisibles al otro, ni muebles atrás de los cuales podamos escondernos, ni mantos para cubrir nuestras caras, aunque no hay forma alguna de ropas, de cortinas, de tapices, somos extremadamente celosos de nuestra intimidad.

Nuestras costumbres son un armado de artes escapatorias y de trucos de ocultamiento. Respetamos la necesidad de silencio, de la que ya hablé, y el celo de soledad. El Punto Calpe es el equivalente a la plaza pública. Ahí dejamos de lado la convención "no te estoy viendo", y nos sonreímos los unos a los otros, nos ponemos al tanto de nuestra actividades (por desgracia cada vez en frases más cortas, y llenándolas de cifras y nombres de letras), intercambiamos miradas y gestos, nos tocamos los unos a los otros, acordamos citas. Ahí trenzamos el hilo delgado de nuestra pálida vida colectiva.

Claro que si uno quiere no acude a la plaza. Si no estoy de humor, bajo mucho antes que todos, o bajo después, para no encontrar a nadie, y si por casualidad me encuentro a alguien, haremos de cuenta que no nos estamos viendo. Pero si decididamente no quiero ver la cara de ninguno, no bajo por el Punto Calpe, tomo otra ruta y me desplazo por cuenta propia. Esto hago de vez en vez.

Así que grande fue hoy mi sorpresa, cuando, bajando por el Punto Calpe a horas antisociales, alguien me sujetó del brazo. Yo venía completamente concentrada en mis pensamientos, tan ensimismada que por un segundo *no reconocí* al que me detenía.

Ver a un desconocido es algo impensable en nuestra comunidad. Todos y cada uno de los rostros tienen un sentido específico. Por supuesto que cada uno de ellos cambia, porque un rostro cambia, pero no tanto como para dejar de ser el mismo. Vencida la enfermedad que llamaron vejez, cada uno de los rostros ha tenido el tiempo suficiente para manifestarnos sus esplendores y sus miserias. No hay desconocidos en L'Atlàntide. Debo agregar que, como desde la fundación de nuestra colonia se creyó en el poder de la imagen, cada rostro nos fue mostrado hasta el hartazgo. Esto me desvía de lo que aquí quiero anotar, pero ya que lo mencioné, me detengo en el asunto.

Cuando nos escogieron, o mejor dicho, cuando escogieron el óvulo y el espermatozoide (examinados sus genes) que iban a tornarse en nosotros, optaron por la más amplia diversidad de fisonomías. Nuestra comunidad es un muestrario de lo que Natura dio a la apariencia humana. Aquí no cuenta la "raza", porque todos somos de una distinta, y porque, auxiliados del Receptor de Imágenes, los hombres que hicieron a los sobrevivientes crearon en cada uno de nosotros un protagonista igualmente meritorio de belleza y respeto. Durante La Conformación, nos transmitieron en el Receptor un sinnúmero de imágenes de nosotros mismos, como éramos ya y como se podía conjeturar seríamos de adultos. Estas imágenes fueron fijas y móviles, planas y de tres dimensiones. En ellas se nos vio junto a los más dispares paisajes, visitando lugares de la Tierra con la apariencia que tuvieron antes de ser destrozados por el hombre de la Historia. En las imágenes, escalamos montañas, nos bañamos en el mar, nadamos en ríos turbulentos, esquivamos la caída de una cascada, exploramos grutas, caminamos por senderos variadísimos, sembramos árboles, cosechamos cerezas y naranjas, cortamos girasoles en campos inmensos cubiertos de ellos. Hicimos el amor, comimos, reímos, usamos y no diversas ropas, y siempre nos vimos bellos. Corrimos en bosques tupidos, tropezando en su semioscuridad, nos sumergimos en las aguas traslúcidas del mar Caribe o los arrecifes de los mares del sur, navegamos por el Amazonas, recorrimos el Nilo, saltamos de piedra en piedra al fondo del cañón del Sumidero. Nos vimos viendo controlar el vuelo del águila y la carrera del avestruz, montamos camellos, elefantes, caballos. Nos deslizamos en las nieves de los Alpes, los Andes y las Rocallosas. Subimos al cráter del Popocatépetl, a la cumbre del Himalaya, nadamos en los cenotes, volamos sobre pantanos y llanuras, vimos cordilleras agrestes de formas insólitas a nuestros pies, oímos crujir las piedras gigantescas de los desiertos y cruzamos el Sahara. Hacíamos lo que habría sido posible de estar aún viva Naturaleza. Pero ni domamos el fuego, ni vencimos un dragón, ni cortamos la cabeza de la Gorgona, ni arrojamos la piedra a Goliat, ni Pegaso nos subió en su lomo, ni hizo nacer una fuente estampando su pisada, aunque sí, no sé por qué capricho, nos vimos a cada uno de nosotros naciendo de la espuma del mar, viajando sobre una ostra hacia la isla de Citera y el Peloponeso. Pasto y flores brotaban a nuestros pies donde quiera que los posáramos, y si subíamos por los aires era acompañados de palomas y gorriones.

No me detengo en narrar todo aquello que hacían las imágenes que nos proyectaban en el Receptor, porque aunque las imágenes nos representaran, nosotros no hicimos nada de eso. Las imágenes fueron creadas por los hombres que hicieron posibles a los sobrevivientes, y no tenían nada qué ver con la realidad. Yo me vi siendo adulta mucho antes de serlo, cuando tenía cuatro años, cuando tenía ocho, cuando tenía diez, y vi a la Tierra sin huella de destrucción cuando ella no era ya sino un páramo devastado, poblado solamente por los desechos y el viento iracundo y sucio. Nadie hubiera podido concluir, sin conocimiento previo o una concienzuda exploración, que el globo que estaba bajo L'Atlàntide era el mismo planeta que aparecía exuberante y hermoso en las imágenes. ¿Quién habría podido deducir inocentemente que eso había sido el cadáver? En las imágenes no había huella de la Humanidad ni de su voracidad y su deseo de destrucción, ni de la tontería que terminó por conducirla a su aniquilación y al desastre que azotó la Tierra. En ellas no se sabía que el hombre había maltratado a la Naturaleza, ni que un día había ardido la atmósfera.

Pasada nuestra infancia, se suspendió la transmisión continua de imágenes. Ya no era necesaria. Cada uno de nuestros rostros había sido dotado de un alma. No cabía la posibilidad de imaginar algo que provocara la enemistad, el recelo o la desconfianza en ninguno de los habitantes de L'Atlàntide, porque todos habíamos representado los mismos papeles.

Así que cuando creí ver un desconocido, se podrá imaginar que el desconcierto fue enorme. Esta creencia duró sólo un segundo, o menos de un segundo. De inmediato mi sorpresa se cogió de algo más firme. Claro, no era un desconocido, simplemente porque eso no puede ser, yo era la distraída y comencé a regañarme, pensando "esto es el colmo, soy el colmo". Pero antes de mi regaño, cuando vio mi cara de sorpresa, Ramón me preguntó:

—24, ¿te pasa algo?

—Ramón —le contesté— Ramoncito perdóname; por un segundo, con la sorpresa de que alguien me tomara del brazo a estas horas en el Punto Calpe, y como mi concentración está en muy otro sitio, no lo creerás, es que no te reconocí. Soy el colmo, qué sentimiento más bizarro, Ramoncito—. Le pasé la mano por el cabello, fino y lacio, como seda. —Te ves muy bien, Ramón.

—¿No me reconociste? Es inverosímil... Dan ganas de reírse, pero me parece demasiado absurdo. Ven conmigo 24, quiero hablar contigo.

Bajamos las escaleras, abrazados el uno al otro, en silencio. Las ligas que nos unen a todos los de mi comunidad son muy estrechas. Crecimos juntos. Fuimos educados juntos, juntos emprendimos el camino de nuestra sobrevivencia, la fundación de L'Atlàntide, la creación de nuestro modo de vida. Esto sin sumar que durante nuestro crecimiento nos miramos los unos a los otros protagonizando aventuras magníficas sobre un planeta esplendoroso que nuestra colonia pretende recuperar y mantener. No estamos solos, pero tampoco estamos los unos sobre los otros. Al llegar al Jardín de las Delicias, Ramón me dio estas explicaciones, como si ahora yo fuera *la desconocida*, la extranjera.

—... Celamos nuestra intimidad, pero disfrutamos nuestra convivencia. Sabes que aunque y porque pensamos de maneras muy diferentes, hemos conseguido articular una vida comunitaria que nos protege de los demás, y que protege a los otros de uno mismo. Aquí el hombre no es lobo del hombre...

—Ramón, todo esto ya lo sé. ¿A qué viene que me lo quieras recordar, cuando no hace falta hacerlo?— le dije, en la primera pausa que hizo.

—24, tú puedes hacer de tu tiempo lo que quieras. No debo decirte que no estaría de más que participaras en labores que hicieran bien a la colonia y a la Tierra, porque eso también lo sabes ya, y porque como en un tiempo tú trabajaste con enorme empeño, puedes disfrutar de una pausa, si quieres hacer uso de ella.

Puedes hacer con tu tiempo lo que desees, pero —aquí hizo un silencio, tomó aire—, *mais* —volvió a recalcar la palabra, pronunciándola lentamente, golpeando sus letras—, pero no busques herirnos, 24, esto no es un juego.

Me miró a los ojos cuando dijo "esto no es un juego". Ramón es una persona estupenda, y siempre inspira enorme confianza, sólo que vi en el fondo de su mirada algo que no me gustó.

—¿Qué quieres decir con que esto no es un juego? Yo no estoy jugando con los libros. Me los tomo muy en serio.

—Estamos a punto de afianzar la Reforma del Lenguaje, ponderando con cuidado los últimos detalles. Comprende la importancia de esto, 24, entiende que con esto destruiremos lo que aún queda en nosotros del hombre de la Historia. Esto nos alejará por siempre del mal.

—Es absurdo el convencimiento de que debemos olvidar al hombre de la Historia.

—No es absurdo, 24, no lo es.

—Lo es.

—Ellos sólo se condujeron a la destrucción y arrasaron con Natura.

—Por un error terminaron con la vida de la Tierra. Un error que pudo no haber ocurrido.

—Pero ocurrió. Y no nació como un error, nació como un deseo de destrucción. Hubo la voluntad de destruirlo todo.

—Es verdad. Pero el hombre de la Historia no fue sólo eso.

—También fue el lobo del hombre, y el Mal.

—Fue más que eso.

—"Dos dioses hay, y son Ignorancia y Olvido".

—Rubén Darío.

—Regresemos a lo que decíamos. Puedes hacer de tu tiempo lo que quieras, pero no puedes hacer del nuestro lo que tú quieras. Yo no autorizo ni desautorizo nada, lo sabes. No soy un censor. Como cualquiera que esté en mi lugar, procuro que la armonía y el bien reinen en L'Atlàntide...

Lo interrumpí. Después de haber advertido eso en el fondo de su mirada, no estaba mi ánimo como para discursos.

—Ya lo sé, Ramón. Lo sé tan bien como tú, no me lo repitas. Tú sabes también lo que yo pienso de la memoria, y no lo voy a repetir. Y de los libros...

—Espera, detente un segundo, 24. Escucha: "aprender, sobre todo, a desconfiar de la memoria. Lo que creemos recordar es por completo ajeno y diferente a lo que en verdad sucedió... Vivir sin recordar sería, tal vez, el secreto de los dioses".

—Mutis. Sí, pero en su contexto...

—Ningún contexto. Es *La visita del Gaviero*...

—Lo sé. Pero los libros...

Ahora él me interrumpió.

—No vamos a arruinarnos la mañana discutiendo, Cordelia.

—No, ahora me llamo Lear.

Se rió, a mandíbula batiente.

—¿Ya *no* te llamas Cordelia? ¿Ahora Lear? —se rió más—. No se puede estar brincando de nombre, ésa no es manera. Nombrar deja de tener sentido. ¿Yo sigo siendo Ramón?

—Claro, a ustedes no les cambio el nombre nunca. El problema es que yo tengo que escapar de los nombres.

Se volvió a reír. Ni modo, yo me reí también, reconozco que es risible cambiar de nombre, y aunque me incomoda hacer el ridículo, creo que es mejor sumarme a los que se burlan de mí, que intentar defender algo indefendible. Pero aunque indefendible, es algo que no puedo evitar.

—¿Ves? Ay, Cordelia, Lear, 24 o lo que quieras llamarte. No, no nos vamos a arruinar la mañana discutiendo. Quédate con tus poetas, con tus novelistas, quédate sola con ellos. Ya sabes que son los compañeros de la muerte, la compañía del desorden del hombre que envolvió con muerte a Natura. Y sabes también que nos desagradan tanto como nos desagrada la muerte y su agente mayor, el hombre. ¿Para qué volver a ellos, 24? Ida la muerte, muerto el hombre y su afán de muerte, sus libros no tienen ningún sentido, y esto si les atribuimos alguno antes... Pero en fin, yo no mando sobre ti. Haz lo que quieras, pero no quieras mezquindades.

—¿Cómo que mezquindades? Yo no llamo mezquinas a tus ideas.

—No sólo son ideas. Has propuesto otro objeto al Menschen Museum. Cuando toda la comunidad está por dar el paso definitivo que abolirá para siempre el peligro de imitar el comportamiento atroz de los hombres, tú propones otra *cosa* al Museo. Comprender, amar la lengua te regresa también al torpe y peligroso amor a la cosa. Amar la lengua te emparenta con el hombre. Despégate de ella. Escucha nuestro consejo...

Ramón me tomó de la mano, me levantó de la piedra donde estaba sentada, pasó mi brazo por el suyo, para que los cruzásemos, y empezó a caminar, llevándome con él. Se lo agradecí, porque yo estaba perdiendo la tranquilidad.

—¿Te acuerdas cuando tú y yo juntos recorrimos sobre mulas el Gran Cañón del Colorado?

—Sí, claro que sí —le contesté— al final del viaje había un desierto, y a la entrada del desierto un oasis, y en el oasis una cuadra de camellos. Nadamos en el estanque, porque veníamos acalorados y sucios del viaje.

—¿No tenemos suficientes imágenes en qué fundarnos? A ésta que saco a cuento súmale las miles más con que alimentamos nuestros ojos de niños. Tú lo que pareces querer defender es la memoria. Está bien. Recordemos nuestras imágenes, pero no guardemos huella alguna de los hombres. Las palabras, para empezar...

—No lo vivimos, Ramón, tú y yo no fuimos al Cañón, no vimos los camellos. Tenemos que saber que esos recuerdos no son verdad... Lo único que tenemos los atlántidos, Ramón, querámoslo o no, son las palabras:

"El cantor va por todo el mundo
sonriente o meditabundo...
En palanquín y en seda fina,
por el corazón de la China;
en automóvil en Lutecia;
en negra góndola en Venecia;
sobre las pampas y los llanos
en los potros americanos;
por el río va en la canoa
o se le ve sobre la proa
de un steamer sobre el vasto mar
o en un vagón de sleeping-car.
...Con estafetas y con malas,
va el cantor por la humanidad."

No seguí con el poema, porque Ramón no lo oía, no me prestaba ninguna atención. Callé, y él me dijo, a modo de respuesta:

—Qué necia eres, 24, Cordelia, Lear, qué necia... Ven, vamos a dar una vuelta

El Jardín de las Delicias está bajo nuestra colonia, no muy lejos del Punto Calpe. Es un islote coralino, en el que nunca levantó el hombre ninguna construcción y en el que Natura, por su parte, no permitió sino muy poca vegetación, así que conserva su aspecto original casi intacto, poco tocado por la prodigalidad de la vida natural, poco perturbado por la pertinaz y maligna intervención del hombre sobre la tierra. El Jardín de las Delicias tiene una rara belleza, como si hubiera sido desde siempre un lugar abandonado por la creación. Como las aguas que lo rodean son muy bajas, y las olas no revientan sino muy de vez en vez, hemos conseguido bajar casi por completo su radiación, así que no brillan ni arrojan espuma negra. A lo lejos, si no hay una tormenta cruzando el mar, se levanta el resplandor del océano muerto, pero en fin, nada es ya perfecto.

Dimos en silencio una vuelta al islote, apreciando su rara belleza. En la segunda vuelta, conversamos sobre su arenisca y la materia coralina que lo conforma, comentamos el milagro de que no haya estallado cuando la gran explosión, y nos pusimos en cuclillas para ver los colores de la arena. Todo esto es rutinario en cualquiera que baja al Jardín de las Delicias. Pero, en cuclillas, para nuestro asombro, descubrimos un diminuto insecto. Sí, un animal vivo. Puede que alguno de los nuestros haya dejado ahí unas muestras como un regalo magnífico para quien baje a conversar, pero la pura idea de encontrar suelto a un ser vivo nos proporcionó una alegría sin límites. Nos reímos, mirando al animalito saltar, grabando en nuestras memorias cada uno de sus actos. Se rascó con la patita la cabeza, sacudió sus alas, nos reímos aún más. Agitó la cabecita, como reprobando severamente nuestra risa, y más nos reímos. Se escondió entre dos trocitos de coral blanco, como avergonzado de que lo viéramos.

—¿No es maravilloso? —le dije a Ramón.

—Qué suerte haberlo visto contigo, Cordelia.

Volví a acariciar su suave cabello, delgado y sedoso, y lo vi a los ojos, esta vez no encontré en ellos nada que me molestase.

Sentíamos tanta alegría que nos pusimos a bailar a la luz del sol, sacudiendo como insectos nuestras cabezas.

Yo me acosté después sobre la arenisca clara, y cerré los ojos para volver a recordar al bicho y para deleitarme con la alegría de haberlo visto sacudiéndose. Ramón me dijo entonces:

—Reconoce que el problema son las palabras. Olvídalas. O díte a ti misma "¿para qué armo tanto alboroto? Aquí acabarán con seis lenguas solamente, mientras que desaparecieron cinco mil cuatrocientas en la última década del hombre de la Historia, antes de que estallara el fin".

—Mal argumento. "Any language is a supreme achievement of a uniquelly human collective genius, as divine and endless a mystery as a living organism". Pero no hay comparación con la pérdida del lenguaje —le contesté, sin abrir los ojos.

—No pierdas tu tiempo. Y no es un juego, te digo. Tranquila. Deja ya a las palabras. Comprende la importancia de la Reforma del Lenguaje. Entiende que sólo sin lenguaje, sin gramática, podremos fundar un hombre nuevo, uno que no hable del dañino bicho que con ese mismo nombre destruyó la Tierra. Únete a la brigada de la espuma de mar, a la de la implantación de la naranja, a la reconstrucción de la fresa, a lo que se te antoje, o busca la reproducción de los insectos o la creación de la cola de la lagartija. Y un día las abejas y los moscos zumbarán de tal manera, que, de tener palabras, nos pasaría por la cabeza la idea de eliminarlos.

Me reí. Ésa sí que era una idea fantástica.

—No te rías —siguió—, zumbarán a tu alrededor las avispas y las abejas y los moscos y los moscardones.

Me reí más.

—Pícara. Bonita. Deja las palabras, déjalas de lado ya. Recuerda a tu poeta: "dos o tres gritos bestiales, desgarrados gruñidos de caverna con los que podría más eficazmente decir lo que en verdad siento y lo que soy".

No dijo más. Cuando abrí los ojos, él ya no estaba ahí. Me enfilé sola hacia mi punto de trabajo, a anotar lo que quise dejar aquí guardado.

Sigo con mi Hernando, que sabio quiso hacer de palabras lo que fue su vida real.

Slosos keston de Learo

Ekfloros keston de Hernando

Hay mucho más aquí esperando en el umbral de mi memoria, muchos más hechos de mis años niños queriendo ser anotados aquí. Bastó que trajera a cuento un primer recuerdo para que todos los demás corrieran a reunírseme. Aquí los tengo, bisbiseando. En mi silla habemos muchos sentados, mis recuerdos y yo, quitándonos los unos a los otros el asiento. Me hacen a un lado, empujan al viejo para ocupar cuanto aire parece restarle a él aquí. Me sofocan. Pugnan por ser repasados uno a uno, lentamente, vueltos a vivir en la eternidad que prodiga el recuerdo. Pero este viejo no les puede dar cupo a todos. Escribo una línea y sueño con un ciento; escribo una palabra y, como a pájaros la semilla, los convoco a acercárseme. Yo soy la semilla que invoca a los recuerdos. Yo la carne que atrae a esos buitres. Que la semilla germine, eche raíz, se haga inaccesible para los mirlos. Que la carne casi muerta del viejo se reavive para que los zopilotes emprendan su vuelo.

Porque debo apegarme a la historia que me he propuesto contar. Soy muy viejo, y si no lo soy tanto, lo luzco y, como si la apariencia verdad fuera, lo padezco. Tengo el tiempo contado. No puedo detenerme en mis propias memorias. Iré de prisa al día en que empezó mi relación con el Colegio de la Santa Cruz de Tlatelolco, y lo recordaré con detalle.

Esa mañana, salí corriendo de la casa de don Hernando Pimentel, hermano del rey Cacama de Tezcoco, mi casa, pues vivíamos ahí amparados por una prima de mamá, una de las mujeres de este hombre (y no la que era su esposa ante la Iglesia), tras la desgracia de mi padre, muertos los nuestros, los padres y los hermanos de mamá, sin tener dónde más irnos, sin rango ni dignidad, casi sirvientes aunque no les trabajáramos ni les sirviéramos. Llevaba yo en las manos una pequeña cesta. ¿Cuántos años tendría yo, que no la cesta, pues nueva era? A punta de engaños he llegado a confundirme. Recuerdo el verdadero día de mi nacimiento porque la memoria de mi comunidad guarda la fiesta con que no me recibieron, pero con tanto decir falsos, termino por embrollarme en los enredos. Tantos unos en lugar de tantos otros me dijeron y me pidieron que dijera, que cuando yo tenía diez años entrados, me convencí que eran doce los de mi vida. Así que yo tenía diez, para mis adentros, pero doce confesé tener ese día.

Como era nuestra costumbre, frente a la casa del Juez de Plaza, encontré a mis amigos, y (porque así era también nuestra costumbre) no nos dirigimos la palabra, bastándonos por señal de saludo mirar hacia el pórtico de la casa del Juez, sin comentar nada, sin esperar nada. Esta seña con la que nos dábamos los buenos días y nos poníamos de acuerdo para comenzar el día, convención y costumbre, no tenía ni sentido ni encanto. En lugar de inventar, como otros muchachos lo han hecho, una manera especial de saludarnos, ya fuera zarandeando los brazos, dando gritillos, silbando, sacudiendo la espalda el uno al otro, agitando los dedos, empalmando las manos, u otra invención simpática o absurda, nosotros mirábamos el pórtico de la casa del Juez de Plaza como si fuera la gran cosa.

Mis amigos eran algo mayores que yo, porque habíamos estudiado juntos en el salón que hacía las veces de escuela, al costado de la iglesia, y me habían incorporado a sus juegos. Los muchachos de mi edad, los que tenían entre ocho y diez años, pasaban mañana y tarde con los frailes, como las habíamos pasado nosotros antes, en lo que a mí toca fingiendo ser el hijo mayor del importante señor con que mamá y yo vivíamos. Ya nos habían enseñado lo que ahí enseñaban, sabíamos ya la Doctrina Cristiana que enseñaban los frailes, "donde se tratan las cosas muy necesarias de aprender y saber y de poner por obra á los cristianos para se salvar y para que sepan responder cuando en alguna parte les fuere preguntado algo acerca de la cristiandad", esto es, sabíamos El Persignum Crucis, El Credo, el Pater Noster, el Ave María, la Salve Regina, los catorce Artículos de la fe, los diez mandamientos de Dios, los siete Sacramentos de la Iglesia, la declaración del Pecado venial, la declaración del Pecado mortal, los Pecados mortales, las Virtudes contrarias a los Pecados mortales, las siete Virtudes Teologales y las cuatro Cardinales, las catorce obras de Misericordia, los siete Dones del Espíritu Santo, los Sentidos Corporales que nos dio Nuestro Señor Dios para le alabar y honrar y para ocuparlos en obras y ejercicios buenos y sanctos, y no en malos, para que siempre obremos bien con ellos, las tres Potencias del Alma, los tres Enemigos del Alma, las ocho Bienaventuranzas, los dotes del Cuerpo glorificado, la Confesión General, la bendición de la mesa, el hacimiento de gracias después de comer, y sabíamos también seguir trastabillando las letras, contestar a unas cuantas preguntas en latín, como cuervos. Estos pobres conocimientos nos habían vuelto libres para vagar sin provecho alguno las mañanas y las tardes, aunque los frailes creyeran

que nos habían despedido y enviado a nuestras casa
para ayudar a nuestros padres en la agricultura o en
los oficios que tuvieren, pero si el del padre había
sido ser juez, gobernador, recabador de impuestos,
sacerdote y maestro, guerrero, o propietario de grandes extensiones de tierra, que me digan qué oficio
podía enseñar a sus hijos, si los jueces no eran ya
los jueces, ni los gobernadores los que gobernaban, ni los
alcabaleros los alcabaleros, ni los terratenientes
los terratenientes, ni los sacerdotes los sacerdotes, si los
que fueron dioses son ahora demonios, si todo quedó
de cabeza, no para desordenarlo, ¡cómo afirmar eso!,
que no tengo por qué conocer los designios divinos,
sino para encontrar la luz del Dios verdadero, para
que, llegada su fe a todos los mortales, Cristo regrese
a reinar sobre la Tierra, conforme a lo que los franciscos defienden y puede leerse en las palabras bíblicas.
Los Colegios de los indios ya no funcionaban, y habiendo las más de las familias perdido su hacienda, a
lo más que podían aspirar, si no se habían deslizado
por la cuesta de la miseria, era a salvar a sus hijos de
la Encomienda, así que no tenían en qué aprovechar
a sus muchachos, para bien de ellos y para crecer sus
propiedades. Martín y Nicolás, mis compañeros de
juegos, eran de estos desaprovechados. Ninguna de
sus familias era de macehuales, ninguna de ellas tenía
por tradición el cultivo de sus tierras con sus propias
manos, o un oficio que todavía se pudiera hacer aprender y practicar; las dos habían tenido mejores momentos, y ninguna, tampoco, había conseguido salvar
completa su hacienda. Así, hundidos en la confusión
en que vivían los que antes habían regido nuestro orden y disciplina, los no macehuales pero tampoco
esclavos, vagaban inútiles, aprendiendo sólo a despil-
farrar sus fuerzas, a olvidar los buenos comportamien-
tos y a ignorar las grandezas en que un día vivieron
sus pueblos.

Muy poca ilusión hacía a mi mamá que yo anduviera como gente sin rango empolvándome los pies por los caminos el día entero. A ella sólo le quedaba el apego hacia mi persona como recuerdo de su antiguo rango y linaje, y me trataba como si fuera noble, y como tal intentaba educarme, pero del apego y sus intentos me libraba esos días una de las damas o esposas del señor de la casa, pues su hijo (el primogénito, por cierto) y yo teníamos casi la misma edad y no quería verme andando por la casa donde él estaba, vayan a saber por qué, si mi rango era tan alto como el de ellos, pero su capricho, que antes ya me había llevado a estudiar con los frailes y que me deparaba otra y mayor sorpresa, me dejaba libre como un pájaro, como lo eran estos otros niños, un poco mayores que yo, los que habían sido mis compañeros de estudios con los frailes.

Como todas las mañanas, era con ellos con quienes iba vagando por aquí y por allá, y con otros que ya nos habían abandonado, o para servir en algo útil, o para desperdiciar de peor manera sus días. Con Nicolás, cuyo padre había sido juez entre los indios, con Martín, nieto de un glorioso guerrero, cuyas hazañas todavía cantaban entonces las mujeres en Tezcoco, echamos a andar brazo con brazo, apretadillos los unos contra los otros y casi corriendo, cuando nos detuvimos porque nos encontramos, entrando a la villa, a Melchor Ixiptlatzin. Melchor era de los nuestros. Hacía muy poco que gastaba, como nosotros, las plantas de los pies vagando en las orillas del lago. Ahora las gastaba de otra manera. Traía consigo tres mulas, se las confiaban para traerlas ya descargadas de un pueblo vecino. Iba y venía a diario, más bien él confiado a las mulas, cuidando solamente que no se le murieran de sed los necios animales, porque las mulas sabían de memoria su camino, y si se las dejaba bajar por agua al lago o al río, corrían riesgo de ahogarse. Cumplía de tan mala manera, que un día una mula enfermó de la sed padecida, con lo que Melchor Ixiptla, según me contó después mamá, perdió el trabajo y ganó cincuenta azotes.

Melchor Ixiptlatzin era hijo del que un día fuera responsable y oficiador de un cú, y que si soy preciso era un *Ixiptla*, adorador de *Nappatecutli*, "el dios de los que hacen petates y ecpales, y del que se decía que fue el inventor de esta arte, y que por su virtud nacían y se criaban las espadañas, juncias y juncos. Todos los oficiales de petates, icpales y tlacuextes tenían a éste por dios, y le hacían fiesta cada año, y a su honra mataban esclavos y hacían otras ofertas y ceremonias en su fiesta. El sacerdote de este dios, que ellos llamaban Ixiptla, que quiere decir su imagen, acostumbraba andar por las casas con una jícara con agua en la una mano, y un ramo de salce en la otra, y rociaba con el ramo las casas y personas, bien como quien echa agua bendita, y todos la recibían con gran devoción".[12] Así que si el padre jícara trajo y rama de sauce, el hijo jarrón de agua para la necias mulas y mano libre para desperdiciar el uso de sus muchos cinco dedos.

Nos detuvimos para verle las mulas a Melchor, que mucha gracia nos hacían, y charlar un poco con él, que por su parte no conocía la prisa.

El bruto de Nicolás le dijo:

—De tanto andar con mulas ya se te ha puesto la cara de ellas, Melchor.

Poca gracia le hizo el mal chiste. No se sonrió siquiera. Con una pajilla urgaba entre sus dientes, mientras con el pie descalzo trazaba una línea curva, apoyando recio en la tierra el dedo gordo del pie, y volvía sobre ella. Estábamos en ésas, haciéndole chanzas, sobando a sus mulas, por mi parte envidiándole el trato con los animales (poco me hubiera importado

---

[12] En español en el original. Nota de Estela.

entonces ganar una cara de mula si podía subirme en ellas de vez en vez —según nos contaba Melchor, jactancioso, eso era lo que él mismo hacía cuando nadie podía ponerle encima el ojo—), cuando vimos venir por el camino a unos frailes franciscos. Los frailes eran todos caras nuevas, ninguno era de los de Tezcoco, y traían consigo a un muchacho que sí era de aquí, aunque yo no lo conocía, Carlos Ometochtzin, que estudiaba con ellos en México. Él era mayor que yo y también mayor que los mayores con quienes yo iba, y sólo sabía de su existencia de oídas. Sin prestar atención a los frailes, lo vi a él porque dudo que alguien pudiera resistirse a verlo, que era muy hermoso, y caminaba como un príncipe, sin ser petulante, con una digna elegancia embellecida por una risa franca y una mirada brillante, vivaracha e inteligente. Saludamos con respeto y sólo de voz a los frailes, Carlos se detuvo y saludó uno a uno a mis compañeros, con pocas palabras pero mucha emoción de su parte, tocando a todos la mano mientras cruzaba con cada uno un par de palabras. Con una seña me saludó a mí, a quien no conocía, y cuando apenas nos dieron la espalda y reiniciaron su camino, Melchor dijo con un gesto de desprecio, "Carlos Ometochtzin, ya querrías tú ser de mierda, que serías mejor que tú mismo". Terminado el insulto, escupió al piso de tierra. Nosotros, ¿qué más podíamos hacer?, escupimos también. Pero yo escupí sin convicción alguna, que el Carlos Ometochtzin me había parecido hermoso (como ya dije) y al hablar no sé qué tenía su voz de seductor que me había encantado. Yo no le podía escupir a él, al hijo y nieto de Netzahualcóyotl. Le escupía al escupitajo del amigo, que en la tierra arrojado se veía triste y ridículo, con el propósito de echar junto a él algo de baba para acompañarlo. Dejando su escupitina atrás, Melchor siguió el camino con sus mulas, tras los pasos de los franciscanos, y nosotros el nuestro, hacia el lago.

La villa de Tezcoco guardaba, para nosotros los niños, un puesto de salida que era necesario esquivar. No a la entrada, la vieja cabeza calva pasaba el día sentada pelando cacao, separando frijol, limpiando el grano de maíz, con la cara fija hacia la villa, y como ya estaba sorda y medio ciega, sólo percibía lo que cruzaba enfrente de sus narices, que con que uno pasara de lado se le volvía imperceptible. De lado acostumbrábamos pasar, para evitar revisión y palabras obligadas, saliéndonos del camino para que no nos viera, cruzando el corto trecho que no escapaba a su pobre mirada por fuera del trazo del camino, pero justo enfrente de su casa, el cesto se chispó de mi brazo y cayó dos pasos allá, donde la vieja podía verme, sobre el camino, y como no quise llegar al lago sin cesto, dejando nuestra ruta de parias o leprosos (quiénes sino ellos —y nosotros— andan por fuera del camino), me acerqué a recogerlo y la vieja me vio, me llamó, me preguntó mi nombre... Mis amigos indicaron con un silbido y girando la cabeza que me esperarían allá adelante, en el rincón de siempre, a la orilla del lago. Con el cesto en la mano, o mejor, con la mano en el cesto, empecélo a zarandear, a hacerlo girar mientras le contestaba hijo de quién, nieto de quién, los nombres de los hermanos de mamá...

—¡Niño! —me reprendió— deje esa cesta en paz, ¿no ve que le estoy hablando? Ya ni esto se enseña a los chicos, a escuchar con respeto a un viejo.

Puse el cestito junto a mis pies, en el piso de tierra, y para que no se meneara lo sujeté con el pie.

—Pero cómo, ¿lo pisa usted? ¿No ve que se lastiman sus hilos? Déjemelo ver, a ver, a ver...

Le di el canasto. Lo observó detenidamente, por dentro, por fuera, por los lados, casi pegado a los ojos para revisarlo bien.

—Buen trenzado. ¿Ya sabes si deja salir el agua?

—A eso iba... A probarla al lago.

—Pero si lo apoyas en la tierra dura se lastimará y el agua se filtrará...

—No sabía.

—No, ahora ustedes no saben nada, ya nadie les indica, nadie los reprende, nadie les dice cómo y cuál es el vivir bien. ¿Qué va a ser de nosotros? —me preguntó, en un tono de lamento, que no abandonó para seguir hablando—, cuando los de Castilla se harten de robar, cuando ya no haya qué quitarnos y se vayan, ¿qué va a ser de nosotros? ¿Cómo volveremos a levantarnos si los nuestros no saben quiénes somos, cómo nos comportamos, qué hacemos y cuánto y cómo? Escuche...

Me devolvió el canasto, como si le pesara, y empezó el discurso de siempre, recitado, ya sin su tono de lamento, con el ritmo de siempre, como orando. La dejé decir dos frases respetuoso, mirándola sin parpadear siquiera. "Lo primero es que seas muy cuidadoso de despertar y velar, y no duermas toda la noche, porque no se diga de ti que eres dormilón y perezoso y somnoliento. Mira que te levantes a la media noche, a orar y a suspirar y a demandar a los dioses. Y tendrás cuidado de barrer el lugar donde están las imágenes y de ofrecerles incienso." Apenas la vi embebida en su recitación, lentamente, caminando de espaldas para ver si me veía irme, probé a escabullírmele, y como parecía que no se daba cuenta, que se había como embriagado recitando las palabras de los antiguos padres, empecé a retroceder más decididamente. "Lo segundo, tendrás cuidado de cuando fueres por la calle o el camino, que vayas asosegadamente, ni con mucha prisa ni con mucha lentitud, sino con honestidad y madureza. Los que no lo hacen así son ixtotómac cuécuetz, son los que van mirando a diversas partes, como locos, los que van andando sin honestidad y sin gravedad, como livianos bulliciosos. Ni seas como los que van muy despacio, huihuiláxpul, zocotézpul, eticápul, los que van arrastrando los pies, los que andan como personas pesadas y como personas que no pueden andar de gordas, o como mujer preñada o que van andando haciendo meneos con el cuerpo. Ni tampoco por el camino irás cabizbajo; ni tampoco irás inclinado, la cabeza de lado, ni mirando hacia los lados, porque no se diga de ti que eres bobo o tonto y malcriado, y mal disciplinado." Como vi que no me veía, que no sé en qué estaban sus torpes ojos mientras me recitaba, mirando tal vez otro tiempos, como liviano bullicioso, *txtotómac cuecuétz*, me eché a correr.

Algunas partes de las márgenes del lago estaban sembradas con tule, no creo que solamente para proveernos de la fibra (era poca la habilidad para trabajarla en Tezcoco y grande en las canastas y esteras que llegaban los días martes al mercado), sino para ocultar a los habitantes la extensión del lago, pues como el azul del cielo se fundiera a la distancia con el azul de las aguas, parecería, de no vestirlas, que habitábamos los confines del mundo, y sabemos, siempre se ha sabido, sólo el salvaje habita donde se acaba la tierra (allá, donde exilaron a Ovidio), y lejos estaba Tezcoco de ser pueblo de salvajes. La cortina del verde tule acercaba Tezcoco a Tenochtitlan, a Tlatelolco, a Coyoacán, a las villas varias del Valle. Era un puente con las otras, nos giraba la cara hacia ellas. El lago nos llevaba al cielo y a las nubes, a las tierras más allá de la Nueva Galicia, más allá de los chichimecas y las tribus errantes, allá donde todo es montaña y se cubre de nieve, lejanísimo, allá de donde vienen las aves que algunos meses habitan nuestro cielo, como recordatorio de que la tierra no tiene fin, y de que con este no fin de la tierra es con quien nos hermana

el azul del lago que se funde con el azul del cielo.
Ahora la cortina no haría falta, que el lago se ha re-
plegado más allá de Tezcoco, dejándolo sin margen,
según me han dicho. Pero yo no he visto la polvare-
da que dejó en su lugar, el desierto que se abrió entre el agua y la tierra.

Nosotros, Martín y Nicolás, y hasta hacía
poco también Melchor (nombres cristianos todos,
porque todos habíamos sido bautizados ya, y educados por los frailes, como he contado aquí), nosotros, decía, jugábamos en la orilla del lago donde no
había sembrados tules, la que quedaba a la orilla de
la villa misma, orilla de la orilla, y amarrábamos
nuestra mirada y demás sentidos a las delgadas olas,
a la arena lodosa del margen, a los bichos, las varas,
las piedrecillas, a cuanto habitara fortuitamente ese
trecho que no es sólido ni es líquido, sino escurridi-
zo y ebullente, siempre en trance de fuga, y pendía-
mos de la emoción de cada ola, de espaldas a Tezcoco
y a las otras villas, de espaldas a los salvajes y a los
civilizados, pues éramos idénticos a la ola y al caracol (la ola, en cuanto termino de mencionarla, ya no
existe, se ha vuelto agua; el caracol, adherido a la
hoja del tule, como hueca concha en la balsa verde
que heroica evita zozobrar en el alboroto de la ola
para no perder su precioso cargamento, ha llegado a
tierra, ha dejado la hoja que fue su balsa, saca el
cuerpo de la concha, parece otro ser, camina desnudo por la arena lodosa), la ola y el caracol no pertenecen al orden de los hombres, no hablan su lengua,
no han sido tocados por el fuego o la forja, por el
crucifijo o el cincel, y en su breve existencia con lo
único con que toparon fue con la pluma pequeña de
un pájaro pardo que hace semanas dejó Tezcoco para
volver al norte de nieves desiertas. ¡Ah! ¡Ojalá fuera
cierto que hubiésemos sido como la ola y el caracol
enconchado! ¡De inmediato supimos del crucifijo y

el fuego, del cincel y la horca! Aunque un momento...
Divago, recordando las mañanas pasadas sin provecho frente a la ola reventada, con los pies en el lodo
y el sol brillando sobre la tierra oscura. ¡Que pudiera
yo volver ahí, antes del tule, antes del muelle, antes
de llegar al camino que alejaba a los caminantes de
Tezcoco!

Mis amigos estaban más cerca de mí de lo que
esperaba encontrarlos, tan concentrados en su observación que ni me vieron llegar. Miraban algo que las
olas del lago, en la noche, habían dejado en tierra:
una víbora gorda y larga, ahogada, hinchada, del ancho de dos puños y del largo de una vara.

—¿Qué hay aquí? —pregunté, como si no la viera.

Me la señalaron con sus dos cañas peladas. Vi
las cañas y corrí a hacerme de una, la pelé, y ellos
seguían en silencio mirando la víbora. Yo acerqué la
mía, para girar el animal sobre su propio y largo vientre, quería verle la piel, pues apoyado sobre su frente
nos daba el lomo.

—¡No la toques! —dijo Nicolás, persuasivo, entre suplicando y dándome la orden.

—¡Mira! —añadió de inmediato Martín, señalando con su caña la gorda víbora. —Aquí está su
garganta, abierta (sí, estaba ahí abierta su piel), su boca,
sus dos ojos (era verdad, en la piel de la víbora veía
pintada cada cosa, marcada con nitidez en el lomo), su
nariz, su ceño fruncido, su barba, y tiene dos orejas...

—No es una víbora, es...

Dejé de ver la víbora y su explicación y miré
a mis amigos. Estaban serios, asustados del monstruo que se figuraban cobraba cuerpo en ella. Nicolás parpadeaba sin parar, aterrorizado. Creo que él
no podía ni decir una palabra. Yo para monstruos no
estaba, y ni cuando dijeron la palabra "demonio" consiguieron contagiarme el susto. Seguí caminando y
los dejé en su contemplación. A cuatro pasos vi un

pescado enorme, tirado en la arena. Estaba hinchado y era negro. Tendía sus dos aletas como dos brazos, y su cola se abría en dos como dos piernas. Los llamé, "¡vengan!",y sin decirles nada señalé las dos piernas, los dos brazos y lo volteé con mi caña. "¡No lo toques!", me dijeron Nicolás y Martín a una, pero yo ya lo había tocado. En el vientre del pez vimos también la cara, pintada con tal precisión que nos pusimos los cuatro en cuclillas, murmurando, para verla mejor. Ahora los cuatro estábamos bien juntos, porque yo también tenía miedo. Una araña pasó corriendo frente a nosotros, y al acercarse al pez se detuvo. Era una araña pequeña, de ésas que parecen una pizca de arena oscura corriendo. También ella tenía pintadas las facciones de una cara en su diminuto cuerpo. Los cuatro nos levantamos. Negándonos a aceptar que algo extraño estaba pasando —porque esto era nuestro territorio, y en él nosotros amos absolutos, los recolectores a quienes el lago escupía tributos—, dejamos araña y pescado, y caminamos unos pasos: una ola se retiró, y dejó, tras su paso, pintada en la arena mojada, una cara expresiva, sus ojos, sus carrillos, un poco alzados, su boca con una mueca mohína y en el lugar de la nariz un tronco limado por las aguas. Exclamando casi sin decir palabra, soltando sílabas para dejar salir la emoción y el miedo, Nicolás y Martín se apartaron a brincos rápidos del alcance del lago, mientras yo avancé para coger el tronco que hacía de nariz. Lo alcé con la mano para mirarlo. Una cara era curva, aquella que había hecho las veces de nariz, y la otra era lisa. Cuando la ola me mojaba de nuevo los pies, percibí en su cara lisa un rostro de ceño fruncido, la boca apretada, los ojos entrecerrados, cada rasgo estaba tallado nítidamente. Vaya, qué digo nítida, si hasta las líneas de la frente, los labios, la curva de los párpados, hasta las orejas se veían con toda claridad talladas en el tronco. La ola se retiró, yo quité los ojos de la cara de madera, y busqué a mis cómplices con la mirada. Los vi alejarse, corriendo. Tras ellos me eché a correr. Sin darme bien cuenta, llevaba en la mano el tronco tallado por el lago para hacer las veces de nariz de la cara de arena, que a su vez tenía una cara lisa y en ella una cara formada.

Por fin los alcancé más allá, donde hay un pequeño cerro frente al tule que crece apretado. Nuestros abuelos levantaron con el fango del lago una cortina de tierra, para ocultar el depósito de inmundicias. El tiempo llenó el cerrillo de plantas y nosotros de leyenda, pues las noches de luna (nos decían y decíamos) las mujeres malas de cabellos sueltos se reunían a su pie para sacar huesos y machacar pócimas que controlaran enfermedades y desviaran destinos. Entre el tule y el cerrillo quedaba un cuenco, árido, pedregoso. Decían, y repetíamos, que esas mujeres traían aquí un muñeco de tela y otro menor de cebo para hacer sus artes y magias. Ahora sé que lo mismo atribuye Horacio, el hijo del esclavo liberto, el un día tribuno, el amigo de Virgilio y de Mecenas, a sus mujeres malas. Aquéllas hablaban latín para convocar el poder de hacer el mal, los maleficios, y éstas, los cabellos también sueltos, en náhuatl recitaban las fórmulas con que deseaban traerlo. No sé si Dios parla náhuatl, pero el demonio habla todas las lenguas. En ese cuenco entre el tule rumoroso y el verde moho del muro, celebraban una ceremonia que ha cruzado los tiempos, los mares y las lenguas para repetir la necedad de cumplir a toda costa nuestros anhelos, tentando incluso el trazo (que debiera quedar exclusivamente en manos del Altísimo) del destino.

Cuando nos sentíamos muy aventureros, íbamos ahí a buscar las huellas de las negras fiestas, la marca de los pies deslizándose, tras un brinco temi-

ble, en el musgo del muro, el residuo de una hoguera, algún tramo de hilo. Ahora nos había acarreado el
miedo. Yo seguía con el tronco recogido a la orilla
del lago. Cuando vieron que lo traía, Martín enérgico
gritó: "¡Déjalo!, para qué lo traes." Yo me acerqué unos
pasos y lo puse frente a ellos, en el piso. Entre el tule
y el cerrillo cubierto de musgo y moho, el tronco se
columpió antes de acomodarse. Ya que se detuvo,
que su espalda curva dejó de mecerlo, el tronco emi-
tió un sonido, algo que parecía un gruñido. Los tres
nos acercamos a él, tomados de las manos, aterrados.
El tronco había abierto los ojos y soltado la rigidez de
la boca; alcanzábamos a ver el filo de sus dientes.
Sonreía. Las líneas de la frente eran casi invisibles, y
pude ver el brillo de los ojos, juguetón, con un algo
maligno.

—Vámonos, vámonos —oí que Nicolás decía.

—¿Quién lo habrá tallado y tan bien?— pregunté, con miedo, como ellos, pero también asom-
brado y curioso.

—¡Despisques! —dijo alguno de ellos. Ésa era
la expresión que usábamos para decirnos entre nosotros que algo estaba muy bien, que era hermoso,
que nos gustaba.

—Lo talló el lago, y se mueve, está vivo —les
dije—, allá le vi la cara con el ceño fruncido y aquí, ya
ven...

Ahora sí que yo deshice el miedo. Me había
ido más lejos que ellos, y con mi audacia había deshecho el nudo de su miedo. Los dos se rieron de mí.
"¡Loco!, ¡loco!", me dijeron, contentos de que algo los
hubiera sacado de la sensación desagradable. "¡Loco!",
me cantaban, dando vueltas alrededor de mí, como
hacían las mujeres sus giros nocturnos alrededor del
estiércol, o de la pata de una garza, o del humo de su
hoguera, o del huevo pasado por el cuerpo del niño,
o de qué sé yo ...

Tuve ganas de llorar, pero no iba a hacerlo, por lo menos se burlarían de mí, y puede hasta me arriesgara a perderlos de compañeros de juego. Si me dejaban, ¿qué haría? Me pasaría los días sin ton ni son, caminando aquí y allá, solo por la villa. Dejé de verlos, y me distraje, no recuerdo con qué, hasta que ellos se cansaron de cantarme loco, y cesaron de darme vueltas.

Cuatro caras se habían asomado del lago para anunciarme lo que iba a sucederme. Cuatro caras vi, la del lomo de la serpiente, la del cuerpo del pescado, la pintada en la arena, la tallada en el tronco, con movilidad. ¿Habían llegado a agraviarme, a burlarse de mí, o venían a serenarme, como las olas, con su anuncio? Me atemorizaron, llenaron mi ánimo de desazón. Pero ellas sí eran para mí. No eran como la fiesta de mi nacimiento, como mi padre pataleando para abandonarme, como el padrenuestro que aprendí para suplantar a otro, ni como lo que me esperaba que tampoco venía *a mí* aunque sobre mí cayera. Las caras sí habían sido hechas por el fiel lago de aguas saladas *para mí*. A él venían las aguas de los ríos, y él, en sus olas, venía a mis pies para advertirme. Pero acostumbrado a escuchar lo que no era pronunciado para que yo lo oyese, hecho ya desde entonces a recibir lo que no era mío ni para mí, pero que a mí se me daba, no tuve oídos, no comprendí su voz de alerta.

No pude seguir compartiendo sus juegos, porque no tenía sosiego. Los seguí como un mico, no sé cuánto tiempo, si una hora escasita o si varias enteras, imitándolos para no quedarme fuera, hasta perseguir también sus pasos de vuelta a Tezcoco. No sé en qué punto del cielo estaba el sol cuando volvimos a nuestra villa. Ahí, el primero que me vio avisó al segundo, el segundo al tercero, el tercero al cuarto, más rápidos que el viento, de modo que apenas caminaba yo por la primera calle cuando vinieron de casa por mí, a apresurarme, llevándome casi en vilo de la prisa que corrían. Me entraron al palacio del pariente de mamá, y casa nuestra, por la pequeña puerta trasera donde llegaban los pregoneros con la loza y las gallinas, con los patos o chichicuilotitos, con los tomates y los tamales, con las tortas de frijol y las salsas de pepita y chiles, y apenas veló mis ojos la oscuridad de la cocina, ya me estaba mamá limpiando, y arreglando el cabello, y cambiando mis ropas, y otras voces me hablaban dándome explicaciones que yo no bien entendía, mientras mamá dejaba caer gruesos lagrimones con los ojos bien abiertos, sin decir nada y sin dejar de llorar.

Nada me dijo cuando me llevaron de la cocina al salón donde el señor de la casa, señor principal, hijo y nieto de señores de principales, hizo entrega solemne de mí a los frailes, diciendo que en mí entregaba a su hijo para que lo cristianizasen, para que lo educasen en la ley del Evangelio y de Dios, él hablando en lengua y el lengua de los frailes diciendo lo mismo en castilla al oído de Zumárraga, dignidad que en persona había ido al improvisado agasajo con que los señores principales de Tezcoco festejaban el trato con ellos, para su mutua conveniencia, y que terminaba con la repentina aun cuando ceremoniosa entrega del hijo, pedido por los frailes para, suplantando a Carlos Ometochtzin, educar a un heredero de Tezcoco en la ley de Dios, ingresándolo al Colegio de Santa Cruz de Tlatelolco, el que en dos semanas inaugurarían en solemne y preparada fiesta, a la que lo convidaban (a mi falso padre), para sellar, una vez más, sus alianzas y acuerdos.

Me volvieron a usar para suplir a su hijo. No queriendo enemistarse con los frailes negándoles al propio que en tanto valoraban, me entregaron en lugar del nieto y bisnieto de uno de los señores principales de Tezcoco, para que me infundieran la fe en el dios extranjero. Así, los franciscos y los indios cerraban pactos, y se protegían protegiéndolos. Porque aunque tal vez sí fui el único hijo falso, no fui el único al que fueron a buscar, los frailes pidieron a las familias más poderosas el primogénito. A éstos, junto con los alumnos de San José, a los que ya tenía Gante dos o tres años educando, los reunirían en Santiago Tlatelolco, junto con los que ya ahí estaban siendo educados por Focher y Basacio, todos seleccionados con cuidado y cautela entre las familias más poderosas y conocidas de los indios. De Tezcoco, por motivo que no tardé en conocer, traían de regreso al primogénito del severo y prudente Netzahualpilli, Señor principal de Tezcoco, nieto del sabio y poeta Netzahualcóyotl, Carlos Ometochtzin, y lo volvían a su padre (hermano del falso mío) aduciendo que su educación estaba ya completa, que no había ya nada que ellos pudieran enseñarle. Se guardaban de decir la verdad, aunque cualquiera podría descubrirla sin mayor esfuerzo, que yo la vi ese mismo día. Lo regresaban porque su humor y su ingenio no cuadraba al modo francisco. Para representar a Tezcoco en lugar suyo, me enviaban a mí, o mejor dicho al que debiera ir que decían era yo, al que no era yo, al que yo fui, ése en el que yo me convertí a fuerza de suplantarlo. Pero si hacemos en poco espacio la misma cuenta, era a mí, y sólo a mí a quien llevaban en lugar de Carlos, que yo fui quien fui, y quien ahí quedó, para siempre, ocupando un lugar junto a ellos, yo como los hijos de los señores principales, de las grandes riquezas indias que la guerra contra los españoles no había deshecho, las fortunas enormes de aquellos enriquecidos a costa de los suyos desde tiempos ancestrales, los cautos y los aprovechados, los hábiles y los engañadores, los emprendedores y los solapados, los espías y los traidores, los dueños de lealtades equivocadas, los indios inmensamente ricos, que aunque no disfrutaban sus momentos mejores no vivían como macehuales. Yo, o el que debiera ser yo, junto a esta casta rica, como los hijos de los indios que viendo llegar a Cortés y los suyos, por uno o por otro motivo le prestaron ayuda, los enemigos de los náhuas, los rencorosos, los de corazón traicionero, los convencidos a la fe de Cristo, los aterrorizados que supieron hacer fortunas saqueándolas a su terror, como los hijos de algunas nuevas alianzas que los frailes o los conquistadores habían ido haciendo. No diré quiénes eran aquí uno a uno los muchachos acostumbrados a la opulencia, los enseñados a abusar desde pequeños, los que habían conocido desde la cuna la traición como método de sobrevivencia, o aquellos cuyo recuerdo encoge mi corazón, los niños justicieros, que ganaron con sus propios actos la entrada al Colegio, como aquel infame Agustín, quien había vivido con los frailes desde muy pequeño, el que empezó su personal relación con ellos acompañándolos a destruir algún cú, y que después acusó a algunos de su propia familia (su padre y su madre entre ellos) de que aún acostumbraban prácticas idolátricas, algunas de las cuales implicaban atropellos que no perdonaba la ley española, por lo que el verdugo de su familia se quedó sin dónde o con quién vivir, y los frailes lo acogieron.

Él, antes de entrar a Tlatelolco, con otros amigos, que no fueron, como él, estudiantes del Colegio, tal vez porque no delataron a su propio padre y a su madre propia, y que, aún siendo delatores, vivían en armonía entre los suyos, espiaba a dónde se había de hacer alguna borrachera o areito secretos, y se presentaba ahí con un fraile o dos, junto con sesenta o cien niños criados por los monjes, y con ellos prendía y ataba a los herejes, y los llevaba al monasterio, donde se les castigaba, imponiéndoles penitencias y enseñándoles la Doctrina Cristiana, y los hacían ir a maitines a la media noche, y se azotaban, y esto por algunas semanas, hasta que se arrepentían.

Los indios herejes salían de allí catequizados y castigados.

Estos muchachos, Agustín y sus amigos, se hicieron tanto temer entre su gente, que con el tiempo dejaron de hacerse acompañar por los frailes, y emprendieron sus cacerías solos, y atando a los de las fiestas o borracheras, aunque fueran ciento o doscientos, trayéndolos al monasterio para hacer penitencia.

Tiempo después, los frailes incorporarían al Colegio a otro alumno de Tezcoco, Esteban Bravo, aunque no era de la villa misma, sino de un sitio a media legua de ahí, S. Diego Tlailotlacan, quien luego ayudaría, como también yo lo hice, a fray Juan Bautista. Esteban Bravo llegó a ser muy buen latino, aunque necio en su forma, demasiado india, al traducir, con tanta abundancia y multitud de vocablos, que si a muchos ponía admiración, y *se pagan desto notablemente*, a mí nunca me contentó tanta copia, y así Juan Bautista me permitía ir cortando lo que me ha parecido superfluo en las cosas que de náhuatl fui traduciendo, pues él era de la misma opinión, que en lengua náhuatl las palabras acostumbran ir de sobra causando admiración y encantamiento, de manera que suena mal en castilla.

Entre todos los muchachos del Colegio, siempre creí ser el único llegado ahí por un error. Y si no podía acercar mi corazón al de Agustín y lo suyos, tampoco me aproximaba al de los muchachos ricos, acostumbrados a una vida que muy poco se pareciera a la mía, aunque mi familia también fuera noble y principal, como ya expliqué, pero lo tenía ahora todo perdido, para empezar a sí misma, que de ella no quedaba nada, más que mi madre, hermosa, triste, sola, y, con las penas y los años, un poquitín sin bien su cabeza. Puede que haya yo esmerado mi corazón en vivir tan de cerca lo que aquí contaré, llegado el momento en que pude a ellos acercarme, precisamente porque creí ser el único que no pertenecía. Pero acá vendrá la historia, y no adelanto lo que ahora no explico.

Aquella tarde de que sí hablo, pidieron a Carlos Ometochtzin que dijera unas palabras, frente a mi falso padre y el suyo verdadero, más los frailes y el obispo. Habló primero en latín, alguna broma hizo que puso sonrojos en la cara del obispo, e incomodidad o risa entre los frailes. Luego, como si no se diera cuenta del efecto de sus palabras, hablándome quedo y sólo a mí, con la misma soltura, me dijo en lengua: "Tú que no sabes nada, cabeza hueca, tú, verás de qué tamaño la tienes ahora que la conozcas blanca hendedura con los frailes", dijo, riéndose al terminar, y me reí con él, reía muy bonito. Regresó al latín diciendo cosas que a frailes y obispo halagaron y luego a mi falso padre, en náhuatl: "La suerte tiene el camino que la suerte manda. Agradezca a los frailes la que hay en que su hijo deje Tezcoco y se desplace en la nave del latín conocimiento."

Para entonces ya habían llegado los músicos que había hecho traer el padre de don Carlos Ometochtzin para festejar su bienvenida, y empezaba el areito indio, por lo que los franciscanos consideraron prudente retirarse. Sin mí, empezaría el festejo del regreso de Carlos y de mi partida o de la suplantación, y tal vez duraría la noche entera, porque, desde entonces hasta su triste final, Carlos no perdería la buena sangre para la alegría y la fiesta.

En la puerta principal de la casa de don Hernando, y hasta este día casa mía, nos esperaba un carro tirado por cuatro caballos, el carro del obispo, y a él nos subimos. Lo primero, fue la emoción de subirme por primera vez a un carro de ésos. Lo segundo, fue darme cuenta que el carro nos llevaba lejos, y que me veía yo entre frailes desconocidos porque no estaba ahí fray Juan Caro, o ninguno de los otros que me habían enseñado el Credo y el Padre Nuestro, y antes de que pudiera siquiera blandir contra ellos mi puñal imaginario para obligarlos a volverme a las faldas de mi madre, me arengó con diez palabras Zumárraga: "La cosa en que mi pensamiento más se ocupó durante un tiempo y mi voluntad más se inclinó y peleé con mis pocas fuerzas, fue que en México y en cada obispado hubiera un Colegio de indios muchachos que aprendieran gramática a lo menos, y un monasterio grande en que cupieran mucho número de niñas hijas de indios. Pues en ustedes estará el futuro de estas tierras —siguió diciendo—, debe usted trabajar muy duramente y entregarse a sus estudios y al respeto y la difusión del amor de Dios. No nos defraude." Algo así me dijo, sin mirarme a los ojos, como si yo no importase.

Cuál futuro ni qué ocho cuartos, ni escuela de muchachos ni convento que a mí entonces menos que un bledo me importase. Me habían robado de mi mamá, de la villa que yo veía como propia, aunque la habitara en casa ajena, y de mis amigos. ¿Qué más podía a mí importarme?

No oí entonces en las palabras de Zumárraga rezumando una avispa gorda y fea que poco tenía que ver con aquello dicho por él de que su pensamiento, su voluntad y sus "pocas" fuerzas estuvieran mucho tiempo entregados a la factura del Colegio, la avispa horrenda de la conveniencia. No la oí solamente porque era yo un muchacho incauto, y porque en nada podía poner mi atención, que no fuera en mi sorpresa. Porque, si tanto tiempo había ocupado su interés por nuestra educación, y tan gordo era (el interés) como él dijera, ¿por qué lo abandonó, apenas lo olfateó con el orín del zorrillo de la inconveniencia? Lo agarró (el interés) en la cresta de la ola cuando iba a alzarlo con él, y lo soltó cuando percibió que podría con él estrellarlo contra el piso. Porque fue don Sebastián Ramírez de Fuenleal quien concibió la idea del Colegio de la Santa Cruz, y quien acariciara el interés desde 530 hasta 535, sin confiar su sueño a crestas de olas ajenas. Él lo soñó, y Zumárraga lo usó para su provecho, como lo soltó cuando más le convino. ¿Y qué más podría esperarse de quien busca el poder, así sea entre los suyos, así sea para provecho de los suyos? No hay bien que lo sobreviva. Buenos son los huesos de los santos, de los que perdieron todo por tener el corazón puesto en sus pensamientos. Y su olor de santidad poco perfuma el áspero espacio de los vivos. Por otra parte, tengo que citar de nuevo unas palabras de Zumárraga. Para eso me valgo de lo que recuerda mi memoria haber visto escrito con el puño y letra de Francisco Gómez, aquel muchacho que conoció Zumárraga en Burgos, a quien embarcó contra su voluntad, y que le sirvió de secretario al obispo por ocho años: "Si en las guerras justas los soldados valerosos arrostran manifiesto peligro de muerte y la desprecian por conseguir fama y gloria póstuma, ¿con cuánta más razón no debemos entrar nosotros con ánimo resuelto a combatir por el nombre y gloria de Jesucristo, para alcanzar de cierto, no fama breve y perecedera, sino descanso eterno y vida sin fin?, pero si notamos nuestra cavilación y pereza en cumplir con lo que nos toca, cuando estamos viendo que tantas gentes, antes desconocidas, se hallan dispuestas a recibir el suave yugo de Jesucristo y sólo esperan maestros y directores, indudablemente nos reconoceremos reos de traición y cobardía. Cierto que si Dios hubiera ofrecido a nuestros santos patriarcas Francisco y Domingo tan grande ocasión de ganarle almas, habrían despreciado todos los tormentos de los mártires, a trueque de reducir al aprisco del Salvador tantas ovejas descarriadas y ocupar con ellas las sillas que los ángeles rebeldes perdieron. Pues a nosotros no nos aguardan tormentos, ni dolores, ni azotes, ni caballetes y aun podemos decir que ningún trabajo, para que se nos haga insoportable dejar patria, parientes y amigos por amor de Jesucristo, quien por redimirnos no dejó humilde convento ni vida pobre, sino el cielo mismo...". A ellos no les aguardarían más azotes, dolores o caballetes que los jaloneos de convenientes inconveniencias e intereses de estotro y de aquéllo. Pero a los indios, bien lo había visto él, hasta el herraje había llegado, que el 24 de agosto del 529 a su mano fue a dar una de las dos llaves con que se hacía la marca sobre el indio esclavo, para que no se pudiera marcar cautivo alguno sin que él interviniera. Aunque, eso sí debo decirlo, desde el 530 el rey había prohibido hacer de un indio un esclavo, y desapareció con esta orden la llave del obispo.

A los mensajeros de Pompeyo hizo César amputar las manos cuando equivocados llegaron a su campamento, del que inmediato, aún sangrando, los echó afuera. Por haber equivocado la ruta, porque les falló la orientación, porque trasnochados tomaron el camino errado, porque tuvieron miedo, por lo que fuera, les cortó a cada uno las dos manos.

Conozco al pintor que hubiera querido pintar las manos tiradas sin cuerpo en el piso. Estudió en el Colegio de Santa Cruz.

Conozco al pintor que hubiera querido pintar la sangre corriendo. Estudió en el Colegio de la Santa Cruz.

Conozco al que hubiera querido pintar la escena del César dando la orden. Estudió en el Colegio de la Santa Cruz.

Conozco al poeta que hubiera querido recrear en un drama la escena. Estudió en el Colegio de la Santa Cruz.

Conozco al escritor que hubiera querido imaginar la salida del campamento de los amputados, su desmayo y desvalimiento. Estudió en el Colegio de la Santa Cruz.

Pero con todo y haberlos conocido a todos ellos en el Colegio de la Santa Cruz y de haber conocido ahí la existencia de los romanos y de su imperio, y la historia de los mensajeros de Pompeyo y César, el día en que me llevaron a Tlatelolco, a mí me mocharon las manos. Me las amputaron. Me las separaron del cuerpo. Quedé sin con qué rascarme la cabeza, sin con qué llevarme comida a la boca, inválido, incompleto.

Alimentado con los cuidados de los frailes, en mis muñones brotaron otras manos, unas manos nuevas, éstas con que escribo y sostengo el papel, ésta con que detengo el manguillo después de hurgar mis dientes y rascar mi sobaco. Porque las manos son aquello con que el cuerpo le habla al cuerpo, con que se deja tocar y toca. Sin manos, el cuerpo se queda sin tocar el mundo, también sin qué pueda tocarlo reconociéndolo.

Yo me quedé sin manos. Pero aunque no fuera por mi voluntad perderlas, puedo decir que no me arrepiento. A falta de manos, toqué y aprendí a palpar y reconocer con la lengua. Con ella sentí y soñé el contacto con las cosas. En ella sentí a las hojas de los árboles y al viento que las frota. Sentí el ladrido del perro alertándome, sentí los saltos del pájaro antes de alzar el vuelo, los pasos de los otros niños, los trastabilleos. Fue con la lengua que por las mañanas yo recogía mi estera, ataba los lazos de mi ropa, con la lengua llevaba la comida de la escudilla a mi boca y aprendía a sobrevivir con algo que me atreveré a llamar alegría, pues en la lengua aprendí también la inconciencia, el arropo, y el refugio de la imaginación y de la memoria.

Slosos keston de Hernando

Ekfloros keston de Estelino

Hoy menos que nunca puedo entender mi pasión por Hernando de Rivas, exalumno del Colegio de la Santa Cruz Tlatelolco. Él existió, pero él ya no es real. Lo he ido difuminando en mi libre traducción, le he borrado los rasgos a punta de imponerle mis intenciones e ideas, mis expectativas de lo que él debiera decir, de lo que debiera haber dicho. ¿O sí los dijo, y he perdido la noción de lo propio y de lo ajeno? Yo lo he obligado a vivir pasajes que él de ninguna manera habría articulado en sus palabras. Lo he vuelto tan mío que lo he estrangulado del todo. ¿O él me ha estrangulado a mí, y soy yo su voz, tanto y de tal suerte que no lo reconozco como ajeno, independiente a mí? ¿Confundida me hago creer que él vive en este amor, que es mi conciencia la que ha muerto? ¿Es mío, tanto como puede serlo un cadáver, o palpita con su propio corazón, bajo su propio mando y soy de él? Ay, no: creo que sí lo he borrado a fuerza de escribirlo en mi propia versión, añadiendo esto y quitando aquello, dándole fuerza donde me pareció encontrarlo débil o empañado. Hernando: no puedo entender que aún despiertes en mí la llama imbécil que me impide separarme de ti. Soy carne de tu carne, esclava de la misteriosa unión de dos que consume en un fuego común a dos cuerpos.

Pero escucha, Hernando, que no sé si tu luz consigue iluminar en algo estas tinieblas en que hoy

yo y los míos habitamos. No lo sé. Llevo meses consagrada a tu adoración, a tu búsqueda y en tu enterra-
miento, palografiando tus palabras y paleografiándote,
girando alrededor de tu olor como la mosca gira sobre el cuerpo del caballo. Estos mismos meses, mientras yo tu mosca he sido, una onda de terror ha bajado
silenciosa sobre el país que habito. La violencia, Hernando, se ha deslizado hasta formar parte de una
cotidianeidad que no pertenece a los tabloides y las
páginas de periodiquillos sanguinolientos, sino que
es ingrediente de la charla más inmediata. Al cómo
estás, sigue, en la plática apresurada de los pasillos, la
retahíla de anécdotas: ¿sabes a quién asaltaron ayer?...
cuando venía en el periférico... la hija de una amiga
de mi prima... los vecinos que tienen su oficina en
casa... lo mataron sin esperar el rescate... le quitaron
hasta los tenis... venían por la carretera, y eran las tres
de la tarde... fue un taxi de sitio, cómo crees que iba
yo a tomar uno de la calle... pobre muchacho, era el
cobrador de... Paralela a esta explosión, una comedia
se manifiesta en las primeras páginas de los periódi-
cos. Los escándalos se suceden, el uno al otro. ¿Quién
ha robado más? ¿Quién defraudó de peor manera,
quién echó mano de los bienes del país, quién usurpó
las recaudaciones de los ciudadanos, aprovechó su
situación de poder? No faltan pormenores, no, que
nos cuenten con todo detalle cuánto tienen en qué
banco, y si son dueños de qué, y si participaron en
éste o este otro fraude. Todos sabemos la magnitud
del asalto por el que ha pasado nuestro país, exfoliado
por los propios. Pero la justicia no los declara culpables. El aparato judicial estatal se burla de los ciudadanos. Les explica, según parece: "miren, niños, estos
señores que les han birlado hasta la risa, que han robado durante los últimos quince años el equivalente a
400,000 dólares por cada uno de los noventa millones
de mexicanos que ustedes son, estos señores, entien-

dan, eran go-ber-nan-tes. ¿No recuerdan la época de la Colonia? De la Colonia venimos, en la Colonia estamos. Nuestras riquezas salen a Suiza, a Luxemburgo, a las Islas Fidji y Caimán, a Cuba (eso se dice, que hasta Cuba, ya no hay sueños, ya no hay)... ¿Dónde más? El City Bank lo sabe en unos casos, en otros el Banco de México, en otros... Somos un país rico, muchachitos, pequeñuelos, muy rico, y debemos seguir seduciendo al capital extranjero demostrando en sus lares nuestras riquezas para que no nos dejen caer solos en nuestra barbarie."

Los ladrones públicos de los bienes públicos quedan exculpados. Todos sabemos que son culpables pero eso no basta, ni la comprobación de sus hurtos. Si alguno es tomado preso, será por otro pecado: alguno incomprobable con tintes de inverosimilitud, de manera que este Raúl, hermano del expresidente, estará tras las rejas por algo que si acaso cometió, lo hizo poseído por la personalidad de un protagonista de telenovela trágica, roja y rosa. Pero por las cuentas claras de haber echado mano a los bienes públicos, no habrá ninguno en el bote.

¿Puede sorprendernos en este contexto que la violencia crezca en proporciones altísimas? La violencia ejercida por bandas organizadas (nadie dudará que tal vez controladas también por un político —si ya nos robaron, por qué no van a seguir robándonos—), o la violencia "espontánea" de muertos de hambre y desempleados, pero me temo que esta segunda es muchísimo menor.

Estas dos violencias no pueden ser comprendidas solamente como criminalidad. Son fenómenos políticos, el espejo del hurto no castigado de los poderosos.

Los demonios andan sueltos, porque no tiene ya nadie el control de este desmadre. Al lado de esas dos criminalidades, se suceden matanzas en distintos puntos de la República quesque por causas ésas sí "políticas", y tampoco (sobra decirlo) son castigadas.

Nada guarda las formas, nadie cuida las apariencias, nadie remedia ni quiere remediar los males que nos acosan. "Gobierno ratero", decían cuando yo era niña, ahora dirían "gobierno podrido", y lo de ratero no lo ha perdido, sino que se ha perfeccionado.

La pobreza creciente (leí ayer en el periódico que encontraron en Guadalajara una plaga de pulgas, y que tuvieron que desalojar 36 viviendas para atacarlas, como cuento de ciudad hundida en la miseria) (y olvidaba el detalle cómico, que esta plaga sucedía a otra: de cucarachas), la sobrepoblación, la carencia total de oportunidades para las nuevas generaciones, la suspensión de crecimiento económico y el decrecimiento productivo, etcétera, etcétera... Ninguno de los males mencionados parecen expresar del todo el horror que puede sentir la gente de mi generación: de pronto somos como los forasteros de nuestra propia patria. No ha habido un golpe de estado, sino un golpe radical, y nos han echado fuera de nuestro propio país, sin siquiera darnos otro a cambio. Somos los forasteros en lo nuestro. Inmanejable, bronco, nuestro país leal se amerita en las sombras.

Slozos keston de Estelino

Ekfloros keston de Learo

En la noche me timbró la alarma más de cinco veces. No creo que se trate de una equivocación imbécil, o, pongámoslo elegante, del error de un distraído. Yo estaba dormida, no provoqué con ningún acto el timbradero, y lo digo absolutamente segura de esto, porque, como cualquier otra persona, dormida no actúo, y la alarma no les timbra ahora a los sueños. Lo malo de esto es que me cuesta mucho volver a quedar dormida después de escuchar el timbre, tanto que ayer por la noche, sin haber cerrado los ojos entremedio, tres veces lo oí, aunque con pausas que me parecían interminables; el tiempo corría lentísimo... Cada que sentía que ya iba cayendo en el pozo del sueño, la alarma volvía a timbrar. Eso es lo malo, y lo peor es que las cavilaciones que me ocuparon en la vigilia nocturna, y de las que no he podido desembarazarme durante el día, me hacen recordar la etapa negra en que probamos a erradicar los sueños. Porque hubo un tiempo en que sí les timbramos a los sueños para impedirlos.

Aquello empezó porque habíamos tenido algunas fricciones en L'Atlàntide, y decidimos emprender una campaña seria y radical para mejorar la calidad de nuestra convivencia. No sé de quién fue la idea (y tal vez haya sido mía, "Ése es mi mal. Soñar") de que podríamos probar con hacer a un lado los elementos inmanejables, porque, analizadas las fricciones, ninguna parecía provenir de algo concreto. El inmanejable que vimos más a mano fue el territorio de los sueños.

Así fue que decidimos quitarnos los sueños, no extrayéndolos ya producidos, sino despertándonos cuando las ondas cerebrales indicaran el estado en que comenzarían. Fue un desastre. No sólo no descansábamos del todo, nos volvimos mucho más que irritables, todos un ato de nervios. El cuerpo, dueño de sí mismo durante las horas de sueño, no parecía poder deslizarse en un descanso completo. Porque es verdad que nadie actúa dormido, pero es cierto también que mientras se duerme el cuerpo se entrega con la más completa holgura a sí mismo. Cansado del cincho de la razón, en la noche el cuepro se distiende. La carne manda.

Cuando la prohibición de los sueños, el cuerpo estaba agotado, y algo extraño le pasó a nuestra razón. Hubo algunos que juraron ver pasar los objetos habituales de sus sueños sobre la corteza terrestre, y uno tuvo el atrevimiento de decir haberlos visto en el espacio mismo de L'Atlàntide, donde no hay ni habría ni ha habido nunca nada más que aire y nuestros cuerpos. Por supuesto que no les dimos la menor importancia a estos decires, pero visto el efecto desastroso de la moción, cesamos la campaña contra sueños. Era nuestra razón quien más quedaba afectada por su ausencia.

Como ahora la mía, por cierto. Algo me la menea con esos timbrazos alarmantes a media noche. Me quedo pensando cosas extrañísimas. Aunque pensar, lo que se dice pensar, no lo hago del todo. Al despertarme la alarma por primera vez y no poderme volver a dormir, me arrullé jugando a entremezclar versos de Quevedo:

"Alma es del mundo Amor; Amor es mente
Entre las coronadas sombras mías.
Quien no teme alcanzar lo que desea
da priesa a su tristeza y a su hartura."

Practiqué esa gimnasia, por llamarla así, cuando no se había apoderado de mí entera la sombra, porque una sombra se cierne sobre el que está despierto a la hora del sueño. Poco a poco fui haciendo en la mente cosillas un poquito más absurdas. En una de ésas, cuando no tenía ya control sobre mis "pensamientos", me dio por visitar las dedicatorias de los textos literarios de Mutis. Casimiro Eiger, el judío polaco que corregía con el joven Mutis sus primeros poemas, conversaba con Volkening, un hombre altísimo. Charlaban de literatura (quiero decir, en mis imaginaciones), a ratos en español, a ratos en francés, sin darle predilección a ninguna de las dos lenguas. También me hablaban a mí, y no me queda muy claro si algo les contesté o si ellos me atribuían sus argumentos. Quién sabe con qué motivo, comenzaron a pelear por Heine, y don Casimiro Eiger perdió la paciencia cuando Volkening le dijo que él no podía opinar, que sólo hablaba de oídas, que seguramente lo habría leído en las malas traducciones de Florentino Sanz, que por eso perdía lo esencial, que por haberlo leído así había visto en él un poco más que un mal Becquer.

—Sí, sí, eso es lo que debe usted haber leído. ¿Cómo es que llama usted "un almibarado" a quien escribe en un poema *Wir haben viel für einander gefühlt, / Und denoch uns gar vortrefflich vertragen / Wir haben of "Man und Frau" gespielt / Und denoch uns nicht gerauft und geschlagen?* Sólo por haber leído aquella pésima versión que ignora el *denoch*, para hacer más leve, más imbécil, el poema. ¿Porque cómo lo traduce el Florentino ése? *Mucho, en verdad, los dos hemos sentido:/ tú por mí, y yo por ti!... Y hemos vivido / llevándonos tan bien!... Y hemos jugado / a marido y mujer, sin que arañado / nos hayamos jamás, ni sacudido...* Cuando el *denoch* no quiere decir *sí* ni aunque usted lo fuerce a punta de burradas. Hemos sentido mucho el uno por el otro, *a pesar de lo cual* nos hemos llevado tan bien. Hemos jugado a hombre y mujer y *a pesar de eso* no nos hemos arañado ni golpeado... ¡Qué sabiduría en el "a pesar"! ¡Qué ojo de escritor! Así que si usted se atreve a llamar así al gran Heine, perdóneme, pero en su lectura no ha habido *denoch* alguno. Don Casimiro, usted no puede opinar.

—Óigame no —le contestó a Volkening don Casimiro— no me hable usted así.—No porque opine diferente, tiene usted el derecho a llamarme un idiota, pues por qué...

Lo vi tan enfurecido que dije "¿por qué habría de leerlo en traducciones, si Heine escribe en la lengua materna de don Casimiro?", y me hicieron los dos por segundos un silencio de muerte, sin dejar de mirarme fríamente a los ojos, para romperlo con un "¿Y a ésta, dígame —en la voz profunda de Volkening— quién la invitó a hablar?", y seguir charlando como si no hubieran estado nunca en la orilla de un pleito. Se alejaron de mí con pasos rápidos, que no pude seguirles. Me dejaron al lado de Carmen, la catalana mujer de Álvaro Mutis (de la que dijo mi poeta, ahora sé que describiéndola con precisión: "su sonrisa, con la tenue tristeza que la empaña") observándolo todo, con una expresión que no era ni fría ni conmovida, sino un término medio entre ambos sentimientos, y junto a ella vi a Jaramillo Escobar, con una gracia muy peculiar, a pesar de su fealdad extrema, argumentando quién sabe qué barbaridades con Santiago Mutis, que estaba también ahí... Volví a ver a Carmen, conversando ahora con los Feducci... Todo esto en sus casas, con sus cosas, al lado de jardines o de cafés o de automóviles, la vida terrestre entera, como lo fue antes. Fumaban, bebían, alguno hacía ruido mientras sorbía el alcohol de su copa. Vaya, qué visiones. Ahí estaba el Gaviero conversando con Gabo, Mutis con García Márquez. ¡Qué magníficos los dos!

¡Todo eso hemos perdido! Nos quedan sus libros, pero expulsados de L'Atlàntide. Las voces del Gaviero y de Gabo se adelgazaron hasta volverse inaudibles, y sus imágenes se empezaron a destruir ante mis ojos, como si hubieran sido materia congelada y el calor las deshiciera. Quise volver a oírlos y a verlos y mi imaginación no me dio la cuerda para agarrarlos. Se me habían esfumado. Los había visto con toda precisión, había estado con ellos, había llegado incluso a olerlos, pero ahora se habían evaporado, y no podía recuperarlos.

Entonces, sola en la noche atlántida, lloré por haberlos perdido, presa de un sentimiento de miseria y abandono que en este instante, a la luz del sol, me parece ilógico.

No me voy a dejar llevar por melancolías provocadas con las imaginaciones que surgieron de no poder dormir en la noche. Rompo con ellas. Envío un mensaje preguntando por el motivo de las alarmas, aclaro esta situación. Adiós blazer azul marino de Álvaro Mutis, adiós vestido blanco de Carmen, adiós Casimiro y Jaramillo Escobar y Volkening y Santiago y Casimiro Eiger. Adiós, Gabo, adiós, te pierdo pero no del todo, porque aquí guardo conmigo tus libros. A ustedes, señores, los regreso a sus sepulcros.

Slosos keston de Learo

Ekfloros keston de Hernando

Pasé dos semanas sin sentirlas. No sentí el camino que me llevó directo al Colegio de la Santa Cruz de Santiago Tlatelolco (que funcionaba ya desde mediados del año 535), ni sentí cómo era el edificio que me recibió, ni cómo se aposentaban los alumnos ni los frailes, ni cómo eran mis compañeros, ni cuántos, ni si me miraron al llegar, ni sé decir si yo era el único nuevo traído para la inauguración, porque el tiempo se me iba en llorar, y, atento a mis lágrimas solamente, no prestaba atención a nada ni a nadie que no fuera a ellas. Lloré por las noches, en las tardes, por ratos también en las mañanas y cuando miraba con asco mi fea escudilla de repugnante comida, mientras nadie nos prestaba ninguna atención (ni a mis lágrimas, ni a mí), pues todos, maestros y niños, trabajaban afanosamente en las preparaciones de los festejos inaugurales. Pasadas las dos semanas en que nada más que lágrimas vi, las dos semanas largas, que largo se vuelve el tiempo cuando se le hunde en agua, me vi provisto con una hopa morada, un libro, un cofre y una linda frazada, pagados para mí por mi falso padre.

La hopa fue a dar a mi cuerpo. El cofre, al pie de mi estera. La frazada, a las noches para cubrirme. Y el libro, como la hopa, fue atuendo para las fiestas inaugurales, cuando bajo mi brazo lo pusieron, para que yo caminara mostrando mi vestido de niño francisco. ¿Cuál fue el libro que me tocó portar, en mi sobaco bien puesto? No lo recuerdo, y no es olvido, sino simple y llano desconocimiento, porque nunca supe qué libro caminó junto a mi pecho. Sólo fue mío para que yo desfilara con los otros alumnos, vestidos como yo de hopa y libro, hacia el Colegio, que ahí pasó a formar parte de la biblioteca. Cuando transitoriamente, leyéndolo con mi ciego brazo, tuvo el carácter de libro mío, no le dediqué ni una mirada, ni un segundo de mi atención. Tenía demasiadas cosas en qué fijarla. Primero, como lo he dicho, en mis lágrimas, y cuando ellas dejaban un hueco, en mi tristeza, y cuando cansada de tanto estar mirándole a lo triste su ocupación en toda mi cabeza, condescendía en atender a alguna de las demasiadas novedades que había llamándome. Hay una de éstas que quiero anotar.

Tendría yo dos o tres días, cuando más, en el Colegio de la Santa Cruz, cuando me hicieron llegar con uno de los frailes traídos quién sabe de dónde para auxiliar en el orden de la fiesta, a que me cortara el cabello, como parte, también, de las preparaciones para la ceremonia inaugural. Hasta ese día, siempre había sido mi mamá quien lo hiciera, con sumo cuidado. Durante años llevé la coletilla en la espalda con que se marcó en otros tiempos al guerrero que no había hecho aún prisionero, el joven iniciándose en el arte de la guerra o el que todavía no había corrido con suerte, aunque hubiera ya salido a guerrear varias veces, sin dejar caer el honor de los suyos. Mamá me dejó bastantes años la coletilla —que aunque ya no hubiera guerras de las nuestras, ni honores a defender como antaño se hacía, seguíamos teniendo en alto nuestras costumbres—, hasta que fui por primera vez con los frailes. Entonces ella me la cortó de un tajo. Desde esa vez, llevé el cabello todo al mismo largo. No diré que me gustaba especialmente mi cabello, pero algún apego le tenía a la manera uniforme de portarlo, así que cuando vi al fraile con la navaja brillando en la mano y el bacín en la otra, tiré a llorar más fuerte, que pánico me dio y tristeza y sentimiento. El fraile peluquero me dijo: "shta, muchacho, shta. Guarda silencio. No seré un experto en las artes del bacín y la navaja, pero sus ventajas tiene. Mira, muchachito, no sé hacer sangrías. En mis manos seguro escaparás de ellas. A ver, a ver, ¿qué nunca te has cortado los cabellos? Se ve de inmediato que sí, que no los traes tan luengos. ¿Por qué no te acercas y te dejas cortarlos sin llamar a malos cuentos con tus llantos? ¿Sabías lo que solía decir San Francisco cuando lo tonsuraban? Contesta, ¿sabías?"

Dejé de llorar para contestarle con toda propiedad, como me había enseñado mi madre a hablar, que no sabía qué decía el Santo Francisco cuando lo tonsuraban, y que tampoco sabía qué era eso de tonsurar.

"Tonsurar, pequeño, es cortar el cabello aquí, como ves que lo traigo. ¿No te ha dicho nadie lo que él decía cuando le tocaba el momento de acercarse a la navaja? Pues si veía que ponían muchos miramientos o cautelas en cortar sus cabellos, decía: *No me hagan el cerquillo con perfección o delicadeza. Quiero que mis hermanos traten mi cabeza sin especiales consideraciones y sin miramientos de ninguna clase.* Y tú, muchacho, te andas aquí con remilgos que ni el Santo entre los Santos pide... Ven a mí, muchacho, siéntate aquí enfrente que poco tiempo tengo para dejar a todos los chicos con los cabellos listos para las fiestas, sesenta cabezas esperándome cuando ni con mi cabeza cuento, que, entre tanto lío y tanta preparación, parecemos poco franciscanos y más bien miembros de la Corte que festeja entre oros y..." No dejó de hablar durante el tiempo en que me cortó el cabello, ni cuando navajeaba el de los otros, y creo que aunque mucho se quejaba de que los franciscos no fueran contenidos y pobres como lo exige la orden, no sabía respetar el orden de los menores en cuanto a la mesura de la palabra se refiere. Nunca volví a verlo. Puede que haya salido con los que se preparaban para irse hacia las Filipinas, o que estuviera asignado a tierras lejanas, a Guaxaca, o con fray Francisco de Lorenzo a Nueva Galicia, y que después con fray Marcos de Niza se haya incorporado a la expedición a Cíbola, si fue fraile viajero, cosa que no puedo afirmar, porque nada supe de él, y desde ese día ni el nombre, que no estaban mis ánimos como para andarlo preguntando.

De esos primeros días, así como me acuerdo de él, también quedó grabada la mala comida, las tristes escudillas y el lugar en que dormíamos. Cuando lo vi por primera vez, más me eché a llorar, y mientras más lloraba más triste lo veía. Dormía con los demás muchachos en una pieza larga, las esteras que eran nuestras camas de una parte y otra, sobre unos estrados de madera, por causa de la humedad. ¿Qué tanta tristeza le vi al dormitorio, cuando puse en él por primera vez los ojos? ¿Vi, desde el primer momento, que no había ahí mamá para dormir con ella? No pensé en nada, pero todavía puedo recordar la grima que me dio, aunque trabajo me cueste hacerla calzar con el lugar que tantos años habité, y que, a la larga, no fue ni pesadilla ni surtidero de tristezas.

Llegó el día anunciado para la inauguración del Colegio de la Santa Cruz. De San Francisco de México, donde predicó el doctor don Rafael de Cervantes, tesorero de la Iglesia, salimos en procesión. Lo contaré como si hoy mismo estuviera pasando:

Los frailes van al frente, siguen los niños en sus hopas moradas, y a los lados se apiña la multitud, que, como sabemos, apenas puede, valida del menor pretexto, se da a la calle, enseñando un algo que la hace parecer jubilosa y otro algo que la muestra amenazante.

Va en la procesión el Santísimo Sacramento y muchas cruces y andas con sus Santos, las mangas de las cruces y los aderezos de las andas hechas todas de plumas de oro bien labrado. Doce están vestidos de apóstoles con sus insignias, y muchos de los que acompañan la procesión llevan velas encendidas en las manos. Cuando pasamos frente a una capilla o iglesia, encontramos las puertas abiertas, y vemos los altares y retablos bien aderezados, como para enorme fiesta, y de cada iglesia o capilla salir personas cantando y bailando delante del Santísimo Sacramento. Si la capilla es de franciscanos, los cantores salen también aderezados con flores. Todo el camino está cubierto de juncia y de espadaña, y sobre ellas, con danzas que regocijaban toda la procesión, van echando rosas y clavellinas.

Diez arcos triunfales pasamos en el camino, cada uno en tres partes, como naves de iglesia, como es la iglesia de Santiago, de tres naves. Los diez arcos triunfales cubren como veinte pies de ancho, por los que cruzan el Santísimo Sacramento, ministros, cruces y andas, y por ambos lados va toda la gente, bajo arcos medianos hechos también de flores. Repartidas por los arcos, hay mil rodelas hechas de labores de rosas, y, en los arcos que no, florones grandes como de cascos de cebolla, muy redondos, muy bien hechos.

En cuatro de las esquinas o vueltas que tenemos que hacer en el camino, han fingido unas verdaderas montañas. De cada una sale un peñón muy alto, con matas de yerba y flores y cuanto suele haber en un campo fresco, muchos árboles, de frutas, de flores y de solamente hojas, setas y hongos. Los árboles están de tan perfecta manera acomodados, que hasta los hay quebrados como por el tiempo o el viento, y hay musgo creciendo en los troncos, y en lo alto de las copas muchas aves grandes y chicas, halcones, cuervos, lechuzas. Los montes, a ratos ralos de árboles, a ratos de éstos espesos, tienen sobre sí venados, liebres, conejos, adives y muchas culebras atadas, sacados los colmillos y dientes, porque no eran viboritas insignificantes sino sierpes del largo de un hombre, y tan anchas como un brazo por la muñeca. Si se aguzaba la vista se alcanzaba a ver cazadores, con su arco y su flecha, cubiertos de ramas y musgo y hojas de los árboles, tan bien encubiertos que da trabajo descubrirlos.

A más de los cantores que se nos van uniendo, hay en la procesión un muy grande coro, y la música india de flautas chicas y grandes no deja de sonar ni un momento.

Pasando la procesión a una plaza, sientan cómodamente a los señores principales en un tablado previamente dispuesto para la ocasión, para que en otra montaña hechiza se represente a San Francisco predicando a las aves, que son aquí también muchas y variadas, y se posan alrededor del Santo, y no son falsas, sino aves verdaderas. San Francisco empieza diciéndoles por cuántas razones (ni debo decir que en náhuatl) están obligadas a hablar y bendecir a Dios, pues él les da mantenimiento sin tenerlo que trabajar, sembrar y cosechar como los hombres, también por el vestido con que Dios las adorna "con diversas plumas, sin ustedes las hilar y tejer, y por el lugar que les ha dado, que es de aire, por donde pasean y vuelan".

Entonces, las aves se acercan más todavía al Santo para recibir su bendición, justo cuando él les recomienda de nuevo que las mañanas y las tardes loen y canten a Dios. Y las aves eran ciertas, no de engaño, sino adiestradas a la perfección por los hombres de estas tierras.

El Santo va bajando la falsa montaña, cuando al camino le sale una horrenda y fiera bestia del monte, causándonos a todos sobresalto, aunque ésta sea representación y engaño. El Santo le hace la señal de la cruz:

"reconozco en ti a la bestia que destruye los ganados, y por hacer el mal en criaturas hechas por Dios y atacar lo que ha sido dispuesto para el bien del hombre, aquí yo te reprendo y te invito a someterte a la ley del bien", a lo que la bestia contesta, entre rugidos, haciéndose como que no habla: "¡me arrepiento y espero el perdón!".

El Santo acerca a la bestia al tablado donde están los señores principales y ahí la bestia hace señal de que obedece y, para confirmar que nunca más hará daño, va dando la mano a cada señor principal que alcance a tentársela, hecho lo cual se va de nuevo a lo más espeso del fingido monte, muy tranquila, perdido en parte su aspecto horrendo.

Ha quedado solo el Santo. Lo aprovecha para arengarnos con un sermón sobre la obediencia, que se ve interrumpido cuando uno, vestido como macehual, fingiéndose beodo, se acerca cantando, o más bien gritando como los borrachos. El Santo le pide humildemente que calle, mientras todos nosotros lo hacemos a grandes voces y haciendo ruidos, con lo que el Santo nos calla también y explica al beodo que si no deja su canto ahora mismo se irá al infierno, y como no le hace caso ninguno, salen de un lado del monte dos espantosos demonios, que lo agarran aunque el beodo se resiste, y se lo llevan a donde han fingido poner los infiernos.

Quiere el Santo seguir con su sermón, pero salen entonces unas hechiceras muy bien formadas, contoneándose a su alrededor, y como estorban la predicación y no hacen caso a la súplica de huirse, vienen de nuevo los demonios y también cargan con ellas a los fingidos infiernos. Abren la puerta de ellos y vemos el fuego, pues le han puesto incendio, y dan voces y gritos los demonios y las mujeres malas y el beodo, como si de verdad se estuvieran tatemando.

Nos levantamos y seguimos la procesión con solemne música, pisando flores y envueltos en hermosa música, hasta arribar a la iglesia de Santiago. Ahí hay dispuesto un tablado sobre el que se reproduce un Paraíso Terrenal. Sin que dejen los cantores de entonar sus músicas, y fuera de eso en completo silencio, observamos un rato el árbol del bien y del mal, la manzana, la víbora, el ángel con su espada, la caída del hombre, en cuadro fijo.

Por último, para la inauguración formal del Colegio de la Santa Cruz, se celebra una misa, en la que predica el segundo sermón fray Alfonso de Herrera, natural de Castilla la Vieja, cerca de Burgos, quien estudió leyes en Salamanca y tomó el hábito en el convento grande (como se llamaba al de México para no confundirlo con el de Tlatelolco), y cuyos sermones dominicales y de las fiestas de los Santos se admiraban mucho. Su persona fue siempre estimada en letras. El último sermón toca a fray Pedro de Rivera, quien lo predica en el refectorio de los frailes, donde se sirve comida al virrey Mendoza, al obispo Zumárraga, al presidente Fuenleal que aún no ha salido para España, a los señores convidados, entre los que estaba mi falso padre, y a los sesenta alumnos fundadores.

Comemos juntos en las siete mesas. Los alumnos viejos, los que venían de la escuela de San José de Gante, conversan en latín con los prelados. Los señores principales hablan con las dignidades y el obispo, el que puede en náhuatl, en náhuatl, el que en castilla, en castilla.

A medio comer, nos piden levantarnos para decir nuestro nombre y linaje en voz alta, y yo estoy a punto de equivocar cuál es "mi" familia. Pero una mirada, como punzón, de mi falso padre, me hace rectificar, y haber dicho primero una sílaba de un nombre que no era mío sólo mueve a todos a risas.

Terminada la comida, los señores principales padres de los alumnos ahí presentes, se despiden. Yo finjo despedirme del mío, que despedidos ya estamos desde mucho tiempo antes, igual que esa noche finjo dormir frente a la lámpara siempre encendida, hasta que de tanto fingirlo se me vuelve cierto. Por una noche no nos levantamos a cantar el ángelus ni los maitines.

Slosos keston de Hernando

Ekfloros keston de Learo

Cuando éramos niños de años, los hombres inventa-
ron para darnos lo que llamaron piel... Un momento.
¿Por qué empiezo ahí? Vuelvo al recuerdo de la infancia porque al volver ayer de mi punto de trabajo, ha-
llándome en ánimo de mover las piernas y ver mundo,
saltando de nube en nube,

> "Sie schreiten von Berge
> Zu Bergen hinüber:
> Aus Schlünden der Tiefe
> Dampft ihnen der Atem
> Erstickter Titanen,
> Gleich Opfergerüchen,
> Ein leichtes Gewölke"

vi a Caspa jugueteando de manera tan inusual que me
detuve a observarla más atentamente, haciendo caso
omiso del humor de mis piernas, que a gritos deman-
daban caminar después de haber pasado el largo día
inmóviles.

Meneándose, como he dicho, Caspa sujetaba
entre los brazos a un objeto pequeño, pegándolo al
cuerpo. Le hablaba, y lo mecía en los brazos. Me bas-
taron bastante más que un par de minutos para darme
cuenta de que lo que Caspa remecía en sus brazos era
un pequeño ser viviente antropomorfo, un humano
del largo de mi brazo. Lo supe cuando Caspa lo dejó

de apretar contra sí un momento, y extendiendo sus brazos lo sujetó con las manos, sólo para reacomodarlo y continuar con su mecimiento. Lo único a la vista, afuera de las mantas que lo cubrían, la cabecita del bebé, se columpió hacia un lado y el otro como inerte. Con toda claridad le vi la cara, ligeramente hinchada, le vi las dos orejas coloradas y el cuero cabelludo sin pelo.

Al mecerse, Caspa evocaba el movimiento de La Cuna. Describir La Cuna no es muy fácil, nunca la vi con ojos adultos. Era un lugar para sentir, una cuna, como dice su nombre, tibia y móvil, aunque no se desplazaba de lugar, y nos abrazaba, nos envolvía, nos deglutía casi en su masa de falsa carne, meciéndonos, arrullándonos incansable. Los hombres la instrumentaron para nuestros primeros años con el objeto de proveernos de lo que llamaron piel. Recuerdo perfecto el olor de La Cuna. No sólo tenía olor, también hacía sonidos, repetía sílabas, tarareaba, reía, hipaba, lloraba, silbaba melodías y hablaba. Era un grandísimo cuerpo de madre, un cuerpo que nos envolvía a cada uno de nosotros, la mayor parte del tiempo separados, pero algunas veces abarcándonos unos con otros, jugueteando con dos o tres a la vez.

Y ahí estaba ayer Caspa, a medio cielo, contoneándose como en La Cuna, o como si ella fuera a su vez la cuna viva del niño.

De pronto, Caspa se desplazó con celeridad. Como no había tormenta que ensombreciera la vista, pude ver a dónde iba y por dónde se metía, en un pliegue sobre la superficie. En pocos minutos la vi salir de ahí, ya sin el pequeño bulto viviente en brazos, y dirigirse hacia L'Atlàntide. No pude evitar la curiosidad y exploré en qué consistía el pliegue al que ella había entrado. La estrecha boca en la piedra se abría a una bóveda de cemento y asfalto, hecha, seguramente, por las bombas no atómicas.

Sobre una pila de cosas estaba el niño, recostado en lo más alto, arriba del último objeto apilado, una mesa de mármol y piedra. Despegando mis pies del piso, me le acerqué, volando. Arropado con mantas, haciendo ruiditos extraños, y cambiando su gesto del llanto a la risa, haciendo mohínes, levantando sus labios, abriendo y cerrando la boca, bostezando y gimiendo, el recién nacido cambiaba de una expresión a otra con una rapidez que denotaba que no sentía nada atrás de los gestos, que los gestos no eran la *expresión* de un sentimiento, sino un ejercicio de gesticulación inconsciente, reflejo, pura mímica. Se le veía amodorrado, como si en cualquier instante pudiera quedarse dormido.

La bóveda semejaba un templo monstruoso, una catedral levantada por arte de la guerra, y la pila su altar. Este altar era firme, no había el menor riesgo de que se cayese. Me senté sobre él, junto al niño y lo desenvolví de las mantas, con las que Caspa había formado una especie de capullo. No me atreví a cargarlo. Yo ya había visto cómo su cabeza parecía caérsele del cuerpo. Pegó un dedito a sus labios, un dedito regordete, unos cachetitos regordetes también, sonrosados. Respiraba. Era tibio. Despedía olor. En su sonrosada cara había algunas diminutas formaciones redondas y blanquísimas, como puntitos de leche. Entre las dos cejas, una mancha morada se alcanzaba a anunciar. Por más que se afanaba, el niño no conseguía poner su dedo en la boca. Con la boca lo buscaba, pero con la mano lo llevaba al ojo, a la oreja. Desistió y siguió gesticulando como ya expliqué. Repasé con la mirada su cuerpo. No le faltaba nada de lo básico. Dos ojos, dos brazos, diez dedos, dos pies, dos rodillas. Era varón. No puedo decir nada más del individuo, no sé si su anatomía es completamente humana, no lo sé. Yo nunca he estudiado esa ciencia, no he trabajado con el cuerpo vivo. Siento repulsión sólo de pensar que adentro de nuestra piel hay órganos, huesos, venas. Trabajé con los vegetales por una razón elemental: el cuerpo abierto me provoca repulsión. Lidiar con los órganos, con las glándulas, con las vísceras es algo superior a mis fuerzas. Afortunadamente no todos piensan como yo en L'Atlàntide. Carson, entre otros, ha dedicado su energía completa al estudio y la intervención de las vísceras y demás contenidos y continentes de nuestros cuerpos.

El niño usaba ropas, como los hombres de la Historia. Viendo los pañales, comprendí que vendrían con él los orines y la mierda, y que sí mamaría la teta, conocería la enfermedad y en algún momento la muerte. Ante mis propios ojos se quedó dormido, ahora sin retirar su dedo del labio, poniendo su boquita como si mamara. Sus pestañitas eran oscuras. Se parecía a Caspa, mucho. Era tan lindo como Caspa, pero incluso más. Era como la perfección de Caspa, en una versión reducida en el tamaño, pero agrandada en belleza. "Y si el niño", pensé, "orina y mama, Caspa menstrúa. De sus tetas surte leche." La idea del menstruo y la leche me dio asco, y regresando las mantas al cuerpo del niño, me retiré de su lado.

Pero no salí a la intemperie. Me dispuse a revisar con extremo cuidado la bóveda. Si era alta como debió serlo el domo de una catedral, en cambio no era larga, no formaba la nave. Vi en ella grabada la memoria del hombre. Desconocía la hecatombe final, no sabía que un día había ardido la atmósfera, quemando los vegetales, secando los riachuelos, rostizando los cuerpos de los seres vivos. La bóveda no sabía que las cosas habían sido destruidas, que los cristales se habían licuado, que los cementos se habían licuado, que los metales se habían licuado. La bóveda no tenía ni idea de esto, porque ella había sido hecha de una muerte anterior, de la misma manera que Goethe y

Heine no supieron del fin del hombre porque sus obras fueron escritas a la luz de una muerte anterior, la de los dioses. La bóveda, ruina bajo el asfalto, conservaba todavía rastros de los hombres que habían muerto en la explosión que la había creado. Una parte de sus curvos muros era de asfalto, y sobre ésta había quedado la forma de un pie. Su dueño debió estallar, reventando en la glicerina. Me acerqué a esta huella. Un trozo de suela de zapato seguía pegado al muro. Más allá, la huella redonda del cráneo, y dos o tres cabellos por testigos, y a unos centímetros un puño de astillas de la calavera. El trozo de una silla y una mesa completa, junto con latas, una máquina registradora, estantes metálicos y cajas con botellas de vidrio, acomodados de manera absurda, conformaban el altar del niño. En esta tumba dormía un recién nacido. Nada lo protegía del aire malsano. ¿Cuánto tiempo le quedaría de vida? Unos pocos meses, antes de que, oxidándose del todo, se cayera literalmente a pedazos.

Dos pasos más allá, supe que Caspa no permitiría que llegara tan horrendo final. Las varillas de construcción retorcidas formaban en una orilla de la bóveda un compartimento alargado y bajo, por el que me deslicé en cuclillas. Bajo un manto de aire protector, ahí, frente a mí, alineados, decenas de recién nacidos, apilados en orden, dejaban a la vista, en perfecto estado, los pies o las cabecitas más o menos pelonas. Hileras de cadáveres de recién nacidos habían sido acomodados en perfecto orden, la cabeza de uno en los pies del otro para aprovechar lo más posible el espacio.

El pliegue de la bóveda era una bodega de recién nacidos muertos. ¿Cuántos había? ¿Cien? Sí, o por lo menos más del doble de los que habemos en L'Atlàntide. A todos los habría dormido Caspa hasta la eternidad, antes de que los devorara la atmósfera malsana, cuidando que en sus cadáveres no entrara la pudrición o el deterioro del tiempo. Quién sabe con qué arrullo terrible, Caspa los había llevado entre sus brazos al regazo de la muerte. Ya muertos, los había protegido de la pudrición. Así debieron verse los gatos embalsamados por los egipcios, acomodados en hileras interminables en el Museo del Vaticano, sólo que este nuevo muestrario es mucho más pavoroso, entonando con el ambiente siniestro de la bóveda que los cobija. Así debieron haber sido las cabezas de los sacrificados en el tzompantli azteca. Así debieron haber sido las pilas de los cadáveres de la peste, de las hambrunas, de los campos de concentración.

Mirando la ristra de aquellos muertos recién nacidos, pensé: "¿y si Caspa vuelve y descubre que yo he descubierto su secreto?" Sin terminar mi revisión de la bóveda, salí, casi corriendo. Ver las pilas de los cadáveres niños me produjo menos horror que imaginarme descubierta por Caspa descubriéndola. ¿Qué habría pasado entonces? El crimen de Caspa es infame. Sería menor si no matara sus pecados, a mi parecer, aunque a los ojos de L'Atlàntide lo que no tendría perdón sería traer a la Tierra más miembros (o un ser, bastaría con uno) que nos hurtara energía y espacio, tan cuidadosamente calculados conforme al número exacto de miembros en nuestra comunidad. A mis ojos, como digo, lo que no tiene perdón es matar a los seres que ella crea. Me parece imperdonable crear para destruir, asesinar rutinariamente, matar lo que ama. Porque poniendo tanto mimo y tanto arrullo en esos cuerpos pequeños, los recién nacidos deben despertar en su pecho algo similar al cariño, algún apego.

Es tan grande su crimen, que si me hubiera visto viéndolo no sé qué habría ocurrido. Si a lo que ella ama lo mata, a mí, sin tentarse el corazón, habría querido matarme. ¿Y cómo lo habría hecho si yo no puedo morir?

¿Realmente no puedo morir, o sólo no puedo morir de manera natural? ¿No pudo Caspa haber configurado un accidente que acabara conmigo? ¿No pudo violentamente asesinar, como lo hacían los hombres de la Historia? Aunque no haya cuchillos ni espadas en L'Atlàntide, pudo haber tomado una piedra, como la de Caín, y estrellarla contra mí y ocultarme para que nadie pudiera socorrerme. Pero es imposible, mi alerta vital habría informado a la Central de Estudios, y habrían dado conmigo, y me habrían curado de inmediato.

Caspa no podría matarme. En caso de que me hubiera descubierto descubriéndola en su crimen infame (porque así me lo parece) habríamos sido como dos dioses inmortales enfrentándose, habríamos representado un duelo de Titanes. De cima a cima de la Cordillera habríamos saltado, ebrias de ira, tirando la una a la otra sobre los abismos nuestras mutuas sillas de oro y nuestras mesas, para destruirle la una a la otra su eterna fiesta. No, en realidad no sé qué habría pasado. ("Nada más triste que un titán que llora... víctima propia en su fatal martirio.")

Ayer fue cuando vi por casualidad a Caspa y cuando por curiosidad descubrí su bóveda. Hoy por la mañana bajé a la hora de Plaza por el Punto Calpe. Es afable y relajado el ambiente luminoso de las escaleras abiertas al cielo por las que transitan los fugaces contertulios. Fui a mi vez cordial y educada con todos, saludando con una mirada, cambiando un par de frases, dando la mano aquí y allá. Vi a Caspa bajar, sonrosada y sonriente, irradiando serena vitalidad. ¿Qué los rostros no son el espejo del alma? Tiene el cabello anudado en la nuca, como si no temiera enseñarse toda a diestra y siniestra, como si no tuviera nada que ocultar, y es bella entre las bellas. Más aún, hay en su cara algo que invita a la confianza, algo que no tiene ninguno otro entre nosotros, algo que me atrevo a calificar de *maternal*, sin que influya en mi elección el reciente descubrimiento de su secreto. Caspa parece maternal e irradia inocencia. Me gustaría que alguien me explicara cómo mata con cara tan hermosa, con tan armónicos sus gestos, con tan suave su caminar y "si mata con una mirada amarga o mientras susurra halagos, si, como el cobarde, lo hace con un beso o, como el valiente, con una espada..."

"For each man kills the thing he loves,
Yet each man does not die"

¿O lo suyo es simple fruto del olvido *inocente?* Sí, fruto *inocente* del olvido, sólo concebible en un atlántido. El hombre era quien mataba lo que amaba, pero el hombre se ha perdido, y no por haber desechado el dolor y la muerte. Cuando nosotros nos sometíamos, hace ya mucho tiempo, al incómodo y rudimentario lavado de vísceras, buscábamos sin saberlo, a través del dolor, la recuperación, pero no de nuestra cabal salud, como decíamos hacer, no: buscábamos la recuperación de nuestro centro, del alma del hombre. Pero acceder al dolor no podía traérnoslo, ni la muerte lo trae a Caspa. Fue la Tierra quien al morir mató al hombre. Naturaleza al irse se llevó al hombre consigo. Devastada, dejó al hombre sin alma. El hombre no lo imaginó, pensó que las cosas eran suficiente vínculo con la realidad, o que con su mente, su conciencia y su espíritu bastaba para continuar siendo humano. Y nosotros creímos que si nos esmerábamos en recuperar fragmentos de Natura, tendríamos alguna posibilidad de sobrevivencia. Todos nos equivocamos.

"Buey que vi en mi niñez echando vaho un día
bajo el nicaragüense sol de encendidos oros,
en la hacienda fecunda, plena de armonía
del trópico; paloma de los bosques sonoros
del viento, de las hachas de pájaros y toros
salvajes, yo os saludo, pues sois el alma mía."

¿Quién es el alma nuestra? Sin la prodigiosa Naturaleza el hombre ya no es humano. Ha perdido incluso su lengua. Quedamos nosotros, pero no somos ya humanos. Somos otro género, uno que no tiene nombre y que no quiere tenerlo, porque repudia al lenguaje.

La Tierra es una tumba abierta,

> "...an open grave
> With yawning mouth
> The yellow hole
> Gaped for a living thing;
> The very mud cried out for blood
> To the thirsty asphalte ring."

¿O será, como dijo Octavio Paz, que la muerte es la consumación de la vida, que sin la muerte no habría vida? Entonces Caspa *tendría* vida. Pero Paz estaría de acuerdo: la vida no puede nacer de crímenes absurdos.

En la noche, la alarma me sigue timbrando. Necesito una noche entera de sueño. Una noche me quitaría esta sensación de fatiga. No he recibido respuesta a la aclaración que solicito. Y la he pedido a diario. Hace tres días también que he pedido venga Rosete para enviarlo a él de correo, quiero hacerle llegar personalmente a Ramón mi queja por el asunto de las alarmas. "Al toro", dijeron los hombres, "al toro por los cuernos." Muy por los cuernos he de tomarlo, pero no delataré a Caspa. Su crimen no afecta a la comunidad. No nos roba energías, no genera problemas, más que para ella. Sí es un crimen, y atañe sólo a su propia conciencia. Porque debe tener conciencia. Ella debe saber qué está haciendo de sus hijos.

Slosos keston de Learo

Ekfloros keston de Hernando

Un intenso dolor de espalda me ha acompañado en mi silla los últimos días, a pesar del cual he seguido escribiendo tan rápido como mi vejez puede hacer correr la pluma. ¡Nada es el dolor de espalda comparado con el terrible sueño de anoche! Ahora que empezaría yo a platicar aquí cómo fue mi estancia en el mismo Paraíso —pues a nada desearon los frailes asemejar más los primeros y gloriosos años del Colegio de la Santa Cruz en Tlatelolco; lo quisieron Paraíso, Tula, Tlalocan o Tamoanchan, tierra de la abundancia espiritual, Edén—, ahora que debiera describir de dónde brotaban los chalchihuites espirituales, no puedo dejar de anotar aquí el sueño, porque no puedo dejar de pensar en él, es enorme su tormento.

Estaba yo muerto de varios días, tendido en un aposento airoso por el que entraba la mar de luz. Habían puesto sobre mi vientre una pesada losa. Vestía yo mi hopa morada y mi cuerpo de joven muchacho, no la ruina de estos días. Llevaba los cabellos largos. Acababan de mojarme con agua fresca; yo sentía el agua aún escurriendo por mi piel, en la frente, en el pecho, en los pies. Se me acercaba Basacio, joven también, tanto como cuando yo fui su alumno, y me arengaba en náhuatl, diciéndome que era bueno que yo hubiera muerto, porque así dejaría las penas de este mundo. Yo quería contestarle, pues no me parecía que hubiese modo de consolarme de haber muerto. Basacio se quedaba a mi lado, tomándome de la mano. Llegaba Miguel, nuestro maestro, y me decía en cortas palabras más o menos lo mismo. Me tomaba la otra mano. Yo me iba poniendo de muy mal humor, porque, aunque lo estaba, no estaba muerto, y porque el agua se me había enfriado en la hopa y en la piel y tenía yo frío. Sentía que iba a empezar a tiritar en cualquier momento, pero trataba de controlarme, de reprimir la agitación que el frío ponía en mis miembros, sabía que yo estaba muerto (aunque no lo estuviera y pudieran mis ojos ver), y que como buen muerto debía guardarme inmóvil y compuesto.

Llegaba fray Bernardino, y objetaba la manera en que me habían arreglado para el velorio:

—¿Qué es esto? ¿La hopa mojada, la piedra en el pecho? ¿Es gracejada?

—Fray Bernardino —le decía Miguel—, ¿cómo usted no recuerda, si es usted nuestra propia memoria? Era así como se hacía en los tiempos antiguos con nuestros señores principales. Se les aderezaba con sus mejores ropas y se les velaba cuatro días. La piedra en el pecho es para que su frialdad retarde la corrupción del cuerpo, y para que su peso impida que la pudrición de la muerte lo hinche. Se le ha mojado para refrescarlo más.

"¡Para refrescarme! —pensaba para mí—, ¡si me están matando de frío!" Pero sólo comentaba para mí, porque no podía hablarles.

—Fray Bernardino, fray Arnaldo —seguía Miguel—, debemos seguir con la ceremonia. Ahora, para acompañarlo en su última morada, nos quemaremos hasta hacernos cenizas, como hacían los más próximos de los señores principales.

—No lo objeto —decía Sahagún, muy solemne.

—Yo, fray Arnaldo Basacio, pido que nos prendan pronto fuego —y mientras hablaba, el fuego aparecía en sus hopas y avanzaba hacia sus carnes, sin que dieran muestra alguna de dolor o desesperación—, que prendan fuego a nuestras ropas y nuestras personas para acompañar a Hernando de Rivas a su última morada.

—Pero me parece —decía en llamas Sahagún— que si él ha sido muerto por la fragilidad de su carne, por desoír que contra la lujuria sólo la castidad...

—¡Ah! ¡Tarde lo has dicho! —le contestaba Basacio, en llamas.

—¿Tarde?, no había motivo para decirlo, ningún motivo. Es, con respeto a su persona, una patraña —decía Miguel, entre llamas, desvaneciéndose con sus palabras en humo.

Se consumían en un santiamén, y yo sentía remordimiento, pues sabía que no podría acompañarlos, que aunque yo estuviera muerto no estaba muerto, que no habría quién me quitara la piedra del pecho para empezar a corromperme, que no había quién me diera sepultura, que ellos se habían ido para acompañarme, pero que idos se irían sin mí, porque no podría alcanzarlos a ningún punto: la piedra me tenía atado a ese sitio. La piedra se volvía entonces una enorme mujer que, apretando mi pecho con su peso, traía calor a mi cuerpo, pero no las llamas que yo continuaba esperando para reunirme con ellos, no las llamas ni la muerte: la mujer era una piedra que me sujetaba al cuerpo.

Me desperté, muy alterado. Pasaron por mí los muchachos, me trajeron aquí, y aquí he perdido el tiempo anotando lo que no ocurrió más que en mi sueño, lo que nadie vio, lo que las sombras de la noche dejaron en este corazón viejo, pues la sensación que el sueño dejó en mi frágil cuerpo es más dolorosa que las punzadas de la espalda. ¿Será que en el sueño había más cuerpo mío sobre el cual doler el dolor en él inventado, que sobre lo que aquí resta de mi vieja carne viva?

Llega la tarde. Me he esforzado, un día más, pero este día mi dolor de espalda ha sido vano. Yo no estoy aquí para escribir sueños ni embustes, lo sé. Así anoté desde un principio. ¿Para qué dejarme caer en esta red de tribulaciones imaginarias?

Pero ni con haberlo anotado aquí, deja de tener el sueño el efecto de un golpe sobre mi cuerpo débil y viejo, como si hubiera sido dado en la quijada de un distraído. Ah, es de pólvora, contra mi pecho, el sueño. Es cuchillo, es fuego, es bala, es golpe, no sé qué es. Pues si es verdad que no estaba yo muerto en el sueño y que no lo estoy aún en la vigilia (aunque también es cierto que es sólo un hilo delgado lo que me ata a los vivos), la piedra, la mujer, fue verdad un día. ¡Y cuánto llegó a pesar en mi pecho! ¡Cuánto llegó a pesar en mí, cuánto, cuánto! Odio acordarme de ello.

Contra la lujuria —leí desde niño en la cartilla en que me enseñaron a leer y a rezar en náhuatl y en latín—, contra la lujuria, castidad. La lujuria es uno de los siete pecados capitales. Los otros: el primero, soberbia, el segundo avaricia, el tercero lujuria, el cuarto ira, el quinto gula, el sexto envidia, el séptimo uccidia. Contra estos siete vicios, las siete virtudes: la primera es humildad contra soberbia, la segunda largueza contra avaricia, la tercera castidad contra lujuria, la cuarta paciencia contra ira, la quinta temperanza contra gula, la sexta caridad contra envidia, la séptima diligencia contra pereza. En la cartilla venían después los cinco sentidos corporales: el primero es ver, contra éste es contemplar; el segundo es oír, contra éste es orar; el tercero es gustar, contra éste es abstinencia; el cuarto es oler, contra éste es pensar de qué eres formado; el quinto es tocar, contra éste es obrar buenas obras. Más adelante: los enemigos del ánima son tres: el primero es mundo, el segundo el diablo, el tercero la carne. Éste es el mayor: porque la carne no la podemos echar de nosotros, y al mundo y al diablo sí.

Recuerdo línea a línea de la cartilla de memoria, aunque la haya memorizado en Tezcoco cuando yo tenía otro linaje y mi madre era la mía y yo pertenecía a mi pueblo. Pero la memoria en que la guardé no me regaló castidad contra lujuria... Ah, quitémosme el mal sabor de boca, del sueño y del recuerdo de lo que sucedió. Alcémosme los ánimos. Pensemos en algo que me espante a mí muerto, que me quite la piedra de encima, que me regrese a la vida para poder anotar en orden aquí los recuerdos. Por empezar, el ejemplo de Francisco de Alegrías, fraile que haciendo buen uso de su nombre, y de la bolsa, *que mejor la llevara que la trujo*,[13] al volver a Sevilla llevara cuatro indias mozas en hábito de muchachos para el servicio de su posada y el de su cámara. Este Francisco de Alegrías se decía de casta de moros y era *celeratísimo y fragictosísimo*.[14] Huye de mí el nombre de aquel que escapó de la cárcel perpetua ayudado por Pernía, el clérigo tahúr, que ahora está de gran señor en Guatemala, dicen, jactándose de ello, que dijo y cometió herejías condenadas, como que dijo que la fornicación no era pecado, como que hizo muerto con sus propias manos al indio que lo acusó ante Zumárraga de haber tomado a su mujer para manceba, y al día siguiente celebró sin absolución ni dispensación, y mató a una india a poder de azotes, y a otra estupró antes de estar madura y mató por ello, y a la propia hija hizo lo mismo, que el Arzobispo con los ojos la vio en su cama, y que luego de haber escapado, haberse ido hasta Sevilla, vino de vuelta con sus permisos, antes de que lo remitieran de vuelta a la Inquisición. Lobos y falsos profetas, en los que la lujuria era virtud al lado de sus muy grandísimos pecados... ¿Y qué decir del tal Juan Rebollo que siempre tuvo una Rebolla en México y en donde estuviera, quien cometió millar de excesos; o Cristóbal de To-

---

[13] En español en el original. N de Estela.
[14] En español en el original. N de Estela.

rres, por cuyas deshonestidades un marido mató a su mujer a puñaladas, al cual la Audiencia le dio por probado el adulterio con el dicho clérigo? Andaban vicarios y clérigos y frailes, en las noches por las calles *a la caza de ídolas*,[15] causando escándalo en todos, pues no se cuidaban de no ser vistos en vías de entrar *en casa donde había mujeres públicas.*[16]

¿Y yo qué hago soñándome con una losa en el pecho y sufriendo por ver de culpa mía en un sueño las hopas de los frailes en llamas, y, peor aún, qué hago no pudiendo quitarme el malestar del sueño? Quito la piedra y la mujer de mi pecho, que llegada mi muerte no hay qué deba pesarme. Reniego del sueño que tuve, lo evito en mi alma y en mi memoria. ¿Por qué he perdido aquí, alrededor de él tantas horas? Tal vez porque, por mucho que me duela el sueño, me duele menos que acordarme de los años buenos del Colegio. ¡Ay, aquello fue el paraíso terrenal, y se perdió tan pronto...!

No volveré a decir lo que es verdad, que se abrió para nosotros un otro mundo. Sin herir ni llevar espada, sin arrebatar a nadie lo propio ni violentar ni sembrar la muerte, éramos nosotros, los alumnos del Colegio de la Santa Cruz de Tlatelolco, los conquistadores indios que viajaban por nuevas tierras.

Ni diré lo que es cierto, que aprendimos gramática, porque eso no es lo que aquí viene a cuento, que usted, lector, si lo llegara a haber, no sería el maestro que mis lecciones tomase en pasados tiempos, ni sería el alumno a quien yo enseñase lo que los franciscos regalaron, para que después nosotros lo regaláramos a nuestros alumnos, blancos que no indios, porque los indios han sido condenados ya a la ignorancia y a un eterno sometimiento. Aquello que

---

[15] En español en el original. N de Estela.
[16] En español en el original. N de Estela.

el contador Rodrigo de Albornoz había pedido al rey (que era muy necesario hubiera un estudio general de leer gramática, artes, teología, en que se enseñen a los naturales de estas tierras) se cumplía en nosotros, pero en nosotros terminaría. No serían nuestros discípulos los indios que Albornoz soñara, los que Fuenleal pensara. En nosotros educaron a los maestros de los suyos, de los hispanos que aspiren al hábito francisco.

Fuimos todos alumnos aplicados, aprendimos el trivio y el cuadrivio en un abrir y cerrar de ojos que ojalá hubiera durado toda la vida, en aquel tiempo que emuló al paraíso. Devoramos los libros de la biblioteca, y los que los frailes tenían en sus *cajuelas*, y algunos otros que fray Pedro de Gante o Zumárraga nos traían con sus visitas. Y entonces comenzó la triste historia que empezaré mañana a contar, haya o no haya mal sueño, que no me debo detener en nada, que sólo mi muerte llegará a interrumpir lo que quiero aquí dejar, si para hacerlo es que he perdido el tiempo en presentarme y presentar a mis padres, en hablar un poco de Cortés y de los suyos, en nombrar a Albornoz, quien fue el primero que soñó con lo que adelante apoyarían Fuenleal, Mendoza y durante un largo tiempo Sahagún. Mañana empezaré esta historia. Hoy ya no me queda sino aguardar dormitando a que vengan los muchachos a recogerme, a llevarme a mí, a la hopa, a mis dos piernas, hacia la estera en que duermo, al lado de la cual me esperan los tamales y el chocolate que me habrán dejado ahí para que coma mientras se acerca la noche y el mendrugo de sueño. Porque es así: aquí dormito, al acercarse la noche, en mi silla incómoda, y en las noches, tirado en la estera, sin escribir ni charlar ni tener con nada ni con nadie siquiera el simulacro de una conversación, el insomnio se ceba en mis viejos huesos. ¿Qué me roe a mí?, me pregunto. ¿Qué es lo que de mí le sabe tan bien, que a mí vuelve noche a noche? Me parece que lo que el insomnio busca, en mi estera y conmigo, es comer lo que en mí va habiendo día a día de muerte.

Slosos keston de Hernando

Ekfloros keston de Learo

No he recibido contestación alguna de la Central y la maldita alarma me sigue fastidiando por las noches. Todas las mañanas hay en mi buzón la información no personal sobre la Reforma del Lenguaje y su próxima implantación. Los atlántidos recibimos esto a diario, más la advertencia de que está ya próxima su institución y una lección del nuevo código. Porque ya han terminado el nuevo código. Parece que algunos se comunican entre ellos valiéndose de él, eliminado por completo el uso de las palabras. Si escribo "parece" es porque no sé qué es lo que pueden transmitirse unos a otros con ese "lenguaje" tan garrafalmente primario. Los gorjeos de los recién nacidos de Caspa son más expresivos, más ricos, más precisos que el "código" nuevo. Han quitado también los números, argumentando que el número es también palabra. No se va a poder recibir las recomendaciones en cifras y letras que envía hasta hoy la Central para preservar el orden en L'Atlàntide. No sé a qué extremo quieren llegar, pero tal vez sea mejor que lo hagan cuanto antes y, cayendo en la cuenta de su error, regresen como corderitos al regazo del lenguaje. Es obvio que lo necesitarán.

Pero aunque la Central parece haberse vuelto sorda a mis peticiones, Rosete apareció.

En un momento creí que él se negaba voluntariamente a verme, y en otro que no era así, que su mal humor no era contra mí, sino producto del inminente relevo del correo. Porque sí, he sido ya informada de que el correo va a cambiar, ahora que se implante de manera definitiva la Reforma del Lenguaje. Qué atrocidad. Rosete no irá ni vendrá platicando los mensajes. Bastará el Punto Calpe para que los atlántidos se "comuniquen" entre sí. Pero la Central sí seguirá operando, es imprescindible, ella controla hasta nuestros muros de aire, y a ella se continuará solicitando los servicios necesarios, por medio de sonidos. "G" tendremos que decirle, "G" para bajar cubiertos y protegidos a la superficie de la Tierra. Pero no se borrará de ella el lenguaje. Los *kestos* no se borrarán. Me tranquiliza. Esta tontería será sólo transitoria.

Así que apareció Rosete. Llegó con una sonrisa iluminándole la cara, una sonrisa maliciosa, como todas las de él, animada, no por una alegría inocente, sino por la chispa de la burla.

—Traigo una comunicación para ti, Cordelia.

—Lear.

—Cordelia, Lear, 24, como quieras.

—Te he estado llamando, Rosete, qué bueno que llegas.

—¿Sí? ¿A mí? Primera noticia.

—Te he llamado insistentemente. La alarma me despierta en las noches. No sé por qué.

—¿Sí? Yo averiguaré.

—Te lo voy a agradecer. Duermo muy mal. Y otra cosa, quisiera ver a Ramón.

—No te preocupes. Yo me encargo. Va la comunicación:

Que estaba yo invitada a la ceremonia de premiación de los trabajos por la sobrevivencia que se celebraría de inmediato. Iríamos hacia allá juntos Rosete y yo.

—¿Quiénes los obtienen esta vez? —le pregunté, por decir algo. Hacía ya tanto que los habíamos dejado de otorgar (170 años de los que en teoría ya no se cuentan), pero no sé por qué no se me ocurrió mejor pregunta.

—Tú recibes uno por "Correspondencia entre la hoja y el tallo".

—¿Yo? —alcancé a decir en el sobresalto que me causó su frase. Lo menos que debí decir era "¿otra vez?", o "¿por qué otra vez?"

—Caspa recibe uno por "La punta del gozo relajante en las plantas suculentas". De todos es el logro más reciente. Ha estado consagrada a ello los tiempos recientes.

Alcé las cejas. Abrí los ojos. Si hubiera podido poner en la mano de Rosete los dos globos oculares para manifestarle mi total sorpresa, lo habría hecho. ¿Gozo relajante? ¿Los dos últimos años? ¿Y sus niños, no son producto de su trabajo? No me dio tiempo de formularme todas las preguntas que el premio a Caspa me provocaba, cuando él dijo:

—¿No sabes de esto?

Agité la cara en señal de no, que me había quedado muda. Por respuesta me hizo llegar la reseña visual de estas labores. Eran, por decirlo de algún modo, excéntricas. Caspa, tirada al piso, completamente recostada, tallaba una caña de azúcar en la región en que su tallo toca la Tierra, una y otra vez en el mismo punto, rozándola con un movimiento circular de su dedo índice. La caña estaba llena de espigas e irradiaba salud en sus hojotas. Era muy alta y completamente verde. Caspa quitó el dedo del punto tallado, y dejó ver un lunar completamente *animal*, si se me permite el calificativo que uso buscando ser exacta, porque sé que una planta con un lunar animal es una burrada. Pero así era.

Antes de que me pudiera reponer de la sorpresa, Rosete y yo íbamos ya en camino a la ceremonia de premiación.

Aquí voy a detenerme y explicar dónde celebramos siempre los actos solemnes de L'Atlàntide. A poca distancia del que fue el Mar Mediterráneo, cerca de las salinas rojas y de las salinas blancas, donde comienza el desierto arenoso que a los ojos parece no tener fin, al costado de unas ruinas romanas, el Capitolio construido en honor de Júpiter, Juno y Minerva, con su escalinata ancha y magnífica, se llevan a cabo las ceremonias comunitarias de L'Atlàntide. A espaldas de los restos del Capitolio están las ruinas de la muralla de la medina, y sus callejuelas como un laberinto, rotas a trozos, la mezquita con su minarete octagonal. Son todavía visibles las columnas del mercado de esclavos, todavía están vivos sus cien pozos y cerradas algunas de sus puertas. Ahí, sobre una alfombra de viento adornada por el trazo natural de éste sobre la arena, cerca del Patio de la Rosa, sobre el que los hombres de la Historia trazaron en tiempo inmemorial una rosa del desierto con ocho pétalos, a un costado del Capitolio romano, L'Atlàntide celebra sus ceremonias, a las que acuden todos los miembros de la comunidad.

Llamamos a ese lugar La Arena.

La alfombra de viento no es mullida como fueron aquellas legendarias, sino firme, y tiene por objeto que nuestras pisadas no destruyan las hermosas ondas de la superficie del desierto mientras se celebra la ceremonia, encapsulados en una burbuja que hacemos y deshacemos para protegernos de los caprichos del desierto. Sostenida a un palmo de la arena, nuestra alfombra invisible demuestra que nuestra comunidad no es insensible a la belleza. El hombre de L'Atlàntide practica el deseo de ornato sin infringir cargas a la Tierra, sin dejar restos o huellas. Si el tiempo pasara y engendrásemos hijos, el hombre que deseara recordarnos tendría que reconstruir nuestro modo de vida sin poder echar mano de las cosas. Si abriera nuestros *Kestos*, sabría cómo dominamos al viento, de qué manera trabajamos para reconstruir naturaleza, y eso sería todo. Ah, estarían estas palabras. Pero la mayor parte de ellas no son sobre los atlántidos, sino las páginas que he conseguido salvar de la destrucción, palabras sobre los hombres o de ellos mismos, como ahora la traducción que hace Estela de las memorias de Hernando. Pero aunque el tiempo transcurra, no habrá hijos, ni quién intente explicarse lo que fuimos, porque nosotros siempre seremos, y no tendremos descendencia, no gestaremos descendientes, nadie nos suplirá sobre la faz de la Tierra.

Yo me demoré describiendo cómo es el lugar donde hacemos nuestras ceremonias, pero esta vez la premiación aconteció demasiado rápido, sin pausa ninguna, ni explicación, ni espacio temporal para ninguna lógica. Antes de que yo me convenciera de que ya estaba yo ahí, se dieron los premios, y Rosete y Ramón se evaporaron. Porque todo, aunque era demasiado parecido a las ceremonias anteriores, todo ocurrió con una celeridad *anormal*. O yo estaba tan ajena que mi tiempo parecía otro, tan distraída que en cada frase parecía a mi oído faltar un tramo, como si de algunas palabras se hubieran tragado una sílaba. Porque los atlántidos se veían serenos y ninguno parecía apresurarse. Yo trataba de concentrarme en lo que ocurría, pero era difícil seguir los actos sin perder el hilo, porque parecían transcurrir faltándoles algunos tramos. Había en los actos una calma rápida, no se hacían a las prisas, y al mismo tiempo ocurrían o acontecían a un ritmo acelerado. En ningún momento vi a alguien correr, siquiera voltear la cara con apresuramiento, en todo gesto había una ceremoniosa elegancia, pero rápida, precipitada, luciendo incompleta, ilógicamente rota, partida, sin continuación.

La ceremonia ocurrió en un parpadeo. Sin que tuviera yo tiempo de negarme a recibirlo, como fue mi intención, me vi de nuevo, como hacía mil años, recibiendo el premio que mis labores en favor de la sobrevivencia me habían hecho merecer *en otro tiempo, pero no ahora.*

Ahora repaso a un ritmo comprensible la ceremonia. He revisado las reseñas visuales de todos los premios recibidos, y hay atrás de cada uno de ellos una labor *monstruosa, anómala, absurda,* como la que he reseñado aquí de Caspa. Con decir que ahora el mío es el que me parece el más merecido, con todo y que sea por un trabajo que hice tanto tiempo atrás (y por lo tanto del más dudoso merecimiento), se entenderá lo aberrante que fue la atribución de los premios.

El buzón dice varias veces al día, en carácter de urgente, que se acerca el momento de la Reforma total del Lenguaje. Y en la noche la alarma timbra...

Slosos keston de Learo

Ekfloros keston de Hernando

Si estaban para ello, las madres criaban a sus hijos,[17] así entre los señores de los principales como entre los plebeyos, y si no buscaban quién diese leche. La madre o el ama que daba leche no mudaba el manjar con que los comenzaba a criar, y había algunas que comían carne, como otras frutas sanas, pero ninguna podía mudar. Dábanles leche cuatro años, y eran tan amigas de sus hijos y los criaban con tanto amor, que las mujeres, por no tornar a empreñar entre tanto que les dan leche, se excusan cuanto pueden para no ayuntarse con sus maridos. Si enviudan y quedan con hijo que le dan leche, por ninguna vía se tornan a casar hasta lo haber criado, y si alguna no lo hacía así, parecía que hacía gran traición. Para ver si la leche era buena, echaban las gotas en la uña, y si no corría por ser espesa, la tenían por buena.[18]

Otro que miraba por arriba de mi hombro y que muy dispuesto estaba, según me dijo, a observar mi trabajo durante la mañana entera, "pues es tanta la admira-

---

[17] El párrafo era ilegible en el manuscrito. Lo he tomado de la breve y sumaria *Relación de Zurita*, pero he tenido que cambiarle algunos giros por ser de lectura casi incomprensible. N. de E.

[18] Estas últimas dos líneas sí son de Hernando (aunque sean idénticas a las de Zurita). Aquí termina el texto en español en el original. N. de E.

ción que le profeso, maestro", acaba ya de dejarme, apenas le pasó el sonrojo. Para alejarlo fue que saqué las tetas de las mujeres amamantando, y que goteé leche de una de ellas en la uña, apretándole recio el pezón, para sonrojarlo. Y la siguiente vez que alguien quiera ver qué escribo, anotaré aquí las curaciones a base de orines, para que lo alejen los chorros de medos, que el mío propio parece no bastar. Sólo me aleja a mí mismo, o, para ser preciso, de mí aleja al poco gusto que podría restar por mi propia persona, porque la alegría que debiera aflorar de verme a mis años andar inmóvil sobre mis propios huesos, se hace polvo ante los vapores de los orines que emanan de mi pobre y burda saya.

Si los medos no bastaran para alejarlo, entonces haría yo uso de costumbres infames, que si se atribuyen a mis ancestros es porque sin duda las tuvieron, que no parece haber rincón del mundo no plagado de esos males, si las ha habido en todas latitudes desde tiempos remotísimos. ¿O, por decir un ejemplo, nos miente Juvenal? Y ya que lo he nombrado, llámame la atención cómo y cuánto rumia y rumia el que hombres yazcan con hombres. No niego que es mala costumbre, y que es buena para escandalizar a cualquiera, y que es conveniente advertir en su contra, porque se ha visto que quien la prueba, con dificultad la deja (de donde se concluye que malo no ha de ser para satisfacer al cuerpo, y que es por esto que no debe nadie acercarse a esa práctica nunca). Pero aún siendo así, yo no gastaría mi pluma quejándome tanto de este vicio, que peor es la envidia, peor la arrogancia, peor matar prójimos, peor abusar de ellos, peor no respetar lo ajeno, y detengo aquí la lista de peores que podría no terminar nunca, y no es por listar aquí peores que me afano con lo escrito. Porque para peores la lista sería interminable en estas tierras.

Mi historia iba en que se había inaugurado ya el Colegio de la Santa Cruz de Tlatelolco. Si usted, lector (si acaso usted algún día existe), prestó atención a lo que anoté aquí sobre la fiesta de inauguración, verá que la cuento con todo detalle. Pero muchos de estos detalles no provienen de mi recuerdo, sino de lo que oí después decir sobre esta fiesta, o de lo que vi en otros años con mis propios ojos en otros festejamientos. Porque entonces, como lo he escrito ya, mi atención no estaba bien puesta en ningún sitio.

Entre tanto oro, tanta guirnalda, tanto arco triunfal, tanta maravilla y monte fingido y cantos y desfiles, sólo un objeto brillaba para mí, traspasando la cortina acuosa de mis tristes ensueños. Era el objeto que traía yo conmigo desde mis ensoñaciones tezcoquenses, un objeto que yo miraba como a la mágica encarnación de lo que tiene el poder sobre cuanto hay en el mundo. No la vara del mando, a la que yo no había prestado la menor atención, ni el cetro del obispo, que también me tenía muy sin cuidado, sino el puñal, y no el puñal inerte o el traidor, sino el mío, enojoso en el medio del Colegio, irritante en el ambiente monacal que nos rodeara a nosotros dos. Sólo este puñal cruzaba de mi persona al mundo y del mundo a mi persona, acompañándome en mi tristísima soledad, prometiéndome sacarme del Colegio, liberarme de los frailes y zafarme del señor principal a cuyo hijo yo suplantaba, dejando en mis manos el mando de su casa, de donde yo echaba a todas las otras señoras para que mi madre reinara en ella. Mientras los franciscanos me repetían los nombres de las cristianas virtudes y me hablaban de ellas, el puñal conseguía lo que ellas no conseguían del todo: llegar a mí, afectarme, clavarse en mi razón y en mi entendimiento. Y en mi espíritu. Caso hice por un momento a mi puñal, y en mal momento.

Antes de llegar al caso aquél, debo contar que en mis ensoñaciones, ya fuera en Tezcoco o en el Colegio, me vestía para hacer honra al puñal, me ataviaba especialmente para blandirlo. Me miraba enfundado en una armadura metálica, como los de Castilla, pero pintada a la usanza de los nuestros, recubierta de plumas en los hombros. Traía, me veía traer, el rostro teñido de varios colores, el escudo de mi padre, en pluma y pedrería, y el tocado de un caballero tigre sobre mi cabeza, los pies en cotaras de oro. En mis imaginaciones (afortunadamente, porque ¡ya se viera a alguien vestido de esa manera!, ¡la de risas que provocaría!), que ya he dicho que en el Colegio no tenía yo más que mi hopa y la mugre por vestidos, porque del baño no volví a conocer la asiduidad a la que mi mamá me había hecho acostumbrarme.

Pero no era el baño lo que yo más extrañara de su compañía, ¡qué va! Ahora vuelvo a mamá, o a su ausencia, porque junto con mi puñal fue ingrediente para que ocurriera lo que aquí contaré.

Así que andaba yo con mi puñal, mugroso, envuelto en mi hopa guinda. Nada más fuera de lugar que él en nuestro dormitorio, en el salón donde estudiábamos con nuestros maestros, en el refectorio, el mismo donde festejamos la primera noche con el obispo, y en el que a diario alguno de nosotros leía para todos en voz alta pasajes de Venegas, de la Biblia, de San Jerónimo, alguna carta de San Basilio, algún texto de fray Francisco de Osuna, o vidas de Santos, o pensamientos de San Francisco y Santo Tomás. ¡Ni soñar con hablar en el refectorio mientras tomábamos nuestros alimentos, y menos en soltar chanzas o reírnos!

También echaba yo de menos la plática. Estaba acostumbrado a pasar gran parte del día en Tezcoco escuchando historias por aquí y por allá, participando de los chismes y las habladurías de mi pueblo, pero en el Colegio no había palabras superfluas. Para evitarlas, los franciscanos impusieron un juego. Había que contar cuántas palabras se decían durante el día. Yo contaba las de Valeriano, Valeriano las que yo decía, Pedro de Gante (el alumno, no el maestro, aquel chico recogido por la caridad de Pedro de Gante el francisco) las de Juan Bedardo, Diego Adriano las de Martín de la Cruz, etcétera. Uno al otro nos contábamos las palabras, y en tal dura labor hallábamos cómo divertirnos a costa de nuestro obligado silencio.

Frente a este conteo fue cuando saqué por vez primera mi puñal. Valeriano era un pícaro, y hacía cuanto podía para que yo dijera una palabra extra y subir su cuenta, como si con eso él ganara algo. Estábamos en nuestro dormitorio. Éste era una pieza larga, como dicen que son los dormitorios de las monjas (cosa que yo no puedo constatar), las camas de una parte y de la otra, sobre unos estrados de madera, por causa de la humedad, y el pasillo enmedio. Cada uno tenía una frazada y estera, y cada uno su cajuela con llave para guardar sus libros y ropilla. No recuerdo bien a bien qué día era aquél, pero debía ser de fiesta, porque estábamos rezando el *Te Deum Laudamus,* "A ti, Dios, te alabamos, a ti, Señor, celebramos. A ti, eterno Padre, te venera toda la tierra. A ti todos los ángeles, los cielos y todas las Potestades, a ti los Querubines y los Serafines te aclaman sin cesar: Santo, Santo, Santo Señor de los ejércitos", y justo cuando estaba yo en la palabra *ejércitos,* el pícaro Valeriano me dijo al oído "cuarenta y siete".

¿Qué iba yo a hacer con su cuarenta y siete? En lugar de ignorarlo, caí en la provocación de su socarronería y me ganó la cólera, con lo que me quedé mudo, saqué mi puñal imaginario, vencí al dragón que me sujetaba a esta cárcel, y me di a la fuga, montando a caballo. No se me ocurrió nada más sensato. En mi caballo imaginario iba, vestido, como ya he descrito, de armadura española aderezada con el peculiar arte indio de mi invención, cuando Miguel me jaló de la oreja, obligándome a seguir con el rezo ("Creemos que vendrás como Juez" —en esto iban ya los otros del *Te Deum Laudamus*, claro me acuerdo—. "Rogámoste pues que socorras a tus siervos que con tu preciosa sangre redimiste"). Y viendo que Miguel me reprendía por mi necia reacción a su cuenta necia de palabras, a Valeriano le ganó la risa, con lo que se ganó también un buen jalón en la oreja.

Este mismo Miguel era el que a diario nos decía: "En la palabra que se excede encuentra un resquicio el pecado". Él fue uno de nuestros mejores guías y maestros.

Miguel (quien también me acompañó en la historia de la losa, ésa que viví muerto y dormido, y que aquí anoté, una de mis falsas historias), originario de Cuautitlán, era indio como nosotros, había sido un alumno excepcional de los franciscanos, y hacía las veces de nuestro guardián y maestro. Ya murió ha mucho, en el 545, enfermo en la gran pestilencia. Con mis propios ojos lo vi irse de esta Tierra. Sus últimas palabras fueron para fray Francisco de Bustamante, que había venido con el propósito de recibir su última confesión. Al preguntarle fray Francisco por sus pecados, Miguel le dijo (en latín, por supuesto, que era lengua que él hablaba aquí siempre y con gran soltura): "Oh, padre, por esto tengo yo gran dolor, porque no puedo tener tan grande arrepentimiento de ellos como yo quisiera".

Apenas terminado el rezo de fray Francisco (sea hoy en paz tu morada, y tu habitación en la Jerusalén celestial. Por Jesucristo Nuestro Señor, Amén), Miguel, sin una queja, entregó su alma a Cristo.

"En la palabra que se excede encuentra un resquicio el pecado." Y ya que yo me excedo en palabras sobre este papel, desoyendo los consejos de Miguel, me detengo en otro recuerdo, con el que se explicará la razón mayor de mi tristeza y mi mal comportamiento. Ya anuncié que aquí he de contarlo, porque es sobre mi mamá.

Antes de entrar al Colegio, yo tenía por costumbre dormir al lado de su estera, en la más completa oscuridad, es cierto, pero sintiendo su piel a mi
lado. Estaba acostumbrado a sus mimos, hecho a ellos,
incluso mientras dormía. Si yo era para ella todo lo
que le quedaba, ella era también todo para mí. Nunca
fue dura conmigo. Nunca hizo que la espina del nopal cruzara mi lengua para que pasaran por ella pajillas.
Nunca me alzó la voz, ni me golpeó con la vara del
tule. Yo era su joya, y ella era mi tesoro. Antes de
acostarse a dormir a mi lado, a modo de arrullo, peinaba sus largos cabellos frente a mí, extendiéndolos,
perfumados con flores, muy cerca de mi cara. ¿Era
albahaca aquel olor? Me parece que sí, que ella se
perfumaba el cabello con la flor de la albahaca.

Por lo regular, mientras se peinaba, lo hacía
en silencio y mirando hacia un punto indefinido. No
sé en qué iban sus pensamientos, si con mi padre, si
con los suyos. Algunas pocas veces me decía unas
palabras, siempre las mismas, que si alguien como yo,
de sangre noble, no iba a vivir entre los macehuales,
porque los dioses no lo permitirían, porque tarde o
temprano tendrían que reinstalar el orden en nuestras
tierras. Otras pocas veces lo que hacía era cantar, repetía para mí las mismas melodías que su mamá le
cantara a ella para dormirla. Yo adoraba estas canciones, que ella decía con muy baja voz, abriendo apenas los labios. Pero no podía soportar lo que las
sucedía, lo que venía siempre tras de ellas. Porque si
cantaba para mí, no había cómo evitar que tuviera
mamá un acceso de llanto. Con lágrimas acababan
siempre sus cantos. Entonces lloraba yo también con
ella, le acariciaba sus cabellos, le decía, en mi lengua:
"Mamita, no llore usted, se lo pide su hijo. Mamá, señora mía, yo le prometo que cuando crezca y sea grande como lo fue mi padre, usted tendrá todo lo que
quiera, porque no vivirá recogida en esta casa, sin

dignidad, porque yo sabré traerle justicia a su nombre y regresarla al lugar que le dio su nacimiento. Se lo prometo, madrecita."

Yo no creía mentir, porque confiaba en mi puñal para librar todos los obstáculos y para evitar enredos. Algún día, ella me dijo entre sollozos: "No son cosas ni honores lo que lloro. Todos se han muerto. Todo ha desaparecido, mi ciudad, mis hombres, mis hermanos, mi ejército, los motivos de gloria y de dicha, todo se ha ido. Eso no puede regresármelo nadie. Nadie. Nadie."

Yo no la entendía del todo. Ahora bien que la comprendo, y si yo tuviera cabellos luengos para peinarme y su misma voz dulce para entonar las melodías, también yo entonaría las mismas canciones que ella escuchó de niña, y después rompería a llorar con la misma intensidad y el mismo motivo. Como ella, soy también un sobreviviente. También todos se han muerto para mí, y el sueño que compartí con los míos ha muerto también, el de la grandeza del Colegio de la Santa Cruz, del que no he querido hablar aún. Todo se ha muerto, todo ha desaparecido.

Pienso que mis piernas se niegan a caminarme porque se han dado cuenta que donde quiera hollen mis plantas, bajo una ligera blanda capa de lodo se esconden los huesos de mis cadáveres. Son tantos mis muertos que no podríamos dar un paso, mis piernas y yo, sin hollar algún hueso de alguno de los nuestros. Cric, sonaría cada que pisara, porque los huesos crujirían bajo nuestro peso, cric, una costilla de fray Bernardino, cric, la mandíbula de Miguel, cric un osezuelo de mi madre, cric una rodilla de fray Andrés de Olmos. Cric, cric... Y ya que de tronar huesos de muertos estamos hablando, ¿qué decir de los de mis hijos, los que no tuve nunca? En algún lugar del inframundo deben de andar vagando, y al olor de mis pies puede que acudan, cric, les raspo la calavera con mis pasos. Cric. ¡Les rasparía, por esto ni ando! Sabias son mis piernas... Pero mucho motivo no tengo para reírme. Bajo mis plantas, arde furiosa la llama de mis muertos, la llama fría que bailotea en las noches, lejos de mí, donde no pueda yo verla, burlándose porque sabe que de día no voy a cargar mi peso en ella. ¿Qué soy? El sobreviviente. ¿Qué es eso? El que tiene por vida una vida a medias, lo que sobra de la vida verdadera. No he perdido sólo la fe. Los demás murieron porque no querían vivir el olote y la hoja seca, porque amaban el maíz. Allá abajo juegan con el maíz de la noche, ahí hay sólo grano puro.

Pero estábamos con ella, mi mamá. Cuando me despertaba, mamá estaba siempre ya de pie cerca de mí, velando mi sueño, esperando a que yo recordara. Era entonces que hablaba sin cesar, explicándome cómo había sido la vida antes de que yo naciera, cómo era ser niño cuando ella lo fue, cómo fue mi padre, cómo mis abuelos y mis tíos, cuál era nuestro linaje, qué señores principales eran de nuestra familia, cuáles habían muerto, qué habían perdido, y me explicaba con pelos y señales todo lo que habíamos tenido y debiéramos volver a tener. Todo esto mientras me limpiaba la cara, me acomodaba los vestidos, me daba de desayunar. Ella no paraba de hablar por las mañanas, pero eso sí: sólo hablaba conmigo. En cuanto yo salía de la casa, guardaba silencio. Las otras mujeres que vivían con nosotros, me decían: "No la dejes sola, a tu mamá, que sin ti no dice palabra. Apenas sales de aquí, se queda muda como piedra".

Mi mamá era muy hermosa. No sé cómo se supo salvar de que alguno la tomara para sí. Debió ser demasiado necia para que nadie deseara tenerla, o para resistir los ofrecimientos, porque no tenía nada que la protegiera, no tenía padres, no tenía hermanos, todos habían muerto. Un hijo no era ni defensa ni pretexto, porque las mamás de mis amigos a menudo se juntaban con hombres para allegarse casa y comida, o para allegarles a sus maridos tierras y relaciones provechosas. No sé entonces cómo supo conservarse sola. Lo que es verdad es que esto no le trajo nada bueno, que terminó por perderlo todo, o por no recuperar ni siquiera la esquina más diminuta de sus sueños. Mamá no quería saber nada de nadie más que de su propio hijo, tal vez por esta pasión no supo echar mano o sacar provecho de su hermosura y de ser familiar de principales indios.

Por mi parte, y aunque le fuera infiel con los amigos, nada sin ella podía tener sentido. Yo no era necio, ella era la mujer más linda de la Tierra, la que me prodigaba infinito cuidado y afecto, la que traía luz a mis días con su charla y sus mimos.

Cuando me vi viviendo sin ella, lejos de Tezcoco donde ella moraba, nada me fue agradable ni sencillo. Los frailes no tenían ni la remota idea de todo lo que me habían arrebatado. Verdad es que no suplían mi pérdida con la espina del nopal traspasando la lengua para cruzar por el orificio así abierto pajillas que avivaran el dolor. Estas pajillas fueron por mí tan temidas desde mi más tierna infancia, que, lo confieso (aunque grato no sea) más de una vez no lamenté la ausencia de mi padre ni la caída de los míos, sino que me felicité por ellas, cambiando así, con infantil ceguera, un reino y un padre por la ausencia de unas pequeñas pajillas cruzando mi lengua abierta.

Algunos de mis amigos conocían las pajillas en la lengua, como Nicolás, que describía el tormento tan tremendo, con una intensidad tan aterradora, mientras nos enseñaba la lengua traspasada, sangrando todavía, que yo les tenía más que miedo, les tenía pavor. Como Nicolás tenía padre, y vivía con él, yo creía que, no teniéndolo, no padecería el tormento. Agradecía entonces, como dije, el no tener padre. Además, por no tenerlo, yo era el único entre mis amigos que dormía pegado a la madre como un macehual, y eso yo no lo hubiera querido cambiar por ningún honor, por ninguna tierra, por ninguna riqueza. Para aquel niño que yo fui, no había ningún bien comparable al de dormir con ella.

Perdido mi bien, aunque no me recibiera la pajilla en la lengua, ni forma alguna de maldad, porque generosísimos fueron conmigo los frailes franciscos, mi tristeza me aislaba, dejándome a solas con mi puñal y mis imaginaciones. Yo no hacía esfuerzo alguno para granjearme a mis compañeros, yo no les era grato, no cruzaba con ellos ni miradas ni las mínimas palabras que nos eran permitidas. Separado de mamá, estaba yo varado en mí mismo.

Un día, en el refectorio, le habían asignado a Agustín (el niño justiciero recogido por los frailes cuando perdió, por su propia delación, a los suyos) que nos sirviese comida. Todo acontecía como todos los días, un alumno leía, otros tres servían, todos comían en silencio. Agustín puso encima de mi escudilla el cucharón vacío y nada dejó caer, ni una gota del puchero, mirándome a los ojos socarrón, con una expresión que era como decirme "Si ya sé que no harás nada, gallina", y continuó con el siguiente, a éste sí sirviéndole su porción, como había hecho con todos los demás. Contaba con la aceptación de los demás alumnos, no preocupándole en nada que lo hubieran visto negarme la comida, porque yo no era de los suyos, ni mis padres opulentos o principales, ni mis primos sus primos, ni mis riquezas (por cierto, inexistentes) comparables a las de ellos, y contaba con que los frailes no pararían en la cuenta de esta futilidad y que mi humor recogido no me permitiría decir ni pío, condenándome a no comer ni siquiera las migas a que nos acostumbraban los franciscos.

Pero claro que algo hice, que sin ser yo principal ni rico, mi madre me había enseñado en sus palabras el orgullo por los míos. Además, yo tenía mi puñal. Así que blandiéndolo, encendido en ira, aventé hacia atrás la banca en que nos sentábamos, con lo que casi hice volcar a mis compañeros, y me lancé sobre Agustín, sin medir, por supuesto, mis magras fuerzas, que ni falta me hacía, si yo tenía el puñal, aunque nadie pudiera haberlo visto porque mi puñal sólo encarnaba a mis ojos.

Los frailes me separaron de él de inmediato, preguntándome (en latín, sólo podíamos hablar en latín) qué había ocurrido. Les di razón como mal pude, que la ira no me dejaba hablar ("él no sirve a Hernando comida"), con alguna frase torpe, mal ensartada y sin rastro alguno de elegancia. Largo fue el sermón que tuve que escuchar sobre la nula importancia de la comida, sobre la banalidad de pelear por ella, sobre el error de intentar lastimar a un compañero. A Agustín también le llamaron la atención, pero mucho más a mí, pues yo no sólo había caído en una falta de caridad, sino también en la ira y la violencia.

Recordarán que ese cruel que le negaba a mi plato la comida, el que dejó mi plato vacío, Agustín, era uno de los temibles niños justicieros, de los que ya conté su historia. Puedo decir que él venía no de propagar la fe verdadera y la palabra de Cristo, sino de castigar a los suyos, porque sabio no era, ni persuasivo. Ni escasamente comprendía ni sombra de la cristiana sabiduría, y en todos sus gestos dejaba impresa la marca de una venganza que, por algún motivo, para mí desconocido, él quería ejercer contra todo, no con la diáfana luz del iluminado, del inflamado por la fe, sino con la oscura toga del verdugo.

Las puyas y el enojo cantaban a diario en su espíritu. No lo llamaba a la vigilia el armónico canto del gallo, sino que despertaba atraído por la luz oscura de la ira. Desgraciadamente no me bastó con la escudilla vacía para conocer su infernal temperamento.

Slosos keston de Hernando

Ekfloros keston de Estelino

Los dos primeros años de los felices setentas, cuando soñábamos con la igualdad para todos los sexos, cuando los adolescentes todavía creíamos en el sueño cubano, cuando escribíamos en nuestras carpetas escolares consignas contra el racismo y de adoración incondicional a Martin Luther King y de odio al K.K.K., cuando usábamos minifaldas escandalizadoras y se hacía nuestra la píldora anticonceptiva, los indios estaban presentes porque sus artesanías habían entrado a vestirnos y a adornar nuestros cuartos. Usábamos blusas oaxaqueñas, de diferentes regiones, o maravillosas prendas bordadas en Chiapas, y collares y otros objetos que jamás imaginaron nuestras abuelitas (o nuestras mamás, tan dadas a un Chanel si el bolsillo lo permitía) pudieran ser portados por mujeres de nuestra clase social. En lugar de los zapatos de tacón, lo más chic eran los huaraches de suela de plástico (casi tan incómodos como los tacones de aguja, por cierto), y en lugar de la blusa de seda nos atrevíamos a las brillantes de tafeta de las mazahuas. Pero el "asunto indio" no era una verdadera preocupación, o no lo era tanto como el "asunto negro", *Black is beautiful*, pero no "Lo indio es lo bello".

Mucha blusa bordada, mucho sueño de liberación sexual, mucha lectura de *Cien años de soledad,* que era como nuestra Biblia generacional, escándalo supremo de los Padres de Familia, mucho

Angela Davies y mucho Susan Sontag, y más todavía del Boom, la Era Donoso, la Era Puig, la Era Fuentes... Pero voy por partes. Tenía quince años cuando leía *Cien años de soledad*, iba en mi escuela de monjas ursulinas para señoritas de buenas familias, donde empezaban a soplar aires no muy santos, antes de que se desatara el vendaval que trajo a los jesuitas y al sueño cubano, y que arrastraría a las monjas desmonjando a más de una y de paso jalando a aventuras inimaginables a más de una alumna... Quien fue mi mejor amiga acabó de guerrillera en dos diferentes países con dos distintas guerras, hasta que nos la quitó para siempre la muerte, y no cuento las aventuras de otras cercanas que, o bien se fueron a vivir a la Colonia Martín Carrera (cuyo nombre oímos entonces por primera vez), o pasaron temporadas con los tarahumaras... *Cien años de soledad* fue una novela inseparable a estos aires y a estos vientos, piel de los sueños de mi generación. Me acuerdo que un mes antes de leer *Cien años*, nos dejaron obligado el *Pedro Páramo* de Juan Rulfo. No me disgustó (tampoco estaba tan completamente anclada en la estrechez de los eslogans, tenía ojos para reconocer el poder en la palabra impresa), pero creo que no comprendí del todo su fuerza. Vi en él el retrato del mundo católico y provinciano cuya luz enfermiza me causaba náuseas. Pedrito Páramo, sentadito en el baño, soñando con Susana San Juan, oyendo las amenazas de la madre, "te va a picar una culebra", "es dañoso estar tanto tiempo en el excusado", me parecía la víctima predilecta de la devoción mariana. La madre, la abuela y los rezos están amurallando al niño contra la llegada de su propio cuerpo, contra el advenimiento de su cuerpo sexual, adulto. A nosotras habían llegado las minifaldas, como ya dije, la píldora, como dije también, y se habían alejado los velos y las mantillas que usábamos de niñas para ir a misa. *Pedro Páramo* hablaba del mundo detestado por nuestro afán de liberación, aunque ciertamente representara la libertad conseguida en la literatura. *Cien años de soledad* era otra cosa. No sólo era cómo estaba escrita, sino aquello de que hablara lo que la volvió representante (y diría más: una bandera) de la muerte de las represivas costumbres provincianas y opresoras. La provincia garcíamarquiana era la liberación de las costumbres lópezvelardescas. Diré que mi lectura de *Cien años* no fue una lectura literaria. A Rulfo sí lo leí en el libro, a García Márquez lo encontré escrito en nuestra piel. *El coronel no tiene quien le escriba* sí era un libro, en cambio; no era que García Márquez no fuera para nosotros un verdadero escritor. Pero *Cien años de soledad* era prenda íntima y disfraz carnavalesco para cruzar los temores con que quería volvernos pudibundas la Virgen María, al mismo tiempo que era crónica y denuncia, y celebración de una libertad nada usual en el México tradicional. El sur nos traía también aires libertarios. No sólo Angela Davies nos abría la puerta a una mujer sin mantilla ni rebozo, también las personajes de García Márquez, llenas de carne, desnudas, sensuales.

Leímos el libro en 1970, y fuimos escandalosas en nuestro entusiasmo. Los padres de familia citaron a una junta extraordinaria para quejarse por la elección del material escolar, porque ese libro no era lectura para jovencitas de buenas familias. ¿Y por qué el escándalo, si la burguesía mexicana suele simplemente ignorar los libros? ¿Por qué le dieron ellos también tanta "importancia" a un libro? Como trabajo escolar de nuestra lectura de *Cien años de soledad*, filmamos un divertimento en Super-ocho que derramó la gota de los padres de familia. Hubo todo tipo de reacciones. Un padre de familia (abogado de la Woodrich Euzkadi en México, si mal no me acuerdo), seguramente un "ilusionista del derecho", como aquellos que en Macondo demostraron "que las reclamaciones carecían de toda validez", los que proclamaron "la inexistencia de los trabajadores", nos invitó a su biblioteca a ver la película filmada por un profesional de su cacería de un oso blanco, mismo que conservaba disecado en su estudio. "Esto es lo que importa", nos dijo, "ustedes están perdiendo su tiempo". Realmente su discurso parecía como un diálogo de sordos, porque jamás vi yo la conexión entre nuestro Super-ocho de los *Cien años* (que participaba, por cierto, también del mismo diálogo de sordos, porque creo que no tenía nada que ver con la novela, era una especie de sucesión de "ilustraciones", completamente arbitrarias, de algunos pasajes breves de la novela), y su cacería.

¿Qué había en *Cien años de soledad* que paraba los pelos de punta a "las buenas costumbres", al *stablishment*? ¿La muerte de los fantasmas de Rulfo, conseguida por vía de la deserción de cuerpo, a punta de rezos y regaños? ¿El enojo era de las Fernanda del Carpio ("Me casé con una hermanita de la caridad")? ¿Se sentían ofendidas? "Esfetafa.... esfe defe lasfa quefe lesfe tifiefenenfe asfacofo afa sufu profopiafa mifierdafa". Las Fernandas del Carpio y los ilusionistas del derecho no estaban tan equivocados en tenerle miedo a *Cien años de soledad*. *Cien años* es inseparable de los sueños de mi generación.

¿Qué asustaba tanto a las Fernanda del Carpio, las "ahijadas del Duque de Alba"? ("una dama con tanta alcurnia que le revolvía el hígado a las esposas de los presidentes, una fijodalga de sangre como ella que tenía derecho a firmar con quince apellidos peninsulares... una dama en el palacio o en la pocilga, en la mesa o en la cama, una dama de nación, temerosa de Dios, obediente de sus leyes y sumisa a sus designios"). ¿Qué las asustaba? ¿El mundo antilópezvelardiano ahí retratado? ¿El mundo antirrulfo-Sanmateíno, la carne a gritos presente "impúdica" en Macondo?

A nuestros ojos, el mundo volvía a nacer por escrito en *Cien años de soledad*. Éste era el nuevo génesis, reescrito caribeño y latinoamericano, por García Márquez. Al reescribirlo, el escritor lo ha mejorado: el mal está localizado en su lugar, en el lugar que le corresponde, y no en la carne, no en el cuerpo, como ocurría muy bíblicamente en *Pedro Páramo*. El mal no es la culebra que aparecerá en el baño cuando se presente el deseo, sino que un Buendía disponga de los fondos públicos: ésa sí será la vergüenza de la familia.

En *Cien años de soledad*, la mujer no proviene de la costilla del hombre, pero tampoco es Fuensanta.

La historia se puede reescribir, los roles cambiar de signo, los gitanos se vuelven honestos, porque la palabra tiene poder sobre la realidad, porque la realidad es magnífica en sí, porque somos refundados por un patriarca juvenil, José Arcadio Buendía, que cuida la buena marcha de la comunidad, porque nuestros países no están regidos por Pedros Páramo. *Cien años de soledad* es la aceptación jubilosa de que la realidad es la maravilla, de que el poder de la imaginación va creando realidades. Hay en la novela un vigor y una apuesta sin par por la alegría posible: los poderes sobrenaturales son los de la ciencia y la observación. Si las encías de Melquíades se podían "mágicamente" poblar de dientes, entonces la realidad tenía remedio. *Cien años* escribe una utopía hacia el pasado, reescribe nuestro pasado porque Latinoamérica soñaba "modernizarse" por medio de la revolución socialista, siguiendo el modelo cubano. El sueño cubano que antecedió al fracaso cubano están ahí presentes. Macondo es "una aldea feliz" a la que se llega por el canto de los pájaros. Macondo es un sueño de José Arcadio Buendía. Él va hacia la fundación de la utopía, "hacia la tierra que nadie les había prometido". Mi generación asistía al nacimiento de un

Nuevo Adán y de una Nueva Eva, y de un Nuevo Paraíso. Quien come de la manzana (del conocimiento) es Adán. Pero es tal el poder de la palabra que a sí mismo se destruye. La voracidad anecdótica de *Cien años de soledad* es sobrecogedora. Hay tal desbordamiento narrativo, tal compulsión de contar que parece un anhelo fóbico —el autor parece estar huyendo del silencio, el silencio de los muertos ("aquí no ha habido muertos"), él tiene que denunciarlos para no ser también un cadáver. Es tal esta voracidad con que el mundo se reinventa que en su aceleración parece también destruirlo. Su voracidad anecdótica, su anecdotario cornucópico no protege a Macondo de la destrucción. El Edén cae. Todo parece estar escrito, y todo está condenado a su fin. Los liberales, hacedores de disparates cuando parecen ir ganando la guerra contra los conservadores, van "avanzando en sentido contrario a la realidad", como el sueño cubano.

"Mira en lo que hemos quedado", le decía Eva-Úrsula a José Arcadio-Adán... Mira la casa vacía, nuestros hijos desperdigados por el mundo y nosotros dos solos otra vez como al principio". ¿Por qué muere desde el principio el Sueño del Sueño? ¿Con qué se estrangula a sí mismo *Cien años de soledad*? Bueno, podrán decir que todo lo jalo yo para mi carril, que no conozco la justa medida y que todo lo miro teñido con mis obsesiones, pero lo que me llama la atención es que en el Edén garcíamarquiano los indios no son "actores" de este re-nacimiento de la realidad. El tataranieto del criollo se casa con la tataranieta del aragonés para fundar la estirpe de los Buendía. Los indios no participan en la recreación del mundo, de un mundo que les pertenece, y los nuevos Adán y Eva pertenecen ilícitamente al mundo, no consiguen su legitimidad a pesar de tanta anécdota, de tanto suceder, de tanto salir del cuerno mágico del que fluyen sin parar historias. Y nosotros participábamos con

García Márquez, como decía, de este mismo pecado. Caro lo hemos pagado. Conservamos así la estructura colonial y colonialista, nos alejamos de nuestro propio poder a base de tanto cuento y tanta historia, y nos orillamos al silencio, y al peor silencio, peor aún del que hieden sin parar los cadáveres: el silencio que se escucha cuando ha muerto el Sueño. *Cien años de soledad*, nuestra bandera, fue el principio y el fin de su propia narrativa. Remodeló nuestro pasado, pero ahorcó nuestro futuro. En su fóbico, compulsivo, enfermizo deseo de ir narrando los hechos, Macondo naufraga en una prosperidad de milagro y el narrador García Márquez remodela el pasado y tiene el poder de mirar al futuro. García Márquez es principio y clausura de la narrativa macondiana. Ensalza la imaginación, pero clausura por saturación las anécdotas. El mundo de *Pedro Páramo* era un mundo que queríamos perdido. *Cien años de soledad* era profesión de fe para mi generación y asombro de su cualidad de historia premonitoria y utópica. Pero no vimos que tragábamos con nuestra bandera nuestro propio veneno. Muchos sueños se han muerto junto con el Sueño mayor, y no hay utopía vigente. El SIDA y la desilusión están aquí.

No voy a contar más mi historia. Me contento con traducir los fragmentos de Hernando. Me siento culpable ante él, y ante mi presente de mayor manera. Me siento culpable porque pequé al soñar. No soñé, ni yo, ni mi generación, con un sueño que borrara la estructura suicida de nuestro pasado colonial. Yo reparo mi pena de la mejor manera: me aplico a traducir del latín al español el texto de un indio que mejor quedara de ser traducido al náhuatl, si éste se enseñara en las escuelas. No recibimos esa lección porque nosotros nos contentamos con vestirnos y con poner ante nuestros ojos sus artesanías, incluso diré que huarache al piso nos volvimos más ciegos, más sordos, más culpables. Merezco el silencio. El autor de *Cien años* tuvo derecho a la palabra porque habló en lugar de los miles de cadáveres, además él era escritor, tenía su oficio. Yo callo. No soy escritora, y no gané con mi generación el lugar para hablar. Sigo con mi traducción de Hernando, y a lo que más me atrevo es a reparar lo que es ilegible en el original, y a mentir un poco aquí y otro poco allá, para hacer más posible su historia.

Slosos keston de Estelino

Ekfloros keston de Learo

En la noche timbró la alarma. No es novedad, lo sé, pero enseguida volvió a hacerlo y un llamado urgente de comunicarme a la Central. Abrí mi cesto de mensajes. Me esperaba uno visual. En letras luminosas estaban escritas estas líneas:

> "prevaleciendo las tendencias igualitarias como un desiderátum de los tiempos que vivimos, acatemos sin reparo la desigualdad silábica de los vocablos, por más que éstos se refieran a cosas que debieran ser también, como todas, forzosamente iguales. ¿Es acaso el sol más pequeño que una naranja? ¿No encubrirá la elefantiasis de algunas palabras cierto resabio de monarquía lingüística frente a las demás, y todo ello no constituirá otra nefasta pervivencia de los antiguos órdenes imperiales que hoy se desea tan ardorosamente abolir? El viejo Marx no resucitó al tercer día, ya lo sabemos, pero de haberlo hecho se habría consagrado a alinear las palabras por medidas iguales, proclamando la necesaria exactitud de un comunismo verbal, y sus sermones ahora serían, quién lo duda, mucho más irrefutables."

Reconozco las palabras, son de Eugenio Montejo, de su *El cuaderno de Blas Coll*. Ellos lo citan para que me convenza, como ellos, de la inutilidad y del peligro de la lengua porque no saben leerlo. Ese libro es un canto de amor a la lengua, un canto humorístico e inspirado, y yo me convertí, después de leerlo, en una *collística*, por así decirlo, pero no como esperarían los atlántidos que yo lo fuera.

Rosete vino hoy a primera hora. Más dormida que despierta, y porque algo tenía qué ver con el último sueño, del que apenas me estaba despegando, antes de que él me dijera una palabra, en lugar de averiguar sobre mis asuntos, le pregunté:

—¿Cómo van tus quicks?

—¿Cuáles quicks?

—Los que me dijiste, Rosete, que preparabas.

—A qué hora voy a preparar nada, desde que despierto hasta que me voy a dormir, voy y vengo con correo.

—Entonces, ¿sí vas a seguir como correo?

—¿Por qué no? —me miró con extrañeza. —A ver, explícame, ¿por qué no voy a seguir siendo yo el correo? ¿Por qué sales con esto? ¿Quieres ofenderme?

Arrugó el entrecejo y su sonrisa se evaporó de los labios.

—Discúlpame, Rosete, no quiero ofenderte, es lo que menos quiero, te prometo. Todo lo entendí mal, entonces, de tu parte y de la Central.

—No tenías ni de dónde entenderlo, es que de veras...

—Discúlpame, Rosete, ten —le di un beso. Me sonrió, y por un instante en sus labios hubo una verdadera sonrisa, inocente, segura, que fue suplida inmediatamente por una picarona típica de él. Sin perderla, me transmitió este mensaje:

—Será pronto a primera hora. Saldremos todos juntos del Punto Calpe.

Sin más, y sin perder aplomo y sonrisa picarona, ligerito me dejó, y yo me quedé pensando, todavía recostada, algo pasmada. La Reforma del Lenguaje está entonces por hacerse efectiva. ¿Será verdad que ya nadie habla, que los atlántidos no cruzan palabra entre ellos? Nada que hacer. ¿Hay algo que hacer?

No le pregunté a Rosete sobre los timbraderos de la alarma. Revisé en la Central el mensaje diario. Repetía lo que él me había dicho, que se implantaba ya la Reforma del Lenguaje, que la mayoría de los atlántidos no cruza entre sí palabras, pero que aún no se hablan con el código nuevo, pues no quieren contaminarlo con el lenguaje. El día de la ceremonia de la implantación se empezará a usar. A partir de entonces, la Central no transmitirá tampoco mensajes verbales, sino solamente imágenes. Y ese mismo día, la Central afectará, a quienes así lo autoricen, la parte baja del lóbulo frontal del hemisferio izquierdo del cerebro, zona que se relaciona con la capacidad de lengua de la persona, provocando en los atlántidos lo que los humanos llamaron el síndrome de la afasia de Broca. Hoy continúo con mi Hernando.

Slosos keston de Learo

Ekfloros keston de Hernando

Por las noches, la luz de la lámpara me impedía dormir, y era entonces cuando sentía más la ausencia de mamá. Iluminada la noche por la lámpara que Miguel no dejaba morir en la noche entera, todo quedaba teñido bajo su naranja palpitante. Su luz nos envolvía con un manto hostil y tembloroso. Las sombras quedaban teñidas por ella más oscuras, y sus tamaños y formas pasaban a pintar las paredes de nuestro cuarto con adefecios brincoteantes que hacían temblar mi alma de niño. Toda la noche sentía la amenaza de esa luz detrás de mis párpados. Cerrarlos no me protegía de ella, iluminando intensamente mi echar de menos la voz, la piel, el cabello, los mimos de mamá. La extrañaba a toda ella, tanto que hasta me dolía. Fue por esto, y no por otra cosa, que vuelvo a jurar que no hubo en mí intento alguno de pecar al hacerlo, que yo llegué a poner las manos sobre mi *pija* para consolarme. No la frotaba, sólo me detenía de ella, como si ella pudiera reparar, con su contacto, algo del dolor de la separación que me era tan punzante. Más que punzante, era como un escozor el que sentía, un escozor que traspasaba la piel de mi espíritu y se adhería también a la piel de mi cuerpo. Ponía las dos manos sobre mi *pija*, inocente, así nada más, puestas, adentro del calzón, es verdad, pero con toda castidad y con toda propiedad. No por hacer el mal, sino para no perder de vista la idea del bien, que entonces, si yo era un niño, mamá era el bien para mí. Pocas cosas conocía yo, y no tenía experiencia alguna en las tentaciones, como dice el Eclesiastés. Lo digo ahora con conocimiento de causa, que sé que "la áspide sedienta tiene figura de la tentación carnal, que nunca dice basta, sino siempre daca, daca. Se puede llamar serpiente que todos pisamos cuando entramos en el mundo, pues que fuimos en él concebidos, y es tal esta serpiente que no vemos ni sabemos cómo nos muerde cuando sentimos sus rabiosos y sedientes bocados y sus aguijones de mala cobdicia; y porque nuestra mortal sed se remediase y no muriésemos della ordenó Dios el agua del bautismo, que reprime algo y tiempla esta sed del mal deleito que tenemos, y hace que lo que antes era culpa ya no lo sea, sino ocasión de más merecer".[19] Así dice fray Francisco de Osuna, en su *Tercer abecedario espiritual.* Sabiendo de qué hablo, diré que no era áspid lo que me hacía tocar aquella parte de mi cuerpo, la lujuria no venía a mí ni de afuera ni de adentro. "De la primera baste lo que dijo que hacía el demonio, y también se reduce a ésta la provocación de otras muchas cosas que nos despiertan a mal deseo; empero muchas veces es hombre tentado sin nada desto, sino que la sola sed que nos queda del bocado de la dicha serpiente nos despierta al mal, porque cada uno es tentado de su mala cobdicia y atraído y convidado".[20]

Reconozco que "Zarza muy espinosa es nuestro cuerpo lleno de espinas pungitivas, que son las tentaciones que llagan el ánima: y aunque el fuego de la mala cobdicia que tienta esté en él ardiendo, no por eso se quema la voluntad, si no consiente ni huye de allí Dios, ca no aborresce la naturaleza sino la culpa, y mora en el cuerpo subjeto a tentaciones, aunque huye

---

[19] Cita en español en el original. N. de E.
[20] En español en el original. N. de E.

del subjeto a pecados".[21] Sé bien cómo es la zarza dicha, y hablaré de su carácter de zarza cuando venga al caso, pero no era éste que aquí ahora cuento.

Una noche en que me costó mucho trabajo conciliar el sueño, pues estaba realmente inquieto con el escozor provocado por no ver a mamá, noche en que me dormí con las manos tomadas a la *pija* (que en algo me habrían consolado, pues pude quedarme dormido), tuve un sueño terrible, adentro del cual empecé a gritar del dolor de padecerlo. No dije palabras, pero de mi vientre salió un quejido, algo así como un *¡Ay!* pero que tenía *ges* y *emes*, creo recordar, porque saliendo del sueño me oí, me escuché. Todavía dormido, Miguel acudió a mi llamado, y sin saber qué hacer, cómo traerme a mí para que escapara al dolor que en sueños me perseguía, viendo que con su llamado no despertaba y que seguía gritando mis *ays* con *emes* y *ges* desde mi sueño, me jaló la frazada, y descubrió mis dos manos sosteniendo mi vanta.

El escándalo fue terrible. No acababa yo de llegar del sueño en que corría peligro no sólo mi vida sino la de mamá, pues los frailes, por un desorden mío, la habían hecho llamar, y en el camino (yo la había ido a buscar) perdíamos la ruta, porque todo había cambiado, todo era distinto, y acercándonos a un árbol para tomar su sombra, unos animales horrendos, que al principio eran hombres pero que al acercarse a nosotros parecían entre vacas y perros, tenían en las bocas una especie de baba pegajosa con la que empezaban a llenarnos nuestras caras, impidiéndonos despertar... Lo peor del sueño es que, cuando los había yo visto como personas, no me habían desagradado en lo absoluto, creí sentirlos cordiales, hasta había dado un paso hacia ellos, era lo peor, que frente a mis

---

[21] Cita en español en el manuscrito. N. de E.

ojos se habían tornado en esos animales monstruosos, que aunque no eran monstruos me lo parecían, y
que en lugar de darme las palabras tibias que yo había ido a buscar cerca de ellos, nos llenaban de esa
como baba, de esa sustancia pegajosa que nos cerraba
los ojos, que nos tapaba las narices, que nos llena-
ba las bocas, que parecía poder ahogarnos... Todavía
no conseguía yo escapar del todo de mi espantosa
pesadilla, cuando Miguel estaba ya golpeándome con
la misma vara de azotes con que, un poco más adelante, me enseñarían a golpearme a mí mismo, para
invocar la paz provocada por la oración, y mientras
me golpeaba, me llamaba a voces "puerco" y cosas
así, diciéndome que era el demonio mismo quien me
daba esos malos sueños por permitir que se acercaran
a mí antes de conciliar el sueño ...

Tres días estuve castigado por mi no pecado.
Tres días me dejaron a pura agua, no pude salir a ver
la luz del sol, hube de rezar durante horas en voz alta
lo que una voz me ordenaba que reiniciase cuál número de veces... Así fue mi castigo por tratar de encontrar momentáneo consuelo del dolor que ni hubiera
sabido expresar ni podía decir, porque para ellos, mi
mamá era otra, otro mi padre, otro mi nombre...

El primer año, mamá pasó a visitarme los domingos. Largas se me hacían las semanas, esperando
que llegara su último día. Después de la misa, me
permitían verla sólo unos minutos, como anticipándo-
me que cualquier día le impedirían la visita. Yo me
quedaba afuera para hablar con ella, porque las mujeres tenían prohibida la entrada a los patios del Colegio. Los franciscanos no hablaban con mujeres. "Parece
que los franciscos le tienen miedo a las mujeres", yo
pensaba, cuando no sabía que no hablaban con ellas
por considerarlas aliadas del mal. ¿No dice su regla:
"Debiendo guardarnos no sólo del mal, sino de lo que
tiene apariencia del mal, mandamos a todos y a cada

uno que eviten cuidadosamente las compañías, familiaridades y conversaciones con mujeres"? Y no contenta con ello: "El que hubiere sido convencido de sospechosas compañías o familiaridades, o incautas conversaciones con mujeres, y debidamente amonestado, no se enmendare, deténgasele en el convento por algún tiempo, prohíbasele temporalmente el ejercicio de su oficio por el Ministro Provincial, o retírese de aquel convento, o sea aun más gravemente castigado". O también: "Todo lo que los sumos Pontífices establecieron religiosa y prudentemente para que no se admitan mujeres en las casas de los Regulares, guárdese inviolablemente aun con respecto a niñas pequeñas, de cualquier edad que sean... Sea también castigado con pena grave por el Ministro Provincial el que permita que entren mujeres en nuestros Hospicios". No quiero hacer míos los argumentos del pobre Carlos que fue a morir en la hoguera acusado de sedición y de herejía, pero algo tenía de razón al decir que era un poco absurdo el temor a las mujeres. No digo nada en contra del cristianismo al defenderlas, que los mismos cristianos me dan la razón, como en aquella de Damián de Vegas, la publicada en su libro[22] *Poesía cristiana, moral y divina, a la inmaculada concepción de nuestra señora*, sobre aquella visión del Apocalipsis, cap. XII: *Mulier sole, et luna sub pedibus ejus, et in capite ejus corona stellarum dudecim:* [23]

"Si está del sol vestida y adornada
La que nació el eterno sol en ella,
Si con sus plantas a la luna huella

---

[22] A partir de aquí, en español en el manuscrito, a excepción de lo que dejé en latín, hasta que termina el poema por él citado. N. de E.
[23] Esto fue dejado en latín por Estela, sin traducción al castellano, y yo le he dado mi versión. Nota de Lear.

Por unas pintas de que está manchada;
Y si también de estrellas coronada
San Juan vio esta bellísima doncella,
Cuál será el cuerpo, cuál el alma della,
Cosa es de los mortales no alcanzada.
Si los ángeles puros siempre han sido,
Y por Reina la adoran con profundo
Acatamiento, ¿quién, en su entereza,
De los hombres habrá tan atrevido,
Que ponga mancha, pues confiesa el mundo
Que no hay bajo de Dios igual pureza?"

Y mujer era la Virgen, y no por ello tendríamos prohibido hablar de ella o con ella. Aunque mi madre no fuese virgen, era pura, era hermosa, no usaba *axí*, ese ungüento amarillo de la tierra que se untan las bajas mujeres para tener buen rostro y luciente, ni usaba colores o afeites en el rostro, porque no era perdida ni mundanal. No se teñía los dientes con la grana, ni se soltaba más que frente a mí los cabellos para lucir más hermosa, ni tampoco a veces se soltaba sólo la mitad de los cabellos, como otras bajas que se dejaban la mitad de estos sueltos, la otra mitad sobre la oreja o sobre el hombro. Ni se sahumaba con sahumerios oloroso, ni se untaba el *tzctlt* para limpiar los dientes, ni era andariega, ni callejera ni placera, ni paseaba buscando vicios, ni se andaba riendo, como las bajas que nunca paran de reír. Ni tenía por costumbre hacer señas con la cara, hacer el ojo a los hombres, hablar guiñando el ojo, llamar con la mano, andarse riendo para todos, ni escogía al que mejor le parecía, ni quería que la codiciasen, ni andaba alcaheteando las otras para otros, ni vendía a otras mujeres, ni se andaba pavoneando muy erguida. No todas son agua de solimán, engaño venenoso, y debo contar aquí cuando un religioso vino a dar con su muerte, porque afectado por unas fiebres que le impidieron tomar el barco que lo llevaría a España, abrasado de la sed, confundió un jarro de agua de solimán con otro de agua, y en bebiéndolo murió en muy pocas horas, víctima del venenoso afeite.

Por otra parte, mi mamá era mía, y sin tomar en cuenta lo ya dicho, y que era cabal y cuerda, y que cuanto decía era de buena y honrada mujer y bien dispuesta, me prohibieron verla, porque los franciscanos decidieron que podrían venir a visitar a los estudiantes sólo las madres y ninguna tía o parienta, hecha la excepción de que no existiera el padre o la madre, y como para ellos mi madre no era la mía, sin considerarlo dos veces, sin tomar en cuenta que sólo ella me visitaba, que mis falsos padres no ponían un pie en Tlatelolco desde hacía un año que estaba yo ahí para siquiera verme, y que ella, mi no mamá a sus ojos, era mi única visita, me la quitaron. A los que madre propia tenían, no se las dejaron mucha, que sólo una vez al mes, el primer domingo, tenían en suerte poder visitarse. Pero lo que no cortaron, eran las visitas de los varones, y alentaban mucho la de los padres. Poca gracia me hubiera hecho la visita de mi falso padre, y ni soñar con que mi falsa madre se tomara el tiempo para irme a ver, y ni lo lamentaba, que tampoco tenía ganas de verlos yo, ni a él, ni a ella.

La belleza de mi mamá era tanta que no dudo dieran esta orden para no verla, que a ellos verle a una mujer lo bello los hería. Pero poniendo las heridas una junto a la otra, la de ellos en la carne de la lujuria, la mía en mi alma tierna de niño, ¿considerando cuál debieron actuar? Sin duda la mía, que para ellos rezos y continencia y azotarse por las noches les bastaba, si los frailes franciscos que moraban en Tlatelolco eran santísimos, mientras que para la mía, ni rezos, ni continencia ni los azotes de la noche traían calma. Por otra parte, mi herida nacía por la separación, la de ellos antes de separarla. La de ellos era herida que no merecía contemplación ni buen trato, por ser su carácter mismo el origen de un pecado. La mía, creada por la ausencia de mi mamá, era una herida buena, que es bueno el lazo que une a una madre con su niño. Dirán que lo mío era inusual, y esto es cierto. Nuestro amor y la estrechez de nuestro trato era irritante en sí. Puede que los señores de Tezcoco a cuyo hijo yo suplía, mis parientes, me hubieran enviado con los franciscos tanto para no separarse de su hijo, como para separar a mi mamá de mí. Ahora lo pienso. Puede que haya sido. ¿Cómo saberlo? No hice relación alguna jamás con ellos.

Sin comparar a mi madre con la mismísima Vírgen Santísima, que sería yo incapaz de tamaña herejía, creo que en todo se equivocaban, que ella era incapaz de invocar al mal, y la hubiera avergonzado saber que suscitaba en cualquiera la sombra de un mal pensamiento. Viene a cuento aquella canción:

> Por cierto, musa mía,
> Muy gran razón sería
> que diésemos de mano
> Al vano trastear del mundo vano.
> Mudemos el señuelo
> A las cosa del cielo,
> Porque infinito yerra
> Quien le pone en las cosas de la Tierra.[24]

Apegado a mi pesar al sentir de la regla franciscana, en su capítulo que me era más doloroso, se me hicieron pocas las semanas en que pude verla en los domingos. Un año duró nuestra visita semanal, un año eterno, en el que me congelé, el año peor de mi

---

[24] Este poema, en español en el original, según nos dice la traductora, parece ser la *Canción a Nuestra Señora* de Damián de Vargas. N. de Lear.

vida. Pasados sus horrendos 365 días, no pude verla más. Desde entonces, hasta que el Colegio quedó en manos de los indios, perdí la buena suerte de ver a mamá, y cuando la recuperé, cuando los indios fueron mal cuidadores del Colegio de la Santa Cruz, fue por el muy poco tiempo que le quedó de vida, y con una condición que no debiera confesar porque me avergüenza: sin poder externarle ya jamás el intenso cariño que, no quiero repetir, me ligaba a ella. Por una parte, un oscuro enojo infantil me hacía culparla, de modo injusto, de nuestra separación, por la otra, de tanto oír decir a los franciscanos que las mujeres eran como semillas del mal, en esto la tuve, y como había yo perdido con ella toda proximidad, pues que ella no escribía ni leía, y como no hablaba con nadie más que conmigo, como ya he dicho, nada supe mucho tiempo de mamá, pareciéndome, a la luz de las palabras franciscanas, un ser extraño, lejano a mi persona, ajeno a mi vida. Al volver a encontrarla, aunque a su manera mi corazón se alegró de verla casi tanto como cuando era niño, no se lo hice saber, castigándola por un crimen que no era el suyo, y tapando a mi castigo con una falsa pureza franciscana, creyendo que yo era leal a la regla por ser corto y tacaño con mis expresiones hacia ella. Entonces ya no era tan hermosa como antes. Estaba triste y muy enferma. Su única alegría, ella me lo dijo, era pensar que, educado por los frailes, y viendo cómo estaba la cosa entre los indios, tal vez podría alcanzar su hijo alguna gloria, algún buen puesto, algo de lo que por justicia debiera haberme pertenecido, tomando en cuenta el rango de mi familia. Pues yo había nacido noble, me repitió otra vez entonces, y no podía morir pasando penas como un macehual. Peor que un macehual murió ella, joven y envejecida, engañada en lo único que era para ella de importancia al imaginarme como jamás podría llegar a ser en estas tierras ahora malsanas un indio.

La única alegría que mi mamá pudo haber tenido como última, se diluyó ante mi frialdad. No la quise cerca, no la quise ver a los ojos. No sé si me dolía verla, si estaba enojado, y mi capricho me la quitó de la vista para siempre, pues creo que no quiso pelear por la vida cuando vio que no contaba más con su hijo. Lo había perdido del todo. A pesar de esto, conociendo su carácter soñador, sé que siguió, hasta su último momento, soñando con el bien que había imaginado para mí.

Su sueño, entonces, no parecía ser tan fantasioso, aunque algo de eso tenía, que lo que debió haber hecho era, viéndose libre de mí, en lugar de entregarse al dolor y a la enfermedad, allegarse a un hombre que la aceptara por nobleza y belleza. Pero esa práctica, como práctica era, quedaba fuera de su carácter ensoñador. En cambio, sé que debió anotar en su imaginación cada detalle del sueño que soñó para mí. No creo que hubiera tramado para su hijo lo que poco después yo sí llegué a soñar para mí mismo, que pudiera dedicarme con honores a la honesta vida de letras. "La codicia destierra la curiosidad, son estas dos cosas entre sí contrarias". En mis imaginaciones, yo puse para mí el lugar del curioso, mientras que mi madre debió ponerme el sitio donde se satisfaciera la codicia. Tal lugar no existe, me dirán, puesto que "es tanta la ambición y altivez que reina en los corazones humanos, que no la satisfacen el haber de todo el mundo; antes las ansias y la sed de oro con la misma riqueza se aumentan".[25]

Cómo sería exactamente la imaginación en que ella me viera, no lo sé con precisión, aunque bien puedo conjeturar por dónde iría, pero no me ocuparé

---

[25] En español en el original. Nota de Estela. (*Nota del Editor:* Las palabras son casi idénticas a las de Henrico Martínez en el "Prólogo al prudente y curioso lector", de su *Repertorio.*)

de ello aquí: honores, poder, riquezas. De la mía sí quiero hablarles. Puedo incluso mostrarles la rutina que para mí yo vislumbrara en aquel sueño mío: a las seis, estaría presente en la capilla para asistir a la misa diaria. Durante la media que restara de la misa, devoraríamos algo de pan en el desayuno para estar en punto de la siete en la Universidad. De los opuestos rumbos de la ciudad de México, y nosotros de Tlatelolco, partirían en multitud los colores de las becas y los mantos. Los del Colegio de San Pedro y San Pablo, venidos, después de nosotros, del lugar más lejano, vendrían arropados en su manto pardo y luciendo su beca morada y larga, desde más temprano que los demás que se encaminarían del norte de la plaza principal a la Universidad. Éstos serían: los del Colegio Real de San Ildefonso, que al caminar casi marcarían el paso, de manto azul y becas azul y moradas, respectivamente de gramáticos y artistas; los del Colegio de Cristo, saliendo de la calle de Donceles, con su manto morado y beca verde, los del Seminario, que atravesarían la bocacalle que separa Catedral del Palacio de los Virreyes, para seguir por la acera de él, con su manto morado y beca azul, hasta llegar a su esquina final, y de aquí cruzar en diagonal la Plaza del Volador, hasta llegar a la Universidad. Del lado opuesto, de la parte más distante del sur, llegarían los colegiales del Colegio de San Juan de Letrán, con becas blancas y mantos morados, los colegiales del Colegio Mayor de Santa María de todos los Santos desde la contraesquina posterior de la Universidad, vestidos con la réplica del hábito estudiantil del Colegio de Santa Cruz de Valladolid, en España, manto pardo con beca color grana. Ya muy cerca de la Universidad, casi por entrar a ella, nos mezclaríamos todos, junto con las sotanas seculares, los hábitos religiosos y vestimentas de doctores y maestros, dejando de andar, como en el resto del camino, de dos en dos. Me dirigiría a los

Generales, donde recibiría la cátedra de Prima de Cánones con la lectura de las *Decretales* y prima de Leyes con la lectura de cualquiera de los *Digestos* o del *Esforzado*.

Al terminar clases, llegada la hora de regresar, como estaría prohibido permanecer más en la Universidad, retornaríamos por la vía más recta. Los demás Colegios regresarían en la tarde a tomar dos horas más de lección, pero tomando en cuenta la distancia que nos separaría a nosotros de ella, recibiríamos en el Colegio de nuestros maestros las dos últimas lecciones del día.

Pero tanto el sueño de mi madre, en el que no abundé, como el mío, serían desdichos por el tiempo, vueltos vanas ilusiones. El mío devino en falso sueño, porque cuando los Colegios se incorporaron a la Universidad, al de la Santa Cruz no le fueron abiertas sus puertas. Nadie podría dudar de que éramos los mejores y más aventajados, pero eso de ser indios... ¿La realidad no bastaba para contradecir su convicción sobre nuestra naturaleza? La Universidad no aceptó al Colegio de los Indios, aunque fueran nobles (como después dictaran los ordenamientos de Palafox). A más de sus ideas sobre lo que los indios eran, una fuerte razón tenían para cerrarnos las puertas de la Universidad: nosotros éramos más conocidos en las artes y la gramática que otros de los ahí aceptados. Y esto que parece sinrazón y necedad lo deduzco porque a los españoles (a los "cristianos" como se les dice afuera de Tlatelolco, afuera de México, en las tierras circundantes) no les agrada que los indios tengan alguna ventaja sobre ellos. Cada que pueden, repiten que los indios tienen menos entendimiento, que son como niños, pero por lo que no nos permitieron entrar a la Universidad fue porque éramos los mejores, y estas tierras no perdonan a los mejores. En estas tierras, a los que sirven más suele estirmarse menos... Si yo fuera poeta, diría que éstos son los Cielos de la Envidia. ¿O ésa es la ley del ancho Mundo? Es cierto que de Mundo no puede esperarse sino la esencia del mal, que es su ser un surtidero de pecado. Es verdad también que por esto no hay que entregarse a él, ni a sus placeres, ni a la fama, ni al poder, ni a ninguno de sus engañosos encantos. Pero es cierto también que si uno no le tiene en consideraciones, Mundo no perdona. Se ensaña y se venga con crueldad.

Como Mundo guarda una extraña relación con Natura, en ciertos puntos del equinoccio es más cruel, mientras que en otros es más tolerante o castiga con menor rigor, siente un menor gusto por la venganza, dependiendo de los hechos de los hombres y de los tiempos. Yo nunca salí de estas tierras pero puedo asegurar que hoy ningunas son más crueles que éstas. A la vista del hispano, la exudación de su naturaleza les da una ácida amargura. Dos de mis compañeros salieron de aquí: su vida fue muy otra.

Uno fue Pedro Juan Antonio, indio alumno del Colegio de Tlatelolco, muy especialmente versado en los autores clásicos. Aunque menor que yo, y por lo tanto llegado al Colegio en momentos de menor esplendor en los estudios, por su especial dedicación fue atendido por los maestros como si fueran del Colegio sus mejores épocas. Lo educaron fray Andrés de Olmos, que moriría hasta 571, fray Juan de Gaona, que moriría antes, en 560, fray Franciso de Bustamante, gran predicador, que moriría en 562, el sabio Juan Foscher, y Sahagún, que ha muerto ya muy viejo, pero lúcido aún, hace apenas cuatro años, en 590. Más maestros tuvo, pero pienso en los más célebres y más dedicados a su estudio. Pedro Juan Antonio, en 568, a los 30 años, se fue a España. En la Universidad de Salamanca estudió Derecho Civil y Canónico. Publicó en 574, en Barcelona, una gramática latina, *Arte de la lengua latina*, del cual insistimos a alguien nos trajera alguna copia, mas todo fue inútil, que libro era allá, mientras que aquí se reducía sólo a rayones trazados por un indio.

El segundo en el que pienso es en mi coetáneo, don Antonio Elejos, otro que también escribió libros del propio seso, pues no se dio sólo a ayudar a los de los franciscanos, como hicimos los más, como yo, que gracias a la mucha facilidad con que Dios me dotó para traducir cualquier cosa de latín y de romance a la lengua mexicana, atendiendo más al sentido que a la letra, escribí y traduje para fray Juan Bautista, de cosas diversas, más de treinta manos de papel, y aunque esté mal que yo lo diga (y sólo me atrevo a hacerlo porque ya otros lo han hecho y por no faltar a la verdad), con mi ayuda auxilié a fray Alonso de Molina a elaborar el *Arte y vocabulario mexicano* y al padre Gaona a escribir los *Diálogos de la paz y tranquilidad del alma*, y fui escribano también con fray Juan Bautista para el *Vocabulario eclasiástico* y gran parte de las *Vanidades* de Estela, del *Flor sanctorum* o *Vidas de santos*, de la *Exposición del Decálogo*, más otros tratados y libros, que no quiero decir muchos más, aunque sería lo más cercano a la verdad.

Pero estábamos en fray Elejos, que más mérito que yo tiene, pues aparte de haber enseñado Teología, escribió dos obras hasta hoy inéditas, de las que aquí hay copia en el Colegio: un tomo de sermones, *Homilía sobre los Evangelios todo el año,* y un catecismo en idioma pima: *Doctrina Cristiana de la lengua pima.* Esto de la lengua pima fue porque él fue llevado de muy joven a la provincia de Zacatecas, y allá las tierras no tienen la carga de odio de éstas, tan abundantes en agua como en malos sentimientos, pues en Zacatecas, a más de ser autor, como lo he dicho, a pesar de ser indio fue recibido en la orden de San Francisco.

¿Por qué Elejos fue cura, por qué Pedro Juan Antonio autor de dos largos libros, por qué ambos maestros de teología, y reconocidos como tales? (¿Por qué yo fui maestro de teología de muchos y jamás fui nombrado con el nombre de maestro de teología?). Porque Elejos y Pedro Juan Antonio huyeron de aquí, porque ellos no se quedaron en el Valle de Anáhuac para alimentar el vientre insaciable de este mal Mundo, ávido de alimentarse de aquellos que no le rindan siquiera un ápice de pleitesía. Porque Zumárraga, aunque humilde, porque los otros franciscanos, aunque entregados a la fiel humildad de los pequeños hermanos, encontraban la manera de no herir a Mundo, encontraban cómo en algo obedecerlo, y cuando no (lo vi con mis propios ojos), también perdían, pagando a Mundo con dolor su cuota necesaria en estos terribles equinoccios.

De mí, ¿qué queda? ¿Qué de fray Melo? ¿Qué de fray Juan García? Aunque de él queda más de lo que yo algún día fui, pues su inteligencia, su feroz entendimiento fue algo de lo que jamás vi paralelo. Fray Juan García tuvo (y tiene, que esto no lo ha perdido, antes bien se ha extremado, según parece) el más luminoso entendimiento, y su cultura y conocimiento no tiene par en estas tierras, y probablemente tampoco rival en otras menos vengativas. ¿Qué queda de él? Su loco seso, que a fuerza de correr ha conseguido esquivar las emanaciones fétidas de estas tierras húmedas y crueles. Por lo demás, no hay en su cuerpo un centímetro de carne sana, aunque siga siendo hermoso, lo que no sé si es virtud, porque parte de la ira arrastrada hacia él fue también por esto. ¿Por qué no se fue de aquí a tiempo? ¿Por qué fray Melo tampoco se fue de aquí? ¿Para qué se quedaron? No sé por qué se quedaron aquí los dos amigos, como Sebastianes santos, permitiendo a las armas de la envidia y de la pestilencia espiritual de estas tierras llegar y clavarse contra sus cuerpos. Los que han salido de aquí, a cuentagotas, se han salvado, como Elejos y Pedro Juan Antonio.

Por lo demás, la inteligencia, la fidelidad al conocimiento no mucho se perdonan, y menos si no se entrega a Mundo su cuota de veneración, si no se es un buscador de fama o de tesoros ajenos, un deseador de riquezas, o un voluptuoso contra lo ajeno. La maledicencia, por otra parte, ahora que recuerdo, no basta a Mundo como pago o complacencia, como si decir mal del prójimo fuera una actividad espiritual, que no vil y mundana, pues nunca conocí a nadie más maledicente que fray Melo, y que me perdone si ofendo al decirlo su persona. Para oír decir mal del prójimo, no había lengua como la de él. Ay, malvado fray Melo, también esto has perdido. La chispa de su inteligencia se ha apagado por sus padecimientos corporales.

Los franciscanos pondrán a los dos frailes en su saco de santos. Dirán que fue la voluntad divina quien los llevó al tormento de sus cuerpos. Por mí que mentirán al hacerlo. Ellos están así porque la ponzoña, la envidia, no permitió la existencia de sus dos grandes talentos.

"En estas tierras, a los que sirven más suele estimarse en menos, y son más arreglados a la calumnia, o ya con celos indiscretos de los que persiguen, o ya por falsos testimonios que les levantan, que como son piedras para el Palacio Real que Dios permite que sean labrados con el pico de la calumnia..."[26]

Ustedes dirán: si este Hernando de Rivas no es un imbécil (perdón por mi soberbia), y es verdad, como él dice, que estas tierras no perdonan la presencia en ellas de algo que pueda despertar la envidia o el escozor del odio (¿qué mejor pretexto que la inteligencia, para ambas?), ¿por qué no acabaron antes con él las

---

[26] En español en el original. N. de E. (*Nota del editor*: las palabras son casi idénticas a las de Vetancourt, cuando traza en su *Menologio* la biografía de Gante.)

ponzoñas de sus tierras? Por dos motivos que enumeraré ahora: porque mi madre me cuida desde donde ella está, que su amor nunca cesó por mí y no tenía por qué cesar de muerta, su radiante bondad para conmigo brilla en mi corazón, iluminando las tinieblas, y (el segundo motivo) porque esta ponzoña es de acuñación reciente y yo no lo soy tanto, porque esta ponzoña llegó con los hispanos a estas tierras, no porque ellos la trajeran, sino porque aquí se produjo a la vista de su presencia. ¿Se vengó así nuestra tierra de nuestra derrota? Me parece más bien que la ponzoña surtió porque así como yo tengo a mi madre cuidándome desde su muerte, porque así como mi fuerza es mi muerta, la muerta que viene conmigo a todo sitio, así como a mí su espíritu me acompaña, así como me protege, como impide que hagan trizas de mí, así llegaron los muertos de los hispanos acompañándolos a ellos a su entrada a esta tierra, y los protegieron, y se dieron a la mala convivencia con los muertos de cada uno de los que aquí vivían, y esta mala convivencia trajo esta exudación, esta exuberante violencia... Los muertos del otro lado del mar, al convivir con los muertos nuestros generaron esa vil y empecinada maldad, esta exudación (puesto que así la he llamado) que se emponzoña, que muerde con ira y con odio a todo habitante de esta tierra.

Es verdad que mi madre me cuida, pero es verdad también que mucho pudieron contra mí, que no diríamos que sobreviví a mi propia vida entero. ¿Cómo puede ser posible que hayan conseguido en poco y en mucho destrozarme, si mamá me está cuidando con amor sin fin? Por su naturaleza misma. Otra sería mi historia si su naturaleza hubiera sido como la de la madre de Francisco Bautista de Contreras (que al presente es gobernador de la ciudad de Xochimilco), hijo del Colegio de Santa Cruz, y natural de la villa de Quauhnáhuac (quien es muy hábil, particularmente con la pluma en la mano, que me ha escrito en lengua castellana cartas bien ordenadas, y ayudó a acabar el *Contemptus Mundi*, autor, además, de la introducción del libro de *Las vanidades del mundo*)... El tal Francisco Bautista de Contreras, entero como si aquí no pasara cosa, como si no cruzara su paso chueco la gorda pierna de la envidia, aún duro como un roble y siempre sonriente, ha podido con todo, porque su muerta, la que está atrás de él protegiendo su espíritu, fue una mujer generosa y buena. Si la mía, en lugar de adorarme con tanta fija constancia, hubiera soltado un poco el lazo que nos unía, hubiera puesto la vista en su alrededor, y hubiera sido buena con los otros, con sus semejantes... Si la mía hubiera tenido en vida un ápice de la generosa bondad de la madre de Francisco Bautista, habría entonces tenido la pasta para mejor cuidarme y protegerme, mis piernas estarían buenas, mi aliento no tendría el olor penetrante y ácido de la amargura que tanto recuerda a la de estas tierras, y mi historia habría podido ser otra.

Porque la madre de Francisco Bautista fue generosa con todos, pues perdiéndolo a él al cederlo al Colegio, y habiendo perdido a su marido como mi madre perdió al suyo, en la guerra que aquí hubo a la llegada de los hispanos, en lugar de hacer lo que la mía (cerrar los ojos a Mundo y correr directo hacia la muerte), apenas tuvo vida de soltera, oh devotísima mujer, celosa de las cosas de la religión y del servicio de Dios nuestro Señor, volvióse bienhechora de la orden franciscana. Por la buena industria y diligencia de esta Ana de la Cruz, natural de Tlatelolco, andaban con mucho fervor las cosas de la cristiandad en aquel pueblo. En lugar de entregarse al egoísmo que consiste en satisfacer su propio dolor, se ejercitó en obras espirituales, como ya no hace ahora matrona alguna, *por haber disminuido mucho la gente que solía haber y porque dicen tienen harto*

que hacer en buscar lo que han menester para su
sustento, y para pagar su tributo y otras imposicio-
nes que siempre les van añadiendo,[27] y también
porque la bondad, nunca sobra decirlo, no se da a
granel.

Esta Ana de la Cruz, la madre del dicho Francisco Bautista de Contreras, en mucho ayudó a enseñar la Doctrina Cristiana y otras oraciones y devociones
a las mozas y a otras mujeres que no las sabían, guia-
ba las cofradías del Santísimo Sacramento y la de
Nuestra Señora y era ayuda constante en el hospital y
los servicios a enfermos.

Se cuenta de ella que una vez que un cura no
le quería recibir la limosna que ella hacía, sabiendo que
no era mujer rica sino trabajona, que todo cuanto
donaba lo juntaba con las cuatro mujeres con que vivía
en la misma generosa actitud hacia el prójimo y la
Iglesia, ella le contestó: "Padre, ¿para qué lo quiero
yo?, no tengo hijos ni marido, puesto que al único hijo
mío he renunciado en bien de la Iglesia, ¿a quién tengo de dar sino a Dios que me lo prestó?"

Apenas murió ella en santa paz, Francisco
Bautista de Contreras tuvo un espíritu bondadoso
cuidándolo y protegiéndolo. El mío, el que me cuida,
también es bueno, mas no supo extender su bondad
más allá de mí, por lo tanto fue egoísta, y menor es su
poder para protegerme. En nada lo culpo, observo
solamente la fuerza de los muertos en terreno de vivos. Y en esto no contradigo en nada la Doctrina Cristiana. Por mi parte, tendré tantos que cuidar, que no
sé si sabré hacerlo, tantos fueron mis alumnos en el
Colegio, y esto sin tomar en cuenta mis alumnos crio-
llos, a los que no sé si cuidaré en la morada que me
depara un cercano futuro, que bastante generoso fui

---

[27] Esto, en español en el original, parece ser cita de un texto que no
he conseguido identificar. N. de E.

ya con ellos sin jamás haber recibido más retribución que su ira por mis conocimientos.

¿Quiénes crecen aquí, en estas tierras? ¿Quiénes salvan sus cuerpos de la enfermedad y fortalecen sus intelectos? ¿Sólo aquellos que devoran las buenas razones, que se ensañan en contra de las inteligencias? Tampoco, si recuerdo a uno de aquellos procuradores de maldad, quien tuviera el puesto del mismo nombre. Es cierto que está gordo y sano que da gusto verlo, pero ¿acaso escribió siquiera un libro para los suyos que se asomara a la obra de fray Melo? ¿Acaso escribió lo que un Mendieta, acaso un Zumárraga fue? Ni Mendieta ni Zumárraga, ni Valeriano, ni de la Cruz, aunque recuerdo las gracejadas con que nos recitaba, que mucho le festejábamos, pero no podemos compararlas siquiera con la obra inédita y crucificada por la envidia de fray Melo, con lo escrito por Pedro Juan Antonio, con los dos manuscritos desconocidos por los más de fray Elejos, o el innumerable trabajo y pensamiento de fray Juan García; no tienen comparación porque no son sino gracejadas. Así que aunque se haya cebado con los otros (ayudando como todo en estas tierras a destruir lo bueno, en su caso a punta de burlas y de preparar corrillos que se burlasen de lo un día sano y un día inteligente, favoreciendo el poder maligno de las exudaciones de estos lares), no le ha servido para alimentar la propia inteligencia. Es gordo y tiene cara de sano, y sobrevive donde es difícil hacerlo, pero, ¿es lo suyo sobrevivencia, si comparamos el cuerpo en nada lozano de fray Juan García con su trabajo y escritura? ¿O miro yo mal, y auxilio también a las exudaciones que buscan destruir cuanto bueno y fértil se da de inteligencia en estas tierras, y confundo al gordo con el bueno, al que ha trabajado con el que no ha hecho nada de bien?

¿Pero para qué me he dejado caer en estas inútiles meditaciones? De nada sirve el recuerdo de la facilidad para la destrucción que tienen estas tierras. ¡Ah, punta de envidiosos, ejército sin armas! Su envidia destruyó lo mejor de mí, acabó de raíz con la alegría. Ah, parvada de envidia que ensombrece el sol del cielo... ¿Y si esto va a dar a sus manos? De mierda debiera embarrar estas hojas, de mierda no más, en lugar de regalar aquí mi historia entera, que es flor y un capullo si alguien la toma con la lectura, que es flor pues ella me contiene, que es capullo porque en ella nace mi persona, mejor aún que en mi propio viejo cuerpo, este saco de huesos en que los años y el dolor me han convertido...

Slosos keston de Hernando

Ekfloros keston de Learo

Los hombres habrían dicho que recibí la visita de Lilith.
Dormía, y sentí en la nuca un hormigueo, entre cautiva-
dor y repulsivo, que apoderándose de mí bajó hasta la
altura de los riñones. Tal vez habría bajado más, no lo
sé, porque cuando llegó ahí, me desperté. Era fortísima
la calidad eléctrica del dolor (si dolor era) en la nuca.
Recordé a Lilith y agité la cabeza para espantármela, como
si ella fuera capaz de engendrar en mí alguno de sus
hijos. Pensé que si nuestra vivienda fuera una casa, como
las que tuvieron los hombres de la Historia, las cortinas
de mi habitación, empavorecidas por el hálito de Lilith,
se habrían pegado a las ventanas y a las paredes, para
bailar después la danza macabra del terror.

Hasta que terminé de armar en mi cabeza los
detalles de la supuesta visita de ese espíritu maligno,
caí en la cuenta de que, lo más probable, la alarma
era lo que me había arrebatado de los brazos de
Morfeo, y que la nuca me molestaba por el cansancio,
que era una manifestación de mi falta de sueño.

Me levanté, un poco agitada, y salí hacia el
Punto Calpe. Necesitaba cambiar de ambiente para
serenarme. La incomodidad a la altura de la nuca no
me permitiría dormir. La noche era inusualmente oscura. No brillaba la luna, y una tormenta generalizada
había levantado una tolvanera densa, que cubría el
resplandor de la Tierra. Los vientos corrían con tal
fuerza allá abajo que su ulular se alcanzaba a oír.

No había nubes tampoco. Las estrellas brillaban. El cielo era azul oscuro. Me hubiera sido imposible contar las estrellas.

Pasé al lado de las pozas sin sumergirme en ellas. En algún lugar del Punto Calpe, me detuve y me senté sobre un escalón. Volví a pensar en Lilith por un momento, y algo parecido al hormigueo reapareció en la nuca.

Atrás de mí, oí pasos acercándose.

—¿Quién anda ahí? —lancé un quién vive, levantándome.

—Soy Ramón.

—Ramón, ¿qué haces aquí a estas horas? Veo que no soy la única que no puede dormir. Sentémonos por aquí, tengo días buscándote.

—Suerte la mía, ¿qué querías conmigo? —me contestó, sin sentarse en ningún sitio.

—Quería... —trastabillé— Hace días quiero preguntarte por qué hacen timbrar mi alarma en las noches.

—Yo qué sé. Será que alguien quiere verte. Yo hubiera querido verte aquí, ahora. No esperaba verte, pero ya que te encuentro, me doy cuenta de que no podía querer nada más que esto... Cordelia, qué bello el cielo, las estrellas, mira...

—Lear.

Me sujetó de la cintura. Me dio un beso. Me dio otro. Tardé un par de minutos en responder a sus muestras de deseo, pasados los cuales me hice suya sin barreras, expulsada del mundo sensible por el terrible viento y por la oscuridad, entregada a la aventura levítica de la carne, auxiliada por las estrellas flotantes. Parecíamos despegados de la tierra. Yo, Ramón, las estrellas y L'Atlàntide parecíamos parte del mismo cuerpo y del mismo acto. Diría que nuestro copular era perfecto, pero sería medio mentir, porque algo *extraño* ocurría en nuestro acto. En él había la suspensión completa que he descrito, pero, al mismo tiempo, alejados el uno del otro, Ramón y yo nos observábamos con completa frialdad. No que ocurriera simultáneamente, digamos que cada fracción minúscula de tiempo tenía dos partes, y que en una estábamos entregados a las artes amatorias, y que en la otra estábamos lejos el uno del otro, ajenos a lo que ahí estaba pasando. Se dirá que es imposible, porque ni los instantes tienen dos partes, ni se puede copular suspendidos en perfección sin estarlo haciendo, o distrayéndose a ratos. No es que nos distrajéramos, digamos que en la mitad de cada momento no estábamos en eso. En la mitad que sí, el acto no sólo era completo sino puedo decir que era sublime, perfecto, y que mi alma misma, y mi inteligencia, y mis recuerdos, y los recuerdos de que me he hecho leyendo, cuanto me configura estaba completamente entregado al acto amoroso. En la que no, en el otro lado del momento, ni mi mano tocaba a Ramón.

Al terminar la cópula, Ramón me abrazó, y abrazados nos fuimos a mi habitación. Ahí, sin decirnos una palabra más, nos acostamos a dormir, el uno en brazos del otro. Cuando desperté, Ramón ya no estaba conmigo.

Justo cuando iba ya a salir hacia mi punto de trabajo, me atajó Rosete:

—24... Que Ramón no puede verte. Salió hace tres días a dormir una temporada a El Oasis.

—¿Se fue?

—Se fue, pero vendrá.

—Gracias Rosete.—No sé cómo alcancé a articular, mientras intentaba pensar algo rápido, algo racional que me explicara las cosas—. ¿Algo más?

—Es todo.

—Lo de las alarmas que timbran en la noche.

—No tengo respuesta.

Se fue. Yo me vine aquí. Sí vi a Ramón anoche, lo aseguro. Y aquello que digo de que estábamos y no estábamos ahí no tiene que ver con esto que me ha dicho Rosete. ¿Mienten? ¿O Ramón estando allá estuvo aquí?

Slosos keston de Learo

Ekfloros keston de Hernando

Hubieran tal vez pasado más años sin que soltara yo la cubierta del no llanto mío, si no fuera por una visita que hicimos a la Iglesia de San Francisco en la ciudad de México.

Vamos, cuesta trabajo explicar la importancia de la visita aquella, que no la tuvo en sí, pero a mí me sirvió para separarme de la ceguera del llanto. Tras ella llegué, de alguna manera, a asentarme en el Colegio, conseguí ver a mi alrededor, pude pasar de lamentador, o de llorón (por mejor decirlo, porque de llorar a lamentar hay una gran distancia en la conciencia), a alumno. No me acostumbré a no tener conmigo a mi madre, pero mi llanto paró y vi dónde había caído, atado al nombre falso, quiénes eran los que me recibían, cuáles eran sus nombres, de qué era la trama en que estábamos trenzados, qué tipo de nudos iban a amarrar aquí para forjarnos y sostenernos.

Resulta que en un cofrecillo guardado en el Sagrario de San Francisco, en la vecina ciudad de México, se conservan las reliquias de la Iglesia. Alguno de los monjes tuvo la idea de llevarnos a conocerlas, no sé si porque eran recién llegadas o por qué motivo, que, estando como he dicho, a lágrima viva y mal avenido, porque hacía muy poco que habían prohibido de tajo las visitas, poca idea podía hacerme de las cosas, así que no tengo ni la más remota idea de por qué motivo fue que nos llevaron ahí, si nos dieron explicaciones de a qué nos llevaban, si nos arengaron antes de salir.

El caso es que, cuando había pasado un poco más de un año de mi ingreso al Colegio, fuimos a la iglesia de San Francisco a visitar las reliquias. Entramos al Sagrario, en orden para caber apiñados todos los alumnos escogidos para la visita. El sacristán de la Iglesia, cuya historia propia dejaré para más adelante, porque después la supe, alzó la voz para llamarnos al total silencio, abrió solemnemente el cofrecillo, diciéndonos que contenía riquezas sin fin, pues con ser materia de cuerpos muertos pertenecían a sagradas presencias, de modo que las reliquias que ahí estaban infundían de santidad el sitio que ocupaban, y sin sacar nada del cofre nos fue explicando, en su náhuatl de fraile, salpicado de términos en latín y castilla, lo que contenía.

Las reliquias presentadas por el sacristán

"Primero —comenzó el sacristán— un hueso de las once mil vírgenes. ¿Conocen la historia de las once mil vírgenes? No tienen por qué saberla, que ocurrió muchos años antes de que ustedes nacieran y en lugares muy lejanos a éstos, más allá de donde venimos los que llegamos aquí, a traer a ustedes la palabra de Dios. Las once mil vírgenes alcanzaron la palma del martirio, cuando existió el ejército más extraño que ha caminado por la Tierra.

"Pues resulta que el rey de Bretaña, de nombre Mauro, tenía una hija que se llamaba Úrsula, famosa por su belleza y discreción. Quiso la suerte que el hijo único del monarca de Inglaterra, Etéreo —en parte atraído por la fama de bella de Úrsula, en parte por las conveniencias del padre, rey poderosísimo, que había sometido a su imperio varias naciones, hábil como era para la guerra y ambicioso insaciable en sus conquistas— quisiera pedir a Úrsula para esposa. Con este motivo, envío su padre un embajada fastuosa a Bretaña, con el encargo de hacer saber al rey Mauro las intenciones del príncipe de Inglaterra, y la recomendación de llevarlas a buen término, prometiéndoles que de hacerlo así los colmarían de regalos a su regreso, pero que de fracasar recibirían castigos infames.

"A cualquier otro rey europeo le hubiera halagado sobremanera la petición. El monarca inglés tenía fama de ser un hombre feroz y de ambición insaciable, y casando a una hija con él ganaría su alianza y protegería de su apetito sin fin al reino, ligándolo con la fuerza de la sangre a un trato de respeto. Pero el cristiano rey Mauro, en cambio, quedó muy preocupado, seguro como estaba de que Úrsula se negaría a casarse con un príncipe pagano, y de que al no acceder a la petición del feroz rey de Inglaterra, invocaría la ira de este hombre terrible. Y esto lo temió no porque fuera un cobarde, sino porque era un ser sensato, pues sabía de sobra que él no tenía con qué enfrentarlo en las batallas, y no hallaba cómo salir del embrollo bien parado, o sin perder reino, hija y pellejo.

"Úrsula, divinamente inspirada, le dijo:

"—Padre, dígale usted que sí aceptamos, pero que pido cuatro condiciones: primera, que quiero me proporcione diez doncellas selectísimas, en calidad de amigas; segunda condición, que pido para nuestro servicio personal, en atención al rango que maritándolo adquiriré y al que de por sí tendrán mis diez compañeras amigas, mil doncellas para cada una de nosotras; tercera, que nos proporcione una flota en la que nos sea posible viajar con nuestras once mil doncellas de servicio durante tres años, pues debo conservar durante ese tiempo mi virginidad; cuarta, que él aproveche el tiempo de mi largo viaje para instruirse en la Doctrina Cristiana y prepararse para recibir el bautismo.

"La embajada recibió la contestación y sus condiciones con cierto pánico, y trataron de disuadir al rey de Bretaña de éstas, pero Úrsula no cedió en una sola y explicó largo y tendido las conveniencias de cada una de ellas. Para sorpresa de todos, el príncipe Etéreo, único heredero del reino de Inglaterra, aceptó las condiciones y pidió a su padre las aceptara, y más aún, entusiasmado con la idea del cortejo que cruzaría mares y tierras acompañando a su prometida, se hizo bautizar de inmediato. ¿Que cómo el arrogante príncipe inglés sometió su voluntad a la ajena? Porque bordaba la voluntad divina el hilo de la historia de las once mil vírgenes, para su alabanza y mayor gloria.

"Cuando corrió la noticia de que se buscaban tal número de honestas doncellas, y abundante leva de personal masculino para acompañarlas y protegerlas, empezaron a fluir caravanas de solicitantes a ambas cortes, ya fuera para ofrecerse de voluntarios o para no perderse el espectáculo del inicio del viaje. ¿Lo imaginan ustedes?

"El obispo de Basilea, San Pátulo, fue aceptado para participar en el viaje. Santa Gerásima, reina de Sicilia, hermana del obispo Maciriso y de Daría, madre de Úrsula, también escuchó la voluntad divina de que se les uniera, y delegando en su hijo mayor el gobierno de su reino, con sus hijas Babila, Juliana, Victoria y Áurea, y su pequeño hijo de nombre Amadeo, se embarcó con rumbo a Bretaña. Fue ella quien seleccionó a muchísimas de las doncellas que venían a ofrecerse de muy diferentes reinos, y como era reina acostumbrada a cuidar los asuntos de gobierno con sabiduría y buen juicio, fue ella también quien se encargó de que las naves estuvieran bien aparejadas, y suya fue la idea de que había que preparar a las doncellas para el viaje, entrenándolas en las artes de la guerra.

"Ya para zarpar, siguiendo los consejos de Santa Gerásima, reina de Sicilia, los millares de mujeres se ejercitaron en simulacros de guerra. Al oír la señal convenida, se concentraban y formaban filas; al oír los toques de corneta, se desparramaban rápidamente, unas corriendo como si huyeran, otras como si las persiguieran. Durante días se dieron a diferentes ejercicios. Fue entonces cuando más varones vinieron para presenciar los espectaculares entrenamientos, seguros, como estoy yo, de que era Dios con directa mediación quien les daba el poder de hacerlos, pues no eran más que mujeres, y como tales sin la divina intervención se entregarían a mujeriles departimentos, y si aquí podían verse ordenadas como varones en ejercicios bélicos, fingiendo guerras para las que se preparaban sin deberlas ni temerlas, pues no pensaban pelear batalla alguna, sino viajar en paz para diseminar el amor de Dios por las tierras europeas, era por divino designio.

"Estas mujeres, aplicadas en el entrenamiento pensado para ellas por la reina Gerásima, mostraban tal belicosidad en sus ejercicios que aquéllos venidos a verlas, a más de observarlas y admirarlas, llegaron a temer sus férreas maneras.

"Cuando se embarcaron rumbo a Roma, todas las mujeres del ejército se habían ya convertido al cristianismo, instadas por Úrsula, y acariciaban la idea de la virginidad con entusiasmo.

"No viene a cuento narrar con detenimiento el paso de su ruta, ni el tiempo que les tomó llegar a Roma viajando por mar y tierra. En cambio, es importante anotar que el Papa, quien hacía el número diecinueve de la lista de los sucesores de San Pedro, y llevaba una semana y once meses gobernando la Santa Iglesia, iluminado por Dios, apenas las vio llegar, decidió unírseles, aunque para hacerlo le fuera menester abdicar a su mandato, sin duda más dulce que seguir por tierras inhóspitas la procesión de las mujeres, pero sin decir nada a nadie, bautizó primero que nada a quienes aún no habían recibido el sacramento, y fueron miles quienes lo recibieron a la vez, en ceremonia vistosísima, pues Roma es una ciudad muy rica, y sus edificios no pueden compararse con otros en grandeza.

"Pasado el magnífico bautizo, en una comida selectísima a la que había convidado a Úrsula, a Gerásima, al obispo Pátulo, a las diez acompañantes principales en el cortejo y a sus Cardenales, el Papa hizo pública su idea de abdicación. Los Cardenales se opusieron a que dimitiera, y tan necia les parecía la sola idea que hubo quienes consideraron que habría perdido el juicio, pero Ciriaco siguió firme en su decisión de dimitir y en los días siguientes nombró por sucesor a Ameto, hecho lo cual, los Cardenales guardaron sus objeciones para sí, y expresaron ante Ameto el gusto de verlo nombrado la nueva cabeza de la Iglesia.

"Con esto, Roma se entregó a mayores festejos cristianos, porque a la presencia del numeroso cortejo de Úrsula, la prometida de Etéreo, único heredero del rey de Inglaterra, se sumaba el nombramiento del nuevo Pontífice. En medio de las prolongadas fiestas, los generales del ejército imperial romano empezaron a sospechar que podría haber en el ejército mujeril algún peligro, porque su presencia provocaba fervor religioso y conversiones tumultuosas, que no veían los paganos militares romanos con ningunos buenos ojos.

"Hombres de Máximo y Africano, generales del ejército imperial romano, se filtraron entre la leva que acompañaba a las mujeres para conocer sus planes, y en cuanto los supieron, recibida la orden de hacerlo, presurosos corrieron a avisar a Julio, pariente de Máximo y de Africano, jefe supremo de las tropas de los hunos, que hacia tales fechas llegaría a Colonia una legión de mujeres cristianas, y que era menester matarlas.

"Para entonces, un ángel se le apareció a Etéreo, el príncipe prometido de Úrsula, instándolo a reunirse con el ejército de mujeres en su camino hacia Colonia, para recibir junto con ellas el martirio. El papa Cirilio había recibido el mismo anuncio, aunque de un ángel distinto, y tanto como lo son entre sí los ángeles, que aunque no haya entre ellos ni razas ni familias, cada ángel se diferencia por completo del otro, y tan distinto era el de Etéreo al de Cirilio, como es la onda que se produce al caer una piedra en un estanque, a la violencia destructora del mar embravecido.

"Justamente, era por la visita del ángel que Cirilo sentía necesidad de acompañar a las once mil vírgenes. En el mismo momento en que recibió al ángel, el cardenal presbítero Vicente y un tal Santiago, arzobispo de Antioquía desde hacía siete años, y Mauricio, obispo de Levicana, tío de Juliana y de Babila, y Folario, obispo de Luca, y también Suplicio, obispo de Ravena, recibieron visitas similares, y emprendieron la marcha para sumarse al cortejo de las once mil. No fueron los únicos que tuvieron frente a sus ojos a los ángeles anunciantes: fue por el mismo motivo que Márculo, obispo de Grecia, y su sobrina Constancia, hija del rey de Constantinopla, acudieron desde Grecia a Roma deseosos de incorporarse a las once mil vírgenes. Más pudieron haber recibido visitas angelicales, porque esas criaturas celestiales son en número incontables, pero sólo estos pocos fueron los elegidos. Las estrellas que brillan por las noches oscuras, no son sino como un puñado de piedras preciosas, comparadas con el número de ángeles. El profeta Daniel nos dice: *Millares de millar lo acompañan, y diez mil veces cien mil están enfrente de Él.* Y Dionisio escribió: *Hay tantos ejércitos benditos de inteligencias divinas que sobrepa-*

san el débil y limitado remontar de nuestros núme-
ros materiales.

"La expedición dejó atrás Roma. Al llegar a Colonia, encontraron la ciudad sitiada por los hunos. Poco
fue el tiempo que tuvieron ellas y sus acompañantes
para pensar '¿qué será de nosotros, qué comeremos, a
dónde nos alojaremos?', pues en cuanto los sitiadores
las divisaron, salieron a su encuentro, y sin piedad alguna, profiriendo tumultosos y enormes alaridos de feroci-
dad, a todos y a cada uno los asesinaron. Poco valió el
entusiasmo, el rango y la belleza, todo fue carne para
alimentar flechas y cuchillos, todo sangre para dar bebi-
da a la sed de fiereza. El general carnicero al mando del
ejército, se sorprendió ante la belleza de Úrsula, y le
propuso matrimonio, pero ella lo rechazó de inmediato
y fue asesinada sin piedad con una flecha.

"Todo fue rápido, pero tiempo bastó y sobró
como para que hubieran echado mano a sus armas y
sus fuerzas. Y la leva que las acompañaba, ¿por qué
tampoco luchó? Si aquí, en esta ciudad, Cortés venció
con menos de doscientos hombres al ejército de un
imperio fiero y valeroso, allá, ellas, siendo tantas y tan
sabias en las artes marciales, ¿por qué no pudieron
nada contra el enemigo? Así son los designios de Dios,
cuanto acontece es gobernado y sentido por su inson-
dable voluntad. Inútil y necio es pelear contra las divinas decisiones. Debemos admirar sus grandezas.

"Cierto abad rogó encarecidamente a la abadesa de Colonia que le hiciera donación de uno de
los cuerpos de las vírgenes, prometiéndole que lo
guardaría en un arcón de plata y lo expondría a la
veneración pública en el altar mayor de su iglesia, a
lo que la abadesa accedió. Pero, abrumado por distintos deberes, el abad dejó pasar más de un año sin
hacer arcón de plata ni lugar en el altar mayor para el
cuerpo de la Virgen, que seguía, pacientemente, durmiendo el sueño de los justos, en un ataúd de madera

sobre la mesa de uno de los altares laterales del templo. Una noche, a la hora de cantar maitines, el cuerpo de la mártir salió como por encanto del ataúd, descendió desde el altar al suelo, avanzó hacia el altar mayor, hizo ante él una profunda reverencia, entró en el coro, y, con gran sorpresa de los religiosos que observaban, silenciosos y estupefactos, sin poder respirar siquiera, pasó por delante de ellos y salió de la iglesia, perdiéndose en la oscuridad de una noche sin luna.

"Apenas reiniciaron y terminaron los rezos, el abad corrió a abrir la tapa del ataúd, pero lo encontró vacío, por lo que se apresuró a comunicárselo a la abadesa. Fueron los dos a inspeccionar el lugar donde había antes estado la Virgen enterrada, y la encontraron ahí tendida, el cuerpo incorrupto. El abad renovó su promesa de hacerle un arcón de plata para exhibirla en su templo, pero la abadesa, viendo lo que había acontecido, se negó rotundamente.

"Años después, arrepentido el abad de su desidia, estando próximo a la muerte y habiendo guardado veneración por las once mil vírgenes, recibió una visita de una joven hermosísima.

"—¿Me conoces?—le preguntó.

"—Pues no—respondió él.

"—Soy una de esas once mil vírgenes a las que eres tan devoto, y vengo a decirte que si en honor nuestro rezas once mil Padrenuestros, acudiremos a tu lado en el momento de tu muerte.

"Entonces el abad empezó su rezo, y cerca ya de terminar los once mil pidió se le administrara la unción. En el momento en que se le estaba ungiendo, dijo con una fuerte voz:

"—Marchaos todos de aquí, en seguida, y dejad el espacio libre, que vienen las once mil vírgenes.

"Seguido, con voz débil, les explicó la visita recibida, por lo que todos salieron de la celda del enfermo. Afuera escucharon pasos y voces femeniles, así como cantos y sonidos de espadas entrechocando, pero cuando tornaron a entrar no había huella alguna de ninguna visita, y advirtieron que el abad había fallecido y que su alma había emigrado a la casa del Señor.

"Aquí hay también —nos dijo el Sacristán de San Francisco, señalando el cofrecillo que habíamos ya todos olvidado—, un hueso de San Martín Obispo, un pedazo del velo de Santa Lucía, el hueso de San Pancracio, aquel mártir niño que dijo al emperador, cuando trató de disuadirlo de la fe en nuestro Señor Jesucristo, antes de ser llevado al martirio en la vía Aureliana, donde fue degollado en el año 287 de nuestra Era:

"—Es cierto que, por mi edad, soy todavía un niño, pero quiero que sepas que cuento con la ayuda de nuestro Señor Jesucristo; por tanto, las amenazas que disimuladamente acabas de hacerme me asustan tanto como la pintura de ese cuadro que hay en la pared. ¿Cómo se te ocurre pensar que voy a aceptar dar culto a tus dioses, sabiendo como sé que fueron unos estafadores, que sostuvieron relaciones incestuosas con sus hermanas, que asesinaron a sus propios padres y que llevaron una vida abominable? Si tus siervos hiciesen hoy lo que ellos hicieron, estoy seguro de que, sin dudarlo un momento, inmediatamente los condenarías a muerte. No salgo del asombro al observar que no os dé vergüenza adorar a semejantes dioses.

"Habemos aquí también dos huesos de los Santos Tebeos, parte de algunos huesos de Santos, envueltos en un papel sin otro título más que éste, otros dos huesos de los cascos de las cabezas de las once mil vírgenes, un hueso de San Cristóbal, un hueso de San Alejandro, *filius Sanctae Felicitatis, de pulveribus et ossibus multorun sanctorum,* envueltos en un papel con este mismo título, un hueso de uno de los diez mil mártires, cuya vida no voy a contar porque de unas once mil ya hablamos hoy día. Todas estas reliquias tienen sus testimonios autentificados, guardados aquí también con ellas.

"Sin testimonios autentificados, aunque se tienen por ciertas, están: media canilla de San Luis Obispo, fraile nuestro, un pedazo de la túnica del mismo santo, muchos huesos de los compañeros de nuestro padre San Francisco, todos juntos en un papel, un hueso de la quijada de San Bernabé apóstol (de quien dice el capítulo once del libro de los *Hechos:* "Enviaron a Antioquía a Bernabé, el cual, así que llegó, y vio la gracia de Dios se alegró y exhortaba a todos a perseverar en la fidelidad al Señor, porque era hombre bueno, lleno del Espíritu Santo y de fe"), San Bernabé, el mismo que fue atado con una soga al cuello, llevado a rastras afuera de la ciudad, y que tras muros fue quemado vivo, sólo por haber dádole la ceguera durante un tiempo a un hechicero, que bien la merecía por tratar con los demonios, el mismo Bernabé de quien, ya muerto, los impíos judíos recogieron sus huesos, los metieron en una vasija de plomo y los escondieron para echarlos al mar al día siguiente, pero sus amigos cristianos consiguieron hacerse de los venerables restos del apóstol y enterrarlos secretamente en un sótano hasta el año 500 de nuestra era, cuando fue emperador Zenón, quien luego se convirtió al cristianismo y murió como un santo, de quien hay también aquí un hueso, y que supo dónde estaban los restos santísimos porque el mismo Bernabé se apareció en sus sueños para informárselo.

"También hay aquí una muela de San Lorenzo, , martirizado por orden de Decio, español, diácono y mártir.

"También hay, en el cofrecillo que guarda las reliquias con que se honra nuestra iglesia de San Francisco, un pedazo de piedra del pesebre, un pedazo de tierra, que casi es como piedra, donde fue levantada la cruz de Cristo, cuando le crucificaron, otro pedazo de tierra del lugar donde estaba Cristo cuando le negó San Pedro. Estas reliquias son fundamento de la Iglesia de San Francisco, Al que venciere —son las palabras de San Juan el Teólogo—, yo lo haré columna en el templo de mi Dios, y nunca más saldrá afuera, y escribiré sobre él el nombre de mi Dios, y el nombre de la ciudad de mi Dios, la nueva Jerusalem, la cual desciende del cielo con mi Dios y mi nombre nuevo. El que tiene oído, oiga lo que el Espíritu dice a las iglesias.

"Y ahora regresaré, niños, el cofrecillo a su sitio, detrás de la custodia del Santísimo Sacramento, que ha llegado la hora de rezar las vísperas, y hasta aquí puede llegar el tiempo en que recordemos sus benditas historias, traídas a cuento para alabar la gracia de la fe y la magnanimidad del Señor Jesucristo para que nos guíen con la luz de sus santos ejemplos. Amén."

Apenas terminó con su largo recuento de reliquias y santos, el sacristán empezó los rezos, sin cambiar el tono conmovedor de su suave voz, y nosotros con él a repetirlos, infundidos de su mismo calor. Fue aquí, con las palabras del custodio de las reliquias, que, despertando de algún modo de mi mucho llanto, llegué, verdaderamente y a mi manera, a formar parte del alumnado de Santa Cruz Tlatelolco. Las historias de los Santos me recibieron, me dieron a luz. Arropado por las vidas de los santos narradas en la voz cálida del sacristán, se hizo uno de mis verdaderos nacimientos. Ahí nací una vez; frente a las reliquias y el sacristán ocurrió mi nacimiento como alumno del Colegio de Santa Cruz. Recibido por el custodio de las reliquias, arribé al Colegio de la Santa Cruz. Dejé la balsa del llanto y la tristeza, en la que me había yo subido por haber dejado casa, y llegué a la que lo sería de ahí en adelante, y por muchos años. Llegué de la mano de las once mil vírgenes, de la de San Lorenzo y de San Martín obispo, de la de San Pancracio, y la de San Sebastián. De sus manos llegué al Colegio de Santa Cruz, cuando yo tenía diez años, fingía tener doce, y echaba desesperadamente de menos a una madre que a los ojos de los otros no era la mía. Cambié el rumbo de mi tristeza entre las llagas y los martirios de esos hombres, nací recibido por ellos.

El hueso de las once mil entraba a mi carne para enseñarme dónde estaba la columna a la que podía sujetarme para comprender mi nueva historia. Úrsula y sus caprichos, el hijo del rey de Inglaterra vencido ante ellos, el Papa Cirilo renunciando a sus privilegios, la reina de Sicilia organizando el ejército de hembras, los ángeles avisando del milagro que se avecinaba y que no era más que muerte, la vocación de guerra de las once mil vírgenes, la ciudad de Roma de fiesta con la visita de la legión de hermosas, los hunos esperándolas voraces en Colonia, como perros hambrientos de carne de mujeres para entregarlas presurosas al vientre de la muerte, la santa Virgen muerta caminando hacia su tumba, tras esperar un año que se le diera a su cuerpo el lugar prometido, para después, clemente, auxiliar al desidioso en el difícil tránsito a la muerte, San Martín limpiando los zapatos de su esclavo, San Sebastián convenciendo a los hermanos de las bondades del martirio, dando voz a la muda, rebatiendo el dolor de los padres viejos y de las esposas y sus niños, en el largo discurso en que alababa la muerte, Santa Lucía inmóvil, resistiendo la fuerza de bueyes y de hombres, aunque siendo frágil y de condición mujeril, Pancracio, el mártir niño: ellos me recibían, ellos abrían sus brazos para darme entrada al

Colegio de Santa Cruz, mi nueva casa. Cambiaba los abrazos de mamá, y sus mimos y cuidados, por el niño degollado, por la Virgen a quien arrancan los ojos, por los cuerpos insensibles al dolor y el dolor insensible a la muerte de los seres queridos. Además de suplir su abrazo con estas compañías, cambio que ahora de viejo poco puedo comprender, yo, que apenas hacía unos pocos días sacaba en todas mis ensoñaciones un puñal para arreciar contra el ficticio enemigo, yo que soñaba me vestía con armadura pintarrajeada de colores, y con adornos de pluma y con el escudo de mi padre, yo, oyendo las historias de los santos, solté el puñal, desnudé de escudo y armadura mi frágil cuerpo, y me uní a la turba indefensa, a la multitud de santos que encuentra el heroísmo en dejarse vencer, en recibir heridas, en la palma del martirio. En mis sueños, yo tenía pasta de héroe, y si según el código de las historias de santos, héroe era el que por no renegar de su fe cristiana alcanzaba el tormento y el martirio, entonces como un santo en mis sueños yo era. Desde el momento en que emprendimos el camino al Colegio, de regreso de la iglesia de San Francisco, me vi acompañando a las once mil vírgenes por extraños caminos, vi cómo nos recibían con festejos las grandes villas, cómo entrenábamos nuestras armas blancas en prados hermosos, entre flores y estrellas que sabían resplandecer de día, mientras los colibrís no se asustaban del sonido de nuestros puñales y espadas, que chocaban sin que hiriera a nadie su gracioso vuelo, y luego vi a los salvajes hunos corriendo grotescos y lerdos hacia nosotros, vi su vileza, vi que no ameritaban que sacáramos contra ellos nuestros puñales y espadas, vi cómo nos destazaban, cómo algunas no tocaban la tierra mientras ellos se les acercaban a apuñalarlas, levitando en cuerpo incorpóreas de tanta santidad, escuché a los seres celestiales acompañándonos en nuestra muerte, envueltos en música de sacabuches y arpas, de flautas y atambores, mientras los hunos más se enfurecían al entender que a nosotros aquello en nada nos hería, que matarnos era darnos placer y transportarnos al territorio del bien y la alegría...

Mis ensoñaciones cambiaron, trayéndome a los brazos de los monjes. Soñando con santos martirios, yo podía compartir mi espíritu con ellos. Mi sueño y el de los frailes se rozaban, casi se tocaban. Me volví uno de sus más fieles alumnos.

Al dejar el puñal de lado, y abrir la cortina de mi llanto, a más de arribar al Colegio de la Santa Cruz y ser capaz de ver y entender dónde estaba y qué me transmitían los maestros, tuve muchas revelaciones. Me es difícil, viejo y en la orilla de la muerte, detenerme en todas, algunas porque el sólo recordarlas me duele más de lo que puedo soportar, otras porque aunque bien veo al niño afectado, tocado por ellas, no las comprendo. Hubo una que fue pura necedad, y que recuerdo y que puedo poner en palabras: creí comprender bien a bien qué era el pecado. No era lo mismo que hacer algo mal, como lo indica la palabra náhuatl que designa pecado en esa lengua. El pecado era algo más. Pecado era algo que no acompaña necesariamente un verbo. El pecado era una masa adherente, repulsiva, a la caza siempre de víctimas; una masa que absorbe, como cuentan que son las cuevas varias donde viven las serpientes princesas, fábula que recorre nuestros pueblos. Ahí donde vive la serpiente, el viento chupa al paseante. Ahí donde vive con su corte, chupa, absorbe al que va andando, lo lleva consigo. Así el pecado, chupa, va absorbiendo. Es casi imposible no ser su víctima.

El que es víctima o es presa del pecado, debe arrepentirse para no recibir el castigo. Pero no puede dilatarse en hacerlo, éste debe ser asunto de presteza. Es necesario que del alma tiren presurosos caballos, para poder delatar al pecado, antes de que éste reciba (quien lo lleva en el alma adherido) el correspondiente castigo. Si es bien cierto que el franciscano tiene prohibido subir a montura alguna, lo es también que a varias debe entrenar a su alma para cruzar el territorio donde se aposenta el pecado, para salvar su alma de su perdición sin remedio, si sobreviene imprevista la muerte.

Entonces, cuando me di cuenta, cuando nací al fervor, aparejé y enjaecé en mi alma un millar de monturas. Subido a ellas, me hice viajar a confuso ritmo de vértigo, simulando ser huracán, ser rápida ráfaga de viento que arrastra consigo cuanto encuentra.

El trote que las mil monturas imprimía al paso de mi alma, para esquivar el castigo que la irremediable llegada del pecado invocaba, hacía que mi fervor lo fuera a ratos, solamente. Pues para que las llamadas del fervor llegaran a mí, era necesario echar la rapidez de las monturas por la borda, hacerme a un lado, arroparme en la plácida paz de la iluminación, de la cercanía con Dios.

Ahora no avanzo ni retrocedo según mi espíritu dicte; estoy varado en la prisión inmóvil de mi cuerpo. Soy un prisionero de esta masa de huesos, de este puño de carne vieja. Adentro de mí no reina la inmovilidad completa, mi alma avanza y retrocede sin sentido, yendo y viniendo, expresando su ira en minúsculos pasitos: se sabe enjaulada en mí, en mi cuerpo, en mi vejez áspera, en mi imbécil pasividad babeante. Cuando cierro los ojos, me caen lágrimas que no llaman ni al dolor ni al frío, sino a mis muchos años. Por viejo derramo lágrimas, escurro baba, meo mis vestidos. No digo más; esto soy, el prisionero en una pila de huesos mal vestidos, el lodazal en el que han estancado sueños, fes, caballos, purezas, castigos y pecados.

Slosos keston de Hernando

Ekfloros keston de Learo

Llegó el día de la abolición de la palabra. Sí, no estoy bromeando, llegó. Convéncete, Lear, ¡llegó! La ceremonia de hoy fue para hacer público y solemne el decreto de la abolición de la lengua.

Ah, pero debo distraer con algo mi ira y mi desazón para poder contarlo...

Debo pensar en algo que me separe de los nefandos hechos para poder mirarlos sin que me invada la muda desazón o la ruidosa ira. Busco algo, busco... Aquí:

Bueno que no soy cartógrafa, porque mis planos convertirían a la Tierra en un laberinto. "Vamos a tomar una ruta para llegar más rápido", me dijo Rosete, y nos guió a los dos hacia arriba, llevándonos a una gran altitud, ahí donde la atmósfera se enrarece y opone al paso menor resistencia. Dimos entonces unas zancadas grandes y nos precipitamos. Ya que subir es la manera más rápida para llegar a un punto lejano, yo dibujaría a la Tierra cóncava y no convexa. A L'Atlàntide la pondría en su corazón, la atmósfera sería interna, la superficie de la tierra sería el fondo. Afortunadamente no soy cartógrafa, pero mi fantasía algo tiene de verdad, por desgracia. L'Atlàntide está en las entrañas más indomables, impronunciables, crudas, inmaduras, a-sólidas, ardientes de la Tierra. En L'Atlàntide el ardor de la Tierra se vuelve helado liquidismo, acuática solidez. Si aparentemente lo que hemos procurado durante siglos ha sido respetar y reconstruir Naturaleza, en mi cartografía (ya que así la llamé) seríamos los monstruos que bajo el mar buscan el punto frágil de las masas continentales para separarlas con sierras bestiales y provocar la revuelta de los mares contra la Tierra, la venganza del agua contra lo sólido, el gobierno de la sombra sobre la luz. L'Atlàntide no sería solamente el continente sumergido, sino que sus habitantes serían los sumergidores de continentes.

Todo a cuento por el viaje con Rosete hacia La Arena y lo que ahí aconteció.

Cuando estábamos por terminar nuestro descenso, vimos que sobre el desierto soplaban vientos desordenados, alzando aquí y allá ráfagas de arena cargadas de basura. Bajé acostada hacia la Tierra, para ver mejor. Como la burbuja en que L'Atlàntide se reúne no permite la entrada de las borrascas del desierto, ahí la luz del sol brillaba contra la arena. Vi el círculo formado por todos los 39 habitantes de L'Atlàntide, menos tres, porque en el centro había una persona y faltábamos nosotros dos. Cuando el del centro se movía, los demás quedaban inmóviles, cuando los del círculo se movían, él era la estatua.

Ya adentro de la burbuja, aunque Rosete me apresuraba, me detuve un momento más a verlos desde arriba. El del centro era Ramón. Fui hacia el círculo, a acomodarme junto a Rosete que ya tenía un lugar, pero Ramón me llamó con una seña y aterricé junto a él.

—Lear, hoy es la ceremonia de la abolición del lenguaje.

—¿La abolición?

—Los más de la comunidad ya no lo practican, no lo harás ya tampoco tú, o no con ninguno de nosotros, porque nada puede obligarte...

Lo interrumpí:

—Ramón, esto es demasiado terrible. No deben hacerlo —lo repetí de cara al círculo, volteando a un lado y al otro— ¡no deben hacerlo!

—Está ya decidido —agregó Ramón.

—Es que no deben hacerlo. No lo hagan. Se los suplico. La lengua...

Una rechifla ahogó mis palabras. Una rechifla acompañada de los movimientos más procaces, espantosos, estúpidos, abominables, los de su nuevo código de comunicación.

—¡Ya! —gritó Ramón, acompañando a la sílaba por un movimiento de esa especie. El "¡ya!" era para mí, el movimiento iba dirigido a todos los demás. Él no tenía que girarse para darse a "entender", porque las señas de su código son a tal grado imbéciles que da lo mismo verlos de frente que de espalda, no hay ni frente ni espalda, ni arriba ni abajo para ellos. —Mis últimas palabras —agregó— son éstas: "concedo que los dioses han sido justos y que todo está, al fin, en orden".

"Mutis", pensé, "citan ahora a Mutis", y dije para mí ya con ira, "¡cómo se atreve a usar así a mi Mutis!" Me alejé del centro, pero no quedé por completo incorporada al círculo. Los atlántidos repasaron en el más triste y absoluto silencio todas las señas de su nuevo código de comunicación, hecho de movimientos y gesticulaciones que califico con imparcialidad de horrendos, completamente necios y escasos de razón. "¡Oh ruido divino! / ¡Oh ruido sonoro!", ¿dónde has quedado, bullicio alegre, voz, canto, sonar de la palabras?

Ésa era la ceremonia. ¡Adiós a las magníficas que un día celebró L'Atlàntide! No había ahora sino la fealdad y el ridículo, la tontería y la procacidad, la estulticia y la majadería, la tontería y el disparate. Aquellos seres casi divinos devenían en bodoques,

samarugos, parapocos, zorzales, candelejones, caca-
senos, guanajos, sinsorgos, mamacallos, pendejos.
Quiero creer que volverán algún día mejores tiempos,
como en otros siglos retornaron año con año las men-
tadas golondrinas.

En cuanto repasaron su código completo (no
les llevó tanto tiempo dar cuenta de su pobreza), Ramón gesticuló aquello grotesco que en su nuevo código quiere decir "hecho", o "ya está", aquel movimiento
procaz que evita la gramática. Todos los ahí presentes, todos los atlántidos, repitieron la gesticulación que
no excluye parte alguna del cuerpo, en la que boca,
pie, nalga, mano o culo no se distinguen el uno del
otro, y presos de una euforia ebria lo repitieron y lo
repitieron ("ya está, ya está") como si abolir la lengua
les provocara una borrachera de alegría.

Yo no moví un músculo, por supuesto. Me
dispuse a dejar La Arena con el corazón encogido de
tristeza y el cuerpo agitado de temor. Ante sus muestras de incontenible furor colectivo, no quise permitir
que creciera adentro de mí un tonto sentimiento que
se asemejaba al pánico.

Retirándome, por casualidad reparé en Rosete.
Sin dejar de hacer el mismo gesto de todos, se esmeraba en hacerlo bello, en cambiar alguna parte de sus
signos imbéciles por cierta armonía corporal. Como
su mano derecha tocaba atrás de su oreja izquierda,
mientras abría las piernas para dar el saltito aquel y
sus ojos se abrían desmesuradamente, la voluntad de
elegancia —aunque impresa hasta entonces en todos
sus movimientos— solamente conseguía aumentar el
grotesco ridículo. Rosete conseguía sólo verse el más
lamentable, y el dolor de verlo así aumentó mi pavor.
Aceleré mi paso.

De reojo, Rosete me vio viéndolo y apresurarme agitada. Más rápido que yo, porque él estaba sere-
no, me atajó y me hizo otra gesticulación:

"Espera",
y de inmediato la que significa
"viene",
seguida de
"baño"
y al final
"olvido".

¿Un baño de olvido? Esto era demasiado para mí. Decliné con un leve movimiento de cabeza, negándome a repetir el equivalente a su NO que Rosete me instaba a copiarle. ¿Se atrofiarían ahora el área de Broca, lastimarían sus cerebros para impedirse hablar? ¿Irían más allá, cambiando por completo la conformación de sus cerebros, para que en ellos no pudiera haber el mínimo resquicio en que pudiera refugiarse la lengua?

Los dejé en su ceremonia anómala, a punto de bañarse en el olvido, entrando a la oscuridad más profunda del alma y de la inteligencia.

Continúo con la transcripción de las palabras de Hernando. No creo que sea lo más apropiado en un momento como éste, pero el azar puso este manuscrito en mis manos justo cuando iba a ocurrir el más triste pasaje en la vida atlántida. Aunque no sea lo más apropiado, no lo abandono. Escribiéndolo estoy, y si dejo de hacerlo puede ser que la marea horrible de imbecilidad que va inundando la colonia acabe conmigo. Yo me aferro a Hernando.

Slosos keston de Learo

Ekfloros keston de Hernando

No volvimos nunca a visitar las reliquias guardadas en el Sagrario del Templo de San Francisco en México. Hubo otras que llegaron, ya fuera para esta iglesia o para otras, y a todas se les recibió con pompa y fiestas, que no quiero aquí contar, porque han sido más de una vez escritas y porque no convienen a mi historia, aunque no puedo omitir la llegada, algo reciente, del *Lignum Crucis* que trajo entre otras reliquias el año reciente de 573 fray Alonso de la Vera Cruz, después de larga estancia en Madrid, cuando llegó con el cargo de Visitador del que nunca abusó ni echó mano, por considerar que no convenían aquellos envíos de visitadores, habiendo aceptado sus poderes para que no se dieran a otro que viniera a perturbar la provincia. De la reliquia del *Lignum Crucis* dio una parte a la Iglesia Catedral y distribuyó las otras en templos agustinos.

Por cierto, este fray Alonso de la Vera Cruz, fundador del Colegio de San Pablo, al que consiguió dotar con una colección de globos, mapas e instrumentos científicos y una magnífica biblioteca, era un notable lector. Cada uno de los ejemplares de las cuatro bibliotecas que él fundara (la dicha, más la de los conventos agustinos de México, Tiripitío y Tacámbaro) estaba rayado y anotado de su puño en todas las hojas, porque tenía por costumbre examinar todos los libros nuevos que llegaban. De este fraile se cuenta que cuando el tribunal de la Santa Inquisición prendió a fray Luis de León, por aquellas proposiciones que tan mal sonaron en España, llegó acá la nueva con toda aquella ponderación y sentimiento que el caso pedía; ante esto dijo fray Alonso de la Vera Cruz, sin alterarse, *pues a la buena verdad, que me pueden quemar a mí, si a él lo queman, porque de la manera que él lo dice lo siento yo.*[28] Y ya que en fray Alonso de la Vera Cruz nos hemos detenido, recuerdo con absoluta claridad los volúmenes que escritos por su puño e impresos por obra de otros tuvimos en la biblioteca del Colegio: *Speculum Coniugiorum, Resolutio dialectica cum textu Aristotelis,* este último proveniente de Salamanca y el primero de México, pero no teníamos copia del impreso por Juan Pablos en 554, sino de la impresión del mismo, firmada Ioannnis Pauli Brissensis, de 556. Tampoco tuvimos copia de su *Recognitio, summularu,* de Juan Pablos, 554, ni de su *Phisica, speculatio,* impreso también por Juan Pablos, en 557. Este fray Alonso de la Vera Cruz cuando dejó Europa por primera vez, ya se había ordenado de misa, y se apellidaba Rodríguez. Se había graduado de teología y de artes en la Universidad de Salamanca, y era en 535 maestro de dos hijos del Duque del Infantado, con decente salario. Lo escogió fray Francisco de la Cruz, por clérigo y letrado, para que enseñara artes y teología a los religiosos, y al tocar estas tierras recibió los hábitos en Vera Cruz, de donde tomó el nombre al abandonar el Rodríguez de su cuna: *pues a la buena verdad, que me pue-*

---

[28] Esto va entre comillado por Hernando, cita de algún documento. N. de E. (Icazbalceta cita estas mismas palabras en su *Bibliografía mexicana del siglo XVI*, atribuyéndoselas a Grijalva, el fraile cronista de los agustinos, y podría ser más un línea intercalada por Estela, que en realidad del puño original de Hernando. N. de L.)

*den quemar a mí, si a él lo queman, porque de la
manera que él lo dice lo siento yo.*

Hablando de quemar, podría yo hacerlo a estas hojas mías, porque ¿hace cuánto que me propuse narrar aquí la historia del Colegio de Santa Cruz? Pasan y pasan los días y vuelven a pasar atados de veinte en veinte, y yo, con la lengua desatada, de línea en línea voy brincando sin entrar de lleno en mi historia, sin pisar el trecho que busco dejar aquí, escondido en una silla, guardado en latín para que resista en tinta y papel el tiempo.

Sí, ya dije tres palabras sobre nuestra rutina diaria, que si aprendí el latín con propiedad, que si recibí lecciones varias de cristianismo, como todos mis compañeros, que si el trivio (gramática, retórica y lógica) y el cuatrivio con los ramos de estudio supletorio (las cuatro artes matemáticas: aritmética, geometría, astronomía y música), y, cuando se pensó que se nos prepararía para llevar vida de frailes, lecturas de las Sagradas Escrituras y ciertos cursos avanzados de religión.

Pero decir seis frases como ésas es lo mismo que nada hablar. En ellas no se lee que el estudiante fuese yo, que mi inteligencia y mi espíritu recibieran un cierto entrenamiento, que fuera a Hernando a quien cambiaran por un más juicioso Hernando. Pasan las seis frases tan lejos de mí mismo, como las altas nubes blancas de este día ventoso lo hacen de mi cabeza. Me voy a acercar a esos días con algo de lo que no se pueda decir que no me tocara: el ansiado cilicio.

Cuando oí las muchas primeras veces la brillante palabra cilicio, nada evocó al dolor, nada a la penitencia que humilla la humana altivez y aleja al cuerpo de oropeles mundanos. Diré que incluso acarreaba lo contrario. La palabra cilicio tenía un fulgor especial que volvía al objeto nombrado con ella algo deseado por nosotros los muchachos. El primero que fue elegido para usar el objeto magnificado fue Martín Jacobita, de quien hablaré más adelante, pues además de haber sido mi compañero durante muchos años, además de que juntos vivimos tantas cosas, y que toca a mi corazón el sonido mismo de su nombre, fue, durante un tiempo, rector del Colegio. Este Martín Jacobita, vecino de Tlatelolco, para ser más preciso del Barrio de Santa Ana, fue escogido para el cilicio, según yo interpreté y creí ver hacer a los otros, a modo de premiarlo. Lo llamó aparte fray Alonso de Molina, maestro nuestro, componedor de sermones, y, tomándolo del hombro, como para decirle algo muy importante y muy íntimo entre ellos, que Martín merecía por ser tan buen alumno, desapareció con él en la espesura de la noche, dirigiéndose hacia la habitación de los frailes, para hacerlo ahí el primero de los alumnos en acercarse al secreto del cilicio. Mucho rato después, Martín Jacobita reapareció con un rostro del que se podría decir casi brillaba. Los ojos le resplandecían (¿porque había llorado?), tenía las mejillas encendidas y la boca entreabierta, y su respiración no era normal. Era como un pez al que sacaran del agua y al que le impidieran bailotear, dándole a cambio de su contención la promesa de que esquivaría la muerte. Martín no sabía cómo enfrentarnos después de esa importante experiencia, y, corriendo el riesgo de herir el prestigio ganado a pulso de su intachable humildad, diré que se enorgullecía, se vanagloriaba, se pavoneaba, porque él ya conocía el cilicio, mientras que nosotros no éramos sino chicos, escuincles, muchachos de poca edad y valor, nada de valientes.

Martín Jacobita había sido el elegido, era el primero de nosotros que hacía uso de eso... ¿Qué era eso?, nos preguntábamos en silencio los demás, sin atrevernos a decírnoslo los unos a los otros... Eso era un cilicio, faja de cerdas o de cadenilla de hierro con puntas, que se trae ceñida al cuerpo y a raíz de las carnes para mortificación. Se usaba a la cintura o al brazo para lacerar la carne y hacer crecer al espíritu.

Martín Jacobita lo portó durante las horas de sueño. Al despertar a cantar maitines, volvió a desaparecer en la oscuridad de la noche, acompañado por fray Alonso de Molina, hacia el cuarto de los frailes que quedaba arriba de la iglesia de Santiago, al lado del Colegio, donde se despojó del cilicio, aunque sólo momentáneamente: había entablado ya una liga con él. Martín le pertenecía ya al "tormento", y éste le retribuía con un aura de importancia, el resplandor del elegido.

A la mañana siguiente, después de haber vuelto a dormir y habernos vuelto a despertar para el rezo matutino, cuando fuimos enviados a la hortaliza de los frailes a recolectar algo necesario para la comida, Martín Jacobita, sin decirme una palabra, dándose ceremoniosa importancia, me enseñó la marca roja, similar al raspón del codo o la rodilla que los niños ganan jugando con los amigos, aunque hermosamente distinto, embellecido por el conocimiento de que se lo había dejado *eso*, el objeto magnífico y brutal que le había puesto el fraile a *él*, precisamente a él entre todos nosotros, por ser ejemplar su oración y su estudio. Todos queríamos tener la suerte de acercarnos al objeto cruel y bendito, al cilicio. Era como el dedo que señala, era la marca, el sueño, la aspiración...

Cuando por fin me llegó el turno para el uso del cilicio, me desilusioné. A pesar de todos mis anhelos, sólo provocó en mí un poco de dolor sobre el cuerpo, no tanto como para ser insoportable, no tan poco como para pasar inadvertido, pero su uso no acompañó, en lo que toca a mi persona, ninguna exaltación espiritual, ningún acercamiento mayor con las palabras divinas. En cambio, puedo decir que el efecto del cilicio fue el contrario, que en nada se asemejaba al que los frailes esperaban se provocara, cuando vi cómo, antes que yo, mis compañeros lo fueron portando. ¿Qué pensé que sería el cilicio? ¿Qué tipo de inicial ceremonia creía imaginar entre sus cadenillas de hierro o sus puntas ceñidas al cuerpo para la mortificación que me lo hicieron tan ansiado, tan perfecta y mundanalmente codiciable?

Jamás cruzó por mi mente que el cilicio en la cintura o en el brazo produjera un dolor similar al que la espina del nopal causaba al traspasar la lengua, y que temí tanto como para renegar del padre que de cualquier manera no tenía. ¿Porque no hubo maestro que me enseñara el bien que a mi formación haría la espina? ¿Porque al lado de los franciscos comprendí las palabras del Santo:

> "Sabed que a los ojos de Dios hay alguna cosas muy altas y sublimes, que a veces son consideradas entre los hombres como viles y bajas; y hay otras que son estimadas y respetables entre los hombres, pero que por Dios son tenidas como vilísimas y despreciables"?[29]

Respondo honestamente que no, que en mi imagen del cilicio no había un ápice de sabiduría, sino sólo bajezas espirituales. Aún en nuestra pureza y gracia infantil, el cilicio codiciado era objeto de infatuación, arrogancia o a lo menos de inmodestia, como no lo fue jamás la espina traspasando la lengua. Con ella quedaba claro que era un castigo, y nadie, antes de conocer el cristiano valor de la penitencia, podría desear un castigo. Pero al cilicio lo buscábamos no por la penitencia, sino porque era una prenda que deseábamos para volvernos más importantes a los ojos ajenos, para que se nos tuviera en gran valía. ¡Errada valía a la que dábamos la dirección equivocada, infatuándonos! Ahora, he dicho que Martín Jacobita fue el primer elegi-

---

[29] Hernando cita a San Francisco de Asís, una de sus Admoniciones de los Avisos Espirituales. Nota de Lear.

do, y que creí ver algo de vanidad en el gesto que tomó al enseñarme la piel marcada por el cilicio, pero, por respeto mínimo a su invaluable persona, debo aclarar que él no fue el culpable del *escándalo pasivo* que se sucedió. Martín Jacobita no ocasionó la ruina espiritual con su decir o hacer, que nada dijo ni hizo de lo que pudiéramos culparlo. Todos juntos hicimos del uso del cilicio algo que lo demeritaba y le cambiaba su signo al codiciarlo, dándole un valor mundano del que por completo carecía. Aunque niños, no éramos sino de naturaleza humana; bien dijo el Santo:

> "Y aún los mismos demonios no fueron los que le crucificaron, sino fuiste tú el que con ellos le crucificaste, y todavía le crucificas al deleitarte en vicios y pecados. ¿De qué, pues, puedes gloriarte?"

O si no, también:

> "Pues aunque fueses tan agudo y sabio que tuvieses toda la ciencia y supieses interpretar toda clase de lenguas y escudriñar agudamente los asuntos celestiales, no puedes gloriarte; pues un solo demonio sabía de las cosas celestiales, y sabe ahora de las terrenas, más que todos los hombres...
> "Asimismo, aunque fueses el más hermoso y rico de todos, y aunque hicieses tales maravillas que pusieses en fuga a los demonios, todas esas cosas te son perjudiciales, y nada de ello te pertenece y de ninguna de ellas te puedes gloriar."[30]

---

[30] En ambos casos, Hernando cita a San Francisco de Asís, nuevamente una de las Admoniciones de sus *Avisos Espirituales*. Nota de Lear.

Pero, repito, no quiero hablar mal de Martín Jacobita nunca, y menos todavía que nunca (si eso existe), ahora. Al que quiero echar tierra es sólo a mí: yo fui quien pequé de soberbia al usar el cilicio. Sólo en mi imaginación es donde veo a mis compañeros ensoberbecidos del cilicio como bien a bien sé que lo estuve yo. Interpreto como un pecado la dicha que ellos manifestaban ante la penitencia, pero no debo hacerme caso. El juicio que lanzo contra él es sin razón, quién soy yo para juzgar almas, y más cuando son almas exquisitas como la de Martín Jacobita. De la mía sí puedo decir que en el cilicio pequé *ab solam voluptatem* (aunque aquí suene absurdo decirlo), para buscar egoístamente el placer y no para procurar el vástago natural de tal práctica, que es la penitencia. En mí fue un acercamiento al pecado, aunque no pudiera yo como tal en ese tiempo reconocerlo, porque yo no tenía el espíritu del Señor:

"Así puede conocerse si el siervo de Dios tiene el espíritu del Señor: si cuando el Señor obra por medio de él algo bueno, no por ello se enaltece su carne, pues siempre es opuesta a todo lo bueno, sino más bien se considera a sus ojos más vil y se estima menor que todos los hombres."[31]

Ni el cilicio ni las vidas de santos me llevaban por un verdadero real camino de la fe. Tampoco la retórica, ni la dialéctica (*¿Qué otra cosa es dialéctica* —dijo San Agustín—, *sino destreza y pericia en disputar?*), ni las matemáticas, ni la astronomía, ni los rezos. Todo esto me servía para enhebrar mi historia a la del Colegio, pero no mi espíritu a un camino real y firme, que me condujera a algún otro punto que no

---

[31] De nuevo Hernando cita a San Francisco. N. de L.

fuera este zozobrar en mi carne sin piernas. Mi fervor religioso, naciente aún, necesitaba un alimento que la torpeza de mi espíritu no conseguía entregarle. No por errar de los sabios maestros franciscanos, sino de mi propia naturaleza.

El tiempo se me ha ido hoy, casi completo, en repetir las palabras del Santo Francisco. Tan malo no debió ser el cilicio, como yo lo pinto, si evocarlo me las trajo. Demuestro cada día en la lenta manera de narrar mi historia que la piernas firmes (sí, lo son, firmes están al piso, si no puedo levantarlas) no me permiten ir al paso de los recuerdos. Mi mente carga el fardo de mi cuerpo, y con la mente es que mi puño escribe. Son palabras sin lumbre de fe, como he dicho aquí desde un principio, que si lo fueran el de la voz escribiría con la parte más profunda del alma, con el hondón, con el ápice del alma, y mi puño volaría, libre de firmes piernas, y por completo aparte del cuerpo y de las malas memorias, los rencores, las infamias, las envidias, que son lo que de aquí en adelante contaré. Lo que ahora requiero son caballos que apresuren mente y puño, jalándonos sin que los arredre la infame condición del terreno, sin que los canse el calor, o los hunda el profundo lodo en su oscuro lecho. Estos caballos y los látigos de que habré de echar mano para hacerlos correr como mis pensamientos (es lo único que todavía en mí corre, que hasta de mi sangre tengo la impresión que se estanca harta de tanto ir y venir por mi cuerpo lleno de años), salvarán pluma y papel y tinta de acabar su uso en mi provecho aquí. No puedo recurrir al hondón porque el cilicio ha sido la puerta para entrar a los malos recuerdos. De uno a otro brincaré hasta que el peso de los años termine por invocar el fin de mi vida. Pero antes de caer en los recuerdos malignos, uno bueno anotaré. No fue estado beatífico. Sin pertenecer yo a los perfectos, diré que mi alma, despojada de su voluntad, pasó por la vía unitiva. Una vez más, lo que a primera vista no tiene apariencia de verdad fue lo cierto.

Slosos keston de Hernando

Ekfloros keston de Learo

Cuando un mediodía vi a un atlántido agachado en
cuatro patas bebiendo del agua caliza de un estanque
podrido, en un paraje desolado de la superficie terrestre, me propuse no anotar aquí una palabra más
en relación a L'Atlàntide, hasta que abandonaran la
necedad que los habita. Tomé la decisión por tristeza,
y con un sentimiento de derrota, de impotencia. Me
dije a mí misma: "no anoto lo que pasa aquí, y haremos de cuenta que no pasa. Yo seguiré haciendo como
que cada uno de los atlántidos bebe del agua pura que
los muros de aire de nuestra colonia deja correr en
silbantes acequias". Pero no puedo no anotar más.
Debo hacerlo. No puedo evitarlo.

Trabajaba hace un rato en la transcripción
de Hernando (en lo que avanzo lentamente, con
dificultad) cuando escuché a lo lejos un barullo
que me extrañó. Cerré el *kesto* y fui a buscar el
punto de donde provenían aquellos ruidos inidenti-
tificables.

Me acerqué. Lo que me pareció a la distancia
barullo eran ruidos similares a los que creo produciría
una manada de cerdos, ruidos nasales y del pecho,
ruidos en los que no intervenía el uso del paladar, los
labios, la lengua. Sobre un monte baldío, arenoso, una
cruz, y en la cruz un hombre, y a sus pies un grupo de
los míos imprecándolo. Me le acerqué más. El de la
cruz era aquel que yo un día bauticé Ulises. Algunos

lo golpeaban con una cuerda, otros le escupían, todos le gritaban, si puedo llamar gritos a esos berridos
abominables. Serían catorce o quince los que interve-
nían en el "juego".

De pronto, todos se echaron a reír. Lo bajaron
de la cruz, a la que lo habían atado, le sobó alguien las
piernas, otro los brazos, y todos continuaron riendo, a
mandíbula batiente. Caspa se tiró al piso, porque no
podía controlar el cuerpo de la risa. El mismo Ulises la
secundó. En pocos segundos todos estaban tirados, con
las manos en la barriga, riéndose hasta llorar.

Yo bajé a ellos, y pregunté en su código imbécil algo más o menos equivalente a un "¿Qué pasa?" o
"¿En qué están?", al que contestó Jeremías con un
equivalente a "Nada".

—¿Qué hacían?

Esto no pudo entenderlo.

—¿Y la cruz? —me di a entender señalando
hacia donde había estado e imitando su forma con los
dedos.

Dejaron de reír y voltearon hacia allá la mirada y los imité. No había nada. No estaba ya la cruz.
Levantándose, todos se retiraron de mi proximidad,
caminando en las veredas del jardín de las flores in-
completas, que está exactamente del otro lado de este
monte baldío.

Yo me quedé sobre el monte. Busqué las huellas de la cruz. Ahí estaban, marcadas claramente sobre la arena. Ahí alguien había enterrado un palo. Lo
busqué con la vista, pero de él no quedaba ni una
astilla. Y qué digo una astilla.

Volví a buscarla con la mirada. No se veía en
ningún sitio. Caminé en el jardín, buscándola, pero
no había sino las flores artificiales de los atlántidos,
flores de pétalos simétricos sobre un tallo que a su
vez sale de la tierra, y ordenadas veredas. A la cruz la
habían desaparecido con sus risas.

Regresé aquí. Anoto esto sin comentarlo. Mañana volveré a mi Hernando y a Estela. Debo olvidar lo que está ocurriendo en L'Atlàntide.

Slosos keston de Learo

Ekfloros keston de Hernando

Mi fiesta de mi nacimiento no fue para mí. Mi padre no fue mío. Mi puñal lo tomé robado, y por más mío y más puñal que con los ojos de la imaginación lo viera, con los de la cara nadie los hubiera podido jamás ver. Mi Tezcoco no era mío, porque yo era tlatelolca. Tlatelolco, mi tierra, no me perteneció. Pasé a formar parte de los alumnos del Colegio con un nombre que no era el mío; otro que no era yo había sido elegido para ocupar el lugar, y yo ocupaba el lugar de uno que nada tenía que ver conmigo. Mi mamá fue quitada de toda mi compañía sin saber que la que ellos creían mi madre no era la mía. Mi primer pecado memorable entre los franciscanos no fue cometido por mi cuerpo, aunque un gesto aparentara que yo merecía el castigo. Mi primera penitencia corpórea no fue sino un acto de arrogancia y fatuidad. ¡Qué sucesión de no míos, de míos ajenos, le fueron asignados en sus primeros años a mi torpe vida! Los he enumerado para despejar de ellos este espacio siquiera por un momento, que con más no míos por desgracia a la larga toparemos.

Una noche, la luz parpadeante de la lámpara que nunca apagaba Miguel, el guardián, la que siempre, como he dicho, era compañera de nuestro dormir, y a la que tanto trabajo me costó acostumbrarme para conciliar el sueño, fue meneada por un cuerpo caminando. Mi sueño, como la flama, sintió el suave movimiento del aire provocado por quien se desplazaba, y sin entender qué ocurría, desperté. Mi dormir ha sido siempre frágil, mi sueño trota, en lugar de reposar sobre arena tibia como el del común de los mortales. Duermo desafiando, sin paso uniforme. Mientras corre la noche, soy el perro que persigue la caza, pero si me atrevo a recordar qué sueño cuando duermo, diría que lo que en perro persigo, es lo que en persona temo.

La flama se movió. El cambio en la lámpara había alertado a mi cuerpo, llevándolo de golpe a la vigilia, y abrí los ojos. Fray Pedro caminaba hacia mí. Traía la Vulgata en las manos, abierta de par en par, y lloraba. Movía los labios, pero no se le escuchaba decir nada. Recitaba de memoria los pasajes que no veían sus ojos, las líneas que fervorosas sujetaban sus palmas.

Viéndome verlo, me habló. Puso voz a sus labios:

—El reino de Dios no vendrá con advertencia. No dirán: helo aquí o helo allí, porque he aquí el reino de Dios, entre ustedes está.

Se interrumpió su voz, llegó a mí y se hincó al lado de mi estera, donde volvió a hablar:

—Porque como el relámpago, relampagueando desde una parte de debajo del cielo, así también será el Hijo del Hombre en su día.

Hizo una breve pausa, que usó para zarandearme amistosamente por los hombros, como sacudiéndome por completo de mi sueño o de mi ignorancia, y siguió:

—Y el séptimo ángel tocó la trompeta, y fueron hechas grandes voces en el cielo, que decían: "Los reinos del mundo han venido a ser los reinos de nuestro Señor, y de su Cristo, y reinará para siempre jamás".

Dicho esto, puso su dedo índice sobre mi nariz, y me miró a los ojos. Los suyos le brillaban con resplandor de velas. Percibí con toda claridad que algo que no era él le brincaba adentro. Lo habitaba un fuego ajeno a los cuerpos.

No me atreví a separar mi nariz de su dedo exaltado, porque hasta su dedo lo parecía, iluminado de aquello que en él se escondía. Parecía caliente, lo sentía contra mi piel como si fervoroso siguiera leyendo las páginas del libro. Me apretaba la nariz tan fuerte que esa sangre que yo sentía palpitar podría haber sido la suya o la mía.

En ese momento, Miguel hizo sonar la campana para despertarnos a maitines. Sólo así se explicaba su ausencia, que siempre estaba ahí, cercano a nosotros, celoso guardia, velando nuestro sueño y nuestra pudicia. Al sonido de la campana, fray Pedro me soltó, y diciendo repetidas veces *genus angelicum* se alejó dos pasos de mi esterilla con un par de saltos rápidos. Desde ahí, exhortó a mis compañeros a levantarse con prontitud. Así lo hicimos, todos.

Mientras cantábamos los maitines, yo no dejaba de sentir el dedo sobre mi nariz, ni su mirada sobre mis ojos, ni el tono de su voz en mis oídos, y los tres me iban guiando por una senda en la que yo parecía no tener peso, una senda opaca que conforme la iba recorriendo —conforme avanzaba el rezo— se iba haciendo más luminosa, y más, hasta cegarme. Casi al final, perdí la conciencia, no supe de mí. Alcanzaba a oír mi voz, allá a lo lejos, cantando, pero yo no sabía dónde estaba. La luz perfecta y poderosa a la que yo había arribado no me dejaba ver. Parecía que yo había alcanzado el punto al que se llega sin uno mismo, y una profunda paz, plena de alegría, recorrió mi alma y mi cuerpo mientras cantaba los maitines. Sin embargo, aunque estaba entregado completamente a esa singular sensación que me dejaba ciego y sin mí, percibí en el tono de voz en que cantaban mis compañeros cierta complicidad que me acompañaba, y si por un momento sentí que se me acercaba un pavor cobarde a pasos cortos, esto lo alejó por completo. Al terminar los rezos, comencé a desprenderme de la vía unitiva y a caer en la iluminativa. Al ver el rostro de fray Pedro, constaté que yo (por así decirlo) volaba, que *todos* volábamos, que aun cuando yo estuviera en la más completa soledad, o en la forma más perfecta de soledad, también (y no sé explicar de qué manera) yo estaba en todos y todos en mí, pues comulgábamos a través de nuestra cercanía espiritual, en la disolución absoluta del orden de los cuerpos. Y si lo vi en la cara de fray Pedro, fue porque en la mirada, en las facciones, en el rostro completo, es la única parte de la materia en que reposa la huella del misterio. Impresa está en la cara la posibilidad del vuelo sin carne a que llevan las pisadas de la fe.

Puedo seguir anotando aquí cuantas frases quiera, que el que no sepa con anterioridad de qué es de lo que hablo, tampoco será capaz de comprenderlo. El tiempo que acompañará en el encierro a estas páginas, el tiempo añadirá en su lengua explicaciones. Ya para entonces, tal vez, todos habrán visto el cuerpo invisible de los ángeles, y habrán departido con ellos, cuando no quede uno solo que no conozca la fe en el Señor Jesucristo. Pero si ni el latín, ni el náhuatl, ni castilla, ni portugués son capaces de explicarlo, temo que tampoco el tiempo tenga el cómo decir lo que aquí anoto, y que los ángeles sigan su camino etéreo, sin detenerse a hablar con los humanos.

No sólo abría los ojos con el objeto de posar la mirada en el rostro. Sentía que el piso huía de mí, y viéndolo bajo mis pies, yo confirmaba de qué manera huía. Toqué la mano de Martín Jacobita que estaba a mi lado, para llamar a mí la dirección de su mirada y sentir el alivio en la llama delicada que me envolvía quemándome, haciéndome exquisita y dolorosamente humo. En cuanto toqué su mano, supe que no era la piel lo que tocaba, que no era polvo o carne, sino el espíritu a flor, entregándoseme. Y cuando Martín giró a mí su vista, en la que yo pretendía encontrar alivio, aunque sí encontré alivio y mirada, ambos, en su refrescante sensación, me enardecían, atizaban con más humo al humo, eran aire creciendo la dolorosa y exquisita y temible y confortante certeza de que aunque estábamos en el mundo, habíamos cortado todo nexo con las cosas del siglo.

Aquello era alcanzar la muerte, la perfección de la muerte. Traspasé la puerta. Crucé más allá de mí mismo. Dejé de ser quien fui, quien era, quien soy.

¿Cómo caí de nuevo en la muerte incompleta y ciega de la vida? ¿Cómo retrocedí de aquel paraíso de la vía intuitiva y la iluminativa, a los ciegos ojos de los mortales requerimientos? ¿Quién fui que fui traidor, regresándome a mí mismo? La celda de la vida extendió sus barrotes frente a nosotros, y el rapto, la exposición, la desnudez, el desvanecimiento, la exaltación, *aquello* que había ocurrido, desapareció.

Y por primera vez en muchos días, al verme vuelto a mí mismo, aprisionado, dormí como un lirón la noche entera.

Porque durante el tiempo de aquel primer transporte (cuánto haya durado, no lo sé, el reloj ahí no existe), no hubo día en que yo durmiera. No dormíamos, y al comer fueron sagrados los alimentos. No era harina de maíz, papa, mosquito, cebolla o el jitomate lo que pasaba por nuestras bocas, sino un bálsamo hecho de algo ajeno al espíritu que rindiéndose a él lo alimentaba, y que al pasar por nuestras bocas despertaba el colibrí que se había acercado a su flor, la abeja, la lombriz, la hormiga, el misterio de la vida y el verbo. Los alimentos también estaban impregnados de la gota fluyente de la vida. En un momento (porque ahí no había tiempo, pero sí que lo hay en mis recuerdos), fray Pedro, tomando la tortilla de maíz, exaltado la hizo volar de una a otra mano, para ponerla después sobre su cara mirando el cielo, y ahí, teniéndola como un manto sobre su rostro, empezó a comerle de su centro, a pequeños mordiscos, y riéndose quedo.

Mis pies no llegaban al piso; sin tener alas volaba, flotaba. Mi cuerpo, al tiempo que estaba en llamas, era frío como una nube y como el vapor ligero. Vapor, vapor era, y hecho vapor, miré a los ojos a fray Pedro, ya sin velo de maíz al rostro, vi que también él flotaba, liberado del peso de la carne, que su cuerpo mismo era vapor, y que él veía que el mío lo era. Una extraña alegría nos inundó con el mismo golpe. No recuerdo exactamente en qué terminos le pregunté si sentía lo mismo que yo. En la pureza infinita de su brillante mirada (algo así como los ojos de un dormido que abriera los párpados e hiciera, representara, para un compañero en vigilia el contenido del sueño), me contestó. Su voz y sus ojos eran uno:

—Así es, Hernando, así es la dicha de estar en el amor divino.

¿Los demás sentían lo mismo? Me parecía que sí. Una rama de un viejo árbol crujía continuamente con el viento, sonaba como una puerta abriéndose, cerrándose, abriéndose... Era la puerta del cielo, que se abría para nosotros, que se había abierto. Estábamos, de hecho, de aquel lado. Sin dejar éste, ya lo habíamos dejado.

El fervor que manifestamos Martín Jacobita y quien esto escribe convenció a los frailes de que nosotros dos éramos los elegidos para seguir sus pasos. A Martín Jacobita y a mí nos escogieron para tomar el camino de la ordenación. Compartíamos las más de las lecciones con nuestros compañeros de Colegio, pero dejamos de dormir con ellos. Fuimos llevados a las habitaciones de los frailes. Dormíamos con ellos arriba de la iglesia, y los auxiliábamos en las labores de los frailes, como atender a la construcción del convento, cuidar de los libros de la biblioteca, acompañarlos a las invitaciones especiales. Haber abandonado mi cuerpo y mi intelecto para entregarme a la contemplación del bien supremo, haberme dejado de lado por completo para que me consumiera e hiciera humo el bien divino, permitió conciliar en un punto mi propia vida con la que el caprichoso azar me había escogido. Yo no suplanté a nadie cuando vestí los hábitos franciscos. Pero este punto exacto de única congruencia, éste en que yo fui lo mismo que mi historia, éste en que se derrotaba al destino de suplantaciones y de no míos al que parecía yo condenado, éste era imposible.

Debimos entender desde el principio que el sueño de la ordenación no era realizable. No lo hicimos. No pensamos mal de nadie. Ignoramos la envidia, quisimos desconocer que el hombre es el lobo del hombre. Sellamos nuestros oídos con cera para no oír el canto de unas horrendas criaturas, que aquí sí nos decían la verdad:

"esto no será posible"

"esto no será posible".

"Maldito el hombre que confía en el hombre", en palabras de Jeremías.

Slosos keston de Hernando

Ekfloros keston de Learo

Estaba a media transcripción de Hernando, cuando, como salido de la nada, como eruptado por una boca de la tierra, apareció junto a mí Ramón. Estaba diferente a la última vez que lo vi, tan distinto que no parecía ser él mismo, no sólo porque venía envuelto en un lienzo grisáceo y rígido, que formaba pliegues toscos, desfigurándolo cada que se doblaba, sino porque en su cara misma, que llevaba desnuda, todo parecía estar en otro sitio. No entendí qué le ocurría. Su actitud me dio tiempo de observarlo con detenimiento, porque él hacía algo paralelo conmigo, no lo mismo, no *lo mismo* sino algo completamente distinto, aunque también lo hiciera con los ojos y dirigiéndolos hacia mi persona. Yo lo veía, y él me devoraba. Yo lo revisaba con los ojos, y él me comía. Yo lo analizaba, y él me descuartizaba. Antes de que los atlántidos abandonaran el lenguaje, esto me habría bastado para poner el grito en el cielo y echarme a volar, ultrajada, humillada, enfurecida. Pero en las circunstancias actuales, su mirada (atroz, una cochinada insoportable) era lo de menos.

Mientras él hacía eso conmigo con sus ojos, yo con los míos lo revisé detenidamente. ¿Qué tenía que se veía tan distinto? Una masa sobresalía más que todos los otros dobleces en su vientre. Como no se encontraba a distancia ninguna mientras practicaba esa gimnasia horrenda con sus ojos, me tomé el atrevimiento de tocarlo, para ver qué tenía bajo la mayor protuberancia del lienzo, la del vientre. Sólo se tenía él mismo. Ahí descubrí qué es lo que tanto lo había cambiado, se había llenado de carne, *engordeció* su cuerpo. ¿Qué se ha hecho? No voy a decir todavía qué hizo él cuando yo lo toqué, porque antes que él lo hiciera, lento, como un fardo pesado, mi mente se iluminó con una idea. "Ramón come carne", pensé. "Por eso está gordo, por eso se le ve la piel así, come carne". La idea me repugnó, por supuesto, y de lo que no tuve tiempo fue de medir las consecuencias, ni de las de lo que él *ejecutó* como respuesta a mi averiguación, pero lo que sí pude hacer en ese instante fue percibir su olor, porque olía a algo completamente diferente a lo de siempre. La ejecución grotesca que él llevó a cabo, como respuesta a mi atrevimiento de tocarle la barriga (sí, un atlántido es un verdadero barrigudo, un panzón), fue que él (o lo que resta de Ramón) estiró la trompa (labios ya no tiene) y me la zangoloteó frente a mi boca, intentando acomodarme un beso artero, uno que yo no quería recibir. Después de mirarme con la imbécil agresión que pretende satisfacer su remedo degradado del deseo amoroso, Ramón intentó besarme a la fuerza. Aunque fuerza, lo que se dice fuerza, es una exageración, porque ya no le queda. Ventrudo, inflado de comer en exceso quién sabe qué extraños asuntos (lo de que coma carne no me consta), Ramón tenía todo menos fuerza. Era como un animal en riesgo de extinción, debilitado, disminuido, dando su última y débil lucha por meterle el pito a una hembra. Pero la comparación es inválida, porque un animal no conocería esa mirada abyecta, ultrajante, abusona.

Claro que no me dejé besar por Ramón, ni tocar. Soplé hacia él con todas las fuerzas de mis pulmones y eso bastó para echarlo hacia atrás, tumbarlo al piso, y, como si hubiera olvidado que me había visto y que creía desearme, levantándose con dificultad, se amarró de nuevo el lienzo sobre el cuerpo y echó a andar hacia otro punto.

Creo que mi intuición de que come carne no nace de una equivocación. Creo que es cierto que come carne. ¿Cuál carne queda que alguien se pueda comer? Obviamente no la de los atlántidos, esto no se me puede siquiera ocurrir. Pero sí sé cuál carne queda, la de los hijos de Caspa. Comen chicos, qué horror, son unos cerdos. Mis divinos atlántidos, que algún día alcanzaron un estado de perfección que rebasaba cualquier sueño humano, al borrar de sus personas la palabra, han devenido en cerdos, comedores de carne de bebecitos muertos.

Slosos keston de Learo

Ekfloros keston de Hernando

¿Que cómo fue que caí aquí, donde no arde la lumbre de la fe, si era yo ya carbón quemado por la vía iluminativa? Y si estaba ya escrito que yo iba a caer, ¿cómo fue que no quedara en la vía purgativa de los principiantes, que más cualquiera mereciera, la del anhelo incanzable de Dios? ¿Por qué mis palabras son lamentar y mostrar pérdidas, y no en cambio soñar recuperar la visión magnífica, alcanzar siquiera por un momento el estado beatífico?

Porque contra nosotros se desató la ira de estas latitudes. Usamos las escaleras de Jacob en el sentido inverso a su naturaleza, descendimos a las cosas del mundo cuando un golpe brutal contra los franciscanos y su obra entró a perturbar el orden del Colegio de la Santa Cruz.

Tres años tenía de fundado el Colegio de Santa Cruz, y casi cuatro de estar en él enseñando los franciscanos, cuando se acusó de herejía, entre otras cosas, a Carlos Ometochtzin, llamado Yoyontzin y Mendoza en lengua castellana, el Chichimecatécotl, que es el título que se daba a los señores de Tezcoco, el nieto del sabio y poeta Netzahualcóyotl, el hijo del severo y prudente Netzahualpilli, sobrino de Talchachi. Su acusación fue como una bola de pasto seco ardiendo adentro del patio del Colegio y en el centro de mi corazón, por dos distintos motivos. El primero, el que tiene que ver con el Colegio, fue porque no faltó entre nuestros enemigos quién se acordara de que a don Carlos lo habían educado los franciscanos, y el acusarlo, a sus ojos, volvía sabia la miserable advertencia aquella: "la doctrina es muy buena que la sepan, pero el leer y escribir muy dañoso como el diablo". Y a mi corazón, porque recordarán que a este acusado fui yo a suplir al Colegio de Tlatelolco, en nombre de mi pueblo Tezcoco, en nombre del hijo del otro "don", Hernando. Es cierto que no cuidaba su lengua tanto como debiera, y tal vez por esto se cebaron contra él, o por una mujer que él tomara y perteneciera a otro, o porque administraba con mucho cuidado sus pertenencias, o porque (esto a mí me lo parece) era sabio, prudente (menos en el decir), burlón y bueno, y el asunto, que olió a humos del diablo, perturbó el orden de mi corazón, porque yo pensé: "a un tezcocano trajeron aquí para suplir a otro tezcocano, y aunque yo no soy el segundo, el que debí haber sido para ser alumno de estos franciscos, con suerte me toca a mí reemplazarlo en lo que suceda". Pero dejaré al lado mis temores propios para contar el triste asunto de Carlos Ometochtzin.

Aunque a la distancia y a primera vista parezca absurdo, la acusación fue pretexto para arreglar un ataque contra el obispo Zumárraga. Acusar a don Carlos, que había sido alumno de los franciscanos, era acusar a fray Juan Zumárraga; culpar a un exalumno de su orden, cuando él había dicho insistir en las bondades de educar a los indios, cuando él se autonombraba favorecedor de los estudios para indios, y muy especialmente del mantenimiento y las mejoras en el nivel de educación del Colegio de Santa Cruz, era atacarlo. Fue por esto que el obispo Zumárraga decidió oír las recriminaciones sin defender a don Carlos, antes bien tomando el partido de sus enemigos, ensañándose contra él, fingiendo perseguir la equidad y la justicia, lealtad a la Corona y fidelidad a la palabra de

Cristo, cuando lo que procuraba era salvar a la obra franciscana del golpe, y defender el pellejo propio. Haciéndose él acusador, esquivaba la acusación que iba dirigida contra él, los franciscanos y su labor. El pobre don Carlos Ometochtzin fue mártir para salvar de este ataque a los franciscanos. Aunque a don Carlos no se le puede decir "pobre", no va con su humor, ni con su inteligencia, ni con su belleza, ni con su encanto. Aliados los envidiosos de él, los opuestos a los franciscanos y los odiosos de los indios se cebaron sobre don Carlos, entonces señor de Tezcoco.

Quienes declararon contra él, tal vez dijeron algunas verdades, pero no cabe duda de que dijeron algunas mentiras, como lo del hijo que le atribuyeron. Decían que este falso hijo de don Carlos tenía entre diez y once años y que no sabía ni santiguarse ni nada de la Doctrina Cristiana porque el acusado se había opuesto a que se la enseñasen. Pero por el más puro y simple sentido común, el niño no podía ser su hijo, porque don Carlos tenía en el momento del juicio cuanto más veinte años, y esto exagerando, porque a veinte no me llegan las cuentas. Por más que se hubiera don Carlos apresurado, no creo que Natura le hubiera permitido ser padre a los siete.

Durante la cuaresma, alguien acusó al sabio y buen don Carlos de cavar los restos de prácticas funestas al pie de unas cruces en el pueblo de Chiautla, allá en Tezcoco. Las autoridades hicieron cavar a los pies de las cruces, y encontraron cosas de sacrificios, ciertos papeles con sangre, pedernales a manera de cuchillos de sacrificar arrancando corazones, pedrezuelas y cuentas de diversas maneras, entre ellas unas de copal y tres o cuatro petates de papel y otras varias mantillas, así como figuras de ídolos esculpidas en las peñas. Si estaban ahí bajo las cruces o ahí las pusieron cuando escarbaron al pie de ellas, esto nunca lo sabremos, pero su hallazgo, ya fuera falso o verdadero, hizo que empezara el juicio contra don Carlos Ometochtzin, el Chichimecatécotl.

Ya que hice de lado mis temores para explicar de qué trata este asunto, voy a volver a ellos. No es ningún placer recordar esa injusticia, en la que tantos se cebaron por odiar lo bueno y sabio de don Carlos Ometochtzin. Es cierto que un cobarde temor me hace casi sentir las llamas de su cruel hoguera, pero un temor valiente, cuando vi de frente el rostro de la saña contra los indios y contra lo que hubiera en ellos de sano y de bueno. De algún modo, yo me identificaba con él, yo era él. De algún modo en su castigo yo alcancé el martirio, pero un martirio que desdecía la retórica martirológica, que desmoronaba los principios, porque no lo arrojaban a la hoguera ni se le hacía caer de cuanto habían construido los herejes sino los cristianos. No venían los ángeles a verlo morir, ni levitaba antes de ser quemado. Se le torturaba, se le golpeaba, se le lastimaba, y los torturadores, golpeadores y latimadores llevaban las palabras divinas en sus bocas. En cuanto esto vi y supe, hubo algo que se me removió y que no pude acomodar del todo, y no supo mi alma de niño que probaba yo por primera vez el sabor de la venganza y de la envidia, tan abundante en estas tierras.

Contaré entonces qué cosas se dijeron contra él para auxiliar al arzobispo Zumárraga a llevarlo a la hoguera. Declaró Gerónimo de Pomar que en una casa que se dice Tecuancale, en la que no vivía nadie, había ídolos, y que ahí los había puesto el tío de don Carlos, Talchachi, y que formaban parte de las mismas paredes, y que la casa vacía estaba aderezada de petates y de equipales, y que cada noche había lumbre en ella porque algunos se reunían ahí a venerar a sus ídolos o chalchuyes.

Lorenzo Mixcoatlaylotla declaró que hacía diez o siete años Tlalchachi, el tío de don Carlos, había puesto en esa casa los ídolos, pero que no los puso sino de burla, porque los usó sólo por ser de piedra, pero a él no se le hizo caso, sino que, al término del juicio, se le hizo pasar a la procesión de flagelantes, golpeándose a sí mismo, no por la fe y para alcanzar cierta pureza en su espíritu, sino para castigarse por haber tomado tan mal partido.

Declaró doña María, viuda de don Pedro, gobernador anterior de Tezcoco, que un día que estaba durmiendo con las otras mujeres, sintió pisadas en la recámara donde dormía, y que mandó a una india que estaba junto a ella que encendiese un ocote porque sentía pisadas. Apenas hubo luz, se encontró con don Carlos, que quién sabe cómo había entrado hasta ahí, si no fuera ayudado por el diablo, y que no era la primera vez que don Carlos la importunaba aunque fuera su sobrina, que quería hacerla también su mujer aunque ya tuviera una. Esa vez, lo sacaron de su habitación a arrempujones.

Hubo dos o tres declaraciones que lo hundieron. Una de ellas fue la de Melchor Ixiptlatzin, aquel amigo mío de mi infancia, el que mal cuidaba mulas cuando fueron los franciscanos a Tezcoco a recoger al que ellos creyeron que yo era. Lo que Melchor Ixiptlatzin declaró fue de odio y de malicia y de enemistad, no porque fuera cierto. Si Diego había dicho, el día en que los franciscanos me recogieron de Tezcoco, "Carlos Ometochtzin, ya querrías tú ser de mierda, que serías mejor que tú mismo", ahora lo enmierdó a manos llenas. Después me enteré que el desprecio que él sintiera por el Ometochtzin venía de familia, porque su madre hacía años que había pleiteado con el padre de don Carlos, no sé por qué asuntos de una casa que ella quería y él no quería darle, aunque nadie declaró esto a la hora del juicio, pero yo sí que se lo hice saber a Sahagún, aunque no enfrente de los demás muchachos. El asunto de don Carlos era tan delicado que incluso hacía pausar a un tezcocano. Se lo dije a solas y él me miró con unos ojos de tristeza, diciéndome "nada que hacer, nada que hacer, qué pena, ésa es la humana natura". Después, días más adelante, cuando yo insistí en que debiéramos hacer algo, que no podíamos dejar a un envidioso cebarse contra él, me dijo fray Bernardino:

—Hijo, eres muy joven para entenderlo, pero es más complicado que lo que imaginas. Tal vez sea enteramente cierto que este muchacho Melchor declara en su contra porque no lo quiere; tal vez no lo sea. ¿Cómo podemos saberlo tú o yo? Lo que sé verdad, y esto porque lo atestigué con mis propios ojos y no puedo negarlo, es que una vez que los hermanos franciscos, viéndonos en un predicamento recurrimos a su generosidad para que nos auxiliase con muy poco, considerando que él era hermano del señor de Tezcoco, y que había sido educado por los de nuestra orden, con lo único con que nos contestó fue con burlas, mismas que no tuvo corazón de transmitirnos nuestro mensajero, no sé de preciso cuáles serían ésas. Creo que no tiene Carlos mal corazón, por qué he de andar diciendo que lo tiene si no puedo asegurarlo, pero lo que sí sé es que no estima en mucho a los franciscanos que lo educaron, lo cual no habrá de importarnos, que no somos dignos de estimación, pero considerando que nos pagó con tan mala moneda, ¿qué puede esperarse de un joven así? Podemos esperar que el hecho de que él sea tan impetuoso lo ha llevado a hacerse de más enemigos que los que él pudo haber cosechado de ser más prudente; cauto o generoso.

No sé, con los años, si Carlos fue generoso o cauto o prudente, era un joven hermoso y arrogante de diecisiete años, protegido por sus padres, educado por los franciscanos, que no había pensado hasta entonces ni en la malicia ni en los poderes necios de la envidia y la venganza.

Este Melchor fue quien declaró en contra de él que cuando don Carlos fue a visitar a su hermana al pueblo de Chiconabtla, también en Tezcoco, donde es mujer del cacique del pueblo, vio hacer las procesiones que había encargado el padre provincial, porque moría mucha gente a causa de que no había agua, porque no había llovido. Cuando pasaron las procesiones dijo delante de don Alonso su cuñado y de don Cristóbal y de otros dos principales de Tezcoco:

"— Pobre de ti, en qué andas con estos indios, qué es esto que haces, piensas que es algo lo que haces... quieres tú hacer creer a éstos lo que los padres predican e dicen, engañado andas, que eso que los frailes hacen, es su oficio de ellos hacer eso, pero no es nada; ¿qué son las cosas de Dios? No son nada: por ventura hallamos lo que tenemos, lo escripto de nuestros antepasados: pues hágote saber que mi padre e mi agüelo fueron grandes profetas, e dixieron muchas cosas pasadas y por venir, y ninguna dixieron cosa ninguna de esto, y si algo fuera cierto esto que vos e otros decís de esta dotrina, ellos lo dixieran, como dixieron otras muchas cosas, y esto de la doctrina xpiana no es nada, ni en lo que los frailes dicen no hay cosa perfecta: más hay que eso, que eso que el visorrey y el obispo y los frailes dicen, todo importa poco y no es nada, sino que vos e otros lo encarecéis y autorizáis y multiplicáis a muchas palabras, y esto que te digo yo lo sé mejor que tú porque eres mochacho; por eso déjate de esas cosas que es vanidad, y esto dígote, como tío a sobrino, y no cures de andar en eso ni andar haciendo creer a los indios lo que los frailes dicen, que ellos hacen su oficio, pero no porque sea verdad lo que dicen; por eso quítate de eso y no cures de ello, sino mira por tu casa y entiende en tu hacienda."[32]

También declaró en su contra su propia mujer, doña María. Según dijo, don Carlos tenía una manceba, doña Inés, y que hacía unos ciento cuarenta días, más o menos, encontrándose don Carlos enfermo, hizo llevar a su casa a la tal doña Inés, y que la tuvo consigo ciertos días en su cámara, y que doña Inés se veía obligada a hacerles de comer y servirlos, y que cuando él estuvo mejor se retiró ella a su casa, y, para acabar de hacerlo parecer peor a los ojos del jurado, dijo que doña Inés era sobrina de don Carlos, aunque otra vez las cuentas me quedan mal, porque doña Inés tenía la misma edad que el acusado.

Cuando le preguntaron a doña María si había sido bueno su matrimonio con don Carlos, contestó que los dos primeros años habían sido bien casados, y que de dos a esta parte el dicho don Carlos le había dado mala vida, pero que no le había sabido nada de ídolos, ni que les sacrificase, ni que los adorase.

Volvió a declarar en su contra el falso padre de Francisco, el hombre con que su madre había sido casada por los franciscanos, don Francisco Maldonado, natural de Chiconabtla, y dijo, entre otras muchas cosas, todas para hacerle mal, que don Carlos había dicho que: "Mira que los frayles y clérigos cada uno tiene su manera de penitencia; mira que los frayles de San Francisco tienen una manera de dotrina y una manera de vida, y una manera de vestido, y una manera de oración; y los de San Agustín tienen otra manera; y los de Santo Domingo tienen de otro; y los clérigos de otra, como todos lo vemos, y así mismo era entre los que goardaban á los dioses nuestros, que los de México tenían una manera de vestido, y una

---

[32] En español en el original. N. de E.

manera de orar, é ofrescer, y así lo hacen los frayles y los clérigos, que ninguno concierta con otro; sigamos aquello que tenían y siguían nuestros antepasados, y de la manera que ellos vivieron, vivamos, y esto se ha de entender así... que cada uno de su voluntad siga la ley que quiere y costumbres y cerimonias...:

"No lo hagas lo que te dicen el Visorrey y el Obispo ni el Provincial, ni cures de nombrarlos que también yo me crié en la iglesia y casa de Dios como tú, pero no vivo ni hago como tú: ¿qué más quieres tú? ¿No te temen y obedecen harto los de Chiconabtla? ¿No tienes de comer y de beber? ¿Qué quieres más? ¿Para qué andas diciendo lo que dices?... Hermano ¿qué hace la mujer o el vino a los hombres? ¿Por ventura los xpianos no tienen muchas mujeres y se emborrachan sin que les puedan impedir los padres religiosos? Comamos y bebamos y tomemos placer, y emborrachémonos como solíamos hacer, mira que eres señor; y tu sobrino Francisco, mira que reciba y obedezca mis palabras... el señorío es nuestro y a nosotros pertenece... Ninguno se nos igualó de los mentirosos, ni estén con nosotros ni se junten de los que obedecen y siguen a nuestros enemigos..."[33] Ni qué decir que imaginarán cómo cayeron estas palabras a los oídos del jurado, que aquí parecía haber sedición y rebelión contra el rey. A esto habían llevado los ídolos encontrados falsa o verdaderamente bajo las cruces.

También los hombres que trabajaban para él, los que estaban a su servicio, los que le debían lealtad, declararon en su contra. A cada declaración le iban forjando más pecados, con una celeridad que ninguna alma, ni la más pecadora, podría tener en propia vida. Hicieron a don Carlos asesino, pues le atribuyeron haber perpetrado sacrificios humanos, lo

[33] En español en el original. N. de E.

hicieron enojón, que no lo era, lo llenaron de vicios y de errores de la carne y del espíritu, declarando contra él los que en otros tiempos se dijeron sus amigos, los cuñados, los señores principales de su reino... ¿Y por qué? Aquel escupitajo que el indio Melchor puso en el piso al verlo, cuando éramos niños y con él nos topamos, me hace dudar si había un ápice de verdad en todo lo ahí espetado. Cristóbal, vecino de Chicnautla, dijo que don Carlos decía: "Soy señor de Tezcuco, y allí está Yoanizi, señor de México, y allí está mi sobrino Tezapili, que es señor de Tacuba; y no hemos de consentir que ninguno se ponga entre nosotros ni se nos iguale. Después que fuéremos muertos bien podrá ser, pero agora aquí estamos y esta tierra es nuestra y nuestros abuelos y antepasados nos la dexaron: hermano Francisco, ¿qué andas haciendo, qué quieres hacer, quiéreste hacer padre por ventura?, ¿esos padres son nuestros parientes o nacieron entre nosotros? Si yo viese que lo que mis padres y antepasados estuvieron conformes con esta ley de Dios, por ventura la goardaría y la respetaría. Pero, hermanos, goardemos y tengamos lo que nuestros antepasados tuvieron e goardaron, y démonos a placeres y tengamos mujeres como nuestros padres las tenían..."[34]

Si así dijo, más de un motivo tenía para decirlo, y no suenan a necias sus palabras, sino que necio aparece el indio que ante el jurado de la Inquisición dio a repetirlas. ¿Para qué ir ante ellos a confesarlas? ¿Tenían acaso miedo de que también los acusaran a ellos de los pecados acumulados contra don Carlos? ¿Querían obtener algún favor del obispo, y diciendo ataques contra don Carlos buscaban agradarlo? Algunos iban a declarar obligados a hacerlo por la persuasión inflexible de los guardias del virrey, otros empujados por la mujer, que algún otro motivo tenía

---

[34] En español en el original. N. de E.

para que declarase, a algún otro le habían dado alguna moneda para hacerlo; alguno, mientras hablaba, castañeteaba los dientes de miedo; otro no lo enseñaba, sino que, entrecerrando los ojillos entre frase y frase, parecía invitado a reír a la menor provocación, que, dicho sea de paso, no encontraba fácilmente... Declaraban sin saber que sus palabras, en lugar de salvarlos, retornarían con el tiempo contra ellos. Indios eran, contra los indios iban los golpes que ellos daban. Querían protegerse de los hispanos golpeando contra ellos mismos. La envidia, esa ave parda que gusta vivir en esta tierras, con suaves palabras los persuadía a servirle.

Carlos Ometochtzin fue condenado a la hoguera. Contrario a lo que Zumárraga pensó conseguir con su sacrificio, los enemigos del Colegio de Santa Cruz se robustecieron. Afilaron las garras de sus almas. Los franciscanos también perdieron. Cierto que a fray Juan nadie volvió a acusarlo de milenarista o sedicioso, sino de duro contra los indios y de haberse excedido en su castigo, por lo que poco tiempo después llegó la orden de no juzgar más a los indios en la Inquisición, temiendo se extendiese un quemadero de indios que remordería hasta al emperador Carlos durante sus largas meditaciones sobre la muerte.

Slosos keston de Hernando

Ekfloros keston de Learo

Mal dormí en la noche, otra vez, pero pude quedarme profundamente dormida en la mañana. Tarde ya, a la salida de mi habitación, encuentro a Rosete girando lentamente sobre sí mismo, como un demente. ¿Qué está haciendo?

—¿Qué haces, Rosete, dando de vueltas?

No me contesta, pero yo sola me contesto. Recuerdo que en su código, este gesto, el que repite al girar lentamente sobre sí mismo, quiere decir "venía a decirte".

¿Pero cuál venía, si no había entrado a verme, si se había quedado varado donde nadie lo habría encontrado, donde di con él por casualidad, por haber salido mucho más tarde que la hora habitual? ¿Y cuál decir, si aun viéndome, aunque casi tropecé con él, nada me dijo, que no fuera su imbécil seguir dando de vueltas sobre sí mismo, el tronco doblado hacia un lado, la mano colgando, y la otra medio doblada, como si lo aquejara horrenda enfermedad muscular?

Su movimiento reiterado me exasperó. Quise detenerlo, primero con la voz ("¡detente, Rosete, párate ahí!"), luego eché mano de todas mis fuerzas, de mis dos brazos, de mi tronco, de mis piernas, con todo el cuerpo lo até para que parara, porque la inercia de su imbecilidad lo tenía aferrado al movimiento.

— ¿Qué es lo que vienes a decirme?

Nada. No me contestó nada. Lo vi a los ojos.

Aquel par de ojitos chispeantes y burlones lucían opacos, muertos. En sus ojos había tanta vida como en el aire había ondas producidas por sus palabras.

—¿Qué tienes, Rosete? ¿Estás triste?

De nuevo no me contestó nada. Se había quedado exactamente como yo lo había dejado al suspender su imbécil movimiento. El chispeante Rosete se había convertido en un maniquí, pero no en aquel que pudo haber sido de haber conservado su radiante apariencia intacta. Mi elegante Rosete no era sino un maniquí anómalo. Su piel parecía reseca, y aquí y allá tenía unas manchas rosáceas como de irritación o de descuido. Le abrí la boca, sin que opusiera resistencia. No que fuera mi esclavo (porque al no poder oír mis palabras, no podía comprenderlas) sino que se había vuelto sólo un títere. En la membrana bucal, las cuarteaduras eran incontables. En la pared interna del cachete derecho (en el que era mayor la mancha roja) una inmensa llaga abierta le había casi perforado la carne.

Me encolericé. ¿Por qué lastimarse así? Esto sí que era asunto mío, personal, me atañía a mí, porque ¿por qué herir algo que yo amo, algo que también me pertenece? Sí, Rosete también es mío, también forma parte de mí. Lo conozco de toda la vida, está en mi crecimiento, en mi constitución, en mi memoria personal, como no pueden estarlo sino de manera artificial el padre y la madre que no tengo. Y además Rosete es hermoso. O era hermoso.

—No has usado la sustancia 234, para absorber la radiación. Sales, bajas a la Tierra, y no te proteges. ¿En qué estás pensando?— La respuesta fue ninguna otra vez.

Lo sacudí, agarrándolo fuertemente de cada brazo, pudiendo incluso lastimarlo, con brusquedad. Nada. No reaccionó. No oía, no me sentía, no me percibía, no sabía que yo estaba junto a él. Probablemente él no estaría ahí, estaría en otro sitio, tal vez...

Dejé a un lado mi ira inútil.

—¿No te duele, Rosete?—, le pregunté, suavizando el tono de mi voz. Pero ¿a quién le estaba hablando yo? Rosete parecía incapaz de comprenderme.

Se echó de nuevo a dar de vueltas sobre sí mismo, reiniciando su marcha acéfala, acerebrada, inorgánica... ¿Qué más palabras puedo usar para describir la expresión de su código? "Venía a decirte, venía a decirte, venía a decirte...".

De ahí, me apresuré a llegar a mi punto de trabajo. Me entregaré a mis libros. Si Rosete pudiera hablar, si recordara la lengua, diría de mí, citando a Catherine Linton-Earnshaw-Brontë:

"What in the name of all that feels, has he to do with books, when I am dying?".

Slosos keston de Learo

Ekfloros keston de Hernando

Empezaba a correr el año de 539. La mujer del Alguacil Mayor Joan de Sámano había invitado a los alumnos más brillantes del Colegio de Santa Cruz, entre los
que inmerecidamente se me consideraba, a una reunión. Fray Arnaldo Basacio y fray Bernardino de
Sahagún (que ya estaba con nosotros) consideraron
que sería pertinente preparar con nosotros y con fray
Juan Foscher una presentación para halagarla, pues
aunque no había virrey y con él estaban ausentes otros
de importancia, se reunirían los que en la ciudad quedaban de flor y nata, y pensaban así bienquistar a los
asistentes con el Colegio.

El virrey en estos días se esmeraba en gastar
mucho de su hacienda y de la de otros en la expedición a las Cíbolas, y andaba por la Nueva Granada
buscando puerto para su regreso.

Fray Andrés de Olmos, fray Bernardino, fray
Juan de Gaona pusieron mano sobre la pieza, y por
supuesto fray Juan Foscher, y una palabra o dos
sugerimos los alumnos. La ensayamos varios días.
Era una alegoría sobre la educación a los indios y
la cristianización de las tierras que el rey Carlos había ganado para su Corona, las recién conocidas
por Europa, las nuestras. Era un juego, solamente,
y no portaríamos ropas, ni disfraces, ni hachas, ni
luces, sino nuestras hopas moradas y dos hábitos
de frailecillos.

Aquello que ensayábamos decir aludía al número nueve, al sentido que había tenido el nueve entre sus antiguos y los náhuas, y a que la aparición del nueve en la nomenclatura del año auguraría que se reunirían en una las vertientes del pensamiento de los dos lados del océano. Diríamos nuestros parlamentos en latín, y uno de los nuestros los iría traduciendo al español, por si llegara a hacer falta. Cantaríamos lo dicho con una musiquilla que fray Juan Foscher había hecho especial para la ocasión, y que después él aderezaría y cambiaría un poco para hacerla música de rezos.

Los versos para una sola voz serían para Juan Berardo, gran cantor, con el tiempo muy buen latino, con estilo, aunque llano. Juan Berardo murió hace apenas dos años, en el año de mil quinientos noventa y cuatro. Tenía una voz de extraordinario sonido, aún de niño, una voz privilegiada. Toda su familia, decían, había sido famosa por lo mismo, por la voz, pero siempre sospeché que, por alguna necedad que no comprendo, inventaban a la marcha una tradición que en la verdad no había ocurrido.

Llegamos a la reunión cuando ya los asistentes habían cenado. Fray Arnaldo, fray Foscher y fray Bernardino se acercaron a saludar a la alguacila con "La paz sea en esta casa", como dicen siempre al llegar los franciscanos, a lo que contestó la aludida:

—Pero por qué tan tarde, si los que debían llegar a esta hora eran los frailecillos indios, a ustedes los habíamos convidado a la cena.

—Donde nuestros niños cenan, cenamos nosotros. Por lo demás, la regla de la Orden, usted debe saberlo, muy señora nuestra, es severa. En nuestros cuerpos no caben las primuras con que seguramente ha halagado a sus ilustres invitados.

La alguacila se rió, para ocultar que nada entendía, porque la pobre era tan tonta que daba pena.

—¿Y qué nos traen que nos han adelantado?—, dijo sin mirarnos a nosotros, aludiéndonos. No había tenido la gentileza de saludarnos, de cruzar hacia nosotros su mirada o de decir "Sean bienvenidos" o cualquier simulación de gentileza.

Los tezcocanos algo tenemos que nos asemejan a Carlos, porque yo no pude reprimir decir, en latín:

—Nosotros primero que nada, según es sabia costumbre, tenemos lo que usted no tiene para nosotros: un saludo.

Mis compañeros se rieron, fray Foscher y fray Arnaldo me miraron muy severamente y callé.

Me apené, es la verdad, pero no pude reprimirlo. Válgame, y eso que yo no era hijo de principal, como los que venían conmigo, sino un falso, un postizo, pero mi sangre hervía por la ausencia elemental de gentileza de la llamada Alguacila, que si lo fuera congruamente primero tenía que haberlo sido de su mal comportamiento.

La señora se incomodó ante mi comentario, sin entender ni una sílaba de lo que yo decía. Su marido, don Joan de Sámano, preguntó a los frailes que qué es lo que yo había dicho, porque tampoco seguía la letra de la lengua latina.

—Ha citado —dijo Sahagún— a Horacio, sabio antiguo, que dice "El placer supremo no está en las costosas viandas, sino en ti mismo." Y ha agregado una frase de Séneca: "¿De qué obra externa necesita quien ha recogido todo lo suyo en sí mismo?" Y yo agrego a sus palabras estas de Horacio: *Mentior al siquid, merdis caput inquiner albis corvorum atque in me veniat mictum atque cactum Iulius et fragilis Pediatía furque Voranus.*[35]

—¿Y qué es lo que usted dice? —preguntó la iletrada señora.

---

[35] Respecto al latín para que se comprenda el flujo del diálogo. N. de E.

Apresurándome, se lo traduje yo a castilla:

—Fray Bernardino ha agregado una cita de Horacio: "Y si en algo miento, que los cuervos ensucien mi cabeza con sus blancos excrementos y que vengan a hacer sobre mí sus necesidades Julio, el frágil Pediacio y el ladrón Vorano."

Las palabras no le cayeron nada en gracia, ni porque yo las dijera, ni por lo que decían. Me miró como sin verme, desaprobando mi existencia toda con su mirada.

Una incomodidad generalizada se había apoderado de la reunión entera, preparada por el retraso de los frailes, acendrada por su justificación y hecha gravísima por mis dos torpes intromisiones y la falsa traducción que de la primera hiciera en mala hora el hermoso fray Bernardino, a quien las damas tanto codiciaban, aunque ya no fuera tan bello como lo había sido en sus primeras mocedades.

Habían asistido, invitados por la Alguacila, don Gerónimo Ruiz de la Mota, Alcalde Ordinario, Hernando de Salazar, Factor de Su Majestad, Gonzalo Ruis, don Luis de Castro, Bernardino de Albornoz, Alcalde de las Atarazanas, y Gonzalo de Salazar, justicias, regidores, y más miembros del Cabildo. Para ellos, vueltos de fría piedra, hicimos nuestra graciosa representación, que ni lo pareció porque fue recibida con enorme disgusto. Mientras hablábamos las partes escogidamente escritas por los frailes, conversaban entre ellos, no diré que mirándonos con desprecio, sería mucho decir, mirándonos sin mirarnos, como si los alumnos del Colegio hubiéramos estudiado para hacernos transparentes y nuestras palabras fueran puro sonar del viento. Al término de la pieza, el Factor exclamó:

—¡Son como urracas o cuervos, han aprendido de memoria las alocuciones de los frailes!

Eso fue todo, no necesitaron proferir ningún oto comentario. Procedieron a hablar de sus cosas, ignorándonos de lleno, ante lo que fray Bernardino y fray Arnaldo procedieron a despedirse. Nosotros, aunque no habíamos recibido muestra de salutación, también lo hicimos. Al dar yo la mano a la señora Alguacila, cara de acamaya y mano de ave de rapiña, le dije:

—"¿De qué obra externa necesita quien ha recogido todo lo suyo en sí mismo?" Traduzco para su Excelencia un pensamiento de Séneca. El Señor sea con usted, Señora. Gracias por habernos recibido en su casa; es un gran honor que no merecemos.

Abrió a todo lo que daban los ojotes, por mi atrevimiento al dirigirle la palabra. Pero no me contestó nada. No hizo falta, porque pude bien leer en su mirada:

—¿Por qué me habla usted a mí? Usted no es de mi misma especie, usted es un mucho menos.

¡Vaya que me quiso humillar con la mirada! Yo se la sostuve, sin parpadear, y a mi vez también le hablé con mis ojos, contestándole:

—Es verdad lo que usted piensa, señora —y no se lo dije en mirar latino, sino en puro castilla—, no somos iguales. Usted no es siquiera una urraca, y no llega su alma a la de un cuervo.

Entonces, me contestó. Sin esconder su descontento por mi atrevimiento doble (haberla interpelado, sostenerle la mirada), apresurándose para separarse de mi persona con un gesto brusco, vació sobre mi hábito su copa de alcohol casi escarlata, y altanera dijo en alta voz:

—¡Ni a dónde poner sus pies para no hacernos tropezar les enseñan los frailes!

Ni una disculpa, por supuesto, ni siquiera un gesto que expresara "¡ah!, se me ha caído sobre este muchacho el contenido de mi copa". Me pagó su accidente con silencio, si accidente fue, y silencio fue lo suyo, y no, como me lo pareció la elocuencia de querer vaciar en mí, no ya su copa, sus mismos orines, aconsejada por la envidia ("No os aflijáis nunca, aconsejó San Bernardo, por lo bueno que a otros suceda; que su salud no sea la enfermedad de vuestra alma y no sea su dicha vuestro infierno.")

Fray Bernardino, fray Focher y fray Arnaldo no dijeron nada. Bajaron la vista al piso. Imitándolos, hice lo mismo yo, como si mi pie, en efecto, hubiera hecho tropezar a la caprichuda monstrua, que si por ella juzgáramos a las demás los franciscos estarían cortos en su desprecio por las mujeres. Esa cochina Alguacila sólo tenía limpia su sangre.

Apenas nos vimos afuera del mal sitio, fray Arnaldo me llamó muy severamente la atención:

—Hernando: debes aprender a ser más prudente. Estas personas sólo están buscando hacernos el mal, a ti, a nosotros y a la escuela. Veníamos a suavizar las posiciones, y tú —quiso decir, pero a la verdad sólo me miró muy duramente y me citó, con los labios apretados por la cólera, las siguientes palabras del sabio Francisco:

—"El siervo de Dios que no se enoja ni se turba por cosa alguna, vive, en verdad, sin nada propio." Debemos recordar en toda hora las palabras de San Francisco, y conservarnos bajo su iluminación para no cometer actos de arrogancia y de cólera, Hernando, recuerda: "Son verdaderamente pacíficos aquellos que, en medio de todas las cosas que se padecen en este siglo, conservan por el amor de nuestro Señor Jesucristo, la paz de alma y de cuerpo."

— Cálmese, por favor, hermano Arnaldo —dijo fray Bernardino—. Estas personas iban a quedar de cualquier modo molestas. No debimos aceptar su invitación... Nos hicieron venir hasta acá con el único objeto de encontrar cómo atacar de frente a nuestros muchachos.

Yo, que entonces no sabía quedarme mudo, les recité a mi vez dos frases del santo Francisco ("Todo el que envidia a su hermano por el bien que el Señor hace o dice en él, incurre en un pecado de blasfemia, porque envidia al Altísimo mismo que es quien dice y hace todo bien"), pero en los oídos de nadie cayeron, porque desde ahí hasta que llegamos a Tlatelolco, fray Arnaldo Basacio y fray Bernardino de Sahagún no pararon de hablar, lo cual era muy notorio y excepcional, no era su costumbre entablar pláticas a la vista de otros en interés de las cosas del mundo. Bien dicen las palabras de San Francisco: "Aconsejo también, amonesto y exhorto a mis frailes en el Señor Jesucristo, que cuando van por el mundo, no litiguen ni contiendan con palabras, ni juzguen a otros: mas sean benignos, pacíficos y moderados, mansos y humildes, hablando honestamente a todos según conviene." Dos pasos atrás de ellos veníamos los alumnos, y tras nosotros, dos pasos atrás, fray Juan Foscher, caminando con notorio desgano, mascullando algo para sí con triste gesto.

En esa reunión se arribó al dictamen definitivo de los cristianos sobre el Colegio de la Santa Cruz, y su dictado corrió como reguero de pólvora. No tardamos mucho en darnos cuenta de esto. A la mañana siguiente, cuando venía de cumplir una diligencia que fray Juan Basacio me había encomendado (creo que para quitarme por completo de su vista, que lo incitaba a la cólera), observé en el atrio de la iglesia de Tlatelolco una acre discusión de un grupo de personas que tan fuertemente se hablaban los unos a los otros, que antes oí sus voces que pude reconocer sus personas. Uno de los dos vestidos como franciscanos era el mismo fray Juan Basacio. Parecía que había encontrado otros sobre los cuales descargar su inusual mal talante. Otro franciscano y dos clérigos estaban con él enredados, hablando todos a vocezotas. Me llamó tanto la atención ver a fray Basacio enmedio de esa acalorada discusión, explotado su muy inusual mal ánimo (él que siempre era calmo de modo), y tal vez por esto fue que me acerqué a ver si en algo podía servirle.

El otro franciscano, fray Mateo de nombre, era el venido a inspeccionar la construcción del convento de Tlatelolco. Tenía con nosotros más de una semana revisando cuanto muro podía del convento en construcción, que para lo que él servía era para ir de un lugar a otro de la Nueva España discutiendo las hechuras de los frailes, sugiriendo y criticando, y para esto lo habían enviado, que no para enseñar gramática, de la que no tenía ningún conocimiento. Era experto maestro de obras, conocido ingeniero improvisado hecho de tanto ver hacer a otros los conventos y las iglesias de la Nueva España. La tarde anterior, pues buen conversador sí era, lo oí en el refectorio relatar cómo los indios que habían levantado la primera bóveda de la Nueva España, la de San Francisco, huyeron al retirar la cimbra, temiendo que se viniera abajo, convencidos de que no tendría cómo sostenerse. Cundo contó esta anécdota, hizo hincapié en la tontería que él atribuía a los inocentes indios constructores, burlándose de ellos como no correspondería hacerlo a un franciscano.

Me acerqué más, picado de la curiosidad, interesado en ver qué es lo que discutían. Yo iba vestido con un pobre sayal grueso que algún francisco me había calzado en lo que secaban mis ropas tintas, nada propio era que un frailecillo indio vistiera perfumado de borrachera.

El otro que estaba ahí era Diego López de Agurto, natural de México, hijo de Sancho López, escribano público, quien muchos años después fue racionero y luego canónigo, y capellán de la Real Audiencia. Aunque sirvió desde niño en la iglesia de San Francisco y se preciaba de maestro de ceremonias y de eclesiástico, siempre fue hombre sin letras.

Apenas sabía leer, además de mostrar poco entendimiento y mal asiento de juicio, inquieto y vano, y ser
distraído en negocios de mujeres. Pero a canónigo
llegó, y a capellán, si era hispano, de sangre limpia.
Diego López de Agurto alegaba acaloradamente, mientras fray Mateo, el miramuros, lo apoyaba en cuanto
alegaba, con mil palabras, y fray Basacio rebatía cuando lo dejaban arrebatar a sus cóleras despiertas la
palabra.

—Que no puede ser posible, pues que sólo
indios son, que hablen el latín o lo conozcan —dijo el
miramuros.

—Pero fray Mateo, lo que aquí le decimos
no es solamente conjetura, que hemos visto que los
indios son capaces de deprender perfecto gramática y hasta algunos rudimentos de teología—decía
mi fraile, tratando de contestar con razón a las insensateces.

—¡Teología! ¡teología ha dicho! ¿Cómo va usted a creer que teología? Dejemos eso fuera de toda
discusión, que no hay indio bueno siquiera para
deprender bien la gramática, que el latín exige de la
mente un refinamiento y un tino que no tienen de
dónde extraer los naturales —se apresuró a responder, casi brincando de ira, Diego López.

—Diego, yo le digo...

—Si con mis ojos —interrumpió fray Mateo—
los he visto sufrir bajo los más simples razonamientos
de la construcción, y entre edificar y entender y hablar lengua latina, hay un abismo. Mire, Basacio, para
decir lo más poco, que si a estos infelices no se les da
con la vara y el azote, no son capaces ni de poner en
el sitio correcto un par de piedras. Así que no trate de
convencerme a mí de que pueden deprender latín,
son tonterías...

—Probemos. Pregunte usted a algunos de estos chicos...

—A ver, tú —me dijo a mí el tal fray Mateo—, tú, chico, ¿sabes en lengua latina tus oraciones?

Yo, como he dicho, no llevaba ni hábito ni hopa, y a lo mejor me escogió para hacerme sus tontas preguntas porque pensó que no era alumno del Colegio de Santa Cruz, y menos aún uno de los escogidos por los frailes para llevar vida religiosa. Él sólo se había perdido la oportunidad de evitar este error, si me hubiera observado en el refectorio, pero no había posado nunca la mirada en nosotros, los alumnos indios. Para él éramos como para los de la reunión de la noche anterior, almas en pena sobre el mundo.

—¿Yo?

—Tú. ¿Conoces las cristianas oraciones en lengua latina? —me preguntó entonces el miramuros.

—Sí que las conozco, me las enseñaron los franciscanos...

—¿Y cuáles te sabes?

—¿Cuál quieren sus mercedes que les repita?

— El Pater Noster

El Pater Noster le dije, ay, con sentido fervor, como si el Padre Mío pudiera aparecer en su repetimiento.

—Bien dicho, muchacho. Si no dudo —dijo dirigiéndose a fray Basacio—, que estos naturales tengan alguna memoria, no lo pongo en duda, ¿pues por qué? Cualquier chico de castilla sabe repetir el Pater Noster. A ver, chico, el Ave María...

Le recité el Ave María, de nuevo diciendo mis palabras con cuidado.

—Bien, ya lo he dicho, la memoria es facultad de cuervos.

—¿Quiere el Regina Coelis?

—¡Anda! eso me parece más interesante, el Regina y el Coelis juntos... ja ja (el imbécil se rió en mi propia cara), ¿o sabes que es una oración, aunque cuente tan sólo con dos palabras?

Decidí no fastidiarme más recitándole el Regina al necio, que no podía tener fe en que mi Madre celestial reapareciera a mis ojos con este rezo, si estoy seguro ni su piedad infinita tendría voluntad de venir expresamente a tolerar la compañía de tamaño imbécil. ¡Más fácil era que apareciera mi padre del fondo del mar, a que mi pobre madre consiguiera permiso para visitarme, aunque viviera tan cerca como Tezcoco! Pero decidí no cerrar el pico, y me largué a recitarle algunas de las instituciones de Justiniano:

—*Iustitia est constans et perpetua voluntas ius suum cuique tribuendi.*

—No me salgas con largas, muchacho necio y fanfarrón, que te ufanas de lo que no conoces. Si es cierto lo del Regina, anda, dímelo —y en el instante en que comencé, fray Mateo me interrumpió—.

—A ver, indio, déjate de lado tu Regina Coeli que es tan fácil, y recita mejor el Credo.

Y me apliqué a hacerlo. Llegando a la frase *Natus ex Maria Virgine*, me interrumpió, corrigiéndome erróneamente:

—*Nato ex Maria Virgine.*

—*Natus ex Maria Virgine* —le repetí, muy seguro de estar en lo correcto.

—Repita "nato", no sea usted necio, se ha equivocado —aseveró, convencido de lo inconvencible.

—*Natus ex...* —yo repetí, que no tenía por qué hacer propios sus tontos errores.

—Nato, he dicho que es nato —interrumpió, ya muy molesto.

—*Reverende Pater, nato, cujus casus est.*

Afrentado y confuso, no sabiendo qué responderme, y montado en ira nos miró sin decir ni una palabra. Mucho sabía fray Mateo de piedras y bóvedas, pero nada de gramática latina. "Lógico es que cada uno trabaje de saber lo que es de su oficio, y por ser él ignorante, no quiera que los otros también lo sean."

Ni qué decir que para el iletrado Diego López de Agurto el *natus* y el *nato* eran la misma cosa, así que no fue a él a quien miré a los ojos cuando le dije: *Dubitatis quin vidicetis? Cave ignoscas* ("¿Dudáis de tomar venganza?" "Guárdate de perdonarle"), frases que enfurecieron hasta la exasperación a fray Mateo, no por ser su sentido tan contrario al sentir franciscano, sino por no comprenderlas, y sin siquiera despedirse, nos dio la espalda, y se fue de ahí, mascullando quién sabe qué cosas con el ignorante Diego López. Dios los hace, y ellos se juntan.

Si fray Mateo bien entendía de su yeso y sus piedras y sus arcos y sus bóvedas y su cincel, nulo conocimiento tenía de la gramática. Lo primero lo supe días atrás, cuando corregía lo que un indio grababa en una pared, indicándole cómo se debía sostener el cincel para darle mejor uso, y lo segundo lo vi en ese momento, en el color de su piel, en su enojo y en su desconcierto. Pero así como yo podía apreciar lo bueno de su persona, que era sabio con piedras y morteros, él era incapaz de apreciar en la mía lo que de bueno había, que yo sí sabía comprender la gramática latina aunque no supiera acarrear piedras ni golpear con cinceles.

Fray Arnaldo me pasó el brazo por el hombro, y nos retiramos charlando en latín. Yo le dije:

—Ya no nos molestarán más, fray Arnaldo, entraron ya en razón, han visto...

Pero él no me dejó terminar:

—Vieron nada. Ellos perdieron sus ojos hace ya tiempo, *Hannibale vivo*.[36]

— Les retoñarán los ojos...

Y por mi ocurrencia de los ojos retoñantes en las cavidades huecas de la envidia, fray Arnaldo sonrió, y me dijo en voz baja:

---

[36]"Mientras vivía Aníbal". Estela deja esta frase en latín en su manuscrito. N. de L.

—*Deo favente*[37]

A los pocos días, tal vez dos o tres después de la escena que he contado con fray Mateo, vino del convento de San Francisco, el cocinero, Francisco Sánchez, religioso lego, con la historia de que en México había un escándalo, porque fray Mateo y Diego López y su hermano, Sancho López, secretario de la Real Audiencia, andaban diciendo que estaba muy mal que el latín nos enseñasen, que a los indios esto les podía muy mal, que hereticaríamos, que hacíamos mal uso de todo. Que los indios no éramos sino niños, y que como a tales debieran tratarnos, manteniéndonos fuera del latín conocimiento. De esto se enteraba el cocinero adentro del convento, pero dijo también que entre los cristianos seglares andaba presto el mismo dicho, que en todas las bocas rondaba un NO hacia los frailecillos indios, y que el peor motivo de escándalo era que a dos de nosotros, no contentos con darnos armas para hereticar, nos hubieran dado hábitos de religiosos, que qué creían que podríamos enfundados en ellos hacer, sino iniciar a hispanos y a indios a nefandos pecados.

Si es cierto que los indios somos, como ellos dicen, como niños, si es verdad eso (y no me detendré en lo de urracas y cuervos, afirmación imbécil que no merece oídos), si es verdad que somos como niños, tampoco se nos puede creer llevaderos ni inocentes. Decir que somos como niños es olvidar la humana naturaleza, que de los niños no se puede uno confiar tampoco, o no de su inocencia, sujeción y docilidad.

Slosos keston de Hernando

---

[37] "Dios mediante". Estela lo deja en latín en su manuscrito. N. de L.

Ekfloros keston de Learo

Dormí a trozos. No que me despertara la Central, porque ella ha dejado de hacerlo. No recibo hace ya tiempo ninguna comunicación más de su parte, ningún mensaje, ninguna indicación, nada. Tal vez yo misma debiera solicitarme que me dijera algo, y evitaría un poco el inmenso malestar que siento. Porque era un malestar lo que me despertaba. El dolor del alma era tan intenso que hubo un momento en que maldije no haber participado en el baño de olvido. Pero me rebelé de inmediato contra mi ocurrencia. Yo soy la única que habla. Lear es el único ser que habla consigo mismo. No tengo con quién hablar. Ellos sí tienen con quiénes descargar las señas de su código imbécil, sobre quiénes evacuar sus gestos procaces. Su "lenguaje" no es por eso más habla que la mía, porque lo suyo no es lenguaje, es una aberración. Si yo dejara de hablar y de comprender se perdería para siempre la lengua y la gramática. Se produciría el fin del hombre, se conseguiría lo que L'Atlàntide buscaba. Yo satisfacería su deseo terrible.

Anoche no me despertaba la Central, ni nada que no fuera mi corazón hirviendo en las aguas revueltas de su solitaria desazón. Ah, pero solitaria es una palabra incompleta para describirla. Infinitamente sola ha quedado mi desazón, porque no hay nadie que la acompañe, porque ni yo misma puedo darle la mano, si he perdido la piel al no tener ya a ninguno en mi cercanía. Ninguno. Soy el último ser humano que resta sobre la Tierra. Los atlántidos no son ya hijos del hombre y de la mujer. Ahora son lo que desearon, los hijos de sí mismos. Los seres sin dioses, sin padres, sin lenguaje, sin tierra, sin Natura, sin tiempo, sin dolor, sin sentido.

Como me despertaba (porque de esto quiero hablar, Lear, no te distraigas), pude comprobar que no reina ya el silencio completo en las noches de la L'Atlàntide. Duermen como durmieron los animales, en tramos cortos, pero la oscuridad los incita a refugiarse en L'Atlàntide, y se quedan tirados sobre sus lomos, como lo hacían por la noche gatos y perros, sin hacer demasiado barullo. De pronto alguno toma agua, otro remeda la cópula, otro se rasca imbécil su barriga. Tampoco dormidos son del todo silenciosos, pero los balbuceos que blabliéan tampoco hacen el suficiente ruido como para despertarme. Digo "blabliéan" porque no hablan. Intentan hablar. Alguno repite dormido el sonido "gle", otro algo que suena como a "jm", otra arroja "pes" retorciéndose en el sueño. Su cuerpo les exige "¡hablen!", pero no pueden hacerlo, no se los permite su cerebro.

He intentado ver en sus miradas si también su espíritu demanda palabras. No hay en sus ojos nada que parezca interpretar tal deseo. Yo sí, yo sí les pido palabras. ¡Hablen, atlántidos! Crucen conmigo dos, tres, algunas palabras, o entiendan las que yo les digo. Porque no entienden las que yo les digo. Algo hicieron a sus oídos, algo que destroza las palabras que yo pronuncio. Lo sé porque Rosete imita lo que él escucha en lo que yo le digo:

Si Lear le dice: "Rosete, para un momento, quiero decirte algo. Presta atención, Rosete. ¿Me entiendes?", Rosete, gesticulando como yo, jugando a ser mi espejo, me contesta: "pit-pot-pot, mch mch, pit-pot-pot, mch mch", repitiendo mi entonación con precisión asombrosa, pero desorganizando el sonido de mis palabras, blablieándolas.

¿Qué hicieron a sus oídos los atlántidos que desarticulan el sonido que construye a las palabras? ¿Qué descompusieron que hace sonar a las palabras diferente, perdiendo su riqueza sonora, su repique lleno de matices?

Debo dejar de lamentarme para poder anotar lo que aquí quiero. Como dormí tan mal, al despertarme remoloneé un poco más de lo habitual, dejando que las ensoñaciones en torno a mi malestar se apoderaran por completo de mí. En muy mal estado, presa de una enorme infelicidad, me levanté, tomé el baño, y casi nada de las aguas que son nuestro líquido y alimento. Sentía el estómago revuelto, no quería beber nada ni comer nada, hasta pensé en regresarme a dormir, pero la ley de la costumbre me llevó hacia el Punto Calpe y me desamparó apenas lo abandoné, porque tomé una ruta que no había tomado nunca antes. *I started wandering.* No tenía fuerzas para trabajar en mi Hernando, y no había podido despegarme del malestar. Tampoco quería dar los pasos gigantescos de los atlántidos, aunque sería más preciso decir que yo no sabía lo que quería, tal vez dormir, pero estaba segura de que no iba a poder dormirme, y la idea de volver a mis ensoñaciones en mi habitación atlántida me horrorizaba. Era como un alma en pena. Pude haber pedido lo que Fortunata en Santa: "Pido a Dios que me dé la más asquerosa de las enfermedades", porque ella me habría pesado menos que no tener dios, ni posibilidad de enfermarme, ni atlántido que me hiciera merecer el deseo de enfermarme.

En ese estado iba yo, cuando (sin que pueda dar pormenores de mi ruta, porque bien puedo decir que no ponía en nada mi atención) caí en la cuenta de que caminaba en el centro de una calle empedrada. Lo primero que vi fue el empedrado mismo, piedra bola acomodada con absoluto cuidado y precisión para hacer el piso de la calle. Las construcciones a ambos lados de la calle estaban intactas, edificaciones también de piedra. Seguí caminando. La ciudad se iba abriendo a mis pasos como si los hombres que la habitaron la acabaran de abandonar. Aquí y allá alguna ventana estaba rota, pero los muros y los techos seguían en sus sitios. Llegué al resto de muralla que rodeara la ciudad, al puente y al río. El río no era colorado, como todos los que han visto mis ojos, ni venía cargado de espuma y de basura, sino que era como aquellos ríos que conocí durante la Conformación en el Receptor de Imágenes, un río de aguas limpias.

Dos lobos de brillante metal dejaban salir de sus fauces los tensores de que pendía el puente. Me apoyé en uno de éstos para ver correr el río. De mi lado izquierdo, sus aguas llevaban color del barro, y del opuesto de un azul más limpio, como si fueran dos corrientes separadas las que circulaban por el mismo cauce. Oí correr el río. La muralla de la ciudad, casi intacta, se alzaba bordeando el río. Creí ver algo atrás de ella, adentro de los límites de la ciudad, algo que me inquietó sobremanera, algo vivo que movía el suave viento. Entré de nuevo a la ciudad, y fui siguiendo las calles que me llevaron a la muralla. Pude abrir una inmensa puerta con sólo girar su picaporte. La entrada de la casa era oscura y húmeda, despedía un olor a encierro que removió mi ya turbulento estómago. Al fondo se veía luz. Caminé hacia ella. Ahí estaba el patio de la casona. En el centro del patio había un árbol. Su copa fue lo que vi menearse desde el puente que cruzaba el río. Un árbol. ¿Vivo? ¿Muerto? ¡Un árbol!

Un pánico infinito se apoderó de mí. ¿Yo deliraba y la ciudad, el río, el árbol eran sólo fruto del delirio? ¿Mi cabeza (¡sola!, ¡sola!) se había perdido, como todas las de los atlántidos, llevando la dolorosa ruta de la locura, en lugar de tomar, como los demás, el camino de la imbecilidad? No podía confiarme en mis ojos, ni en mis oídos. Porque como oí el río, oí menearse la fronda del árbol.

Salí corriendo de la casa, y seguí corriendo hasta dejar atrás de mí la ciudad. Ya que me vi afuera de ella, con la cabeza completamente trastornada di los pasos gigantescos de los atlántidos y dejé la superficie de la Tierra. Aquí arriba corrí enloquecida hasta que topé con L'Atlàntide. Me aventé, como una loca, agitada, empavorecida, al baño. Y me quedé adentro del agua un largo tiempo. Bebí hasta hartarme No sé cómo conseguí tranquilizarme, dejando de lado todo razonamiento. Por un momento pensé que cuanto han visto mis ojos en mi larga vida ha sido igualmente fantástico, pero aventé con todas mis fuerzas fuera de mí este pensamiento, como deseché otras conjeturas, todas de índoles muy diversas. Dudé de mi propia existencia. Dudé de la Tierra, dudé de la destrucción, dudé de la Naturaleza. Dudé de la lengua.

Regresé aquí a anotar lo que he escrito. Desde que vi, o creí ver eso que me atrevo a llamar árbol, unas palabras rebotan adentro de mi cabeza, ensordeciéndose mi pensamiento con su sentido. Son de Mutis, de mi poeta, de *El sueño del príncipe elector.*

"Jamás había visto un ser semejante...
No, alteza Serenísima, no es para ti la
dicha de esa carne que te pareció tener ya entre tus brazos. Vuelve, señor,
a tu camino y trata, si puedes, de olvidar este instante que no te estaba des-
tinado. Este recuerdo amenaza minar
la materia de tus años y no acabarás
siendo sino eso: la imposible memoria
de un placer nacido en regiones que te
han sido vedadas."

Aunque sean pocas mis fuerzas, debo trabajar en mi Hernando, y anotar en futuras ocasiones cuanto pueda de lo que no encuentre cómo explicarme. Pero sobre todo debo escribir aquí lo que Hernando un día escribió. Debo hacerlo, porque estoy sujeta a él. Agárrame, indio, sujétame, dame un sentido, no me abandones, no me dejes irme deshecha, como polvo, arrastrada por el aire. Sólo tú puedes, Hernando, evitar que me disuelva, que me vuelva peor que todos los demás atlántidos, que pierda el cuerpo, la razón, el corazón, en este torbellino.

Slosos keston de Learo

Ekfloros keston de Hernando

Recuerdo, pura banalidad que no puedo quitar de mi memoria, que cuando era yo joven y orinaba, el saludable chorro, al caer al bacín del dormitorio, algunas veces dejaba oír, atrás de sí, casi ocultándolo, un agudo ruidillo, como un llanto agudo. El lamentoso y continuo sonido irritante resonaba atrás del chorro que caía, y yo, repitiendo un error, interpretaba que el sonido era el llanto de alguien, y me dejaba llevar de lleno por la compasión, conmovido del llanto que no lo era, por lo que cuando dejaba de orinar me extrañaba escuchar el silencio, sorprendido de ver que, tras la caída de mi orín, no había más que hubiera habitado en el sonido, sintiéndome sorprendido, sin saber qué hacer con la tristeza remanente que me había provocado el ruidillo anexo al orín. Porque mientras oía caer el orín, en instantes preciosos que se prolongaban sin respetar la ley del tiempo, no pensaba, presa del error repetido que me era inevitable, que fuera él quien hacía ese ruido parecido a un llanto, sino que, dejándome gobernar por una tristeza incontrolada, alguien, en ese instante, sufría intensamente, y que no había nada que pudiera impedirlo, y digo pensaba aunque más que pensarlo como una idea, lo que me ocurría era que me dejaba invadir por el efecto de un sonido que no correspondía a lo que lo había causado, que era engaño puro. Por el engaño puro emprendía yo un viaje de tristeza incontrolable, que me llevaba a mí mismo a llorar. Pensaba, viéndome a mí mismo llorar (porque con algo debía justificar mi llanto), que ésta o aquella otra cosa horrible había ocurrido, lastimando, en mi cabeza, a un niño o a un anciano, y para nutrir mi llanto recordaba los rostros tatuados de los esclavos, el zumbido de una flecha yéndose a clavar en el pecho de una madre, el niño enfermo, el tullido. Al dejar el chorro de sonar contra el bacín, viendo el sonido vacío del llanto aquel que había imaginado, no podía detener de tajo el triste llanto que yo había emprendido. Si alguien me sorprendía llorando, y me ofrecía consuelo o pedía explicación, decíale que las lágrimas me habían sobrevenido cuando rezaba por los infortunados de lo que mi imaginación me hubiera dictado (tullidos, enfermos, viudas, heridos, despojados injustamente de sus tierras, huérfanos), sin jamás confesar el origen orinal de mi llanto, porque yo mismo, para este entonces, lo había olvidado.

Cuento esto que me ocurría por creerme atrapado de nueva cuenta en el mismo anciano error, aunque hoy día, de otra manera. Lo platico porque temo que todo esto que aquí he ido escribiendo no fue así, que el resplandor de un hecho cierto que no alcanzó mi conciencia a mirar me lo hizo creer por verdadero. Que todo esto vino de orín cayendo en un bacín; que yo bordo, interpreto, explico alrededor de lo que no ocurrió, que el reflejo de algo que no acerté a comprender dejó marcado en mi imaginación su paso, como si fuera la presencia de algo real, moviéndome a la compasión y al llanto.

Slosos keston de Hernando

Ekfloros keston de Learo

Ya no hay manera de comprenderlos. Sin verbos, sin gramática, su código es cada día más incomprensible. Hoy, a deshoras en el Punto Calpe, vi a un grupo de diez bajando en silencio. Me tomé del brazo de uno de ellos, de Jeremías, y seguí sus pasos. Iban hacia el Jardín de las Delicias.

Cuando llegamos, encontramos a Ramón, a Italia, a Ulises y a una niña. Una niña de once años de edad, a lo sumo, una niña que es Lilia. Lilia a los once años. Lilia la nuestra, pero de once años. Lilia nuestra compañera, la que creció con nosotros, pero Lilia vuelta niña.

Todos rodearon a la niña. Lilia tomaba en sus manos puñitos de arena oscura y la dejaba caer con arte y cuidado sobre la arena clara. La observábamos hacer en silencio. Fue trazando (porque dibujaba con la arena oscura), una forma hermosa y conmovedora, que sin ser figurativa representaba una figura destruida, o, para expresarlo mejor, la forma de una destrucción y su lamento. La forma que trazaba Lilia con la arena clara sobre la arena oscura era una que no cabe en las palabras, pero que no se acercaba tampoco a la imbecilidad de los que han renunciado a la lengua.

Los ahí presentes, mirábamos aquello y lo comprendíamos. Cuando terminó, Ramón repitió su retahíla de ronquidos, subiendo y bajando la "voz", soplando con mayor y con menor fuerza por las narices. Aunque no hubiera nada parecido a una melodía, sino una repetición de ruidos desagradables, ponía tanta inspiración en repetirlos que se podría decir que Ramón cantaba, de una manera grotesca y ridícula, pero cantaba. Al son de sus ruidos, la imagen que formábamos todos mirando la imagen trazada por la Lilia niña (esto es, la Lilia imposible), la representación de la destrucción, la imagen que formábamos, decía, se comenzó a disolver. Lo voy a repetir, pero lo he dicho ya muy claramente. Aquello que formábamos mirándola, más la arena en dos tonalidades, la clara sobre la que derramó los puños, y la oscura que salía de sus manecitas, y la isla, y cada uno de nosotros se disolvió.

No, para mí no fue grato. Cuando volví a saber de mí estaba yo de vuelta en mi habitación, subida en L'Atlàntide, recostada, descansando, y no pensaba en nada.

Me pregunto, ¿fue un sueño? Pero mi pregunta es imbécil, porque debió ser un sueño, no tiene si no explicación. Debió ser un sueño, uno soñado con tanta intensidad que pareció, como aquel de los amigos de Mutis, real.

Pero bajé al Jardín de las Delicias, en mi camino hacia este lugar, y encontré el dibujo de Lilia en la arena. Es la representación más perfecta de la destrucción. ¿No han perdido el alma, si aún pueden expresarlo? ¿Son conscientes de su expresión, o la trazan como hizo el pájaro en su vuelo, como hizo el pez en su paso, como hizo el tigre en el salto? ¿Obedecen por fin a una gramática superior? ¿Soy su única lectora?

Una rara calma reinaba sobre la atmósfera. Muy a lo lejos se veía avanzar con lentitud una gigantesca tolvanera, caminando a paso de cojo, sobre el mar.

Slosos keston de Learo

Ekfloros keston de Hernando

Los franciscanos dejaron el Colegio de Santa Cruz, salieron de él dejando a los indios al amparo de los indios. Su salida había sido parcialmente para defendernos de las murmuraciones, pues, inocentes, creían que el ataque al Colegio de Santa Cruz era para lastimar a los franciscanos y a su papel en estas tierras. Digo inocentes porque la ira contra el Colegio era por muchos más motivos. Así que nos dejaron a nuestra propia merced, más indefensos, intentando con ello salvarnos. Con la salida de los franciscanos, tomaron la decisión de dejarnos, a Martín Jacobita y a mí, con los demás alumnos, viviendo entre ellos, regresándonos de sus dos habitaciones al dormitorio del Colegio, pensando que seríamos una buena influencia para nuestros compañeros, para que respetaran lo más la disciplina que ellos nos habían enseñado, que nos hacía *Perinde ac cadaver.*[38]

Zumárraga había retirado todo apoyo económico al Colegio, y había pedido al rey que dejara de ser Colegio Imperial y se convirtiera en hospital, todo, según me parece, para protegerse de las acusaciones, y evitar más ataques contra los franciscos. El rey cortó

---

[38] Estela cita el dicho en latín, como un cadáver. Son palabras de San Francisco de Asís, que prescriben la disciplina y obediencia a los superiores. San Ignacio Loyola también las usa con el mismo sentido en sus *Constituciones*. Nota de Lear.

temporalmente la renta que nos enviaba, y el virrey en cambio desembolsó por cada uno de los alumnos una pequeña, aunque muy útil y generosa, cantidad, que si mejor la hubiera administrado el mayordomo, y menos la hubiera usado para propio provecho, bien que habría bastado, y no nos hubiéramos visto a mendigar nuestro propio sustento.

Lo de Zumárraga era no porque no estimara la labor del Colegio, sino porque lo habían usado para atacarlo, porque usando la existencia del Colegio como argumento, lo tildaban de milenarista, y con esto de desleal a la Corona española y a su Santidad, pues dijeron que los franciscanos querían preparar con nosotros una Iglesia india que se separara de aquella que depende del Papa, que lo nuestro era el semillero para la nueva Iglesia, que Zumárraga hablaba continuo de la Babilonia...

Los problemas pecuniarios tenían solución, que las matronas generosas nos proveían de alimento, llevándonos tortillas hechas con sus propias manos, y frijol hervido, y salsas para aderezar aquello que cosechábamos de lo que teníamos sembrado en nuestra hortaliza, y es por demás decir que libros ya teníamos y más nada deseábamos del mundo. Si acaso se cruzaba un imprevisto, pedíamos y eso era todo.

Pero nuestro peligro era muy otro. La villa de México había decidido arrasar con el Colegio de Santa Cruz, como si nuestros conocimientos exacerbaran su gana incontenible de destruir. Le abríamos el apetito a su maldad, a sus malos humores.

Un jueves por la tarde, como parte del daño que intentaron hacernos, orquestaron una visita de ídolas, de resultados fatales para dos de nosotros. Las fueron a traer, según oí decir poco después, como aquí explicaré, de la famosa casa de Tezcoco, y las soltaron frente al Colegio, dándoles la indicación de que dieran aviso que eran un presente enviado por unos amigos. Sin tocar la puerta, entraron directo al patio central y una de ellas empezó a cantar, provocando que saliéramos de nuestras habitaciones. Cantaban con voces preciosas, y salimos para ver de dónde provenían. Allí estaban, cinco ídolas hermosas, pintadas y adornadas para seducir al más recatado. Allí estaban, una de ellas cantando, las otras haciendo señas para que bajáramos a reunírnosles. Ninguno de nosotros daba el primer paso, que estábamos sin comprender de qué se trataba esta visita, a qué querían que nos acercásemos. Entre miedo y fascinación, los alumnos niños, pues casi lo éramos, mirábamos. Agustín empezó a dar de voces, interrumpiendo el canto de las ídolas, diciéndonos a grandes gritos que ellas eran suripantas, que mejor nos acercáramos a refocilarnos con ellas, que él ya varias veces lo había hecho y que no había nada mejor que sentir sus carnes entre las piernas. Entonces empezamos a discutir entre nosotros que si eso eran no debíamos bajar, que debíamos echarlas. Y fue cuando ellas nos llamaron por nuestros nombres, a Martín Jacobita y a mí, diciendo dulcemente: "Martín Jacobita, acércate, ven aquí, acércate Hernando de Rivas, que traemos un mensaje que debemos darles, no somos suripantas sino mujeres bautizadas, convertidas al cristianismo por los padres franciscanos".

Yo les pregunté entonces:

—¿No son acaso suripantas, mensajeras del mal y la lascivia?

—Somos cristianas, y que eso te baste. Si quieres saber más, aproxímate...

—Yo soy Hernando de Rivas. ¿Es verdad que tienen un mensaje para nosotros?

—Mensaje tenemos, y es muy importante que lo cumplamos, para no quedar mal con aquellos a quienes lealtad debemos.

El hecho de que fuéramos nosotros dos a quienes llamaran debió hacernos sospechar, pero no lo hicimos en lo más mínimo, inocentes como hermanos franciscanos, que ellos nunca nos enseñaron a adquirir ni sombra de maldad, y como nos llamaron, y éramos educados, nos acercamos al centro del patio, donde se habían sentado en el piso, para escuchar qué querían de nosotros, en qué podríamos servir a esas bellezas, y no porque lo fueran, sino porque, como lo he dicho, mucha era nuestra inocencia.

Pero sí eran bellas esas ídolas. Hermosas como sólo pueden serlo las ídolas famosas, a quienes hay que pagar para obtener sus favores, que no tienen recato en enseñar sus encantos, que perseveran en parecer hermosas, en llamar al deseo de los varones, en despertar lujuria y liviandad. Pero ni pensamos en lujuria ni en liviandades, sino en ser todo oídos de sus mensajes. Además, nunca habíamos visto de ésas, y no sabíamos cómo distinguir si eran ídolas, mujeres de la vida ligera, procaces provocadoras de lascivia, así que nos acercamos a ellas nosotros dos, aquellos a quienes ellas por sus nombres habían llamado, y siendo abordados por ellas de la manera en que acostumbran, que no es a las palabras como suelen parlar con los varones, justo cuando una de ellas, sin duda la más hermosa, hacíanos unas danzas para alborotarnos, chanceándonos porque quisimos persuadirla, mientras a Martín Jacobita y a mí se nos subían los colores y se nos desperezaban los malos pensamientos, entraron los franciscanos, a quienes los tramposos que nos habían echado las ídolas encima habían hecho llamar diciéndoles que nosotros habíamos convidado a estas finas señoras a pasar la noche en el Colegio para refocilarnos, y quienes temiendo que nosotros las echáramos antes de que ellas pretendieran pasar a mayores, se apresuraron a llamarlos, sin darle tiempo al pecado de pasar a mayores excesos.

Al ver a la hermosa bailar frente a nosotros, y a Martín Jacobita y a mí tan cerca de ella, fray

Bernardino tronó de ira, imprecándolas con palabras horrendas, que yo nunca le había oído decir, y ellas a explicar que no les dijera esas cosas, que no les faltara al respeto, que ellas habían venido porque se las había llamado, que ellas sólo cumplían con su trabajo, y fray Bernardino a decirles que lo suyo no era trabajar sino sembrar mal en el mundo, y ellas se soltaron a reírse, y yo, con el alboroto ése que sus danzas me habían despertado, no sabía ni qué hacer ni qué no hacer...

Ni fray Bernardino ni los otros franciscos quisieron dar oídos a mi explicación, ni a la que mi compañero Martín Jacobita intentó darles. Los franciscanos estaban furiosos y más con nosotros. Decidieron retirarnos el hábito franciscano en una muy triste ceremonia, que no reseñaré por encontrarla sin gracia alguna y digna de ninguna memoria.

De estas fechas fue la carta que envió el arzobispo Zumárraga a su majestad el rey de España:

"que V.M. mande declarar si el hospital ha de haber la parte que le cabe y cuál será este hospital de la iglesia... Y la merced que V.M. fue servido de me hacer que pudiese aplicar y dejar la casa de las campanas que agora es de la imprenta e de la cárcel, que agora estoy edificando, porque primero era cárcel lo que agora hospital. Parece aun a los mismos religiosos que estarán mejor empleadas en el hospital que en el Colegio de Santiago, que no sabemos lo que durará, porque los estudiantes indios, los mejores *tendunt ad nuptias pottus quam ad continentiam*. Y si V. M fuera servido de me lo conceder que las mismas dos casas de que hizo merced a los estudiantes del Colegio sean para este hospital de enfermos de bubas, pienso que estarán mejor así aplicadas al hospital e yo las pienso acabar aunque sepa mendigar, como solía en mi orden."

Y mientras él pensaba en mendigar, y nosotros teníamos de vez en vez qué hacerlo, los sueños que habían para mí, los de mi madre, los míos, lo de los frailes, rodaron rotos por el piso.

Slozos keston de Hernando.

Ekfloros keston de Learo

Los he seguido durante días al bajar por el Punto Calpe. Nunca han vuelto a dibujar nada, pero varias veces alguno de ellos ha aparecido en su formación de niño. Al día siguiente, el mismo puede tener la forma del adulto.

Nadie recuerda nada. La mano derecha no sabe lo que hace la izquierda. Esta enfermedad comenzó desde antes del decreto de la abolición del lenguaje, porque ya le estaban abandonando. Nada tiene repercusión.

Entré de nuevo a la bóveda que descubrí tras los pasos de Caspa, la tumba de sus niños. La bóveda era otra. Era más bien una cueva, un hoyo entre las rocas, me parece, y digo me parece porque al verlo distinto perdí mi poder de observación. El asombro no me permitía concentrarme. La burbuja reventada por las bombas, de muros de asfalto y cemento con el altar al centro, era otra, era otra... Apilados en un extremo de esta formación geológica, la que reemplazaba a la bóveda que en ese mismo punto vi, yacían (como aquellos infelices niños) un número incontable de cañas de azúcar. Tomé una con las manos para estar segura de que era eso lo que estaba ahí. En el extremo más delgado del tallo, un lunar negro, casi animal. Jalé otro tallo y también traía el lunar. Jalé otro. Además del lunar, de su extremo colgaba un trocito de manta, como aquella que cubría a los bebés de Caspa. Moví más tallos pero ya no vi más huellas. Regresar los tallos a su lugar no me dio problema, simplemente porque no lo hice. No puedo ponerlos en orden, porque no hay un orden previo. No puedo ordenarlos porque ese orden al que debieran pertenecer no existe más.

Para nada hay un hilo conductor. Las cosas suceden, pero no quedan, no se fijan, no permanecen. No son completamente reales. Pueden ser borradas de un plumazo.

Entre los hoyos que se han ido formando en la superficie de nuestra realidad, de la realidad de todos los miembros de mi comunidad, se ha colado toda posibilidad de interrelación. No podemos comunicarnos, porque no pertenecemos a los mismos tiempos. La malla tensa de la realidad de que gozaron los hombres de la historia, y sobre la que emprendieron diálogos y malentendidos, así como acciones y hechos, se ha roto, se ha abierto. Lo que yo haga no puede ser percibido por otro de mi comunidad sino fuera del tiempo en que yo vivo. Perdimos ya el tiempo común. Creo que nos hemos perdido por completo. Su reforma del lenguaje, la insistencia en el olvido, nos ha borrado. No somos nada ya. He perdido toda esperanza de que volvamos al tiempo del Tiempo.

No podemos morir.

Aquello que en las noches creí sueños, no lo son, porque no podemos tampoco soñar. El límite entre el sueño y la vigilia quedó roto.

¿Cómo explicar lo que pasa aquí, si es estrictamente ajeno a las palabras? ¿Qué herramienta puedo usar para describirlo? ¿Y con qué podría comprobarlo? No hay a la mano un solo letrero en el que podamos visualizar la ausencia de una sílaba...

¿Dónde encontrar la palabra DIOS trozada por la mitad, para poder comprobarles que esto es lo que ocurre?

¿Se terminó la cinta en que se graban los tiempos, y repetimos el presente utilizando trozos ya grabados en otros tiempos?

Porque cuando Ramón y yo copulábamos ocurría exactamente esto que digo. Yo vivía lo que ya había sido vivido, o por mí o por otro, y esa correspondencia incompleta me dejaba ajena, estaba sólo en algunos instantes prendida al presente. No es que nos distrajéramos, si para el lujo de la distracción no tenemos ya cinta. Distraerse es dilapidar la cinta tempo-espacial.

Podría decir "esto no está pasando ahora, en este instante", porque entre una palabra y la otra siento subir la craquelación del sinsentido.

Nada tiene consecuencias. No se proviene y se va. La medida más elemental de la historia se ha disuelto.

Su sueño se realizó, el sueño de mi comunidad. Para ello no hay pasado y no tiene la menor importancia que el costo de su desaparición haya sido la pérdida del futuro. En sus memorias no puede conservarse el pasado. Yo describí en este mismo archivo la importancia de la memoria, pero no imaginé que su pérdida total tuviera esta repercusión: ya nada tiene repercusión. Mis hermanos, los seres que habitan conmigo en L'Atlàntide, han escapado por completo del tiempo.

Bajo con ellos al Punto Calpe, y ahí están, puntuales. Cuanto digan y lo que hagan no tendrá consecuencias. Pero ya no dicen nada. Ya no usan las palabras. Hacen sus torvos gestos. Ya no son los asistentes de Natura. Ya no limpian los efectos de la gran explosión. No soy la única que ha abandonado esos trabajos. Los dejé para entregarme a la memoria del tiempo. Ellos los dejaron para abandonar todo tipo de memoria. La Tierra ha vuelto a quedarse sola.

Soy la única habitante del tiempo.

Y en las noches, la alarma timbra, timbra, timbra...

Slosos keston de Learo

Ekfloros keston de Hernando

Habrían pasado tres semanas, cuando más, de este incidente, terrible para mí, pues no hubo palabras que convencieran a Sahagún o a Basacio de nuestra inocencia, cuando, yendo un día al mercado de México, a traer el paño para las hopas de los nuevos alumnos del Colegio (habíamos recibido a cinco, con una providencial donación de la madre de uno de ellos, que nos había dado pidiendo únicamente que los recibiéramos y educáramos), cuando encontré, justo en el momento de discutir mi transacción, la cara de una de estas ídolas, casi irreconocible, pues no tenía ni gota de pintura, acercándose a la mía para saludarme. Mi primera reacción fue la de no tenerla. Estaba más linda que el sol. Irradiaba una aureola de inocencia. "Don Hernando" —me dijo—, "qué bueno que me lo encuentro, quería pedirle una disculpa y darle una explicación que tal vez pueda servirle en algo..."

—Los franciscanos no hablamos con mujeres —pude contestarle, sacando fuerzas no sé de dónde, porque no encontraba qué hacer al verla.

—Pero Hernando, usted ya no viste de franciscano, y oí decir...

—En espíritu lo sigo siendo —la interrumpí, lleno de vergüenza.

—En espíritu, qué sabré. Pero lo que quiero decirle es de suma importancia para usted —y de inmediato, cambiando el tono de voz y alzándola más alto, tomó mi partido frente al vendedor, y obtuvo el paño para las hopas casi regalado, alegando que si no era tan bueno, que si era para los franciscanos, que si era para niños, pondere y pondere el Colegio de la Santa Cruz. Cada uno de sus gestos, cada una de sus entonaciones, todos los rasgos de su cara y cuerpo hablaban de una inocencia que me ponía frente a ella más desarmado. ¿Era la misma suripanta que cantó y bailó en esa horrible noche, la que tanto daño me había hecho? ¿Era ella la que bailaba esa danza lasciva, incitándome al mal y a la podredumbre? ¿Podría serlo? Su cuerpo, su rostro, su cabello hermosísimos irradiaban pureza y serenidad. Recordé entonces cómo había sido la danza aquella y no me pareció ninguna suciedad. Viéndola a ella hablando, discutiendo con el vendedor los precios, me pareció que su danza sólo era tal, danza, y que animada por las procaces voces de las otras mujeres públicas a no dudarlo, aunque en este momento todo dudaba yo, y no sabía si eran ángeles o espíritus o sólo voces emitidas por las piedras, procaz nos lo pareció. Tanto me convenció de su candor mientras hablaba con parsimonia y delicadeza hasta conseguir bajar el precio a una cantidad ridícula, que sentí una horrenda vergüenza de haberme alborotado con una danza inocente.

Mientras cortaban el trozo de la pieza del paño que me llevaría (por el precio que ella la había obtenido, pude habérmela llevado entera), se puso a charlar conmigo, hablando no como con el vendedor con pausas y silencios, con voz clara y fuerte sino con rapidez y en voz muy baja y más dulce y más candorosa todavía, diciéndome:

—Don Hernando, es cierto lo que le digo, que estoy muy entristecida por lo que le he provocado. Mire, yo no soy, como lo gritó el padre Sahagún, una mujer pública. Sí lo eran las otras mujeres con las que entré al patio del Colegio, y mal hice de andar con ellas, pero con algún dinero tengo que alimentar a mi hija. Para qué voy a mentirle, no es la primera vez que me pagan para ir a algún lugar junto con ellas. Yo canto y danzo, y ellas pecan. No me presto más que a hacer mis artes, y lo hago porque creo en la belleza y en la finura de nuestros bailes, y en la hermosura de la música de nuestros ancestros, y creo que no está mal hacerlo, como tampoco está mal que me paguen por ello, y si ya nuestros señores principales no tienen los bienes o monedas para pagar danzas y cantos, y debo bailar para los españoles, y ellos, puesto que no tienen nuestra sabiduría, deciden hacerme acompañar de esas señoras, pues no puedo negarme... Espero que me entienda. Lo que no imaginé fue lo que pasó. Mire —siguió diciendo, tomando el paño que nos entregaban—, lo acompaño en su camino, aquí sí saben quién soy, no lastimaré más su reputación. Lo que pasó ese día —siguió hablando, sin esperar a que yo le diera un sí o un no— lo que pasó fue que nos pagó gente de Jerónimo López para que entráramos al Colegio, y no imaginamos que de inmediato irían a avisar a los frailes de nuestra visita... Ustedes no hicieron nada malo, y yo tampoco lo hice, que sólo cumplí, y muy malamente, para desquitar unas pocas monedas. Las mujeres públicas no tuvieron tiempo de hacer sus cosas con los muchachos, y yo le aseguro que usted no las habría hecho, que ahí estaba yo para cuidar su pureza. ¿Me dejaría ir a explicárselo al padre Sahagún?

¡Mala idea! ¿Cómo creía esta mujer que fray Bernardino la iba a dejar acercársele? Ni que no fuera francisco... ¿Cómo imaginar un pretexto para que dejara que ella lo viera? Informantes tenía sólo hombres, así que ni pensar en que él quisiera verla.

—Trataré de imaginar una manera de decírselo, don Hernando, que sé muy bien el daño que por mi conducto esos hombres le han hecho. Estoy muy avergonzada...

Si era verdad que era un ángel por la belleza y la ilusión de pureza que transmitía, también es verdad que su condición era de ángel caído, porque cuando yo caminaba a su lado, supe bien que le sonaban sus pies al rozar el piso. Guiándome de la mano por las calles de la ciudad de México, en menos tiempo que el que lleva decir tiempo (o eso me pareció, porque ni tiempo me dio de darme cuenta), me vi al lado de ella en el cuarto que habitaba. Cargando la pieza de paño, volando iba yo junto al ángel que me deslumbraba. Cuando me vi adentro de su habitación, no tuve tiempo (otra vez tiempo), ni por un minuto, de temer de su parte alguna mala intención, y creí que no era en su carne donde tenía el ángel lo de ángel caído. Frente a nosotros, tendida al piso, había una niña pequeña, una muñequita viva recostada sobre su espalda en la estera, jugueteando con sus propias manitas y haciendo unos ruiditos simpáticos con sus carrillos bien inflados.

—Mira —le dijo, con el mismo hilo de habla con que había empezado a trenzarme desde hacía rato—, mira, llegó mamá con un amigo para que te bendiga. Le habló como para presentármela, porque ni se detuvo, ni se le acercó, ni la tocó. La chiquita volteó la cabecita ansiosa hacia ella. Era otra angelito, sólo que ésta un poco regordeta. Dejé de ver al primer ángel para fijar la vista en el segundo. La ángel mayor no se le acercaba, y la menor la seguía con la cabeza, llamándola con esos ruiditos que sabía hacer.

—¿Puedo cargarla? —le pregunté.

—No, no la agarres, que te va a manchar de orines.

La chiquita empezó a empezar a llorar.

—Otra vez con ésas —dijo la despiadada mayor.

—No me chilles.

—Déjame cargarla —le dije con mi mejor voz.

—No me importa que me orine.

—Pues si quieres...

Sí quise. La tomé en brazos, toda meada, sucia, que no de suciedad sino de varios días, o así parecía, de no haber sido acercada siquiera al agua. Se
puso feliz, si así puede decirse, que era el ser más
triste que jamás había visto. No sé si me ensuciaban
sus orines, pero me impregnaba de su fea tristeza.

Ni aunque yo la había tomado, la mamá volteó para mirarla. Quién sabe qué tanto hacía, donde
no había nada qué hacer, pero no era acercarse a saludar a su hija. Iba y venía por el cuarto vacío, dando
sus gráciles cortos, rápidamente, como si tuviera prisa
de llegar a algún sitio. La muñequita se acomodó sentada en mis brazos y se puso a hacerme lindas expresiones con su sucia carita.

–Oye —le dije, porque era verdad— ya tengo
que irme, que van a dar las nonas...

—Espérame un momento, ya voy, te acompaño otro rato. Deja a la niña en su lugar y vámonos.

No, para eso no tenía yo corazón, para dejarla
ahí a solas.

—¿No podemos llevarla?

—¿Para qué quieres llevarla?

—Para que no se quede aquí sola —le dije,
mirando que la habitación era una sola pieza oscura,
en la que no había más que la estera donde debían
dormir la madre y la niña. No había nada más. Ni una
mesa, nada.

—Déjala sola, que no le pasa nada.

—Pasar, no puede pasarle nada, no tiene con
qué dañarse. Pero se pone triste.

—Triste se va a poner... Llorará un rato, porque es una mañosa, pero luego ahí se las arregla.

—¿Vuelves de inmediato?

—No creo. Volveré hasta la noche.

—¿Y no le das de comer?

—Cuando vuelva con qué darle.

—¿No le dará hambre?

—Pues sí le dará, que está viva.

—Anda, llevémosla, no tengo corazón para dejarla.

—Qué necio, tú...

—Yo la cargo.

—Tú vas llevando tu paño.

—Puedo las dos cosas.

—No puedes, que eres fraile y no tameme. Y en todo caso, ¿quién la carga de regreso, dime? Vendré con ella sola...

—No se te caerán los brazos...

—No se me caen, pero no me gusta llevarla. Déjala ahí.

—Quédate con ella.

—¿A qué voy a quedarme aquí, sentada? No tengo a qué quedarme, nada hay que hacer aquí... Vamos.

—Siquiera déjame darle un poquito de agua, o atole, qué tienes...

Agua era lo único que tenían. Agua le di unos pocos traguitos a la muñequita, y la dejé, en su rincón oscuro, a la pobre niña, rumiando su diaria tristeza. ¿Cómo un ángel tan lindo, de apariencia tan pura, podía tener un corazón tan duro con su propia hija?, me pregunté en silencio.

—Ya sé cómo haremos —me dijo, apenas salimos, que ella ni en pensamiento había dado alguna atención a la pequeña.—Yo le escribo una nota al padre Sahagún, la dejo en el Colegio, apenas pueda irme hasta Tlatelolco, y le explico.

Me pareció muy buena idea.

—Sólo que no tengo ni un céntimo, ni para comprar el papel, ni para pagar el escribano. Dame una moneda de las que te ahorré, y apenas pueda te la devuelvo. Me atrevo a pedírtela para no dejar pasar el tiempo. No me vayas a malinterpretar.

Esto lo dijo como todo lo que antes había dicho, con una gracia, acompañando cada una de sus frases de un angelical meneo de cabeza, alzando a veces sus manitas para dar realce a alguna expresión. Pero ni por haberlo dicho así le creí un ápice, si yo era franciscano inocente pero no idiota, y ya había visto que no era tan bueno mi ángel, pues malo era con su hija. Le di una moneda que le alcanzaba con creces para ir y volver en carruaje de seis caballos de Tlatelolco a México y de regreso. Ni las gracias me dio. Desapareció entre la gente, casi volando, y no me cupo la menor duda de que no iría corriendo a gastar la moneda llevando en brazos a su triste niña, y mucho menos a encargarse de mí. Imaginé que la gastaría en moños y enaguas, para vestirse más linda.

Regresé al Colegio convencido de que la ángel no haría nada por mí, de que todo lo que había hecho (contarme la historia de Jerónimo López, bajar el precio del paño) había sido para ganarse esa moneda, así que cuando al día siguiente me llamaron los frailes, me tomó por sorpresa.

Estaban todos reunidos y tenían frente a ellos un papel. Fray Bernardino, que era a quien estaba dirigida la carta, habló primero.

—Hernando, recibimos hoy esta carta. Léela y dinos si es verdad.

La carta decía más o menos así, que fui incapaz, por la emoción, de leerla de un hilo:

"A los pequeños frailes franciscos: soy una mujer obligada por las necesidades de la vida a bailar para dar gusto a los hombres y a las mujeres, a los niños y a los viejos, pues tengo que mantener a mi hija y soy viuda. Hace tres semanas se me dio en pago monedas para que, junto a unas mujeres de mala vida, fuéramos a de mi parte bailar, de las de ellas ofrecerse como carne del pecado, frente a los jóvenes estudiantes del Colegio de Santa Cruz. Quien nos pagó el trabajo es uno de los hombres de Jerónimo López, en moneda contante y sonante, y por adelantado, que si no hubiera sido así jamás habríamos podido cobrar, pues sus alumnos fueron castos y no accedieron en nada a las sucias provocaciones de las malas mujeres que la necesidad me ha hecho tener por compañía. Pido perdón ante Dios por el daño que les causamos. Vuelvo a pedir a Dios que me perdone si en algo ayudo a que en almas tan puras caiga la mancha del pecado. El baile es un arte y a él me apego, y si por el hambre de mi pequeña hija me veo obligada a aceptar convivencias no santas, pido perdón a sus excelencias. Pequeños padres, perdónenme. Rueguen por mí ante Dios."

Su firma venía garrapateada y era ilegible. Era visible que la letra en que el resto de la carta estaba redactada no era la misma.

—¿Qué nos dices de esto? —preguntó fray Bernardino.

—Que no miente.—Fue lo único que alcancé a decir, porque empecé a llorar. Los frailes no dijeron nada más. No les placía mi llanto.

Llamaron a Martín Jacobita, le dieron la carta a leer, le pidieron explicaciones, les explicó con todas sus señales lo que esa noche había pasado, quiénes de los alumnos les habían gritado suripantas, por qué él y yo nos habíamos acercado a ellas, cómo ellos los frailes habían llegado, etcétera.

Ésa que no era meretriz, sino bailarina y cantora, nos había reconciliado con los frailes. De cualquier manera, no nos impusieron de nuevo los hábitos de franciscos, no lo permitía la regla. Esto no quería decir que los hubiéramos perdido, y ya se encontraría la ocasión, explicó fray Bernardino, de que volvieran a vestirnos con ellos.

La ocasión no la hubo nunca, y no habría venido de todas maneras, aunque yo me hubiera aplicado para invocarla, porque lo que aquí adelante contaré no lo supieron los frailes jamás. No llegó la ocasión, ni con ella los hábitos volvieron a Martín o a Hernando. Yo con mi propio puño escribí años después para fray Bernardino:

"Se dio el hábito de San Francisco a dos mancebos indios, los más hábiles y recogidos que entonces había, y que predicaban con gran fervor las cosas de nuestra Fe Católica a los naturales... mas como tuviesen el hábito y los ejercitasen en las cosas de esta Santa Religión, hallóse por experiencia que no eran suficientes para tal estado, y así les quitaron los hábitos, y nunca más se ha recibido indio a la religión, ni aún se tiene por hábiles para el sacerdocio." Hablé mucho con fray Bernardino sobre este pasaje, y de varias maneras pensamos escribirlo. Llegamos al acuerdo de no mencionar a Elejos, que no debíamos ufanarnos de él para evitar mayores violencias.

Y también fui el puño de Daciano, cuando fray Juan Gaona lo convenció de su error en pública disputa y lo obligó a hacer penitencia:

"Venid acá, hermano, vos decís que los indios comúnmente tienen muchos condiciones e inclinaciones naturales muy apropiadas para ayudarles a ser buenos cristianos, y habéis traído ejemplos particulares de indios a quien Dios comunicó su espíritu, que tuvieron deseo de servirle, renunciando al mundo y siguiendo la vida evangélica. ¿Pues qué es la causa por la que a estos tales no se les dará el hábito de la religión, no solamente para legos, más aún para sacerdotes, como en la primitiva Iglesia se elegían los gentiles y judíos nuevamente convertidos a la Fe para sacerdotes y obispos?...Y así quiero decir, que no son para maestros sino para discípulos, ni para prelados sino para súbditos, y para esto los mejores del mundo... A algunos de los indios criados y doctrinados de su mano, y al parecer bien inclinados, dieron el hábito de la orden para probarlos, y luego en el año del noviciado conocieron claramente que no era para ellos, y así los despidieron, y hicieron estatuto que no se recibiesen."

Slozos keston de Hernando

Ekfloros keston de Learo

A media mañana sentí el deseo de alargar las piernas, abandonando a medio hacer el trabajo que me había propuesto para esa sesión. Mi capacidad de concentración se reduce porque duermo tan mal, con tanto timbradero de alarmas. Así que salí a estirar las piernas, cuando me di cuenta que mi concentración estaba tan baja que sólo vagaba por el texto de Hernando, incapaz de traducir los trazos de Estela a mi cesto.

Salí hacia el Sur.

Sobre las cordilleras un día nevadas de Los Andes, en uno de sus altos picos, un cónclave se llevaba a cabo. Me acerqué. Todos se comunicaban con su nuevo código, se meneaban formando contorsiones grotescas, gesticulando procazmente. En un silencio más frío que la nieve que ahí debiera encontrarse, se retorcían como los gusanos con la sal, como los tlaconetes que torturaron por juego en el tiempo de la Historia los niños. Sí que parecían tlaconetes, que su cabeza dejaba de serlo meneándose así y su cola dejaba de serlo. Descabezados, descolados, sus caras desfazadas, sus manos desmanadas...

¿Qué se decían?

Nada. Con el código imbécil no se comunicaba nada. Cada uno repetía lo que había aprendido de memoria, pero no se decía nada el uno al otro, sencillamente nada.

Nada.

Ahí estaban Rosete y Ramón, y Caspa, y Ezequiel y Jeremías, Italia y Lilia, ahora adulta.

Ya lo habían olvidado todo.

Han alcanzado el cielo que buscaban. En esto
devino el hombre, en esta danza imbécil, en meterse
una mano por el culo mientras pegan la cara a la rodilla y suben un pie... En doblarse y retorcerse y tirar-
se y levantarse, como si estuvieran hartos ya hasta de
su cuerpo.

Quise hablarles, pero, ¿de qué habría servido?
Y se me hizo un nudo en la garganta. No me hubieran
podido entender de ninguna manera, no me habrían
comprendido. Han olvidado ya la lengua y sus poderes, no serían capaces de entender una sola de mis
palabras. Lo olvidaron ya todo.

¿En esto terminó realmente el hombre, como
acabo de afirmar, en una sucesión de movimientos
espasmódicos, en la desarticulación del orden del
cuerpo?

Porque bastaba verlos y sentir el horror que
sus gestos produce para comprender que lo que ahí
se rompía era más que la lengua. O que al romper con
la lengua se rompía con todo lo que el hombre fue o
podría ser.

En esto se habían equivocado. Porque tampoco
se parecían a la belleza del brillo de la luna, al fragor
de una ola que se levanta, ni a la hermosura anómala
del molusco, ni a la del atardecer...

No arremedaban al animal ni a la cosa. Eran...
Eran imbéciles, atroces... Horrendos... Eran hombres
sin alma, no remedos de simios ni de piedras.

Slosos keston de Learo

Ekfloros keston de Hernando

Otra vez pasaron dos semanas antes de que volviera a encontrar a mi ángel, justamente al mes de haberla visto por primera vez. Había ido a recoger papel para el Colegio, uno que hacía ya tiempo habían ordenado los franciscanos para nuestra imprenta. Tenía que hacer el trámite completo, terminar de pagar (era dinero de los franciscanos), encontrar a un cargador que me auxiliara, y llevarlo antes de que cayera la tarde y con ella la lluvia. En ésas estaba, y ya con el papel pagado, cuando me la encontré, hermosísima, y con la misma aura de pureza. Al verme sonrió:

—Cómo va su vida, don Hernando. Espero que mejor.

—Sí, mejor, quiero agradecerle...

—Nada me agradezca. Nada. ¿Qué va a agradecerme? No hice nada, sólo deshice un poco de lo malo que había hecho. Y me sobró algo de aquella moneda que usted me dio, sólo que ahora no traigo nada conmigo... ¿Cómo se lo doy? ¿Paso a dárselo o lo verán mal los otros franciscanos? Ni pregunto, ¿verdad? Ya le vi la cara. No se preocupe, no iría a verlo, lo menos que quiero es crearle problemas. ¿A dónde va?

Le expliqué a lo que iba.

—Qué casualidad. Yo tengo un amigo que le llevará la carga con gusto, y sin cobrarle, porque hoy tiene que llegar a Tlatelolco, y no le importará cargar con ella, le prometo. Y no se preocupe, no le pediré lo que le ahorro, lo de la otra vez fue para el papel y el escribano. Pero sí le quiero pedir algo a cambio. Mire, arreglemos primero la llegada del papel, que no vaya a llover, y ahora le explico.

Fui caminando tras ella, a que arreglara lo del papel. Me sentía ir corriendo, mientras la veía caminar tan tranquila, llena de gracia. Era hermosísima, más este día que el anterior. Arreglamos que recogieran el papel y lo dejaran el Colegio a cambio de una cantidad ridícula.

—¿Viste? Júntate más conmigo, don Hernando, y llenarás de beneficios al Colegio de Santa Cruz. Ahora, como ya te dije, para mí, quería pedirte...—me miró muy picarona. Me dio tanta vergüenza su mirada que me pregunté si dejarme ver de esta manera no era en sí pecado, y del más grueso.—Quería pedirte un favor. Un favorcillo. Una cosa de nada. ¿Puedo?

Como yo no respondiera nada a su "puedo", volvió a preguntar:

—¿Sí puedo?

—¿Qué? —alcancé a contestar, saliendo de mi asombro.

—Puedo pedirte... un favor.

—Si es algo que me lo permita la ley cristiana, no tengo otro deseo que apresurarme a corresponderte, que mucho te debo. Si se trata de pecar, aunque toda mi voluntad está en obedecerte, como otra vez soy francisco de los buenos, no puedo...

—¿Y crees que yo te pediría algo de pecar? —me preguntó con su cara de ángel. Entonces habría apostado mi alma a que era incapaz de pecar, con esa hermosa cara de pureza...

—No, no, no —me avergoncé—, era un decir.

—Lo que quiero pedirte es acorde con la cristiandad, pero quiero hablarlo en calma contigo, y me pone nerviosa nos estén viendo. ¿Me acompañas a casa?

Lo último que hubiera creído prudente (ya había tenido tiempo de pensar qué había hecho al encontrarla la vez pasada) era entrar con ella a su cuarto que ella llamaba casa.

—Prefiero no hacerlo, que nos verán entrar y...

—No pasa nada. Mis vecinos saben de sobra que suripanta no soy, y que jamás bailo ni canto en casa, pero, para no despertar la menor sospecha, dejemos la puerta abierta, y ahí te explico...

—No...

—Además —lo usaba como un pretexto, bien que me di cuenta que lo sacaba a colación porque sabía que eso movería mi corazón— está sola mi hija y no la he visto desde la mañana, y tal vez tiene hambre, pobrecita...

Ya no dije más. Caminé tras ella. Ahora sí me fijé cuál fue el camino para llegar. México no era para mí una ciudad familiar. De Tezcoco había brincado a Tlatelolco, y aunque a menudo íbamos a cumplir diligencias, y yo a solas a hacerlas desde que los frailes habían salido del Colegio, no era una villa que yo manejara muy bien. Necesitaba prestar atención a dónde andaba, hacía falta ejercer la fuerza de la razón para comprenderla. En Tlatelolco, en cambio, caminaba con los ojos cerrados y sabía dónde estaba parado. Era como la palma de mi mano. Ésta no. Me la sabía pero no la había vivido tanto como para tenerla grabada a ojos cerrados. Así que iba tras ella, fijándome para conocer el camino a lo que ella llamaba casa. Llegamos. No alcanzaba a estar afuera de la traza de los españoles, donde las calles no tenían ya adoquines, donde la casualidad había dictado el desorden, sino que estaba casi a un costado del Salto del Agua. Así que buen trecho que había caminado la vez anterior, y ni cuenta me había dado, fijado solamente en su grácil paso. Estábamos en el otro extremo de la ciudad, junto a una iglesia. La suya podría ser la casa del cura, y de hecho parecía pertenecerle, porque viéndola bien quedaba a su costado.

Entramos. La otra ángel, la chiquita, lloraba en su estera, sin muchas fuerzas. Al entrar el rayo de luz que dejó pasar la puerta abierta, no hizo esfuerzo alguno para alzar el volumen de su llanto, ni para detenerlo. La mamá, como la otra vez, mi bella, no le hizo caso. No le pregunté nada, me acerqué a la chiquita, y la puse en mis brazos. Dejó de llorar inmediatamente. Estaba más sucia que la otra vez, y más triste, aunque ya hubiera parecido haber llegado a los extremos desde la vez anterior. La ángel habló:

—Olvidé algo. Te dejo esto para la niña —me acercó a la mano una tortilla que traía en la suya escondida—, pártelo en trocitos, no se te vaya a ahogar. Ahora vuelvo, no tardo.

Salió. Ahí estaba yo, en un cuarto vacío que pertenecía a una mujer que vivía de bailar y cantar en las fiestas, y no precisamente las sacras, cargándole a su hija. Decidí lavar a la niña. Tomé un recipiente que había en el piso, vacío, y fui, con la chiquita en brazos al Salto del Agua. Las mujeres que ahí había me ayudaron a llenar mi cántaro. Regresé a la casa que, como ya dije, quedaba sólo a unos pasos, y ahí, frente a la puerta, me puse a bañar a la niñita. Entre mis piernas, se sostenía ya en pie, agarrándose fuertemente de mis muslos y rodillas. Era muy pequeña de tamaño, pero tal vez no lo era tanto, si ya la detenían las piernas. Se dejó bañar, muy contenta, todo le hacía gracia, y no parecía molestarle mi torpeza, que yo era todo menos un conocedor de cómo bañar críos. La dejé limpia, encontré en la estera un cambio de ropa no tan sucio y la vestí. Sentado en el vano de la puerta, me puse a darle su tortilla en trocitos, cortando la masa cocida con los dedos. Lo devoraba. Estaba feliz, y aun así se le sentía la tristeza sólida, acuñada tal vez de pasar tantas horas sola.

Regresó su mamá, mi ángel terrenal, más linda aún que cuando salió. Apenas me vio, a la distancia, empecé a darle razones:

—Hasta ahora le estoy dando algo de comer, porque la bañé. Le puse el cambio de ropas que encontré en la estera.

La niña le hacía tantas fiestas como yo.

—Pero cómo se tomó usted la molestia, don Hernando, no sé ni qué decirte —me habló regresando a un trato más respetuoso, como si yo fuera un hombre mayor que ella.

Me quitó a la niña de los brazos, mejor diría de las piernas, pues en ellas la apoyaba, y me dio una orden:

—Entra —dijo, brincando de lleno al trato familiar.

Entramos y cerró tras ella la puerta, rompiendo la promesa que me había hecho. Se acostó en la estera, con la niña en brazos, levantó el torso para despojarse por completo de su blusón, y volviendo a acostarse, meneándose hasta encontrar acomodo, comenzó a amamantar a su pequeña. La poca luz de la habitación iluminaba su cuerpo casi desnudo, porque al arrellanarse para encontrar acomodo se había subido su falda por sus muslos.

Yo nunca había visto un cuerpo así tendido y casi sin ropas, y aunque lo hubiera visto antes jamás habría sido de la misma bárbara belleza. Pasaron los minutos y mis ojos se acostumbraron más a la oscuridad. La encontré a cada momento más hermosa, más completa, más desnuda. Así sin ropas no perdía nada de su apariencia inocente y virginal, pero aunque seguía teniéndola despertaba en mí algo que yo desconocía. Los dos pechos desnudos, el vientre desnudo, las piernas desnudas, los pliegues de la falda sobre su bajo vientre y la pequeña eran lo único que en algo la cubría, pero estando la niña recostada sobre la estera y no sobre su cuerpo y la falda arremangada por sus meneos, casi no había qué la cubriese. Sabía que debía irme, pero no podía moverme. Su belleza me había fijado al piso de tierra, como si yo fuera de dura piedra.

La pequeña mamaba, incansable e inmóvil. La mamá se tornó para amamantarla del otro pecho sin moverla, y al hacerlo dejó ante mis ojos su hermosa espalda desnuda y la falda casi alzada del todo sobre sus nalgas, dejando sus largas piernas ahí tendidas frente a mí.

¿Qué hacía yo aquí? En algún momento cobré fuerzas y le dije:

—Ya me voy.

— ¿A qué te vas? —Giró su linda carita hacia mí, dándole a su hermosa espalda despiadada un rostro, volviéndola aún más cruelmente bella.—El papel todavía no llega, que dijo que saldría en dos horas, y no han pasado. Suma que su paso irá más lento que el tuyo, porque él va cargado, y tú no, y además no sé si vaya directo al Colegio, alguna otra diligencia tendría... No te vayas.

Bastó su "no te vayas" para que yo abandonara mi buen propósito, el de irme.

—Ven, siéntate frente a mí. Conversemos. Ahí hay otra estera enrollada —dijo señalando a un lado de la puerta.—Tiéndela y hablemos. Recuerda que había algo que yo quería pedirte.

La obedecí. Tomé la estera, la extendí, mis ojos se habían acostumbrado a la oscuridad, ya no me hacía falta para ver bien la luz del día. La bebita dormía, pero seguía mamando. Apenas me vio sentado, el ángel hermoso me miró fijo a los ojos.

—Gracias por acompañarme —me dijo—, como no tengo marido, sólo un francisco podría acompañarme a darle de comer a mi pequeña. Siempre hago esto sola, no me gusta...

La pequeña, dormida, mamaba más lentamente. Con un leve movimiento de torso, sin tocarla (casi no lo había hecho, tendida como la tenía a su lado), la mamá zafó su pezón de la chiquita. Y así se quedó, desnuda, frente a mí, viéndome fijamente. Sin decir ni una palabra, alzándose de la estera, se quitó también la falda, rodó a la pequeña hacia su espalda y quedó frente a mí, a una distancia tan cercana que yo la podía tocar, pues había cometido la imprudencia de poner muy cerca a la de ella la estera mía. Me sonrío, con su misma expresión de inocencia.

—Lo que quería pedirte, hermano francisco, era que me dieras un beso. Pero no me atreví. Los franciscos no...

Sin decir más, se arrojó a mis brazos. Me besó. Puso mi mano sobre su pecho. Me alzó la hopa. Con una mano me agarró el miembro lascivo. No me dio tiempo de pensar, de decir sí o no, de hacer nada.

Pequé. Seguí pecando. Seguí pecando. Hoy, perdóneme Dios, seguiría, de poderlo, seguiría, en esa misma habitación en penumbras que el deseo de mis ojos iluminaba con la claridad de un sol, seguiría pecando.

Salí de su casa cuando me despertaron los balbuceos de la niña, porque inexplicablemente me quedé dormido. Algo tendría su cuerpo que dormía a quien se le aproximaba: a la pequeña la había dormido al amamantarla, a mí al poseerme, pues me poseyó ella a mí, jugueteando como si nunca se fuera a acabar el día, y luego consiguió que me durmiera, cuando ni mi espíritu ni mi cuerpo estaban como para serenarse. También ella dormía. No me despedí ni de ella ni de su pequeña. Casi salí corriendo.

Ese largo día no se había acabado aún. Eché a correr hacia el Colegio, lo suficiente para alejarme de ella, de mi ángel, y hubiera llegado de un hilo hasta el Colegio, de no ser porque me detuvo el olor de la muchacha. Sí, alcé la mano, no sé por qué, mientras corría, y cuando cruzó mi cara, el aire que me daba al rostro me trajo el olor de ella, y me paré en seco. No, ahí no sentí ningún remordimiento de haber pecado. Lo que sentí, con una fuerza asombrosa, fue el hedor de mi hopa. Tocarla me había regresado mis manos aquellas que perdí cuando niño al entrar al Colegio de la Santa Cruz, y de paso el sentido del olfato. La hopa hedía. Olíamos en ella como huelen los frailes, a sucio, a encierro, a libro, a cocina, todo esto acumulado y el sudor casto, agrio, de muchos muchos días, porque la rutina del Colegio no nos permitía el baño sino muy rara vez, y vestidos a diario con las misma hopa creo que a nadie sorprenderá que oliéramos tan intensamente horrible. Los muchachos indios nos llamaban los apestosos, en náhuatl nos lo decían, apestosos, así dicen a los frailecillos indios. Pero aunque ya había oído yo mil veces la palabra que nos retrataba, aunque mis primeros años había sido limpio como todo indio, aunque mis ropas hubieran antes olido a flor y a hierbas, aunque así fuera, yo no había sentido que era un apestoso. El olor formaba parte de todo lo demás, de un modo de vida, y le era inseparable. No podía molestarme como cosa aparte, porque no era nada aparte. Era (como la toga, el libro, la tinta, el pequeño baúl que a mis pies me hacía compañía) la vida a la que me habían llevado. Cuando dejé de bañarme, lo que me dolió perder no fue la limpieza, que me tenía muy sin cuidado, sino algo que traía consigo el baño. No el agua y la yerba con que me tallaban, sino la luz brillante y pura, esas capas de luz horizontal que me envolvían sin proceder del sol o del cielo, irradiando del cuerpo que se inclinaba sobre el mío para limpiarlo, y que al realizar el baño en mí, conseguía regir y proteger mi cuerpo desnudo con la ley de su cariño. Entonces yo no era ni pequeño, ni enorme; ni varón, ni niña; ni indio, ni blanco, sino un ser perfecto. La aureola de su amor me proveía de un resplandor, y los dos nos iluminábamos mutuamente como dos cuerpos celestes en su cielo privado. ¿Cómo pensar, perdido este paraíso, que no bañarme me hacía *sucio*? Así como uno más uno son dos, yo ataba que no tener a mamá conmigo, me dejaba sin el tacto que regalaba ese momento celestial, el del baño, pero no sumaba el dos de la mugre y el olor a sucio. Incluso, cuando rozado mi culo por la falta de limpieza tenía yo picor y abiertas llagas, no llegué ni por un momento a pensar que el baño me quitaría dicha incomodidad, porque ¿cómo pensar que el agua y las yerbas frotándome tuvieran un efecto que no fuera llevarme al paraíso del amor, al paraíso del amor virginal y casto de mamá? Porque ella me tocaba el cuerpo no para despertar al pecado o a la concupiscencia, y me tallaba aquí y me frotaba acá para avivar solamente la chispa de su luminoso cariño. ¿Cómo poder pensar que no bañarse me convertía en un apestoso? Todavía peor: no percibí la desgracia de mi olor hasta que otro olor llegó a despertar al que yo venía trayendo desde hacía años. Este olor no tenía por fuente al agua y la yerba con su poder celeste, sino la llama de la concupiscencia. Era el olor de mujer mezclado con el de mi cuerpo inflamado por ella. Formaban los dos un olor desconocido, pero familiar. En cuanto lo percibí, como un golpe, porque entró en la conciencia de mi olfato de un solo golpe, me flaquearon las fuerzas. Las piernas se negaban a seguir caminando y amenazaban con negarse a sostenerme. Me senté en la vera del camino con la vista nublada sobre una piedra pulida que no sé cómo descubrió no sé qué parte de mi cuerpo, si vista no tenía yo, el olfato estaba ocupado (y ni para qué hubiera servido, si las piedras no huelen) y el tacto había quedado también cegado por el efecto del golpe de olor.

La posición que tomé al sentarme en la piedra hizo el olor más fuerte aún, y dejé de ver del todo. Parecía que mis ojos corrían sobre el lomo de un caballo que giraba atolondrado, hacia aquí o hacia allá, ebrio o enloquecido. Por un momento mis ojos se detuvieron, y vi al niño y a su madre en el momento del baño y percibí sobre mí el peso de sus manos, y mi corazón cayó en mil pedazos a la tierra. Rompí a llorar. Hasta este momento pude reconciliarme con ella. Le perdoné el que me hubiera abandonado los domingos, porque aunque no hubiera sido de ella la prohibición de no verme, mi corazón la había vivido como tal. Y más que perdonarle nada, volví a sentir lo que era estar con ella y el dolor de perderla. El olor seguía en mí, o los dos olores (el hedor de los apestosos, el olor de la cópula) y se echaron otra vez mis ojos al lomo del caballo ebrio y loco, y más lloré, y más temblaron aunque dobladas mis inertes rodillas. El caballo empezó a dar de coces, pero ya no a girar. Como subidos a un péndulo, mis ojos visitaron aquello que me hacía familiar el olor de la cópula. Ahí estaban los hombres y las mujeres a quienes conocí ungidos por ese olor cuando yo era niño. Y desde el badajo en que trepaban mis ojos los vi, uno-dos, uno-dos, sus ojos brillando de lascivia, sus bocas selladas de besos, sus ropas revueltas impregnadas de ese olor, y de ninguno más, uno-dos, y no venían en número de pares, que vencidos o viudas se consolaban de las pérdidas, de los muertos, de las miserias, de las tierras y los hombres ganados para bien de otros y de su sometimiento fornicando, incansables, encendidos en esa luz que no arropa, como la del baño del niño, pero enceguece. Mejor gozarse ciegos que mirarse esclavos. Y ahí estaban los frailes, llamando a su consuelo pecado... Y ahí seguían los indios, en fornicio desesperado, buscando así la venda, el momentáneo olvido, la quemazón que acabara de una vez por todas haciéndolos ceniza que se llevan los aires, dueños de esta manera de los vientos y el cielo. Todo esto vi desde el trono en que mi mareo había convertido a la piedra aquella. Y oí a un hombre y a una mujer gimiendo, como los oí alguna vez de niño, sin comprender el origen de su negro quejido. Y la oí a ella, a la que yo acababa de tener, y me oí en ella, teniéndola y sentí que mi nefasta tripa empezaba a erguirse, otra vez, aunque no pasara ni el desvanecimiento ni el mareo.

Frenó el caballo de pronto, y me aventó de vuelta los ojos que paseaban sobre su lomo. Ten. Ahí estás tú. Ahí estaba yo. Acababa de cometer el pecado que los frailes dieron antes por hecho. Hasta este momento perdí los hábitos que ya había perdido, y los perdía por méritos propios. Estaba expulsado ya de los franciscanos, por fin legítimamente echado afuera. Ya no era uno de ellos, ni de la piel hacia adentro. Y había vuelto a lo mío, a los míos, a aquellos con los que había pasado los primeros años de mi vida. Sólo que ellos ya se habían ido. Mamá había muerto. Los copulantes seguramente no eran ya sino ceniza dueña de los vientos, acabados a punta de dolores y de pérdidas. ¿A dónde volver? Si hacía caso a lo que tenía entre las piernas, sólo podía volver a las entrañas de la mujer que me había arrebatado de los frailes franciscos.

Pero ella no era nadie que pudiera acoger a nadie. Ni su propia hija recibía protección alguna de su seno. Ella era el ángel egoísta y cruel.

Poca gana sentía de volver al Colegio, y sabía que no tenía dónde más ir. ¿Cómo acogerme a mi falso padre?

Así que me fui directo al río, a lavar mis ropas puercas y a limpiar el olor que inquietaba mis tripas como si ellas fueran vivos animalillos en el fondo del lago.

No entiendo todavía por qué, si los franciscanos me habían enseñado a distinguir el bien del mal y a temer el castigo, a pesar de haber incurrido en feo pecado, no entiendo, digo otra vez, por qué no sentí entonces, camino al río, remordimiento. Ni siquiera pensé que lavándome borraría el olor en el que otros podrían leer mi pecado. Quería quitarme lo apestoso, por una parte, y por la otra calmar mi animalito, inquieto de nuevo, acariciándolo con el agua. Ni por un instante pensé en reprenderlo, ni a él ni a mí. No entró en mi pecho el remordimiento. El dulce ángel egoísta me había envenenado por completo.

Al río llegué. Me quité de encima las cochinas ropas, las doblé en mis brazos y desnudo, abrazándolas, entré con ellas al agua. Estaba fresca, casi fría. Era justo lo que mi cuerpo pedía. A su contacto, toda mi sangre despertó, y me sacudió un golpe de alegría. Até la hopa morada a un tronco, sumergida, para que el fluir del agua la limpiara. Yo no podía hacer nada más por ella, si jamás había lavado con mis manos ropa alguna.

Caminé sobre el cauce del río, sintiendo el agua correr sobre mi piel, acariciándola. Qué felicidad sentí. Vivir en el mundo de los frailes me había engañado con una vejez que no era la mía. El toque del agua me purificaba de ellos. Hernando podría correr, gritar, bailar y volar de vez en vez. Acosté mi cuerpo en las aguas y volví a nadar como cuando era niño. Dejé de pensar. Yo era un pez, había sido un pescado, mis agallas se henchían, no quería volver al sartén. El ángel egoísta a su pesar había sido conmigo magnánimo. Me había sacado de la olla, y estaba yo de vuelta en el agua. Ángel, angelito, me doy la media vuelta y vuelvo a enfundar mi pija en tu cuerpecito. Ahora yo seré el niño que mamará de tus pezones. Dejé de nadar. Hice pie en el fondo arenoso. En tus pezones, me repetí, y los imaginé en mis dedos y en mi boca. Puse mi mano en la pija, no porque algo me diera miedo. Dura estaba, frente a mí parada. Subí por su lomo mi mano cerrada, la bajé, la subí, la bajé. Abría los ojos. A pocos metros de mí, cerca de unos carrizos, con el cuerpo hasta la cintura en el agua, como yo, una pareja estaba enlazada. ¿Cómo no los había oído? Ella gemía y jadeaba. La hermosa cabellera de ella se meneaba destrenzada, metiendo sus puntas en el agua. Los veía de perfil. Vi una mano de él acostada sobre sus dos pechos. Vi sus bocas abiertas, los vi menearse, los dedos de ella buscando la mano de él y mi pija enorme, entre ellos y yo, bendiciéndonos. ¿Eran dos demonios, los copulantes? ¿Eran sólo el espejo en que se reflejaran mis lascivos pensamientos? Tras vaciarla, solté mi pija y con ella las amarras. Nadé sobre mis pasos. Desanudé mi hopa. Salí del agua.

Miserablemente desnudo, en la orilla del río sentí frío. Caí en la cuenta de mi pequeñez al sentir hastío de la carne. Pero no tuve remordimiento alguno. Un silencio hinchado y arrogante se acomodó en el centro de mi alma.

Escurrí mi hopa lo más que pude, estrujándola con mis manos. La tendí sobre los carrizos y me senté a su lado. Aquella pareja seguía gimiendo. Sin duda eran demonios, si para ellos no pasaba el tiempo. Tal vez llevaban cien años enlazados. Tal vez más, y no sabían que los aztecas han ganado el islote desde el que levantarán su imperio. Tal vez más, y no conocen siquiera la llegada de los hombres a estas tierras. Tal vez más, y ellos pescaron en estas aguas la serpiente, y la fueron cuchileando hacia el paraíso terrenal, jalándola con una varita o llamándola con bisbiseos y silbidos.

Pero no. Los veo salir del otro lado del río. Primero a él, toma sus ropas y comienza a vestirse. Después va ella, que se pone las ropas con rapidez y comienza a trenzarse sus largos cabellos.

"Es larga la caminata que me espera para llegar al Colegio —debí pensar—, y tengo un hambre de tigre".

Me puse sobre el cuero la hopa todavía mojada, y sobre mis pies desnudos eché a andar. ¿Cuántas parejas más pude haber visto en mi camino, si las hubiera invocado con mi animal erguido? Cada cincuenta pasos pude haberme detenido y desnudado, pude haber llamado a los copulantes y estos podrían haber concurrido. Por mis ojos habrían pasado la mujer con el marido, el cuñado con la mujer, la amiga con el amigo, la tía con el sobrino, la sobrina con el tío, la criada con el amo, y la ama con el criado, y había visto tal vez también a un hombre sodomizando a otro, al muchacho penetrando en el ano del perro, y a los perros y a las aves copulando entre sí, como si mi propia lascivia despertara en todo la primavera.

Pero en estas tierras no hay primavera que despertar, porque aquí nunca azota el invierno. Detrás de las ramas de los sauces llorones, por las bardas protegidos, escondidos entre arbustos y carrizos, allá en el tepetate arañándose las nalgas y las piernas, los míos, los indios, lamentarían con dulces quejidos su derrota. Pasos más allá, en la traza blanca, atrás de los balcones, sobre mullidos cojines o apoyándose en una mesa o tendidos en las camas o escondiéndose en las caballerizas, sobre la paja, o en el quicio mismo de la puerta, para no despegar el ojo de la guardia, o sobre una banca o tirados como sapos en los jardines, los españoles, los conquistadores de estas tierras, celebrarían su victoria en número de dos, gimoteando también, las esposas fingiendo disgusto para dar certeza de castidad a sus maridos, las putillas sacando gritillos falsos para agradar a los pagadores de sus placeres.

Cuántos estarían refocilándose y cuántos demonios sobando el acicate de la carne con su repugnante cola. Lilith iría de nuca en nuca, entrando y saliendo para inflamar de deseo a los ociosos o a los dormidos, y todos los críos engendrados serían sus hijos. Pero no me detuve más. No pensaba ni en críos, ni en Lilith, ni en demonios, ni en los cientos de pecadores que celebrarían en ese instante, en esa nueva Gomorra, triunfos o derrotas. Traía la mente despejada, por el soplo bestial de la risa.

Slosos keston de Hernando

Ekfloros keston de Learo

En el mismísimo Punto Calpe, a los ojos de todos los que quisieran verla, a la hora en que la luz del día lleva ahí a los atlántidos (ahora remedan a los vegetales, así como el sol guió el movimiento de la hoja y la flor, el sol los guía al Punto Calpe), Carson se zafó su brazo derecho, tirándolo hacia afuera del tronco con el izquierdo.

Esto pasó. Carson se desarticuló a sí misma un brazo, lo separó del resto de su cuerpo.

Viéndola hacer esto, mi primera reacción fue huir de ahí. Creí que sangraría, que el hueso y el músculo quedarían expuestos. Sentí infinita repugnancia. Pero los atlántidos actúan más rápido que yo, apuran el tiempo más aceleradamente, y así hizo Carson. Antes de que yo hubiera podido poner pies en polvorosa para no presenciar la sangre y la carne abierta, sin que surtiera sangre alguna, Carson volteó su brazo, lo sacudió, lo acercó a sus ojos. Alcancé a ver sus huesos huecos. De inmediato, lo reintrodujo en su persona, metió el brazo en su tronco poniendo la mano en la coyuntura del brazo con el hombro.

De pronto, vi uno de sus dedos saliendo por su oreja, y la punta de otro saliéndosele por la nariz. Carson abrió la boca: atrás de la lengua estaba el resto de la mano.

Los atlántidos continuaban gesticulándose sus mensajes imbéciles sin poner en Carson la menor atención. Yo era el única testigo, y me pareció tan atrozmente repugnante lo que ella hacía (peor que la sangre y la víscera que temí ver) que me le acerqué para que me viera viéndola y dejara de hacer sus cochinadas.

Pero no le importó que yo la viera. No tuvo el menor pudor, y frente a mis propios ojos abrió más la boca, y aún más, desquijarándose, y con la mano izquierda tiró de su quijada y rompió una tira de su cuerpo, despegó la franja de piel que va de la quijada al cuello, continuando entre los dos pechos y a los dos lados del ombligo, y llegando al pubis dejó caer la tira entre sus dos piernas.

No sangró tampoco. Parpadeé una sola vez. El asombro y el horror no me permitieron dejar los ojos cerrados. La abertura dejada por la franja de piel que ahora le colgaba como una cola frontal, dejaba al descubierto el brazo que había entrado por su hoyo, más un sinnúmero de cosas. No de vísceras, sino de *cosas*, cosas de diferentes colores y formas, cosas acomodadas en riguroso orden y economía de espacio adentro del cuerpo.

Carson manipuló algunas de estas cosas con su mano izquierda. De pronto alguna se le cayó al piso. Jaló el brazo derecho y lo reintegró a su lugar original. Con las dos manos recogió aquella que se le había caído (un bulto con forma triangular), y siguió tocándose sus cosas. Alcancé a ver atrás de ellas alguna víscera.

¿Los atlántidos nos hemos mentido a los atlántidos? ¿Quién ha hecho estas cosas? ¿Todos estamos rellenos de cosas, o sólo Carson, la especialista en anatomía? ¿Qué es esto? ¿No era así antes de que abandonaran el lenguaje? ¿O esta aberración es anterior a la Reforma?

Carson levantó la tira de piel que le colgaba columpiándose, y volvió a ponerla en su lugar. Era muy visible que sus bordes no estaban pegados, y también se veía la abertura entre el brazo y el tronco. Alzó sus dos manos arriba de su cabeza y palmeó una vez con ellas. Esto llamó la atención de los atlántidos. Se le acercaron. Yo me separé de ellos. Formaban una bola, y como si ellos hubieran percibido la misma similitud que yo encontré en ellos, así "organizados", se echaron a zumbar.

Zumba que zumba estaban. Ulises y Lilia, sin separarse del panal, practicaron uno de esos horrendos remedos de cópula que les ha dado por hacer. Él le mete la verga mientras ella se empina en cuatro patas, sin emocionarse en lo más mínimo. Él sí da muestras de placer, se sacude dos o tres veces, y con un gemido agudo da por terminada su farsa. Ella se levanta y aquí no pasó nada.

Caspa subió aceleradísima por las escalinatas del Punto Calpe, cargando un bulto en brazos. Los zumbones se separaron de Carson para abrirle paso.

Carson seguía mostrando las dos aberturas en la piel, pero ahora también tenía más cicatrices en la piel, raspones, golpes, y aquí y allá sangraba. Los zumbones la habían estado golpeando mientras zumbaban.

Caspa le pasó el bulto a Carson. Carson lo tomó en sus brazos, lo desenvolvió de la tela que lo cubría y comenzó a frotarlo contra su cuerpo. Era uno de los recién nacidos de Caspa. Por las tetas enormes de Carson, por su vientre redondo y abundante, por sus amplias caderas resbaló al niño, lo untó, lo embarró. El niño lloraba. Diría que se deshacía, como el jabón (ah, nunca vi una pastilla de jabón, sólo la he leído). Los zumbones no zumbaban más, pero la volvieron a rodear. Un momento estuvieron apanalados contra ellos y se le separaron con celeridad. Del recién nacido no quedaban señas. Sobre la piel de Carson no quedaban marcas.

En segundos no quedó nadie en el Punto Calpe. Yo bajé con lentitud a anotar esto que aquí he dicho.

Vuelvo a mi Hernando. Pero debo dejar anotados aquí antes de hacerlo unos versos de la Brönte:

"Few hearts to mortals given
On earth so wildly pine
yet none would ask a Heaven
More like the Earth than thine".

Slosos keston de Learo

Ekfloros keston de Hernando

Me gustaría poder alzar la cabeza para mirar el cielo.
Debiera tener algo en mis manos que lo reflejase,
porque quiero verlo, saber qué se mueve en él, qué
se va meneando sobre su azul cuerpo, aunque no sea
meneo su movimiento, sino esa suave elegancia que
con rapidez va cruzando con su enorme cuerpo sobre el
olor impávido. La nube no camina ni vuela, parece
que se desliza adentro del agua. Su movimiento es un
acto desprovisto de todo sentimiento. Para la nube
caminar no es desplazarse. Su movimiento tiene algo
de muerte inesquivable, algo de violenta paz. Y aunque no expela sentimiento alguno al caminar de esa
manera, tan lento y tan rápido al mismo tiempo, ese
desgarramiento sin rayones, ese desprendimiento sin
apego, ese andar sin caminar de la nube, hermosa,
blanca, casi corpórea, tenaz y voluntariosa, constante, indócil, me mueve al llanto al recordarlo. Querría
verlo, dirán que quiero llorar. Pero no es por llorar
que quiero ver a la nube cruzar el cielo, sino porque
siento que añoro su suave belleza. No se dobla nunca. No cambia su ruta. Avanza, cruza sobre mí, alcan-
za a cubrir buena parte del azul del cielo y continúa,
sigue adelante. Allá va. Adelante con su camino.

Que hubiera sido mi vida como el paso de la
nube, hermosa, armónica y en esto conmovedora,
constante, tenaz, y no ese tronchadero ondeante, y
no ese brinco sucesivo, esa cantidad de escollos. Por-

que (y eso es lo que me conmueve más en el paso de la nube), en su camino no hay escollo alguno. Nada la detiene, el viento la lleva, su cuerpo la lleva, parece que nació para avanzar inexorable, caminando sin andar, volando sin volar, hecha de la materia misma del movimiento, puro avanzar, avanzamiento, caminamiento... Mi cuerpo, en cambio —material sobre el que se regó mi vida, sobre el que se hizo mi vida—, no es así, sino barro y piedra. Mi cuerpo de barro es frágil, quebradizo; mi cuerpo de piedra es pesado y lento, cae por la espalda de la cuesta a trompicones, y al llegar abajo se rompe en doce pedazos. Sobre uno de los doce fragmentos tallan mi cuerpo entero, ésa es la manera de rehacerme. Y los otros doce quedan ahí tirados, como si no hubieran sido míos, y la piedra donde quedó mi torso tallado, empieza a crecer, burlona, altanera, sin recordar que ella fue una de doce, que ella no era todo mi cuerpo, fiada a la imagen en que la tallaron.

Desde ese pedazo les cuento mi historia, pues eso soy, eso queda de mí. La nube... querría siquiera ver la nube, sentirla volar, oírla avanzar, pero mi cuello de piedra no sabe voltear lo suficiente hacia arriba y las hojas sobre las que escribo no saben reflejar el cielo, y no hay por aquí un alma buena que me lleve a la orilla del lago para ver en él el cuerpo blanco de la nube caminando. Ahora que empieza a atenuar la luz del sol, porque una nube cruza, ahora sería cuándo, si me llevaran al costado del lago, vería en él el caminar de la nube. Pero no sé si el lago es capaz aún de reflejar en su lomo el azul del cielo y las nubes que caminan. No sé si la basura y el desorden lo habrán dañado tanto que se haya tornado, como mi cuerpo, en la doceaba parte de lo que fue y por un engaño es que hace creer que él sigue siendo el lago entero. En tal caso, no querría ir a su orilla, si no iba a poder ver el cielo reflejado. Prefiero imaginar la nube que termina de pasar. Despejado el cielo, brilla sobre las baldosas del piso una luz perfecta, casi diría inmortal.

Al día siguiente, desperté a cantar maitines con las corvas doloridas y una especie de escozor bajándome por el vientre. De alguna manera me dolían los brazos, aunque no fuera dolor precisamente eso que se extendía por el resto de mi cuerpo, punzándome más en corvas y en brazos, pero subiendo extenso por el resto de mis músculos y de mis huesos. Antes de que tuviera tiempo, un minuto siquiera, para recordar lo que había hecho, el recuerdo se me colaba en todo el cuerpo. Canté con mayor fervor que otras veces. No sabía bien a bien si estaba profundamente alegre o desesperadamente triste. Triste-alegre en grado extremo, con la conciencia aturdida y el gusto empalagado abriéndose segundo a segundo a un apetito que hasta ese momento yo había desconocido por completo. Era viernes, día de flagelación. El flagelo venía ya puesto en mí. No en el dolor, o casi dolor, que penetraba mis músculos, sino en el apetito aquel que despertaba en mí como un ola venida de lo lejos, comandada por un astro ajeno sobre el que yo no podía tener poder alguno. Desde esos maitines, durante semanas dejé de ser el mismo. Nada deseaba más que volverme a acercar a ella, nada temía más tampoco. Sabía, pues lo decían los franciscanos, que había incurrido en un pecado terrible, que todavía no llegaba a la confesión. Sabía también que ese terrible pecado era el flagelo de mis días, y que era un flagelo extrañamente dulce.

Slosos keston de Hernando

Ekfloros keston de Learo

¿Tengo también el cuerpo lleno de cosas? Estoy convencida de que no. Yo no estoy rellena de cosas. Respiro. Estoy viva. Mi cuerpo es de carne y no de tiesa materia artificial. Pienso con las vísceras. Deseo. Me llena de horror el corazón saber que no podré jamás cruzar palabra alguna con nadie, que nunca más podré conversar, pero más todavía saber que nunca más podré practicar con nadie las artes amatorias. Nunca más, Lear, sábelo bien. Los atlántidos son ahora remedos de carne, son moblaje relleno de cosas. Eres la única carne y el único apetito que restan vivos sobre la Tierra. Ellos no pueden hacer nunca más el amor; se aparean, imitan al perro en celo. Han perdido el lazo con la carne. Muertas las palabras, no hubo un árbol que pudiera recibirlos, darles sombra, proveerlos del alma de Natura. No estuvo el león o el tigre para avituallarlos con carne. No hubo qué ni cómo evitar a las cosas. Pero son peor que cosas. Sólo están vivos por ellas. Sin ellas no respirarían, su sangre no correría sin ellas por sus venas.

Me equivoqué cuando los emparenté con los vegetales, no son, como las cañas de azúcar de Caspa, plantas con signos animales. No tienen ningún parentesco con las plantas, no lo adquieren con su aplicada y esmerada inconsciencia. Tampoco ser bestias los acerca a los animales. Y mucho menos se parecen a las piedras, porque no paran de hacer un segundo. Todo el tiempo están haciendo.

Enfrente de la habitación de Ulises encontré a Jeremías acuclillado pujando. Se levantó porque oyó mis pasos. En el lugar que él ocupara, quedó una cosa, un cubo colorado. Lo toco. Está tibio. Está recubierto de una materia acuosa que podría haber sido semen o gargajo, y que es probable que no fuera ninguna de esas dos sustancias, pero al tocarlo creí que lo que lo cubría era una secreción del cuerpo de Jeremías, y me produjo una repulsión incontrolable. Dejé el cubo colorado y me limpié las manos lo mejor que pude. Me repugnó aquel líquido, y el cubo, y Jeremías, y los otros también, los que no estaban en ese instante frente a mí.

Recordé a Carson pelándose la piel del cuerpo. Recordé a las parejas que he visto metiéndose uno al otro la verga como lo hicieron los perros o los caballos. Recordé sus zumbidos, su capacidad de disolvencia, su código imbécil. En todo me dieron asco.

Son repugnantes, repulsivos. ¿Seré igualmente repugnante y repulsiva para ellos? No puedo reconocer en sus rostros y cuerpos a mis hermanos y a mis amigos. No veo en ellos a los que crecieron conmigo, a los compañeros en la aventura de la sobrevivencia, a aquellos que fundaron la Era del Aire y el repudio a la cosa. Porque ellos ya no son lo que fueron. Su presente sin tiempo no comprende su pasado. No son los mismos que aquellos hermosos que corrieron por los bosques o acariciaron las cebras, que montaron avestruces y escalaron las Rocallosas. Estos seres son otros porque nada recuerdan, porque no hablan, porque no habitan en ningún tiempo.

Los atlántidos son ya una especie extinta. Yo soy ahora la única sobreviviente. Éstos que digo que no existen están todo el tiempo haciendo, son hacedores convulsos.

Si quisiera reseñar cuanto hacen, como no paran de hacer cosas y no dejan de hacer y hacer y hacer a esa velocidad de rayo que no deja ni el instante del parpadeo, tendría que seguirlos sin despegar de ellos los ojos, ir grabando en la Central. Seguirlos mientras escribo aquí. Las palabras son más lentas que sus vertiginosos actos, pero podría resumir sus acciones. Para convertirme en su cronista tendría que laborar solamente para ellos. El día entero se inventan historias. Goethe decía que las historias se inventan para escapar a los recuerdos.

Hoy, en el equivalente humano a diez minutos, congregados en el Punto Calpe, parodiando el habla fingieron discutir. Se dividieron en dos bandos acalorados y enfurecidos, imprecándose remedos de palabras. Luego los vi bajar rápidos como centellas y pepenar cosas en la superficie de la tierra. Algunos traían en las manos varillas de construcción, otros bloques de cemento, tiras de lámina, fuselaje, tubos, que cargaban haciendo un despliegue asombroso de fuerzas.

Usaron esas cosas para golpearse los unos a los otros, un bando contra otro, y cuando perdían sus armas en el fragor de la batalla, usaban los puños y los dientes para herirse entre sí, o usar partes de sí mismos. Vi a Ulises, desarticulada por su propia obra una pierna, sujetándola con las dos manos y golpeando enfurecido con ésta a Lilia, hecha su pierna el mazo con que le infringía el tormento. Como estaba cojo, Ulises se apoyaba en Jeremías que a su vez mordisqueaba a Lilia los tobillos y los dedos de los pies. Creo que incluso se comía los dedos de los pies de Lilia, o eso me pareció. Lilia gemía como el cordero debió hacerlo camino al sacrificio. No hacía nada para defenderse. Yo no hice nada tampoco para intentar hacerlos entrar en razón y detener su remedo imbécil de guerra. La observé con el corazón encogido. Mi hermosa Lilia no sólo quedó sin algunos dedos de los pies, también perdió un ojo y un pecho le sangraba de manera horrenda.

Con trozos de plásticos traídos de alguna pila de basura alguien hizo una tira y ella era el estandarte ridículo de uno de los bandos que a ratos servía también para aporrear como un estúpido látigo. El otro zarandeaba para representarse una enorme rueda de caucho. A un palo le clavaron lajas de aluminio. Otro tenía una red llena de fragmentos de vidrio y con ella macaneaba a sus enemigos.

Sí, se han vuelto horrorosos. A algunos la atmósfera les ha corroído tanto las mucosas que no pueden cerrar los ojos porque ya no tienen párpados. Sus dientes son visibles atrás de sus labios traslúcidos. Otros han caído a tal grado en el abandono que no portan un miembro u otro. Sobre las escalinatas del Punto Calpe me encontré la otra tarde, cuando volvía hacia mi habitación, una verga abandonada, tirada como por un descuido. Los más andan sucios siempre y cargan cosas con ellos. La última vez que vi a Rosete andaba envuelto en un tapete persa, los cabellos revueltos, clamando una jerigonza incomprensible mientras arrastraba los pies y enseñaba en la cara y en las manos muestras de un deterioro similar, me parece, a lo que fue la lepra.

Ah, mis bellos. Todo lo hemos perdido. En la última comunidad de hombres y mujeres, todos fueron iguales, nadie hizo menos al otro por razón de raza, sexo o apariencia. Nadie fue rico ni pobre, poderosos o esclavo. Se vivió en armonía, se venció la enfermedad, la vejez y la muerte. En esa comunidad idílica que pudo ser eterna, el horror al pasado impuso la destrucción de la especie.

Pero escribámosle a L'Atlàntide un final humano, y no el abominable en que ha caído, tal vez hasta el fin de los tiempos. Digamos que el Tiempo terminó por derrotarla. Digamos que el Dios la abandonó y ordenó le cayeran siete plagas cuando vio que nadie lo recordaba. Digamos que la ambición de perfeccionar la especie la hizo abrazar una causa suicida. "O memory, wake!"

Nada de esto será verdad. L'Atlàntide no acepta el final que el hombre podría pensarle. El hilo brillante de la araña, parpadeando ante el sol mientras lo menea amoroso el viento, es más similar a los atlántidos actuales que el hombre de la Historia.

¿Y si yo no comprendo nada? ¿Si libres de la palabra y del tiempo, despojados de toda realidad, han conseguido el paraíso?,

"vivir sin recordar sería, tal vez, el secreto de los dioses".

Slosos keston de Learo

Ekfloros keston de Hernando

He escrito aquí, para ocultarlo en mi silla, cómo pequé entre los brazos y las piernas de un ángel del mal, uno de los diablomes que en dos piernas cruzan los caminos de la Tierra, encarnados en cuerpo de mujer. Pero esto no fue lo que oscureció mi alma, lo que hizo a mi espíritu cruzar del mal al mal, de lo que no se debe hacer a lo que no se debe hacer, esto es de la decepción a la burla y al desprecio. Entre aquel niño que oyó hablar a los residuos del lago, entre aquel niño que supo entender la gracia y las palabras divinas enfundadas en las historias de los Santos, entre aquel que voló en las alas de la fe, y yo, éste sin piernas, media un abismo. Soy persona de poca iluminación, lejana a la luz de la fe, perdida en las tinieblas del desprendimiento, el desencanto, el desapego. No le pertenezco a nada. No soy de aquel tiempo ajeno a la llave y a la cerradura, de aquellas villas magníficas donde las casas estaban siempre abiertas, donde los quequezalcoa, tlenamacac y tlamacazqui, los tres grados de sacerdotes (los primeros, "serpientes emplumadas", consagrados a Huitzilopochtli y a Tláloc, los segundos "mercaderes de fuego" y los terceros "servidores") regían con sabiduría el orden de estas tierras, ni soy tampoco de allá, de las nieblas y nubes del cielo de donde creyeron los míos ver descender a los franciscos doce primeros, ni de las crueles tierras europeas. No pertenezco tampoco a la China ni a las tierras de los negros. Los años fueron pelando para mí dientes infames que me expulsaban de los tibios cuerpos a los que el mío creía pertenecer. Madre mía: Hernando, yo, tu hijo, desconoció las palabras de los antiguos dioses. ¿Desconoció también un día las palabras divinas del que está en todo lugar, del que todas las cosas ve y todas las cosas sabe, y es sumamente maravilloso, que acá en laTierra tiene también su reino, el cual comenzó desde el principio del mundo, y un día nos quiso incorporar a su fe, de lo cual nos debimos tener por bienaventurados? ¿En qué tuvo la fe Hernando? ¿A qué mundo perteneció? Porque algún día quiero aquí dejar escrito que Hernando perdió todo aquello que a un hombre da gusto y alegría, que su vida dejó de tener para siempre el sentido que tiene la vida de un hombre. Elevo por las noches mis rezos para que la luz de Dios recubra con luz las tinieblas en que habito. ¿Qué no tienen sentido ya más nuestras vidas? ¿En un costal de rapiña y mentiras, los ojos cegados, seremos arrojados al río último que nos conducirá a la muerte? Adentro del costal, unos a otros, como buenos mayordomos del Colegio de la Santa Cruz, irémonos hurtando, viendo cómo sacamos provecho de los otros por nosotros victimados. "Si muriéremos, muramos: si pereciéremos, perezcamos; que a la verdad, los dioses también murieron." Pero que nada permita en otro más, aparte de este saco inútil, esta novidanomuerte. "*Nec vivere nec mori volumus: vitae nos odium tenet timor mortis:* No queremos ni vivir ni morir. Estamos poseídos por el odio a la vida y por el miedo a la muerte."[39]

Slosos Keston de Hernando

---

[39] Me suena a un canto nahua. N. de Lear.

Ekfloros keston de Estela

Al término de estas palabras, aparecen las siguientes en otra caligrafía:

"Aquí terminan los escritos de Hernando de Rivas, quien fue de los primeros hijos del Colegio Real de Santa Cruz, natural de Tetzcuco, muy gran latino, y que con mucha facilidad traducía cualquier cosa de latín y de romance en la lengua mexicana, atendiendo más al sentido que a la letra, el cual escribió y tradujo de cosas diversas más de treinta manos de papel para fray Juan Bautista. Murió el año de noventa y siete, a once de septiembre, y tengo para mí que le pagó Nuestro Señor sus fieles trabajos, porque era indio muy buen cristiano, muy aficionado a las cosas de nuestra santa fe católica y a enseñar a los religiosos la lengua mexicana, para honra y servicio de Nuestro Señor. Con su ayuda compuso el P. Fr. Alonso de Molina el *Arte y Vocabulario mexicano*, el P. Fr. Juan de Gaona los *Diálogos de la paz y tranquilidad del alma*, el P.Fr.*Juan Bautista el Vocabulario Eclesiástico* (obra bien necesaria para los predicadores) y gran parte de las Vanidades del P. Estella, del *Flos Sanctorum* o *Vidas de Santos*, de la *Exposición del Decálogo*, y otros muchos tratados y libros que procuraré sacar a luz, si la Majestad de Dios fuere servida darme vida para ello, *non recuso laborem.*[40] Estas manos de papel, de las que no he hecho lectura, seguirán guardadas en el oculto del asiento, según fue la última voluntad de Hernando, a la que de esta manera respeto. R.I.P."

No acierto a qué decir. Supe desde un principio que estas páginas terminarían en algún punto, y he prolongado la llegada de su fin por cuenta propia. La nota de este hombre, a quien desconozco por completo, viene a robarme a mi Hernando (¿dónde quedó el final de Agustín que prometiste contarnos, ¿cuál es la historia que te lo hizo nefando?, ¿qué paso a tu vida que perdiste la fe?), y a obligarme a vivir inmersa en una realidad atroz, en nada superior a aquel aquí de Hernando, "donde la envidia y la mentira me tuvieron encerrado." ¿Vendrían en su boca a cuento los versos de Fray Luis de León:

"¡Oh, ya seguro puerto
de mi tan luengo error!
¡Oh deseado
para reparo cierto
del grave mal pasado,
reposo alegre, dulce, descansado!"?

Slosos keston de Estela

---

[40] Estas palabras prácticamente coinciden con las del Prólogo al Sermonario de fray Juan Bautista, reproducido por García Icazbalceta en su *Bibliografía mexicana del Siglo XVI*. N. del Editor.

Ekfloros keston de Learo

Anoche, entre alarma y alarma (que no timbran para mí, lo he comprendido, llegan a mis oídos sólo por el desorden que reina), vi a Estela, vi a Hernando, nos vimos los tres juntos.

Hernando tenía abiertos los ojos y se negaba a verme, aunque me oía. Se rió cuando le dije quién soy. Estela me miró con ojos bobalicones, diciendo:

—¡Qué padre, qué padre! —excitada como una burbuja gaseosa en el agua.

Hoy intentaré volver a estar con ellos, volveré a provocarlos. Deseo entrar a los cestos para vivir entre ellos.

No puedo permanecer ya con mi comunidad. Voy a intentar brincar al territorio que puedo compartir con Estela y Hernando, volverme de palabras. Creo que puedo hacerlo. Es cierto que aquello que habita un libro es un territorio verdadero. Éste en el que estoy no lo es más. Si vivíamos en una fantasía desde el principio, engañados, sumergidos en una virtualidad que no coincidía con los hechos, como lo he sospechado últimamente, una fantasía en la que no había mierda, ni árboles, ni muerte, al romper la comunidad con la gramática, han roto también con la versión impuesta a los atlántidos, y me han dejado sola "con los pies en la tierra", flotando entre las nubes, a punto de disolverme, como ellos.

Me uniré a Estela y a Hernando hasta el fin de los tiempos. Desdeciré la muerte anunciada de Hernando, quitaré el párrafo en que se la menciona, no le permitiré llegar a su fin. A Estela tampoco la dejaré alcanzar su muerte propia, la que tendría con el gran estallido. A los dos los traeré a mí, compartiremos un kesto común que nadie sabrá cerrar. Los tres viviremos en un mismo territorio. Los tres perteneceremos a tres distintos tiempos, nuestras memorias serán de tres distintas épocas, pero yo conoceré la de Hernando, y Hernando conocerá la mía, y ganaremos un espacio común en el que nos miraremos a los ojos y formaremos una nueva comunidad.

La nuestra se llamará *Los cielos de la Tierra*. L'Atlàntide pertenecerá al pasado, como la vieja Tenochtitlan, como el México de Hernando y el país de Estela.

Los tres nos dedicaremos a recordar. Fundaremos así el principio de los tiempos. Cristo no despertará en ellos, en nuestro entresueño vendrá a dar la mano a Mahoma y a Buda, a Tezcatlipócatl y al poeta Nezahualcóyotl. Viviremos recordando. No tendremos más futuro que recordar. Pero no nos disolveremos, no caeremos en la malla de la imbecilidad en que se ha despeñado mi comunidad completa.

Salvaremos al lenguaje y a la memoria del hombre, y un día conformaremos al puño que nos relate, y nos preguntaremos por el misterio de la muerte, por el necio sinsentido del hombre y de la mujer. Sentiremos horror, aunque nuestros cuerpos no conozcan más ni el frío ni el dolor.

Un abismo estará abierto a nuestros pies. Ésos serán los cielos de la Tierra.

Slosos keston de Learo

Cielos de la Tierra terminó de imprimirse en
abril de 1997, en Litográfica Ingramex, S.A. de C.V.
Centeno 162, Col. Granjas Esmeralda, C. P. 09810,
México, D.F. Cuidado de la edición: Gabriela Ordiales
y Marisol Schulz